eve of a hundred midnights

[美] 比尔·赖瑟 著
帖馨雨 译

Bill Lascher

美国记者亚洲战场逃亡录

二战梦魇

新星出版社　NEW STAR PRESS

目 录

序言：殊死一搏定生死 …………………………………… 1

上 篇

第一章 火上浇油不可为 …………………………………… 11
第二章 内心骚动无休止 …………………………………… 32
第三章 中国之声 …………………………………………… 52
第四章 海防事件 …………………………………………… 76

中 篇

第五章 好莱坞真实往事 …………………………………… 99
第六章 "我会小心的" ……………………………………… 115
第七章 "除了扭曲的钢筋以外一无所有" ………………… 137
第八章 他在书桌上打字，我就在梳妆台上打字 ………… 154
第九章 声名狼藉 …………………………………………… 182

下 篇

第十章 步入黑暗中 ………………………………………… 207
第十一章 暗度陈仓 ………………………………………… 235
第十二章 "好得令人难以置信" …………………………… 268
第十三章 新闻界的战士 …………………………………… 286

| 后　记 | …………………………………………………… | 303 |
| 致　谢 | …………………………………………………… | 309 |

序言：殊死一搏定生死

在洛杉矶的一间客厅里，一位年近80岁的老妇人正娓娓道来。她背朝窗户，坐在沙发上，身穿一件黑色毛背心，上面绣着一棵圣诞树。手中轻举一杯白葡萄酒，一边讲着，一边挥舞着另一只手。

她就是我的祖母，佩吉·科尔（Peggy Cole），这个在洛杉矶已延续了五代的家族的族长。祖母虽特立独行，但总认为一家人聚在一起，尽享葡萄酒和奶酪的"半醉人间"必不可少。祖母一家虽然被犹太民族几近同化，但她还是觉得圣诞节是聚亲谈乐的美好时刻。

最近，佩吉和她深爱的丈夫卡特卖掉了一处屋舍。活了大半辈子的祖母，遇到过许多奇特而珍贵的物件，然而她几乎把它们都送人了，唯剩下一件准备留给我。

平安夜里，当全家人准备拆礼物时，祖母唤我留意树下那个已经有些风化、四角坚硬的棕色矩形箱子。箱子上有两把金属插销，一个磨损的皮革手柄，这使得整个箱子显得格外大。伴着两声响亮的咔嗒声，我拉开插销、打开箱子，里面的气息扑面而来，我闻到了书橱后排的角落的味道；闻到了军用小提箱的味道；闻到了历史的气息；闻到了奇遇的味道。

梅尔威尔·雅各布（Melville Jacoby）坐在重庆新闻招待所前。照片由佩吉·斯特恩·科尔提供

　　一台小巧雅致的打字机静卧其中，四排圆润的米色按键在低调的黑金骨架上各自排开。机身两侧各镶嵌着一枚金树叶。一排排修长的灰色铅字条裸露在凹槽处。机身前倾，一行金色字母"C-O-R-O-N-A"赫然列于正中央，宛如美人颈上一条曼妙的项链。

　　祖母告诉我，这台1930年制造的科罗娜-4打字机是她表兄的遗物。据祖母说，她的表兄曾是第二次世界大战期间太平洋地区报纸、杂志和电台的通讯记者，在此之前，他作为交换生住在中国。祖母知道我一直渴望成为一名记者，她觉得我是整个家族里最能懂得这台打字机的人。

　　我顿时惊呆了，说实话，我从未听说过祖母的这位表兄，对他一生的奇遇和浪漫也浑然不晓。他的名字叫梅尔威尔·雅各布，人们都叫他梅尔。我一直以来成为驻外记者的梦想，他竟然早已实现，这大大激起了我的好奇心。我必须一探究竟。

　　据说，梅尔买下这台打字机的时候，和那年圣诞节时的我一般大。那次圣诞节后不到一年，我有幸成为沿海商业杂志的记者，和梅尔的工作一样令人兴奋。梅尔一生致力于让后来人认识一个大部分美国人并不知晓的遥远国度，他还试图帮助美国人了解一场席卷全球的战争。在外人眼中，梅尔的一生光鲜亮丽，殊不知，他也是在一番徘徊挣扎后才找到自己归属一生的事业。

那次圣诞节后不久，我开始经常拜访祖母。每次登门，在品尝过美味的葡萄酒和奶酪后，祖母总会拿出一个最近搬家时重新找回的银色盒子，盒子里装的都是马尼拉文件夹。这些文件夹或题为"蒋夫人""滇缅公路"，或写着"菲律宾剪报"。因为时间久了，6本棕色影集已经有些粘连，但里面的照片倒是用玻璃纸保护得很好，照片里有丛林间互相递烟的士兵；有穿着牛津衬衫、半卷着袖子站在堆满报纸的桌子前大笑的二十几岁的年轻人；还有穿着凉鞋和长袍，坐在损毁过半的房屋前的瓦砾堆上的中国男子。

衣橱里有些装有底片和救援组织小册子的信封，还有一个装着16毫米胶卷和褪色墨水标签的饼干盒，浅绿色的硬纸箱盒盖上用黑笔写着"二战信件"，里面是一些来自中国战场的打印报告，从法属中南半岛发往美国新闻局局长的电报复印件，以及寄给《时代》杂志的信件。

其中有一份是梅尔发给《时代》杂志新闻编辑大卫·哈尔伯德（David Hulburd）电报的复写抄件。信中介绍了马尼拉城火热的除夕夜：道路被封锁，港口塞满船只，这些船要么已被日本飞机炸毁，要么因为装满撤退美军而不堪重负。

"我们现在一艘船都没有了，就算有，日本海军也正在马尼拉湾等着，"梅尔在信中写道，"日本军队火力全开，正从吕宋岛的北部和南部逼近马尼拉，大量的俯冲轰炸机在天上盘旋，巴丹半岛似乎连一周都撑不下去。"

* * *

随着1941年暴乱临近，整个马尼拉上空都被照亮，灯塔通明，月色如蜡。日本军队很有可能一早就会攻下菲律宾首都，每过几分钟，城市里的爆炸声便回荡徘徊，似乎在宣告着新年在几小时后即将到来。当晚，海滨沿岸一派乱象，仓库和码头更是混乱不堪。

就在海滨码头对面的那条街上，湾景酒店602房挤了三四十位记者。他们透过遮光窗帘，看到即将撤退的美国士兵正在炸毁军火物资、点燃储备燃料、销毁无线电设备。就在几小时前，一艘医用船还被涂上了红十字会的红白标记。此时，距离午夜还有30分钟，记者们眼看"麦克坦"号小心翼翼地避开埋在海湾下面的地雷，渐行渐远。

好几天来，美国陆军运输服务系统的队员不断地试图把商船从马尼拉码头和帕西格河河口转移出去，凡是转移不了的船只一律炸毁。轰炸和破坏让马尼拉港口彻夜无眠，据历史学家E. 凯·吉布森（E. Kay Gibson）和查尔斯·达纳·吉布森（Charles Dana Gibson）讲述，截至12月29日，至少有20艘大型船舶在马尼拉港口被炸毁后沉没。

除夕夜里，大街上满是焦虑的马尼拉平民，人们都想在日本人到来之前逃离这个城市。有一部分人逃走了，另一部分人则挤爆了滨海的仓储设施。一些人掠夺贵重的物品、燃料和食物，还有一些人，在当地警方睁一只眼闭一只眼或是忙着捞走自己的"战利品"时，不慌不忙地把仓库翻个底朝天，看看能不能捡到"遗珠"。

酒店里的记者们焦躁不已，争吵不休，胡思乱想着自己的生死未来。虽然从名义上讲，此刻马尼拉仍受美国庇护，可随着美军撤退，整个城市也将在黎明之际被弃如敝履。伴随着新年的到来，日本人会穿过菲律宾7000多座岛屿中最大的吕宋岛，急速靠近马尼拉城。

圣诞节当天，就在道格拉斯·麦克阿瑟（Douglas MacArthur）将军宣布首都马尼拉为"不设防城市"后，其在远东的美国陆军部队就已经打算放弃马尼拉。之所以宣称"不设防"无非是想借助国际法的庇护，减少对马尼拉的毁坏。而事实上，庇护计划泡汤了，一切都是徒劳：日本从未停止过对马尼拉的轰炸。

与此同时，麦克阿瑟将军正为守卫菲律宾做最后一搏。尽管菲律宾的首都被烧毁，已是残垣断壁，麦克阿瑟依旧命令部下约12000名美国士兵和63000名菲律宾人，坚守在马尼拉湾以西、丛林密布的巴丹半岛（Bataan

Peninsula）上马里韦莱斯山（Mariveles Mountain）的据点。

大部分未送到巴丹半岛的兵力，包括麦克阿瑟和总部官员在内的大部队，在两千米外的科雷吉多尔岛暂时停了下来，岛内戒备森严、入口还有哨兵把守。麦克阿瑟军队把科雷吉多尔岛称为"要塞"，岛上布满高射炮和炮兵设施，岛下深挖的隧道和储藏室则是指挥中心、医院和军官等大人物的住所。但随着日本人的脚步渐渐逼近，由于岛内物资匮乏，加之战势恶化，增援几乎无望，整座海岛仿佛人间炼狱。

* * *

湾景酒店内的记者们僵持不下，你言我语争执不休。有人说从海上撤离，找一位愿意在鱼雷遍布的海湾航行的船长，冲出日本军队的封锁；还有人说从陆路走，可以搭乘载有撤退美军和难民的大篷车，在其缓慢行驶或道路堵塞时逃跑。还有一种想法，也是成千上万的身处马尼拉的美国和英国平民的想法，即据守城中，一直等待，直到安全度过敌军占领期为止。

大部分记者都是身经中日战争的资深记者，他们在远东地区的多次空袭、沦陷和屠杀中幸免于难，但这一次，一旦被捕，倘若日本认为他们的报道有问题，或是与中国或美国的联系过于密切，他们就很有可能被处以极刑。

这一夜，不仅是马尼拉自由天空下的最后一夜，更是聚集在湾景酒店的32位记者共渡难关的最后一夜。这群记者如久经沙场的战友般勠力同心，曾经在酷热难耐的中国战时陪都重庆，相互扶持多年。曾经的他们年轻气盛，血气方刚，一心想要拯救世界。而现在，他们的生命面临着巨大的危险。

招待这群记者的是一对新婚不久的夫妇：25岁皮肤白皙的《时代》杂志通讯记者梅尔威尔·雅各布和他的妻子——同岁的前米高梅编剧安娜莉·雅各布（Annalee Whitmore Jacoby）。梅尔在中国待了多年，曾经报道了第二次世界大战重要组成部分——第二次中日战争；安娜莉则放弃了好莱坞的事业，前往中国写下了自己耳闻目览的抗战史诗。两人在重庆相爱，又因爱双双前往马尼拉。夫妻二人都意识到，如果留在马尼拉不走，极有可能遇难，但逃难也是孤注一掷。

"在马尼拉的最后两周尤为糟糕,"安娜莉后来写道,"日本人步步紧逼,我们知道梅尔一旦被抓,很有可能会被杀害,可我们每想到一种逃离的办法总会被迫搁置,无计可施。"

雅各布夫妇并不是湾景酒店记者中唯一的一对夫妇。卡尔·麦当斯(Carl Mydans)和雪莉·史密斯(Shelley Smith)同是《生活》杂志的撰稿人,那年夏天,他们和梅尔往来密切。卡尔是个摄影记者,他拍摄报道过1940年的苏芬战争,记录了美国的大萧条时期;雪莉则是一位作家,她精心将丈夫拍摄的照片分门别类并撰写图注。

梅尔和安娜莉结婚的时候,卡尔是伴郎,雪莉则是伴娘,她曾和雅各布夫妇一同进入斯坦福大学。加上另一位《时代》杂志的记者,他们便是婚礼的全部见证人。这几位见证人不仅是雅各布夫妇的同事,更是他们在菲律宾最亲密的伙伴。然而,就在这个生死存亡的紧要关头,他们的意见莫衷一是。梅尔和安娜莉两人想逃离马尼拉,而卡尔和雪莉则想留下来。

在重庆,他们四人都是一个关系密切的外国记者社团的成员,很多记者甚至衣食住行都在一起。这些人目睹了日军占领中国城市之后的所作所为,有些人甚至目睹了日军在南京的暴行。如今,这种暴行很有可能在马尼拉再次出现。而今晚,则是生死攸关的时刻,关系到能否保全,继续揭露战争的真实面目。

梅尔也怀疑自己早被日本军队盯上,因为他曾数次与日本人交手,且曾为中国政府工作过。早在一年前,梅尔就拍下几名日本军官在中南半岛(今越南)海防市一家仓库飞扬跋扈的照片,当时日军便扬言要追捕梅尔,其随行的美国外交官则发表了一份简短的外交辞令。在日本人偷袭珍珠港前一个月,日本外交官也曾警告梅尔不要在马尼拉发表任何有关日本军官的负面报道。

湾景酒店房间里,没人知道已经有成千上万的美国士兵在巴丹半岛和科雷吉多尔岛集结完毕。记者们只知道麦克阿瑟将军的军队会再奋战一周。这也许会为他们的逃离争取时间。然而,无论用什么方式殊死一搏逃出去,他们也仅是在推迟不可避免的结局。酒店外，时不时的爆炸声提醒着他们的处境是多么危急。大街上，美国撤军马上结束，大家还在销毁一切能为日军所用的物资装备。

记者们还在雅各布夫妇的酒店房间里高谈阔论。梅尔觉得留下来要比逃向未知的地方更能保障安娜莉的安全，但不管他怎么说，安娜莉就是不同意。她深知梅尔若是不走，活下来的机会十分渺茫。

"我们得赶紧走了。"安娜莉坚持道。

即便新婚不久，梅尔也知道自己不可能改变安娜莉的想法。

不过，他们急需一条明确的逃亡路线。梅尔记得早间遇到两个还未驶离马尼拉的商船水手，如果能找到他们，说不定就能说服他们带上这些记者一起逃走。为了找到船长和商船，梅尔离开酒店，渐渐消失在席卷着马尼拉海滨的狂风暴雨中。

上篇

第一章　火上浇油不可为

乘坐圣达菲铁路的火车，耶西·拉斯基（Jesse Lasky）来到了洛杉矶的格兰德车站。他告诉出租车司机要去一个叫作好莱坞的地方。那是1914年1月，出租车司机还没听说过这个地方。不过，最后他们还是找到了市中心往西7000米远的一处安静的果园和乡村峡谷。

拉斯基在找一位商业伙伴——塞西尔·B.德米勒（Cecil B. DeMille）。德米勒是名默默无闻的导演，他在亚利桑那州的弗拉格斯塔夫拍摄一部大型电影失败后，便一直蜗居在洛杉矶。德米勒的主要赞助人塞缪尔·格德菲什（Samuel Goldfish），后来改名叫戈尔德温（Goldwyn），派拉斯基来看看这个导演究竟拿着赞助费在搞些什么名堂。拉斯基抵达了德米勒留下的地址，那是在好莱坞大道与和藤街交会处一个尘土飞扬的十字路口，在那里，有一片种着棕榈树和柠檬的5英亩庄园。拉斯基来来回回找了大半天，最后才在塞尔玛大道附近的一家仓库前停了下来。令他意外的是，这间仓库被德米勒改装成了电影制片厂，此时，里面的工作人员正忙着制作一部西部片。

德米勒之前并没有跟拉斯基和戈尔德温提过自己从两位电影前辈——路易斯·劳斯·伯恩斯（Louis Loss Burns）和哈里·瑞弗（Harry Revier）手中

转租了这间仓库，也没说自己正在用它拍摄电影。然而这部电影打动了拉斯基，他同意与德米勒一道继续租赁仓库，就在这里，他们完成了好莱坞的第一部巨作《红妻白夫》。电影在1914年上映，一举成名，幕后的工作人员后来成立了派拉蒙电影公司。

当然，如果不是遇见一位犹太人——名叫雅各布·斯特恩（Jacob Stern）的德裔商人，德米勒和拉斯基的影视事业也不会获得如此成功。1889年，斯特恩搬到了加州奥兰治县的乡下小镇富勒顿。斯特恩和表兄在那里开了一家杂货店，不久，斯特恩就开了6家分店，挣了一大笔钱并购置了房产。

1904年，斯特恩在好莱坞大道与和藤街买了房子。新房子舒适宜人，他和妻子莎拉（Sarah）将4个孩子——哈罗德（Harold）、艾尔莎（Elza）、海伦（Helen）和尤金（Eugene）抚养长大。八年后，斯特恩租下德米勒舍弃不用的仓库。后来，仓库成了见证好莱坞发展历程的一处遗址，派拉蒙电影公司一直在此从事拍摄，直到公司壮大，仓库无法再容纳更多员工。

在好莱坞电影业发展的早期，斯特恩的二女儿艾尔莎·斯特恩和一位年轻的名叫梅尔威尔·雅各布的小伙子恋爱了。梅尔威尔的父亲莫里斯（Morris）从波兰搬到洛杉矶，同四个表兄一起做着服装零售生意。与斯特恩家族一样，雅各布一家后来也是洛杉矶首批大放异彩的犹太家族。

艾尔莎和梅尔威尔·雅各布相识不久便结了婚。1916年9月11日，他们的儿子梅尔威尔·杰克·雅各布（Melville Jack Jacoby）降临人世。方兴未艾的好莱坞照拂着这个小男孩及他的家族，他们在这座新兴的城市里日益繁盛兴旺。

然而，从1919年开始，一切有了变数。那时，第一次世界大战刚刚结束，数百万人流离失所，生灵涂炭。更糟的是，一场更加致命的灾难——西班牙流感接踵而来。据说这个传染病夺走了全球2000万～4000万人的性命。在美国，近1/4的人口遭到感染，老梅尔威尔·雅各布也未能幸免。1919年1月，在儿子还未满两岁半时，雅各布便撒手人寰。

丈夫离世后，艾尔莎精神几近崩溃。艾尔莎的娘家斯特恩一族将艾尔莎

梅尔威尔·雅各布和母亲艾尔莎·斯特恩。照片由佩吉·斯特恩·科尔提供

接回好莱坞与和藤的住所,一起照看艾尔莎和小梅尔。四年来,艾尔莎的父母、胞亲和仆人一起帮忙抚育这个小男孩。最后,艾尔莎拨开云雾,信奉基督教科学派,这让她慢慢挺了过来。

"梅尔还年幼,他知道自己离不开年轻的母亲。"艾尔莎后来告诉作家约翰·赫西(John Hersey)说。

梅尔6岁大的时候,艾尔莎买下了洛杉矶本尼迪克特峡谷公寓的房子,决定独自照看孩子。艾尔莎无微不至,小梅尔也十分黏人,甚至一分钟也离不了母亲。

"我想着怎样让他出去玩耍。"艾尔莎回忆道,带着略有几分夸大的母性口吻。

梅尔渐渐长大,时常会回到外祖父母家玩耍,这让他得以熟知好莱坞的一切。不管身边如何喧嚣嘈杂,在外祖父母家的游泳池里,梅尔总是会感到快乐无比。艾尔莎总担心儿子在游泳池里长时间潜水憋气会有危险,每逢此时，梅尔都会搬来救兵，拿出母亲的信奉教理，振振有词地说："上帝也在水中，他会教我怎么办。"

在丈夫去世几年后，艾尔莎又同曼弗雷德·梅伯格（Manfred Meyberg）坠入爱河，他也是洛杉矶紧密团结的犹太家族一员，从一名办公室的仆童一路做到了日耳曼种子和植物公司的董事长，那是当时最大的农业供给公司之一。

1922年曼弗雷德买下日耳曼的控股权，3月22日，他和艾尔莎结婚。这段婚姻照亮了艾尔莎和梅尔的心房。梅尔慢慢接受了"曼弗雷德叔叔"的到来，不过他依旧会经常到外祖父母家欢度时光，外祖父母最小的儿子尤金总是会把比自己小10岁的梅尔当作弟弟，而不是自己的小外甥。

梅尔8岁大的时候，艾尔莎送他去参加夏令营，想在一定程度上让母子俩不再形影不离。

"我仍然记得当我要离开，留他跟那群陌生孩子一起时，梅尔脸上的神情，"近20年后，艾尔莎写道，"当他看我快要动摇时，他却坚定地劝我说'答应我不要哭'，我没有哭。过去6年里每当我们要说再见时我都没有哭过——因为有了梅尔威尔，我才变得更坚强。"

除了父亲的早逝，梅尔的童年还是很快乐的，他对未知的一切怀有赤子般的激情。他一辈子都在收集邮票，称得上集邮家，在环游世界途中还会搜寻全新设计的邮票。梅尔的"玩伴"埃尔默——一条黑白相间的澳大利亚牧羊犬——对梅尔来说情同手足，旅行期间，他会给这只狗狗寄明信片，多年后，朋友和爱人都会向埃尔默问好，即便他们都未曾见过这只"大名鼎鼎"的狗。

梅尔很早就开始写作，在好莱坞的塞尔玛大道小学每周的作业本上，还能看到小梅尔的寥寥数言。六年级时梅尔转学到霍索恩学校后，成了一名体育新闻编辑。在比弗利山高中，梅尔成为荣誉协会会员。在那里，梅尔担任校报的业务经理，后来成为校报的新主编。

梅尔对露营和户外运动非常痴迷，当时洛杉矶还未完全开发，有着大片的灰毛木蒿、橡树和罂粟花。他渐渐长大了，有足够多的时间去探索荒山野岭，去比弗利山庄和好莱坞周遭的峡谷，收集美国本土的手工艺品，在好莱坞露天剧场观看夏季音乐会。

他常婉拒家里安排的包厢，趁机爬上露天剧场楼梯的最高层，躺在那的长条凳上，凝望夜晚的天空，整个人都沉浸在漫天星辰和美妙的歌声中。

随着梅尔一天天长大，这些难忘的眺望星空的日子逐渐让他坐立不安。他越发觉得自己需要一个人生方向，尽管童年无忧无虑，梅尔还是迫切想通过自己的努力成功一次。梅尔渴望约会、打动雇主、结交朋友，他常常会凭借幽默的语言、英俊的外表，以及多年游泳和拳击带来的苗条健壮的体格广结善缘。梅尔身高6英尺2英寸（约1.88米），气度非凡。作为中欧犹太后裔，他皮肤白皙，头发和眼睛黝黑深邃，这一长相被后来中国的一家报纸形容为"一位粗犷英俊的美国小伙"。梅尔满面春风，笑不露齿，沉思时总习惯性地摸着脸颊。

"梅尔又高又瘦，眼睛很黑，时而孩子气，时而比其年纪还要老成。"另一位朋友如是写道。

高中毕业后，梅尔去了斯坦福大学。在斯坦福，他报名参加了预备役军官训练队，还学习了飞行。他还加入学校的水球队，大二快结束时成为校队队员。

"我很喜欢水球，迫不及待地想跳入水中。"梅尔跟家人讲道，他有着黑黑的大眼睛，薄薄的嘴唇，运动中经常性的擦伤也不曾让他退却。

另外两个来自比弗利山庄的朋友和梅尔一同进入斯坦福大学，三个人形影不离，朋友们还给梅尔起了个绰号"浪子托尼"，他们喊了他一辈子，"因为梅尔哪里都想去看看"。

在斯坦福大学第二学期的一个公民权课上，梅尔写了一篇题为《我的私人乌托邦》的论文。论文中描述的这一主题为"和谐"的社会似乎来自使富兰克林·德拉诺·罗斯福的新政成形的理想主义。梅尔的乌托邦着眼于高度管制经济、重视科学和工业创新，并坚持认为"工厂和家庭同样产生美"（这是对继父的种子公司和母亲的庭院的褒扬，他还呼吁每个人都应该有带着花园的家）。

在这篇论文中，梅尔将旅游作为社会价值优先考虑，认为经济发展与环境保护密不可分。梅尔小时候常常在国家公园里玩耍，所以他认为保护自然环境是社会最重要的文化目标。梅尔在论文中写道，"电影、舞蹈和时尚是幸福所需，但如果自然之美突然消失，上述一切便会失去吸引力。"

文章结尾，梅尔似乎不再如前所述的那样理想化，因为他承认"野心、贪婪、恐惧和苦难"是必须解决的现实问题。不过，他确实提出了一个美丽的梦想。

教授在下发作业时批阅道："你得认清现实，好吗？"

* * *

尽管梅尔在斯坦福很容易交到新朋友，但他却抱怨跟学校的兄弟会和"饮食俱乐部"合不来。

"嗯，我已经开始被忽视了，"他在研究中写道，"比弗利高中的沃兹沃思先生（Mr. Wadsworth）为所有比弗利的孩子向兄弟会写了推荐信，除了我。我想他没有提到我，是因为我的想法太与众不同。明天我要去试试斯坦福日报的工作。"

第二天，梅尔就开始为自己打拼。为了留在斯坦福日报社工作，他参加了另外 50 场"选拔"，希望成为记者，尽管这艰巨而费时，尤其是在自己还对水球颇痴迷时。梅尔准备这篇论文的时候，他后来的妻子安娜莉是文字编辑，她比梅尔高一届，此时的两人接触甚少。

* * *

1936 年，梅尔威尔·雅各布年满 20 岁，他的母亲艾尔莎和继父曼弗雷德正期待着两人第一个孩子的到来。1 月 20 日早上，艾尔莎感到身体不适，曼弗雷德把她紧急送往医院。艾尔莎在医院生了一个女儿，不幸的是，这个孩子在出生 12 小时后便夭折了，这让两人伤心欲绝，从此以后，她和曼弗雷德再也没要过孩子。

好在那年夏天，梅尔带回了好消息：他获得了出国深造的奖学金，将通过美国和中国之间新的交换生项目出国学习。梅尔下个学期并没有返回斯坦福大学，他将在中国广州的一所传教士学校——岭南大学里继续深造。

这个交换生项目归属于亚太地区交换生计划，由一位名叫弗兰克·威尔逊（Frank Wilson）的学生于三年前通过岭南大学自主招生发起。到 1936 年，32 名来自美国常春藤名校和其他精英大学的学生，经过多轮面试和笔试，在有人推荐的前提下，成功入选。他们加入了一个岭南学生团体，这个团体主要由中国最富裕家庭的孩子组成，同时也有一些有中国血统的在美国出生的学生，他们一般都自视清高，看不起家族中还在亚洲的同龄人。

开学之前，许多 1936—1937 学年班的交换生一起经转日本抵达中国，然而，梅尔并没有和他们一起。或许是想把挥之不去的悲伤化为积极向上的动力，梅尔的母亲和继父为他安排了另外一条路线抵达广州，那是一次千载难逢的环球旅行。在父母的支持下，梅尔购买了一张价值 500 美元的环游世界的船票，涵盖了从纽约到伦敦再到巴黎的所有舱位费用，以及抵达其他国家——荷兰、瑞士和意大利的住宿费用。此外，他还可以凭借这张票乘坐另一艘船，穿过地中海，在马耳他停航，穿过苏伊士运河到达也门，途经印度锡兰（今斯里兰卡）和新加坡。最后，梅尔前往香港，抵达广州。全程额外花费了 600 美元。

梅尔在斯坦福的一位朋友，也是斯坦福校报的助手——约翰·克莱恩（John Kline）陪着梅尔一路前行。轮船横跨大西洋，船上载着 600 多位来自杜克大学、哈佛大学、史密斯大学和普林斯顿大学的学生。常常对自己的穿着很自豪的梅尔，此时，对身边的东方人倍感不适。

"感觉我就像穿着华丽衣服的流浪汉一样。"梅尔坦诚地说道。

一路上，梅尔很开心能够见识到城堡、博物馆、大教堂和其他当地的风景名胜。与此同时，他也感觉到整个世界并不太平：英国各地造船厂都在建造军舰，德国特工试图在瑞士的街角招募纳粹分子，意大利街道满是法西斯警察和军队。当梅尔目睹这些时，西班牙"左翼"共和党政府和弗朗西斯科·弗兰科率领的右翼民族主义者之间正在爆发内战。

在这次旅行中，梅尔还遇到了因西班牙内战而被驱逐的难民团。"欧洲战乱不止，"梅尔写道，"当下所有武装和仇恨的酝酿都可能引爆另一场战争。"

梅尔对世界和平的前景并不乐观。

"的确，他们都在等待这里的爆炸。"他补充说。

从欧洲到中东再到东亚的航行，梅尔都希望有机会深入体验当地文化，他觉得观赏性越低，体验越真实。他看过马来西亚的婚礼，目睹过寂静之塔的秃鹫衔食尸体，还曾在新加坡的可可树下遥望月光。

"我猜当地人让一切变得美好，但真正吸引着我的是热带地区和东方人，"他在旅途倒数第二站写道，"真的，仿佛回到家一样，有些东西已经在这里了，一切都如此简单迷人。"

梅尔在1936年9月11日到达广州，这天刚好是他20岁生日。在岭南，他和所有的美国学生一起被安排与中国室友同住，共有23名男生和9名女生（每三个女生一个宿舍），他们每天在大学食堂里至少吃一顿饭。

岭南不仅是个田园小岛，更是个嘈杂的港口。开学后几个月里，梅尔坐在敞着的宿舍窗前，聆听着附近港口的寂静秋歌，开始给母亲和继父写信：

> 外面中国人木屐的嗒嗒声和洪亮高亢的说话声终于沉寂了下来。就连村子里的鼓声也停了——怎么说呢，现在是凌晨1点，东方的明月正在升起。月光照耀在缓缓流动的河上，洒在那些古老的贩盐舢板船和升起方形帆的捕鲸船上。这便是我此刻坐在窗前，给你们写信时所看到的场景。

广州是中国五大"通商口岸"之一，在这里，西方政府在中国领土上建立了"治外法权"的定居点，这是20世纪初政治发酵的大熔炉。在广州，被

1936年的岭南大学（中国广州）。照片由佩吉·斯特恩·科尔提供

共产党和国民党视为"现代中国之父"的孙中山开始了他的革命事业。因为岭南只有水路通往广州，这在很大程度上将它暂时与外界的动乱隔绝开来。

　　岭南的大学宿舍虽棕榈成荫，过道上爬满藤蔓，但校园并不封闭。在校园外的河口，梅尔看到拥挤忙碌的场景：渔民摩肩接踵，拥挤的舢板船、大型木船、货船和其他各种各样的船只彼此交错。数以千计被称为"水上人"的贫困人口，在河上劳作和生存，他们多是少数民族。在写给家人的信中，梅尔提到，当地人每个月用于食物的开销竟然不到31美分。

　　"住在河边的这些人，是个不同的部落，过着艰辛的生活，"他写道，"我看见他们辛苦劳作，女人撑着小船，幼儿在学会走路之前就跟着上船，有一些就睡在河岸上。"

　　梅尔并不是每封信都在评论社会问题。有的信中表达了西方人对中国脏乱差的环境条件独有的傲慢态度；有的信则描述了他在不同地方遇到的令人瞠目结舌的奇闻逸事；有的信甚至还表达了他对遇到的中国人的恻隐之心；有的信中表现了自己对家庭的浓烈的爱；还有的信中写出了对父辈几百年来的逆来顺受的几分埋怨。

不管怎么说，梅尔威尔·雅各布在不同时期都是一个无所不知的人；一个勇敢的冒险家；一个缺乏安全感的学生；一个随便的，甚至是冷漠的小伙子；还是一个迷人的调情者，经常写下这个或者那个他安排的约会。

* * *

梅尔还常常在写给家人的信中提到自己在岭南结识的新朋友。他很快便和陈嘉奕（Chan Ka Yik）、秦大民（Ching Ta-Min）打成一片，陈嘉奕是梅尔的室友，秦大民 [英文名乔治·秦（George Ching）] 则是陈嘉奕的挚友，他和大厅对面的哈佛学生休·迪恩（Hugh Deane）住在一起。

"我想带他们去看看中国的一些东西，"乔治·秦后来回忆道，"想让他们看看在美国不曾见过的东西。"

一日，乔治·秦请梅尔和其他几位美国学生一起享用一顿异国情调的晚餐。

"当晚的第一道菜是蛇羹，"乔治·秦回忆说，"我先尝了一口，然后跟他们说'嗯，太好吃了'，我便劝他们也尝一尝。"

两三个交换生仍然不肯尝试。乔治·秦则盛情相邀。"尝一小口看，"他说，"到了中国，我得给你们推荐些好东西。"

美国学生们犹犹豫豫地轻啜一口，他们惊讶的表情跃然脸上。

"他们一扫而光，后来又要了两碗。"乔治·秦说。

可梅尔跟家人谈起这顿晚餐时却并不那么高兴。

"昨晚，我的室友和一个中国朋友带我去吃了一顿蛇肉晚餐，"梅尔在信中写道，"据说那是真正的美味，而且还很昂贵。经受五道蛇肉大餐的轰炸，昨晚过得并不好。居然把蛇做成了菜。"

除了这种异域美食探险之外，乔治·秦和嘉奕还让美国室友和朋友体验更多的这些美国人绝对不愿触碰的中国风情。乔治·秦和嘉奕两人都来自有钱有势的家庭。新学期开学前不久，乔治·秦的父亲被任命为广州市市长。乔治·秦出生在美国加州的伯克利（Berkeley），那时他的父亲还在加州大学深造。

嘉奕的父亲是个有钱的大地主，他的哥哥是白崇禧的亲信——一位高级将领。蒋介石当政时，白崇禧曾是他的关键战略家之一。在中国西南部的广西省，嘉奕的家族坐拥大片土地，他的父亲则掌管着金田村①以东的庞大家族。

得益于有两位中国室友做向导，梅尔和少数几位美国学生可以在广州及其周边游玩多次。梅尔卖掉了自己的一台照相机、一把椅子、一辆自行车、一条毯子以及订阅的《时代》杂志，好一番倒腾后，他得到了一辆骑过一年的摩托车，希望可以骑着它到更远的地方探索。他希望去看看与世隔绝的岭南校园之外的中国。在学校学习的同时，梅尔开始格外关注中国和日本之间的武力较量，中国政府的剧变以及其他日益混乱的政治和国际事件。包括休·迪恩在内的其他学生也注意着这些。

"大部分在岭南大学的美国学生涉世未深、浑然不觉，"迪恩说道，"岭南的一些中国学生希望中国国民党减少对共产党的打压，增加对日本的抵抗。因为自1931年起，日军已经占领了满洲国，并继续威胁着中国北方的其他地区。"迪恩写道："我们罪恶地购买象牙、翡翠，在澳门游玩，登上广东的修道院，体验着异域风情。我们对周遭的痛苦熟视无睹，同还剩下五年光景的人力车夫讨价还价。只有几个人直面中国土地上的斗争，想要搞清楚事实，准备这样或那样地参与进来。"

梅尔便是其中之一，他和迪恩一起注意到了发生在中国土地上的残酷现实。

12月初，月光洒进宿舍窗台，梅尔正奋笔疾书，此时中国和日本之间的

---

① 19世纪，这里还出现了中国最臭名昭著的革命家洪秀全。洪秀全认为自己是耶稣的弟弟，领导了太平天国起义，这场大规模的起义最终导致2000万人死亡。

战争一触即发。他思考着，如果寒假后不再留在岭南，离开学校是否更有意义。一些学生决定退学去探索亚洲的其他地方。梅尔一开始批评了他们，但后来也重新考虑了自己的假期安排。虽然梅尔喜爱岭南这个地方，但他感觉这里学术水平有限，觉得自己最好能去中国的其他地方瞧瞧。他想去北京，"想在日本'摧毁'它之前过去看看"，他还想去日本本土，甚至还想横穿俄罗斯。

"我对布尔什维克（Bolshevik）不熟悉，但我认为俄罗斯值得一去，真真切切地去一探究竟。"他说。

不管决定下学期自己要做什么，梅尔已经明确了自己的未来。

"要说我写的那些发表的东西，我还从来没有刻意想过，"梅尔写道，"所以千万别认为我会报道那些无用之事。在中国，成千上万的美国人和我一样亲历这些事情，大部分人早已在笔下把它们写了千百遍。我为何要火上浇油呢？"

* * *

12月中旬，蒋介石前往西安同少帅张学良协商。父亲被日本军暗杀之后，少帅张学良便继承并掌控了满洲地区。然而，日军入侵满洲设立傀儡政权之后，张学良被排挤出去。直到1935年，这位少帅继续武力对抗满洲地区的日本军队，同年，蒋介石政府命令张学良从满洲撤退，集中对抗在西安西部的延安集合完毕的中国共产党。

一年前，中国共产党已经完成长征抵达延安，长征艰苦卓绝，从当时的权力中心广州和上海奔走4000里辗转至此。尽管长征出发时有10万军队和后勤，但一年多来翻山越岭，遭受蒋介石政府和饥饿的双重打击，最后幸存的人不足几千人。到达延安后，毛泽东巩固了自己作为中国共产党领导者的权力，中国共产党将长征看成党的伟大奇迹。

蒋介石希望这位少帅帮助自己对抗共产党，然而视日本为最大威胁的张学良努力让日本成为全中国同仇敌忾的国家。以商谈军事战略的名义，张学良邀请蒋介石前往西安。蒋介石抵达后,张学良将其扣押并软禁在附近一处别墅中。接下来的两周,张学良试图逼迫蒋介石同意"统一战线",同中国共产党一致对抗日本。

"大新闻,就在20个小时之前,却足以让任何相信它的人发起战争。"1936年圣诞节前夕,梅尔向母亲和继父写信讲述"西安事变"。

"英国忙于打击日本,这是个好机会。"梅尔写道。1936年12月12日,"西安事变"爆发。此前一天,英国国王爱德华八世(Edward VIII)退位,同美国一位离婚女子瓦利斯·辛普森(Wallis Simpson)结婚。

蒋介石遭扣押的消息传开,整个中国为之震惊,流言四起。蒋介石被当作囚犯移交给日本了?少帅张学良发动政变了?国民党政府火速掩盖事实。比如,身在广州的梅尔和其他人听到的消息则是,少帅被日本人收买。

"我们觉得蒋介石必死无疑,即便没有死,也颜面扫地,再度赢得人心也需要好些时日。"梅尔跟父母说。

不过,蒋介石还活着。同国民党谈判两周,共产党和许多国外调解人释放了蒋介石。为重获自由(以及解除张学良的软禁),蒋介石同意加入"统一战线",谈判的前提是中国共产党同意与蒋介石在抗日期间放下分歧,以挽留梅尔所认为的蒋介石可能丢失的颜面。中国需要一个强大的战争领袖。

* * *

尽管梅尔注意到了扣押事件,但这并未扰乱梅尔的生活。梅尔早年在斯坦福大学就学习过飞行,目前,他在中国香港的一家飞行训练学校继续练习。在那里,他遇见了卡洛斯·雷陶(Carlos Leîtao),一位掌管着位于葡萄牙殖民地——距离广东西南约60英里的澳门的贝拉维斯塔(Bela Vista)和里维埃拉酒店(Riviera Hotels)老板的儿子。卡洛斯的葡萄牙父亲有三个妻子和很多小妾,她们都是中国人,卡洛斯邀请梅尔和其他岭南朋友去澳门度过愉快的周末,去各种殖民地酒店看歌舞表演和到赌场纵情欢乐。

新年过后的第一个周末,卡洛斯带梅尔去贝拉维斯塔,那是个有着淡粉色和白色装饰的宽大阳台的殖民地建筑，从上面可以俯视蜿蜒的共和国大道和海湾。在那里，梅尔了解了卡洛斯的大家庭，他对卡洛斯的姐姐玛丽（Marie）一见钟情。

"人人都说玛丽是世上最好看的女孩儿。"梅尔向父母报告说。

接下来的几个月里，梅尔会经常回来，有时过来看看玛丽——两人开始约会，两人外出时总有"老妈子"陪着。他们有时只是单纯在家庭酒店的热带庭院里休息。

梅尔在很多封信中都流露出对玛丽的痴情和对卡洛斯的敬佩。梅尔珍藏着许多关于玛丽的照片，特别是在澳门码头跟兄弟姐妹们摆姿势的照片。她穿着毛皮大衣和成衣礼服，头发盘得很精致，显得非常高贵，然而，两人的浪漫情缘无法带出澳门。

* * *

1937年1月末，岭南大学漫长的寒假期间，陈嘉奕带着梅尔和斯坦福的学生杰克·卡特（Jack Carter）、巴德·梅里尔（Bud Merrell）前往广西老家。

在乘船的途中，梅尔目睹到：瘾君子躺在船舱里的木板上，舒畅地吐着烟雾；甲板上，猪笼里的猪叫声不绝于耳；而就在距乘客就餐区域几步之遥的厨房里，官兵们正揍着一位戴着镣铐的罪犯。

四位年轻人吃得很快，尽量不去理会囚犯嗒嗒的镣铐声，他们迅速离开惶惶不安的现场，回到烟雾弥漫的船舱。船外，珠江蜿蜒流淌，时而经过阴凉的山丘，时而经过明亮绿色的稻田。

那时，蒋介石被扣押的消息在中国各省不胫而走。梅尔和朋友们路过很多地方，很多镇上的孩子们聚集在校园里，听着各种关于民族主义、反日言论和质疑外国人——包括梅尔他们在内——的宣讲；在较大的城市，警方检查他们的护照，并警告他们不要拍照。

船停靠在位于桂平以北的珠江一带的大洪光村（Tai Hong Kwong），嘉奕带领这几位美国朋友走在泥泞狭窄的街道，来到他父亲商店的门前。

仆人打开陈旧狭小的店铺大门。

"我们走进那潮湿、阴暗的小店，仿佛置身于中世纪一般。"梅尔写道。

嘉奕的表兄向他们一行打了招呼，就领着他们摇摇晃晃上了五楼。老板娘正在打麻将，尽管这项娱乐已经被蒋介石和他夫人宋美龄所倡导的"新生活运动"禁止。临江的房间里，几个小伙子听着之前过来的船上的猪叫声睡下了。

早上醒来，一行人参观了村庄，发现大多数店主都是嘉奕父亲的佃农。中午，一顿香甜的薄煎饼配上当地的茶之后，他们来到嘉奕父亲的家族商店。嘉奕的父亲专门安排一队民兵来迎接他们——虽然中国当时的"军阀割据"已经有所削弱，但路上还会有土匪袭击游客。

"他们就像是一支军队。"梅尔写道，他注意到这些"士兵"手中的自动毛瑟枪与他们光着的脚丫极不相称。

不管是不是军队，几位美国好友对嘉奕一家都十分感谢。"护卫队"风风火火地簇拥在两边，将这几位学生护送到陈家大院。每个人都被安排了一顶轿子，他们有些无可奈何，但若是不接受，那就是瞧不起嘉奕的款待。抬轿子的人晃晃颠颠——那时的梅尔有188磅重，他们集合起来，排成一列往村外走去。许多孩子紧随其后，好奇地大声叫喊起来。

虽然梅尔在好莱坞也称得上大富大贵，但他感觉嘉奕的家与自己的家大相径庭。经过几个世纪封建社会的发展，嘉奕家的大院安然矗立。入口处左右各一塔楼，上有圆形八角瞭望台，顶部檐角飞扬。经过大院石门通向内院，正门处设有一排三个装饰拱门。院子里、走廊里、门口旁，盆景随处可见，长长短短的外廊连接着各大厢房。在梅尔眼中，这俨然不是一户人家，更像是一个大城市。

嘉奕热心招待美国贵宾，但他更乐于向他们展示田地和农耕技术。父亲的万千家产、家族声望和哥哥的人脉——嘉奕似乎对家族无所不能的传言不以为意，他更热衷于自己的农业研究，这大大超出了他对政治的热情。嘉奕和梅尔很合拍，因为曼弗雷德·梅伯格在日耳曼公司的工作使梅尔精通农业。

梅尔的这位中国室友还是个含蓄害羞的年轻小伙,他会请梅尔代替自己给女孩写信,也会问梅尔对约会对象的意见,即便是学期结束也时常如此。

"他三句话离不开梅尔,"嘉奕之女艾米·玛(Emmy Ma)后来说道,"这种时候他的眼睛仿佛亮了起来。"

寒假过后,虽然违背了不为出版而写作的诺言,梅尔还是决定继续留在岭南。某种程度上,广西之行改变了梅尔的想法。广西之行一路颠簸,但所见所闻让梅尔对中国有了更加深刻的了解。

* * *

广西之行结束后,岭南生活骤然转变。受"西安事变"的影响,大学里的学生整日无所事事。许多学生和教授离开学校参与中国革命,而一部分中国学生,如陈嘉奕和乔治·秦则留了下来,他们还把梅尔和其他四位交换生选为岭南俱乐部崭露头角的会员。俱乐部在选拔会员时,会判断参加选拔人员的特质以确定其是否有资格入会,梅尔听说自己被选上是因为俱乐部喜欢他争辩的方式。

军事演练越来越频繁,中国人对外国人普遍的反感情绪有所增加,这使得交换生在1937年春天更难在校外自由活动,但梅尔与岭南中国学生的友谊则继续帮助着他。比如他和嘉奕联手搞来一台崭新的摩托车,他俩经过杀价,最终用普通摩托车的价钱买了个带挎斗的摩托车。梅尔骑车,嘉奕则坐在挎斗里,两人经常一起前往广州。

"这是个交朋友的好时机。"梅尔说。嘉奕曾向梅尔介绍一位广东的现代青年,梅尔的摩托车便是从他那里买来的。而那位青年则热情地邀请梅尔到自己和夫人居住的一处西式现代公寓里做客。梅尔发现广东的年轻人相当开放,岭南的学生则保守很多,他们一般都只娶自己第一次亲吻的女孩。

"打破接吻和调情的禁忌只是中国学生向西方学习的一种表现。"梅尔后来在一篇关于中国文化影响的文章中写道。"她们的长长鬈发如波浪一样,身着亮丽鲜艳的裙子,身体曲线风光无限。"虽然舞会仍被禁止,但学生们在私人住宅派对上还是可以跳舞,他们或受邀和着老式留声机翩然起舞,或者去香港进行一场短途旅行。

相比在岭南遇到的世袭继承人或在校园附近河流的贫困人群的说法和表现,这些旅行让梅尔对中国社会的看法更加客观,同时,一次次外出也让嘉奕触碰了现代文化。在城市的社交中,梅尔往往放得很开,但却对嘉奕的社交不以为然,特别是嘉奕与年轻女性的调情。

"昨天晚上,室友嘉奕第一次跳舞,一晚上不停地跟我讲他跳舞的细节,包括他和一位女子的谈话,"梅尔在春日里向家人写道,"他说,男女之间这种随意的谈话是一种令人兴奋的颠覆传统的改变。"

* * *

虽然梅尔在中国南方玩得很开心,渐渐有些宾至如归的感觉,但他还是想去看看亚洲更加广阔的地方。学期接近尾声,梅尔决定先北上看看中国其他地方,然后再去日本。原先计划穿越俄罗斯或是吴哥窟(Angkor Wat)和南亚其他地区的方法看来已经行不通了。

"我自始至终希望自己对东方世界有客观的了解,尽管出发得很匆忙。"梅尔最后确定下自己的行程。

1937年6月23日,伴随着依依不舍,有些哽咽的梅尔随着"四川"号驶离港口,看着香港渐渐消失在地平线。

"尽管很开心能够回家去,但我真的不舍得离开岭南,"梅尔写道,"我知道人们对东方世界是什么样的感觉,但我无法用言语表述。有一天我会回来这里,我坚信我一定会回来。"

轮船缓慢地在中国海岸航行,最后抵达具有浓厚欧式风范的上海。在上海小住几日后,梅尔对"称王称霸的大腹便便的外国人"很反感,在那里他参观了红灯塔,发现到处都被武力包围,没什么好看的,于是他便同之前来自好莱坞的另一位岭南学生哈里·考尔菲德(Harry Caulfeld)继续北上,来到当时的中国首都南京。

在驻南京的美国大使馆庆祝了独立日之后，梅尔和哈里坐上了为期两天两夜前往西安的火车。几个世纪前，西安曾经是中国的都城，但梅尔和哈利最感兴趣的还是最近发生的一件事：7个月前，蒋介石被扣押在西安。

前往西安的一路并不顺畅。梅尔和哈里坐在三等车厢角落的硬座上，每当有人进来，浓重的大蒜味和其他更讨厌的气味便会随之而来。武装守卫会定期巡逻，他们看上去比梅尔在中国南部地区见过的任何守卫都要好。由于路途颠簸，梅尔无法准确按下打字机的键盘，所以这封写给母亲和继父的信件当然也有些不寻常，里面有多处拼写错误的单词。一群小孩子簇拥过来，好奇而惊讶地看着这两个外国人。

"唉，真希望漫漫长夜赶快结束。"他写道。窗户外风呼呼作响，大片玉米地，满是灰尘的高原、窑洞和历史遗迹，比如开封，就是一座因被称为"中国的犹太人的后裔"而出名的城市。

7月7日凌晨，梅尔和哈里抵达西安。经历数月南方的潮湿天气之后，梅尔对这里干燥炙热的空气很是喜欢。他们沿着布满灰尘的街道行走，进入有武装哨兵把守的3个40英尺宽、6世纪建造的古老而巨大的城门。城内约有20万衣着朴素、头戴草帽的人，城中的黏土建筑让梅尔想到了美国本土的土坯房。

"西安与我见过的任何一个地方都不一样。"梅尔向父母写道。作为曾经丝绸之路的终点，这里还有12块景教碑，高达10英寸的景教碑上用汉字和叙利亚文篆刻记录着当初基督教传入中国时的场景。梅尔用黑墨将碑文拓印下来，并把景教碑拍照留存。

"现在，我们在中国的西北，看着中国或是全世界起源的原貌。"梅尔写道，"这里很有趣，很少有人来过这里。"

梅尔和哈里花了40美分租下一处小屋，然后找到其他数位已经来到西安的西方人。其中便有肯普顿·费奇（Kempton Fitch），一位年轻的德士古雇员，近来忙于将一些西方记者和学者送往延安附近的共产主义据点。另一位是乔治·阿姆斯特朗·杨（George Armstrong Young），第一次世界大战中英国的一位传教士老兵,目前正在帮着斡旋西安事件。费奇和阿姆斯特朗介绍了一些广州那边的学生还不知道的事情。

"过去几个月里,我们试图了解真相,直到在这里,我们才恍然大悟,原来我们忽略了整个事件中重要的一环——共产党人,"梅尔承认道,"此前,我们从未听说过共产党人参与这次事件。"

梅尔推测中国领导人之所以没有把这部分信息透露给美国或是其他地方的报社,是因为他们不想让全世界知道中央政府的命运握在中国共产党的手中。

梅尔和哈里想看看蒋介石被扣押的地方,于是第二天早晨,他们乘坐一辆公共汽车,花了45分钟的时间到达华清池——洞窟温泉度假胜地,在这里,蒋介石被软禁。政府官员为此已建造了一座纪念碑。费奇建议由他带着梅尔他们前往延安——离西安也就两天的路程。

可刚从华清池回来,一场新的全国危机打乱了他们前往延安的计划。这一事件便是后来公认的第二次世界大战亚洲战场的开端。事件爆发在中国前首都北平城外的西南,日本人入侵满洲国后第6年,紧张的局势终于爆发。

战斗在永定河沿岸打响,一座历经8个世纪的白色花岗岩拱桥横跨两岸,即卢沟桥。卢沟桥两侧栏杆上有石柱,石柱上雕刻着501个形态各异的石狮子。石狮子的欢乐模样与永定河两岸的危机极不和谐。卢沟桥两面各有两支军队:中国国民党第29路军,驻扎在东端堡垒,万平古城墙的后面,而另一边是日军士兵。

7月7日,日本特遣队指挥官称其一名士兵失踪。1900年"义和团运动"之后签署的条约给予了日本外交特权——包括为维护日本在华权益而在中国驻军。日本援引这些协议,军队司令要求搜查在宛平失踪的士兵。中国第29军司令宋哲元拒绝了日本司令要求,中日双方枪声大作。第二天一大早,日本增加机关部队和装甲车驻军,再次向卢沟桥和宋哲元部队开火,第29军大部分士兵阵亡。

日本把士兵失踪事件和宋哲元的顽固态度作为对北平发起全面进攻的理

由。随后，问题的关键变成：正在南京西南山中避暑的蒋介石是撤下宋哲元孤军奋战还是增援全部军力对抗日本人。蒋介石的应对可能会使准备不足的中国陷入与日本全面战争的局面。

国民党对中国的立场依然不明确，卢沟桥事件成为考验国共两党联合的契机。一方面，如果蒋介石参与战争，不知道谁会帮助他。日本自1931年入侵满洲以来，控制了中国北方的大部分地区，而蒋介石控制其他中国省份以及应对全面抗战的军事力量。另一方面，如果蒋介石按兵不动，他的不作为则可能会刺激日本人。

"如果只是丢掉北平，看似无足轻重，但蒋介石害怕，北平可能会成为日本侵战中国的开始。"学者拉纳·米特（Rana Mitter）后来写道。

蒋介石也知道自己不太可能得到国际援助。欧洲深陷西班牙内战，纳粹德国和意大利的法西斯也开始抬头。刚刚经历完第一次世界大战的美国目前正处于大萧条时期，并不想卷入一场遥远的战争，且美国国内的政策制定者、媒体和公众仍停留在讨论东方主义的刻板印象中。没有国际势力想卷入一场凌乱的区域争端，他们从中并不会获益太多，若是罗斯福总统不介入西班牙，则可能会让美军奔赴中国。

"回到欧洲战场并不受欢迎，卷入中国冲突也无法想象，"姆特就美国的外交政策写道，"所以蒋介石如果想抵抗日本，他只能自己去。"

* * *

梅尔和哈里并不知道这些事情已然发生，直到他们到达山西省会太原。太原之旅让他们看到了中国高度紧张的局势。他们穿过潼关的黄河时，中国海关官员看到梅尔签证上即将赴日旅游，随即没收了他的护照。由于日本军队占领了内蒙古附近地区，因此中国地方官员对间谍异常敏感，也正是如此，这名官员立即怀疑起梅尔和哈里。对那位官员来说，梅尔他们是不是日本人并不重要。

官员勉强放行，梅尔写道："中国对外国人的抵触情绪很强烈，许多官员都配备枪支,我相信在必要的时刻,他们肯定会朝我们开一枪。"

7月11日,梅尔和哈里到达太原,人们纷纷传言卢沟桥外的小规模枪战已经演变成中国主干道——连接北平到汉口的铁路干线(平汉铁路)——上的全面战争。梅尔一行听说卢沟桥一战已造成1000多名士兵死亡。人们都在担心,一旦日本人控制了铁路,他们就可以派驻扎在朝鲜半岛和满洲的军队进入中国的腹地。好在这并未发生(虽然日本在铁路线上空袭数次),由于北平和中国内地的通信线路中断,梅尔和哈里无法得到任何关于战况的可靠信息。

"我们只知道不能直接去北平,而要绕个大圈子。"梅尔在到达太原后的第二天写道。此前,他们希望能搭乘飞机前往北平,然而到了太原,他们发现前往北平的航线已经停飞,所以他们别无选择。当他们意识到中日之间的全面战争可能会使自己困在中国腹地时,他们也已经用光当地货币。在战争的紧要关头,没人愿意兑换货币,于是,梅尔和哈里不得不拼凑剩下的钱购买了中转到北平的火车票。

出发的第一个晚上并不顺心,他们只到了原平乡。第2天他们到了张家口——阴山环绕毗邻内蒙的城市。梅尔和哈里可以从张家口看到中国的长城。他们希望在第2天早些时候能够徒步前去。出发之前,一名通信兵赶来告诉梅尔他们,要在战斗恶化、行程变得更加危险之前进入北平。

"此刻我感觉,哪怕只有一扇门开着,哪怕街上全是障碍,我们也要立即跑进去,这是我们最后的机会。"梅尔登上一班午夜前往北平的火车后写道。

第二章　内心骚动无休止

1937 年 7 月 14 日早上，梅尔和哈里到达挨着北平老城南部的火车站。随后，两人从北平唯一开放的城门进入城内。接下来的两天，机关枪交火的噼啪声和远处大炮的轰鸣声一刻也不曾停息。自梅尔踏入中国以来，这是他第一次在中国内地从一位偏执的军官身上看到了反抗战争的萌芽。他也听到乡村学堂的孩子们围在炭火旁大声地喊着："打倒日本帝国主义！"海报上画着中国军人对抗象征日本人的凶猛老虎的情景。从现在开始，日军对中国的全面占领开始了，中国人对日本人的全面抗击也开始了。

虽然全面战争还没有爆发，但此时北平约 22 平方英里的地区已经陷入瘫痪。梅尔和哈里雇了一辆人力车带去美国公使馆。人力车夫在马路上的路障间蜿蜒穿行，最终停到梅尔他们要去的中国研究院门前。（1 年前，梅尔继父的亲戚向梅尔引荐了这所研究院的院长，这个人的脾气很暴躁。）整个城市戒备森严，傍晚时分街道上空无一人。尽管夏日闷热不已，可晚上 9 点后实行宵禁，人们也只能待在家里不敢出来。

北平郊外，日本军队正在热火朝天地修建一处大型机场。很明显，日军准备发动空袭。梅尔猜测，日本在北平低空飞行其实蓄谋已久，为的是展示日本帝国的空军力量并使北平居民不断感到恐惧。日本这招着实有效。

眼下并不是美国人留在中国的安全时期，尽管梅尔竭力向父母保证说自己的处境并没有那么"耸人听闻"。然而哈里·考尔菲德的母亲担心战乱会让哈里和梅尔陷入困境，于是通过关系直接联系上美国国务卿柯德尔·赫尔（Cordell Hull）。

赫尔承认目前动用了武装力量——500名穿着美式军服的海军陆战队员绕着筑有雉堞的城墙巡逻——但他说，美国国务院尚未对此表示关注。他强调美国在北平的使命就是竭力"为美国人提供一切有效保护"。一旦战势恶化，美国大使馆会不断向美国人民发出警告并帮助他们离开北平。

"家乡的报纸上肯定都在谈论这里正在发生的一切吧，"梅尔写道，"人们脑子里想的一定很夸张，但事实却并非如此。"

几天过去了，梅尔偶尔还会听到远处传来的枪声，不过枪击声和火炮声渐渐削弱，29路军和日本在华北的驻军都撤离了卢沟桥。北平当地的双方领导人正商谈着临时停火，然而无论是卢沟桥事变爆发时正在会见军事委员会成员的蒋介石，还是新上任的日本首相近卫文麿（Konoye Fumimaro）都在为战争做着准备。除了认为日本方面要求中国把包围北平的河北省和邻近的察哈尔省转变成日本自治省是一个"荒唐"的要求外，梅尔还对蒋介石将直接对日本宣战持怀疑态度。

"我相信中国还没准备好打仗，"他在北平写道，"其一，如果外国势力不惜一切代价干扰和平，那中国只得放弃；其二，如果中国答应了日本的要求，那中国的武力将会消沉很长一段时间。这意味着日本将在6个月后再次向南挺进，直达广州。"

日子一天天过去，梅尔推测日军正在故意拖延，好让更多的军队和装备迫近北平。"日本人简直就是无赖，"梅尔写道，"他们什么都不在乎，还嘲讽其他外国势力。"

谈判仍在继续，北平街道上人群再现，不过都是些囤积物资的百姓以及无法做生意清点店铺货物的商人。一车车的军队偶尔穿过街道，但不知去往何处。梅尔也在猜测，南京政府在北平也增加了兵力，是否也在拖延时间？如果真是如此，那么他就会确信日本会把南京政府的北平增兵看成战争和反抗的表现。

梅尔、哈里和其他来到北平的朋友们趁着这段相对平静的时光参观了颐和园、燕京大学和天坛。其他的文化遗址没能看成，因为那些地方都成了中国军队的驻扎地，不过这一路梅尔确实收获颇丰，他用自己的 16 毫米照相机拍下了一路上见到的各式建筑。他拍下了北京胡同外墙上堆得高高的沙包，拍下了既能当成庭院住宅又能当作商铺的胡同巷子，还拍下了头戴钢盔在街道上行走的军队。在燕京大学，梅尔会见了新闻界的专家和当地的报刊编辑。

在这次会见中，梅尔遇见了美国合众社在北平的通讯记者 F. 麦克拉肯·"麦克"·费舍尔（F. McCracken "Mac" Fisher），还遇见了一位福克斯有声电影的制作人，他来学习如何在中国撰写新闻。

梅尔也很现实，他也想在北平的新闻界有自己的立足之地。他在信中写道："我也想找个新闻机构。但机会很渺茫。一来我没有内部情报的联系人，再者北平满大街都是新闻人。"

梅尔知道自己正身处地缘政治危机之中，而美国大众对此并不知晓。他早已迷上了中国，而现在他又开始迷恋上一场很有可能爆发的战争，一场国际阴谋，以及周遭可以被书写的种种。这些际遇诱惑着梅尔把这段历史亲自书写下来。

"你可能疑惑为什么明明'走'为上策，可我却不愿离去，"他写道，"老实说，我也不知道，我只希望自己能亲眼看到这里将会发生些什么。"

在北平的这些天，梅尔听到许多日本人侵扰北平城里外国人的故事。

"在北平，只要日本人想，哪怕没人招惹他们，他们都有胆儿敢去砸坏美国人和英国人的摄像机。"梅尔写道。在上海的时候，他就听说过类似的传闻，也被上海的西方警察告诫过不要拍摄日本军队。可梅尔无所畏惧。他借着去日本大使馆打探眼下还有没有机会前往日本的机会，带上相机，希望能拍下日本公使馆的防御军事、铁丝网以及全副武装的军队。

梅尔威尔·雅各布钟爱摄影,就像热爱写作一样,他喜欢拍16毫米的电影镜头。照片由佩吉·斯特恩·科尔提供

在梅尔做出"中国还没准备好迎战"的猜测还不到两天里,他就改变了想法。现在他觉得这场战争因为日本的无理要求简直就像"日本是帝国主义"一样荒谬。他认为中国目前只是囿于军事匮乏和经济不足,不过,他也看到,在中国无数的爱国人士都拼了命、不顾一切地想要击退日本。

* * *

梅尔开始对即将进行的日本之行感到失望。特别是出发前一天去日本大使馆拿火车票时,梅尔被日本官员盘问了好几个小时,手拿刺刀的护卫还一路"护送"着他,令他感到浑身不舒服。

不过,翌日,也就是7月23日,梅尔登上了另一列行经被占领的满洲里和朝鲜抵达日本的火车。为了能及时赶上火车,梅尔只好违背宵禁,一大早就出发了。人力车夫不得不悄悄绕过军事检查站,没有走城内的主干道。

列车穿过北平西南的丰台区，也就是宛平城和卢沟桥所在的地方，梅尔看到日本兵正在挖战壕、安装野战炮。他隐隐猜测到在这场战斗的背后定有着成千上万的日本士兵。

列车驶入日占朝鲜地区，警卫把他面前的窗帘拉了下来。不过，梅尔还是可以时不时瞥一眼窗外。他看见另一列载满军队和坦克的火车朝着反方向呼啸而过，自己的火车则停了下来为其让路。他还看到驼背的农民在稻田、煤矿和清澈的小溪里劳作。火车停靠在一处站台时，成群的日本人为抵达站台的士兵们击鼓欢呼。

"他们似乎在为士兵们呐喊，"梅尔写道，"热情没有边界，即便此刻是在朝鲜。"

第2天早上，列车警卫员把梅尔带到一等座车厢。梅尔发现列车长正拿走一位欧洲乘客的相机。列车长随后来到梅尔面前，用有限的英语坚称梅尔拍下了北平外的桥梁和其他战略设施。梅尔很聪明，他在争辩的时候提到车上一位他早前说过话并且能保释他的官员，列车长和警卫们的态度才缓和了下来。

"我的窘境让其他几个外国旅客自嘲起来，"梅尔写道，"我觉得自己仿佛成了间谍。"

抵达日本在韩国釜山港 [Fusan (Busan)] 的海关后，除了受到日本人的强烈质疑外，梅尔的赴日之旅就基本再没出什么别的乱子了。可一到日本，梅尔就发现自己一直受到监视。不管他走到哪儿都有身着便装戴着墨镜的政府特工尾随其后。有一段时间，他想出了"躲猫猫"的战术来躲避那些尾随者。在日本一个城市里，他厌倦了这样被监视的生活，便略施小计，假装没有注意到监视，径直走向一位特工，邀请他共进午餐。

7月26日，日本对中国发起全面进攻。梅尔所到的每个日本城市都有夜间空袭演习，甚至还模拟毒气攻击演习。到了白天，日本民众纷纷拥上街头，为奔赴战场的士兵们欢呼呐喊。梅尔一开始以为日本人民热情的反华呼喊是真情流露，可当他在日本看到这些自我膨胀的民众便开始怀疑日本政府的别有用心。

"鼓动宣传在日本随处可见,"梅尔写道,"密不透风的新闻审查让日本群众错误地认为他们正在进行的是一场防御战争,以为全世界都应为其遭遇深表同情。可是真正痴迷战事的只有军国主义者和热血青年。"

3周后,梅尔在横滨结束了日本之行。此次游历,他结识了哈里·考尔菲德和他们的朋友尤金·约翰逊(Eugene Johnson),几个人一起乘坐583英尺长、17000吨重的"秩父丸之航"号返回家乡加利福尼亚。

航行期间,一位名叫波利·汤普森(Polly Thompson)的女人听到了梅尔、哈里和尤金关于中国战场的讨论。汤普森是船上另一位乘客——聋哑作家和活动家海伦·凯勒(Helen Keller)的助理。汤普森跟凯勒说起了这几位学生,凯勒说要去见见他们。

接下来的两小时,凯勒、梅尔和朋友们一起讨论着中日两国的事情。为了克服交流上的障碍,当汤普森听这几位学生讲话时,凯勒会触摸着汤普森的喉咙上的肌肉。要是凯勒想要回复,她就用手指轻轻敲出音节来。凯勒之所以出访亚洲是因为她的"奇迹导师"安妮·莎莉文(Anne Sullivan)曾留下遗愿,希望凯勒能横跨美洲大陆。尽管凯勒不愿离开莎莉文,但最后还是做了让步,最后她作为美国总统富兰克林·罗斯福(Franklin Roosevelt)的亲善大使前往日本访问。凯勒虽然访问了日本、韩国和伪满洲国,可中日战事爆发让她无缘再深入访问中国的其他地方。

凯勒、汤普森和朋友们一边讨论中国一边在甲板上漫步,日本警官送给凯勒的一只秋田幼犬"神风"紧紧跟在他们身后。凯勒并不完全相信日本的借口,但她也不是蒋介石的一派,她认为蒋介石太保守,不能领导中国。

"谈及日本人时,凯勒强调自己比较喜欢日本民众但完全反对日本的帝国主义,"《斯坦福日报》这样写道,"她还认为日本女性应该要有比现在更多的受教育机会。"

同凯勒的交谈让梅尔得以思考自己过去几年,尤其是在西安和南京的见闻,以及早前在广西的日子,当然还有和陈嘉奕、玛丽·雷陶做朋友的时光。

当"秩父丸之航"号抵达旧金山后,他意识到这段时间以来,自己改变了许多,对很多事情的认识也更加成熟了,相比起一年前,他已不是当年那个对未来迷茫的学生了。

梅尔开始投入在斯坦福的大四生活中,但他仍不确定自己下一步要做些什么,但有一点他可以确定,他染上了一种昂贵的疾病:旅行癖。

"我内心总是骚动不已,"梅尔说道,"我知道自己不能永远依靠父亲支付我旅行的费用,要是我想不出能赚大钱的——哪怕是只够果腹的点子,恐怕下次旅行也便无望了。"

回到帕洛阿尔托的学校,在梅尔的心头,总是挥之不去他这次游历的深刻印象:北平城里行军的士兵、狐疑的海关官员和中日两国各自拥护祖国的群众。事实上,北平在日本关东军开火两天后就沦陷了,又过了两天,沿海城市天津也步其后尘。同年8月,日本入侵上海,11月,上海的中国军队被日本击溃。

在上海被围攻期间,日本还对广州发起袭击。梅尔在岭南的前室友陈嘉奕通过书信将广州日益恶化的局势向他一一道来。

"日本轰炸机对广州的空袭非常严重和频繁。"嘉奕写着1937年9月到10月这3周的空袭情况。尽管宿舍和其他重要的建筑都被沙袋、掩蔽的探照灯和高射炮围了起来,岭南的学校还在开课,不过只有250名学生留了下来。不久,岭南大学就搬去香港,向英国大学借来场地,只能在夜间开课。

广州和中国其他地方的难民拥入香港和澳门,那里的人们每天都能看到日本飞机从附近的小岛上起飞去轰炸广州。不过,梅尔曾经约会的澳门女子玛丽·雷陶却仍然认为欧洲和美国不应介入这场战争。

"你们美国人应该让中国和日本单打独斗,"她在给梅尔的信中写道,"对双方不偏不倚。好让中日各有公平。日本正在重演几个世纪前英格兰和其他国家的往事。我并不反日。你呢?"

这是个很复杂的问题。梅尔深知引起中日冲突的因素有很多。在旅途中他曾亲眼见过日本人多次欺压中国人——更别说日本官员对自己的盘问——

他对事件的缘由越发来了兴趣。梅尔在写给《斯坦福日报》的"中国内地"三部曲中,就中日双方的备战表达了自己的看法。梅尔在开篇就写下自己感受到的中国各派联合一致抵御国外威胁的亲身经历。

"过去一年交换生的日子单调不已,"梅尔在第一部分的开端写道,"我们身处在一个动荡不安、躁动不已的国家,民族主义在这里滋生,中国人民联合一致抵御日本侵略。"

那年夏天,乔治·秦——前广州市市长的儿子,也是休·迪恩在中国的室友——前往美国攻读经济学硕士。梅尔很希望乔治·秦能和自己一起在斯坦福学习,于是便在乔治·秦到来之前为他办好了入学事宜。乔治·秦的到来以及自己和嘉奕及玛丽的通信往来使得梅尔仍然同中国保持着联系。

与此同时,他开始关注亚洲事务和新闻事业。在一篇学校的随笔中,梅尔流露出前往中国1年多后,他为自己逐渐变得独立感到无比自豪。"我个人很讨厌依赖他人。"他说。可矛盾的是,他为拥有属于自己的小轿车感到独立的快乐,但小轿车却由母亲和继父出资。父母的帮助并不足以帮助梅尔适应斯坦福文化的变化。

"帕卡德豪车在校园风行,斯坦福正逐渐改变。"梅尔写道。他补充说道,这款车预示着崭新的时代,在那个时代里,斯坦福大学教育的社会地位比学术地位更加重要,"这不仅意味着棉斜纹布和灯芯绒长裤的消亡,而且意味着一张斯坦福的文凭可以独立走向社会生活"。

梅尔没有一味抱怨自己被排斥在斯坦福的社交圈外,反而更加积极地投身工作,加入了西格玛专业记者协会,也就是如今的职业新闻工作者协会。一年的国外生活让梅尔更加关注国际事务。由于他的出色工作,12月,他当选为斯坦福大学国际关系委员会主席。

回国后的岭南交换生贝蒂·丽·莱特(Betty Leigh Wright)和玛格丽特·沃尔夫顿(Margaret Wolverton)也是该委员会的成员。委员会的首要任务是建立"国际住宅项目(斯坦福大学)",类似加州大学伯克利分校。因语言不通而被孤立的61名来自25个国家的国际学生不得不在帕洛阿尔托租住校外房屋，因为当时的宿舍还不够斯坦福大学本部的学生居住。这就让外国学生很难有机会跟美国学生交流。

然而，尽管《斯坦福日报》刊登了一整篇关于该项目及其他相关事宜的报道，尽管大家继续在学生会和其他会议上不断游说，可国际住宅项目从未落实。学校管理者不会为这一项目买单，尤其是他们还要为近1000名研究生解决住宿问题。其他匠心独具（或走投无路）的解决方案，如占用学校不准备修理的破败宿舍中的一层专门用于该项目，也半途而废。梅尔和委员会还尝试设立两个专门的奖学金项目，用来解决经济拮据的中国学生就读岭南大学问题。梅尔等人就曾得到这样的支持，才能前往广州学习，如今这种善举就显得更有必要，因为战争给岭南及其学生带来了压力，梅尔觉得自己有责任去帮助他们。但这个想法却没有得到斯坦福大学学生会的支持。

然而在梅尔的积极领导下，国际委员会为国际学生简化了一直困扰着他们的班级注册手续。委员会还积极倡导社交活动，如定期在教授家中聚会或是偶尔的野餐活动。此外，委员会还为国际学生筹建了每年4月份的"和平日"庆典。

在国际俱乐部里，梅尔遇见了雪莉·奥斯汀兰德（Shirlee Austerland），两人便开始约会。梅尔来到斯坦福1年后，雪莉在加利福尼亚的希尔马攻读政治学，她是一位涉猎广泛的读者，也是一位热情洋溢的书信作者。两人经常约会，一起去旧金山郊游，听交响乐，欣赏戏剧，为斯坦福的橄榄球比赛欢呼助威，同乔治·秦、富兰克林·曼德斯（Franklin Mynderse）和温顿·克洛斯（Whimp Close）共进午餐。

除了与这些人交好，梅尔还和嘉奕保持着联络，嘉奕一直感谢梅尔"体恤吾国"。到了春天，广州的局势有所缓解。即便偶尔还能听到枪炮声，听到广东那边的炸弹爆炸声，学生们也仍然陆续返回岭南，嘉奕即将毕业。

"梅尔，你是我最好的外国朋友，你比其他人更懂我们的国家和人民。"嘉奕写道。等入了秋，他就要回广西去，为了每月挣得10美元而奔波辛劳。

* * *

1938年,梅尔带着"殊荣"从斯坦福大学毕业。暑假期间,梅尔在继父曼弗雷德·梅伯格的日耳曼种子和植物公司帮忙,他继父也是想趁机看看梅尔是否有望接管家族生意。显然,他不能。

秋天,梅尔重返斯坦福攻读新闻硕士学位。11月,他代表斯坦福大学出席专业记者协会。为了论文,他和旧金山的另一位硕士生查尔斯·L.梁(Charles L. Leong)一起研究有关亚洲和亚洲紧张战事的报道。通过案例分析、采访新闻记者,他们审查了导致1937年7月7日卢沟桥事变爆发的报道,分析了美国媒体的失败原因——只报道了导致第2次中日战争的一连串复杂事件,而未能报道这些战事对加州读者的潜在影响。

写论文期间,梅尔在帕洛阿尔托的阿尔瓦拉多大街556号租下一间房子。房东是埃弗雷特·史密斯(Everett Smith)的遗孀梅·史密斯(May Smith),她的丈夫埃弗雷特·史密斯筹建了斯坦福大学新闻系。不过遗憾的是,史密斯先生在梅尔来到斯坦福之前就过世了。他的女儿雪莉和梅尔一起上了3年学,不过她最后没有毕业。

雪莉离开斯坦福之后去了纽约,在《生活》杂志找到了一份研究员的工作。也就在那里,雪莉遇到了摄影师卡尔·麦当斯(Carl Mydans),与他一见钟情,坠入爱河。麦当斯和雪莉于1938年6月成婚,随后夫妻俩回来看望雪莉的母亲,这让梅尔有了跟卡尔学习摄影的机会。

"他是《生活》杂志的摄影师,是个了不起的家伙。"梅尔向父母说道。卡尔对梅尔的论文很感兴趣,还请求查看梅尔收集的大量笔记和材料。"跟卡尔交谈让我学会很多。"

尽管有了卡尔的鼓励,可是梅尔一开始对毕业论文的事情并不在意。到了2月初,梅尔的论文导师——斯坦福大学新闻系主任克林顿·布什(Chilton Bush)告诉梅尔他对梅尔很担心,对他论文的质量感到失望。布什的一番话让梅尔感到心灰意懒,让他萌生了放弃自己的研究生学业的念头。

不过，他终究没有放弃。他明白问题在于自己不够努力。又过了几周，梅尔在做了大量工作之后，又投入论文的写作中，一切开始好转。梅尔减少课外活动时间，停止了他一直在上的飞行课，当然，除了忙于论文外，他还接受当地报纸的一些培训，在全国性刊物上发表了自由撰稿文章。他还参加著名记者的讲座，多次访问当地的通讯社。这些都对他的论文写作大有帮助。布什被梅尔的付出打动，对梅尔的态度也转变了许多。当初他恐吓说要给梅尔不及格，而现在，在他的督促下，梅尔却醉心论文。于是布什帮梅尔联系了一些工作。

6月，梅尔短暂访问了洛杉矶。虽然他很享受和家人团聚的日子，但他知道家乡没有他能在其他地方寻觅到的机遇，比如旧金山，又比如他一直想去的地方：中国。

他写道："或许我对事物的看法是错误的，但我觉得我想要的是一种尽可能宽广的人生，我不可能一辈子都待在贝莱尔的空气里，坐在沙滩俱乐部的沙滩上。"

那年夏天，梅尔在森尼韦尔附近的一家水果包装厂上夜班，人生观有了进一步认识。他的工作并不难——他只是个质检员，只要保证每份水果沙拉和水果鸡尾酒里的配料充足——但这份暑假工作让他第一次体验到手工劳作的益处。

"罐头厂的工作让我受益良多，"他写道，"这不仅让我努力工作的想法变为现实，更使我接触到了过去6年来我一直在阅读和思考的问题。"

虽然罐头厂的经验让梅尔对工人阶级有了认识，但那段时间，他更担心夏天结束时自己会无法完成论文。交稿日临近，布什威胁梅尔论文的搭档查尔斯·梁，要给梅尔不及格。而且更糟的是，查尔斯也参加了一份全职工作，这导致他没有时间帮梅尔排版论文。虽然最后大部分工作已经完结，可是布什仍然暗示整篇论文可能需要重写。梅尔仍然记得年初的时候自己是多么心灰意懒。

布什自己也很矛盾：他对论文的内容很满意，但觉得还不足以拿去发表。

布什的评估很令人沮丧，然而在这之前梅尔和查尔斯却已经定下了行程，即在 5 天后要去参加西格玛专业记者协会的年度会议，这场盛会在旧金山湾区的召开正是由于梅尔的游说。梅尔害怕因为论文的原因，自己还要在学校再待一年，所以他不断催促查尔斯·梁抓紧完成任务。经过几个不舍昼夜的工作后，他们终于改好了论文，达到令导师布什满意的程度。

谁也说不清楚为什么布什很快就改变了主意。其实，布什从未像梅尔在信中跟母亲说的那样对他感到失望。梅尔和查尔斯为了这篇论文能顺利通过，分析了旧金山 3 家报刊 2000 多篇报道，还采访了数十名来自中国、日本和美国的记者，试图评估加州新闻社是如何处理来自中日的新闻，以及为何美国新闻行业标准使得这两个亚洲国家的事件没有得以充分报道等。他们发现西海岸的报纸并未与中国和日本有长期通信往来，就算有保持通讯，新闻稿也都只是投给了不熟悉东亚局势的编辑。因此，杜撰的新闻满天飞，中国或日本的编辑对投稿人只有荒唐的要求。

梅尔亲身感受过这些问题，当初他留学回来接受采访便是如此。

"没有人会问战争的背景和影响，"梅尔在论文中写道，"每个记者在采访中的问题都引导人们从'恐怖'的角度让他们进行报道，最常被问到的便是：'你看到有人被杀死了吗？'"

在他们的结论中，梅尔和查尔斯就困扰记者们的报道提出了许多问题，例如他们尝试呼吁考虑不知情读者的需求；记者们受自身环境、知识和政治偏好而引发的偏见；刊物的编辑政策、语言障碍以及审查制度。梅尔和查尔斯在论文中写道：

> 除非美国人了解了远东，充分认识整个事件的背景，对事情有了明智理解，不然中日新闻将会继续甚嚣尘上、耸人听闻。只有符合新闻模式的故事才能加以报道。这样的话，那些意义深远的运动，正如中国内部的阶级运动，将始终不为美国民众所知。要么美国人明晓远东并非只是 8000 英里远，要么东方事件促使美国有所行动，否则新闻界的这种状

态将会一直持续下去。

梅尔和查尔斯在旧金山的金门世界博览会上解说了他们的论文，这是由斯坦福大学校长雷·莱曼·威尔伯组织的一场活动。作为纽约世界博览会的补充，金门世界博览会旨在加强太平洋沿岸国家之间的联系。在那年夏天演讲之前，梅尔、雪莉和另一个朋友参观了博览会，他们参观了里面旅游纪念品的集锦，太平洋文化的概览，最新的科学发现，等等。博览会上大放异彩的有在加利福尼亚南部奥哈伊（Ojai）飞地烤制的半吨重的巨大水果蛋糕，它由50打鸡蛋和其他超大份的配料做成；还有名为"萨利·兰德（Sally Rand）的裸体牧场"的滑稽表演；更有饱含"荷尔蒙"的"欢爱故事"，以"打开男男女女的自我心门"。

博览会着实代表着新政的乐观主义，不禁令人联想起梅尔在4年前刚来斯坦福时所写的论述公民论文里阐述的乌托邦愿景。就美国从大萧条中复苏而言，这个活动是让加州成为理想化的泛太平洋经济的核心的机会。展会还展示了中国帆船以及经常在特雷热岛（Treasure Island）和香港之间飞行的泛美公司迷人的银色鲸鱼形状飞机。

金门世界博览会是在一些学者和政策制定者，特别是那些与太平洋国际学会（IPR，早期由威尔伯联合创始的，很有影响力的智库）有关的学者们认为太平洋沿岸国家如今越来越相互依存的时候举办的。参加梅尔演讲的政策分析师和编辑们为鼓励他的初生牛犊不怕虎的精神，并褒奖他在亚洲事务上的有效视角，把他引荐给了身在中国的重要新闻记者、商人、外交官。

写论文期间，梅尔便遇到了刚回国的合众社中国分社的经理雷·马歇尔（Ray Marshall）。马歇尔当时在旧金山编辑新闻稿。梅尔去拜访马歇尔，马歇尔说他可以大力向合众社纽约办事处推荐雇用梅尔作为中国地区的撰稿人。他甚至说会敦促办事处支付梅尔前去中国的船票。不过他说，即便集团把资金都花在了派遣记者去欧洲上面，无法支付梅尔的路费，然而自费前往中国也是非常值得的。

听到马歇尔的支持,梅尔高兴不已,尽管他非常清楚地知道自己还不确定是否能够得到这份稳定的工作。

"也就是说到了中国以后,我只能靠自己了,"他写道,"我将竭尽所能去报道一支每天有几千人伤亡的部队。我也不知道能不能做好。"

在马歇尔的鼎力支持和太平洋国际学会成员来信鼓励下,《旧金山纪事报》的保罗·史密斯(Paul Smith)希望梅尔能为《纪事报》的周日杂志《当今世界》发来中国特写。当有大新闻时,史密斯说将会让他担任亚洲地区的通讯记者。

梅尔知道这对他来说是个绝佳的时机。不过,他需要在离开加州这几周努力提高汉语水平。住在旧金山的老朋友乔治·秦主动提出为他辅导汉语。为了方便梅尔和乔治·秦见面,同城的《斯坦福日报》老友乔纳森·莱斯(Jonathan Rice)邀请梅尔同他一起住。

金门世界博览会演讲几天后,梅尔给母亲写信告诉她《旧金山纪事报》给他的承诺。那天正是 1939 年 8 月 31 日。

"欧洲那边风平浪静,毫无战争迹象。"他写道。

然而翌日,希特勒入侵波兰。

由于欧洲战事爆发,很少有人还记着此间正发生的其他几件事,比如金门世界博览会或是太平洋国际学会为争取太平洋合作而进行的游说。或许,正如梅尔在重返中国前夜写下的那般,这种乐观的运动一直井然有序。然而,世界已经不像从前,梅尔现在的工作就是去揭露现实,他认为记者的准确报道有助于实现世界和平的承诺。

"世界形势预示着未来几年的艰难。"梅尔写道。

无论是革命、内战还是世界大战,都意味着人们生离死别、遭受痛苦。记者的主要任务就是描述其目之所及的真实画面,并为整个新闻界尽职尽责。哪怕只能纠正很少一部分的误解,这份工作也是成功的。对梅尔来说,这意味着世界更接近和谐生活。

梅尔重返中国的第一站是中国最大的国际化大都市上海,这是个令人充满误解的城市。

接受了乔治·秦的汉语速成班之后,梅尔在1939年10月的第3周动身前往中国。登上"库里奇总统"号轮船,穿越太平洋,梅尔在夏威夷短暂停留,在日本神户中转,航程中还碰到了岭南的朋友。在从日本出发的轮船上,梅尔联系到了关键人物:《大美晚报》最有号召力的编辑兰德尔·古德尔(Randall Gould),也是在上海最有影响力的记者之一。古德尔带着梅尔在上海四处看了看,帮他适应这座城市。

11月7日抵达上海之后,梅尔以每晚2美元的价格租下了一处毗邻上海腹地的赛马场的豪华公园酒店(包含三餐)。2美元一晚的价格不仅太昂贵,德国客人在酒店门口的大喊大叫也徒增梅尔的不安。可不巧的是,经济实惠的房间早已被订完,所以要想解决眼前的困境,梅尔要么找到一份工作,要么找到其他便宜的栖身之处。上海相比于中国的其他地方生活成本更高,而且还比国内其他地方更能感受到文化孤立。近来发生的事件也让上海不再是个宜居之地。

上海一直以来都是侨民聚集地,这跟外国政府几十年来一直享有"治外法权"有关。治外法权不仅让上海沦落在外国官员的掌控之下,还让这里的外国人受到本国法律的保护,而非中国法律的约束。

"不过,如果你不是英国人、法国人或者美国人,或者你的国家没有足够的炮艇,你也就不那么国际化了。"梅尔写道。这其实说的都是那些在上海不享有治外法权的外国人。可令人感到荒谬的事实是,上海最弱势的不是某些外国人,而是中国公民。虽然梅尔在1939年来到这里时,上海还维系着其大部分的国际地位,可在淞沪会战后2年间,日本的武力在此增强,同中国和西方的战事越发频繁。

"西方世界正在从中国退出,"梅尔写道,"他们撬开中国的最后跳板——租界——正在遭受日本的阻碍。"

日本人接手上海后,梅尔发现这个城市开始陷入瘫痪的孤岛状态。当他去美国运通公司兑换钱时,房间里的亮蓝色旅行手册总让他感到不安,特别是在一个寒冷的夜晚，他亲眼看到人道主义工作者把那些冻死的中国劳工的尸体堆放在卡车上。梅尔对上海、上海城里的人、当地华人所遭受的一切感到非常愤怒。

"我不愿看到乞丐（可我还将遇到更多），"他写道，"我讨厌看到歌舞厅里潇洒的富家子弟，我不愿看到难民，我讨厌看到身穿貂皮大衣坐在帕卡德豪车里庸俗的外国人，富人们花天酒地，奢靡度日，可是中国的农民却还在忍饥挨饿。"

其实，上海并不是日本在中国增加武力的唯一城市。1937年年末，日本入侵了当时的中国首都南京，世界历史上难以想象的、令人震惊的黑暗时刻就此降临。3周里，日本军队犯下20世纪最残酷的恐怖暴行。南京城内，200000~300000的平民被杀害，成千上万的妇女被迫害。

许多记者目击了这场暴行，其中便有《纽约日报》的记者蒂尔曼·德丁（Tillman Durdin）。1937年，德丁在南京报道期间，看到了城内日本军队的抢劫、处决、奴役壮丁、强奸妇女和其他罪行。最让德丁震惊的是，他亲眼看见300人靠墙站成一排被扫射。

日本占领南京之后，蒋介石政府迁移重庆，那是一座遥远的位于中国西南部的山城。就在这时，蒋介石的前盟友汪精卫与日本私下媾和。汪精卫建立傀儡政权，即中华民国国民政府。汪伪政府号称代表全中国，但实际上只代表日占地区，代表着日本占领者的企图。

汪精卫的下属在上海国际公共租界和上海法租界建立了间谍和秘密警察的势力网络。他们对外协助日本特务，背靠上海地下黑帮的支持，徘徊在噩梦般的极司非尔路76号，这是汪精卫效力者施行殴打、鞭笞、电刑等酷刑的一处可怕处所。1939年年初，国民党政府渗透到汪精卫的上海势力网络并暗杀了众多高调的汉奸。遭受打击报复的汪精卫间谍团伙和秘密警察联盟不得不转入地下。这次打击还包括威胁上海的新闻集团。

尽管美国尚未参与中日战争，这种威胁对驻扎在上海的美国记者已经不是头一次了。作家保罗·弗兰奇（Paul French）在其法语小说《走到镜子里》

对其有详细描述。

"事情变得越来越糟糕。"弗兰奇写道。路透社记者詹姆斯·考克斯（James Cox）在警察局被谋杀，梅尔想要约见的《纽约时报》哈勒特·阿本德（Hallett Abend）在记者们经常聚集的百老汇被打。梅尔来上海之前遇到的古德尔是日本多次袭击的目标，因此不得不采取了许多安全措施，比如在办公室外带着全副武装的保镖，出行都要坐在装甲车辆内。然而梅尔并不认为这些措施坚不可摧。

"枪杆子还是能要了记者的命。"梅尔写道，他看到报社外面钢筋混凝土警卫亭和"坦克"。

梅尔在信中绝不会说自己害怕这种对新闻人的威胁。他已经不是往日的梅尔了。相反，有了古德尔帮他建立联系，梅尔每天大部分时间都奔走在上海各新闻机构之间，得以顺利地同编辑、社长和记者们聊天。

他还花了大量时间跟阿本德（Abend）相处，阿本德是其斯坦福校友，算得上是当时在亚洲收入最高的驻外记者，也是一位热心的艺术收藏家。阿本德是《纽约时报》长期的特约记者，除了向《泰晤士报》撰稿之外，阿本德还定期为《星期六晚报》和其他报刊撰文。在古德尔引荐了梅尔之后，他邀请梅尔留下来在其公寓里吃午餐。午餐过后，阿本德展示了价值数千美元的中国艺术收藏品。梅尔从阿本德常带回公寓的那些经销商那里买了一些丝绸画，但梅尔其实最渴望的是和他讨论记者的工作。

除了阿本德和古德尔之外，主导上海新闻社群的还有莫德柴·洛赞斯基（Mordechai Rozanski），即后来的"密苏里帮"，这是一个有影响力的记者团，成员曾在密苏里大学新闻学院读书。这所中西部地区的学校不止派出一批记者到中国，即便是学生完成学业后，他们的教师和行政人员仍然密切参与亚洲毕业生的活动。与"密苏里帮"有联系的记者还在燕京大学里任职，梅尔早在1937年就去过燕京大学的新闻系。

刚来上海4天，梅尔就遇到了中国土生土长的"密苏里帮"分子吴卡堂（Woo Kya-Tang）。吴卡堂备下酒席招待梅尔，力劝梅尔前来自己担任主编的

《中国新闻界》工作。尽管梅尔婉拒，跟国民党关系密切的吴卡堂还是主动提出担任梅尔的代理人。梅尔还加入了其他报刊，如《上海报业》和路透社。不过，梅尔最想做的是离开上海，自由地踏上中国的其他地方。

　　为了更多地了解新闻业务的机制，梅尔尽量不错过每一场记者招待会，亲身感受日、英、法、美的官员如何把言论变成头条新闻。他甚至还曾陪同一些记者试图在船上拦截美国大使提出一些问题，不过有一次却不慎滑落进船来船往的黄浦江。

　　梅尔在一次日本记者招待会上写道："听一听、看一看新闻是如何产生，又如何传到美国去，真的非常有趣。"

　　梅尔在上海工作期间，写了一篇言辞激烈的文章，相对于上海那些常见的卖点——美丽、摩登、财富、国际化，这篇文章直面抨击任何报刊都不敢碰触的上海市政腐败和混乱枪战，来到这里的游客们只是惊叹于西方风格的建筑，或者呆呆地看着拉着他们去找妓女的人力车夫。

　　在这篇从未发表的文章里，梅尔指责大多数的上海国际社团，指责其成员肆意反对犹太主义，对住在外白渡桥的人们颇有成见。外白渡桥是一座105米长的钢桁架桥，位于虹口区的苏州河河口位置。过去一年，17000多名犹太难民被迫离开欧洲，在上海安下身来。然而世界各国首脑对成千上万逃离纳粹的犹太人置之不理。上海外白渡桥区，就像许多犹太居民都曾在欧洲留下的犹太人聚居区。

　　然而梅尔在另一篇文章里确定无疑地描述了犹太人在外白渡桥地区生活的情景。这是他第一次署名的文章，在这篇文章里，他用的笔名叫梅尔杰克，这个名字是他有一次穿过拥挤的上海街区时突然听到一个小女孩在用德语这样喊他时的名字。

　　"再走过几条街，便看到德国标志的建筑，"他在《洛杉矶时报》的周日杂志特写中写道，"熟食店里卖着犹太食品，小市场、裁缝店、无线电修理工和牙医都忙着做生意。"

　　仅仅1年前，梅尔在文章中写到，上海还只有70名犹太人居住，但随着世界各地其他港口的闭关，它迅速成为接受犹太难民的最后一个地方。这种开怀接纳并没有最终持续下去，1939年12月，上海开始关闭犹太人的"希望之港"。

在这篇特写中，梅尔生动地描绘了犹太人鲜活却又紧张的生活中的细微之处。"看上去毫无希望。"梅尔向父母的信中述说着犹太人的困境和自己手中正在投稿的文章。除了这些难民的绝望之外，梅尔还沉迷于犹太人是如何劲头十足地认为自己不只是犹太人，更是德国人、捷克人或奥地利人。

"真奇怪啊，他们从自己的国家逃离出来之后仍不忘民族主义，"他沉思着，"他们在上海能和睦相处吗？他们能活下去吗？活不下去的话，他们又会去哪儿呢？"

来到上海没多久，在吴卡堂和其他人的关照下，梅尔被引荐给当时在中国工作的最有影响力的密苏里"黑手党"董显光（Hollington Tong）。作为中宣部副部长，朋友们口中的"老董"也是国民党政府的一位影响深远的人物。梅尔对"老董"在卢沟桥事件之后发表的一篇演讲赞赏有加，很快了解到"老董"才是许多自由的中国新闻媒体的领路人。他创办的报社负责撰写政府赞助的新闻电讯，发送到各个通讯社和新闻编辑室；政府改组后，他还准备筹建国际广播电台之外的短波广播，负责国民党运营的广播台"中国之声"。

吴卡堂告诉梅尔国民政府正在寻找能够组织国际广播电台运作以及编写宣传等事务的人，而梅尔正好适合。这个工作让梅尔得以接触到中国最重要的一些人，让他能够从极少数人的角度看到中国政府的日常工作。只要梅尔点头，这份工作便会让他有理由离开上海前往重庆，在那里，他可以置身于一个规模虽小但专注的记者群体中。

"那正是我一直想去的地方，所以一切都会好起来的。"梅尔说。

然而梅尔在上海结交的朋友们都告诫他不要接这份工作。他们认为这份工作的宣传因素将会扼杀梅尔为新闻事业献身的美梦。其他人则认为从事这份工作简直是个馊主意。尽管这份工作政治宣传意味很浓，薪水很低，可战时中国陪都的诱惑，以及前去中国自由之地的诱惑，确实让梅尔难以抵挡。

此外，梅尔希望宣传工作不要永久持续。而且，如果他接受这份工作，他将每日都能接触国民党的内部圈子和其他劲爆的消息来源。相比在重庆工作的兴奋和长期政治宣传的诱惑，在上海生活让梅尔感到精疲力竭，这让梅尔更容易做出决定。

感恩节这天，古尔德和他的第三任妻子邀请梅尔共进晚餐，梅尔感到自己几乎和上海的每个美国记者都成了朋友。不管梅尔做出什么决定，朋友们都对他的未来充满信心。

"大家似乎都很紧张，觉得我的工作马上就要定下来了。"他说。"他们每个人都给这份工作提了建议。"他又说。

"我真的很喜欢他们的意见。"他承认道。梅尔其实还有其他的工作选择，比如吴卡堂的报业（梅尔就如何改进给出了一些非正式的建议），再比如梅尔觉得政治宣传意味也很浓烈的路透社职位，还有，他与远东集团的经理渐渐熟悉，因此他很自信会找到工作，只不过还需要些时日。

10天后，董显光再次问及梅尔前去重庆的工作。那时，梅尔仍犹豫要不要签下宣传局要求签署的合同。他想在迎来真正属于自己的新闻事业之时能够自由退出。特别是梅尔非常期望在上海的记者们可以通过重庆方面交流信息，好让他能够顺利地维系自己一直以来搭建的人脉。最后，"老董"让了一步，同意可以不用签合同就雇用梅尔。

"无论结果怎样，此刻的我异常高兴，因为我可以做自己喜欢的事，"他写道，"至少这是个真实的、有趣的工作。"

第三章　中国之声

1939年12月10日，梅尔开启了他的重庆之行。这趟旅程可谓漫长。他先乘船抵达香港，再从香港乘坐飞机飞往国民政府首都①。正是在这段漫长的旅程中，梅尔开始全面思考错综复杂的中国国内外战争局势。

梅尔之前造访中国的经历，和这次回来前6个月的切身体验使他明白了一件事，那就是大多数人都无法超越自身的局限去看待问题，所以整个世界的人都在画地为牢，故步自封。他坚信如果人们能够开眼看世界，更多地关注自身以外的大千世界，如果人们能够以更开放、宽容的意识来认识世界，那么也许希特勒就不会出动军队，也不会出现日本向中国扩张的事情，劳资矛盾也不会像今天在美国那样尖锐了。梅尔也明确地表示，相比欧洲发生的战争，亚洲的战争情势对于世界未来的发展更具意义。

"日本的统治地位说明了一件事——东西方的对抗，"他总结道："而且除了美国以外，没有谁能阻挡这种革命性的转变。但我并不知道美国是否有意愿，或者说是否应该这么做。不过无论如何，这个问题目前对它来说都是一

---

① 当时的国民政府首都在重庆。八一三事变后，上海沦陷，原首都南京危如累卵，国民党政府决定迁都重庆以继续抗战，并最终在一九四〇年九月正式定重庆为"陪都"。

个难题,亚洲和美国的关系太紧密了,菲律宾现在对我们来说是如此重要,以至于我们根本无法忽视太平洋地区。"

梅尔在香港短暂停留期间还抽空去了趟澳门,拜访了玛丽和卡洛斯·雷陶。"玛丽一家人热情周到地款待了我,我在那里酒足饭饱。"梅尔也试着联系了一下他曾经的室友陈嘉奕,但并没有收到陈嘉奕的回信。

整个香港看起来都像是"全副武装",所有的海湾都被钢丝网封闭起来。物价高涨但酒店和夜生活场所到处是那些"无所谓谁在战争中胜利,也不关注新闻报道"的中国富人,这些人着实让具有同情心和正义感的梅尔感到恼火。

"这让我相信了肃反运动,"他写道,但是他又补充道,"香港也有其他较为可取的方面,这里有难民营,有孤儿院,还有援助这些士兵的慈善事业。"

梅尔越靠近重庆,似乎就越接近战争,他已经做好了准备。虽然他承认,自己非常思念家乡,也怀念离开香港前的舒适生活,但是他更期待着这次旅程。他预想在未来,自己可以结识更多志同道合的人,而且就目前来看,殖民地在战后两年的恢复情况也给他留下了深刻印象,这些都令他兴奋。

梅尔在圣诞节之后的一个凌晨离开了香港,两点到四点之间,他乘做中国航空公司 DC-3 航班飞往重庆。他在飞机上昏昏沉沉地睡着了,人约八点的时候醒来,此刻他看见飞机正在一层浓雾上打转,准备实施降落。在飞机下面,那个总是云雾缭绕的地方,就是重庆。

* * *

1940 年年初,厄尔·利夫(Earl Leaf)和当时驻洛杉矶中国领事张大光(T. K. Chang),给在加州海滨城市凡吐拉工作的一位牙医发去了一份神秘的聘书。这个牙医叫查尔斯·斯图尔特(Charles E. Stuart)。利夫曾经干过樵夫,当过水手,后来还做过记者,他曾听说过这个牙医是圈子里人尽皆知的业余无线电爱好者。在近三十年里,由于他能够通过短波联络到一些世界上最偏远的地方的人,所以被誉为"斯图尔特博士"。在那个年代,能够跨越遥远的距离接收到清晰的信号，尤其是能够连贯地接收信号，那必须得有高超的技术。如果中国想获得美国方面对于其战争行动的慰问和支持，斯图尔特的无线电技术将变得至关重要。因此，利夫和张先生要求斯图尔特接收来自中国的宣传广播，把它们记录下来，然后再转播到一个在美国四座城市都设有办事处的中国通讯社。

在凡吐拉市中心，斯图尔特的牙科诊所外的一间小屋里，他和他的助手（也就是他后来的妻子）爱丽西娅·海尔德（Alacia Held）创立了一个小型播报室，这个播报室里配备了无线电接收机、耳机、电传机，甚至还有一台可以录制10分钟的音频、并把它记录在12英寸的唱片上的设备。在那里，斯图尔特可以收听到一个国际广播电台（XGOY）的节目，这是个在遥远的重庆，由政府运营的广播台。与此同时，爱丽西娅开始记录每段广播节目，并将它们一字一句地转播出来。斯图尔特的无线电工作不但将成为中美连线的首要环节，而且也将成为梅尔打算在重庆从事的工作的重要基础。

考虑到美国的听众可能很难理解这些带有浓重口音的英语，即使是斯图尔特运用了高超的专业无线电技术，依然频繁出现信号薄弱的状况。因此斯图尔特请求中国的相应机构聘用一个英文讲得相对清楚的播音员。时任国际广播电台的站长，同时也是中国信息部的一名雇员——彭落山（Peng Lo Shan）先生前去询问董显光，看他宣传部新招的年轻美国人梅尔能否帮忙建立这个无线电站。董先生的手下在上海再次询问了梅尔的意愿，这个任务深深吸引了他，在那个雾霭蒙蒙的12月末的上午，梅尔抵重庆后不久，就开始投入了工作。

* * *

由于受到鲜明的政治色彩影响，中国的电台播报服务在1940年1月1日被转移到了宣传部。除了运行国际广播电台，宣传部还需要编译每日和每周的英语新闻总结材料，接待外国记者，审查流出的文件，并且关注政府的其他公共事务需要。

梅尔在宣传部的第一个任务是调查那里的无线电性能和需求。他很快意识到了斯图尔特提到的那种必要性：也就是需要一个讲话清晰，并且了解美国听众的美国播音员。

"这里的人对广播工作都不太了解，更不了解那些要发送到美国去的广播节目。"梅尔写道。

国际广播电台的目标群体是美国人，而非中国人。如果国际广播电台可以起到在美国境内引发对于中国支持的作用的话，那么它将有可能进一步影响公众舆论，迫使罗斯福政府支援蒋介石的战斗。

梅尔有一个来自洛杉矶的朋友，他认为这个朋友可以胜任播音员的职务，同时还可以为广播节目提供一些建议。他们俩就国际广播电台的事情通信了几个月，但是这位朋友从未来过重庆。因此，梅尔最终还是自己成了播音员。

除了需要了解美国的主持人以外，国际广播电台还面临着其他困难。一方面，它的电台节目除了英文以外，还要用另外十三种语言来播放，这样一来，新闻稿就需要被翻译成这些语言，可是那些译文的质量却参差不齐。另一方面，他们还面临着一大堆的技术难题。不过与总有人忘记打开启动广播的开关相比，那些技术难题都不值一提了。

梅尔不仅要在国际广播电台做事，还要帮忙修改由宣传部的中国员工们写好的报刊稿件，他甚至还受雇为一个当地主教代写文章，用来给一个叫作《麦克卢尔》（*McClure's*）的杂志专栏供稿。最初，在梅尔的描述中，他对一些需要他修改的文章并不是很仁慈，即使这些文章都用英文写作，但当梅尔拿到这些稿子的时候，还是十分不解。

"我们两个尽可能把这些粗劣的作品以一种新闻报道的形式重新编译。"梅尔说道。而且，这些文章最初是由政府官员、其他重要的国民党领导者，或者他们的顾问撰写，所以梅尔在做任何修改时都必须十分谨慎。

"当然，这里还存在一个孰轻孰重的问题。"梅尔提到，所以即便某些作者写得很糟糕也是可以允许的。

然而，梅尔也补充道，他可能有点夸大了这些工作对于良好阅读体验的

中国重庆和它最有名的石子路之一。梅尔威尔·雅各布摄此照片,承蒙佩吉·斯坦恩·科尔惠赠

负面影响。他十分仰慕和尊敬自己的上司,也就是宣传部的副部长,董显光先生。梅尔认为董先生是一个拥有现代眼光,积极而又温厚的官员。他也很喜欢和他一起工作的员工们,尽管有时候他们的工作习惯让他感到困惑。

"这里的人不知道规章程序为何物,"梅尔写道,"即使是领薪水都是一件让人很困惑的事情。因为我身无分文,所以我需要一些钱,然后我看到一个男孩给我拿来了一个很大的信封,信封里面塞的钱却比我预想的要多,这让我有些不知所措。"

梅尔在不工作的时候,就马不停蹄地用双脚探索这个新的落脚之地。重庆是一个坐落在一连串陡峭山坡上的大都市,它以一座大约四英里长,一英里宽的半岛为中心,向东延伸到了嘉陵江和长江的交汇处。架空的竹楼爬满了山坡,这些竹楼沿着长江沿岸的悬崖聚集而起。

重庆的主城区被划分成了上半城、下半城和河岸边洪水频发的集市。在战争爆发前，商人们沿着世界第三长河——长江逆流而上，从汉口、南京还有上海等地来到重庆。在长江的南岸有一小片洋人区域，那里设有一些外国大使馆、基督教会和像美孚石油公司一样的大型商业组织。

穿过这座半岛，在重庆市中心以西的地方有一条新路，这条路的名字最近刚刚被改成了中山路，来纪念这个国家的英雄——孙中山先生。沿着中山路向上走，就到了国民党领导们的会议场所——行政院。行政院附近还有一些其他的政府办公室和蒋氏家族以及其他名人的居所，这其中包括共产党代表周恩来和特工戴笠的居所。

重庆是一座尚待完善的城市，梅尔到那里的时候，这座城市新铺的路面上挤满了那些从被侵占的海滨城市而来的避难者，但是这座城市的大部分地方依然缺乏现代化的道路。重庆在古代巴国①时期曾是一个坐落在四川省核心地带的中心城市，后来却一度成了中华大地上一个闭塞的地方。

但是接下来，梅尔写道："20世纪正逢重庆的两次飞跃和一次突飞猛进。"第一次飞跃是1891年英国沿长江建立了上海和重庆之间的定期轮船运输服务；而第二次是在1931年，从海滨城市到珊瑚坝——这个建立在长江河床上的陆上机场之间的定期航班开通了。

至于那次突飞猛进就是蒋介石在1937年11月20日发布的"中国的首都由南京迁往重庆"的声明，它使这座城市加速转变为中国未侵占地区的重心。一如历史学家拉纳·米特（Rana Mitter）写的那样，这次变迁是中国战时战略中利用空间换取时间的重要一步。

"将整个国民政府沿长江而上，迁移到1500千米以外的地方，这样的做法巩固了一个横亘整个国家大陆的统一中国的想法。"米特写道。重庆在遥远的内陆，在这个国家的西南方向，尽管它的地理位置几乎是在当代中国领土的中心地带，但在1940年，它依然被视为边缘地区。

中国政府经历战争之后依然屹立不倒，但是为了抵抗像日本一样强大富

---

① 巴国，周朝时地处今中国西南、长江上游地区的一个姬姓国家。国都江州，即今天的重庆市江北区。

裕又具有现代化武器装备的敌人，中国还需要繁荣的经济。当国民党将权力中心移到重庆以后，它还策动了一场中国工商业的大规模重新布局。所有的工厂都被拆除了，随着自汉口而来的水上驳船一起在长江上沉浮。一条条铁路向前延伸，火车呼啸着在向中国的心脏源源不断地运输锅炉、提炼装置和其他工业设备。

这个冬天，当萦绕在重庆山头之上的浓雾将日本的炮火抵挡在外的时候，这座城市并没有把它的心思放在天空上，而是放在了地下。重庆是"世界上遭遇突袭最多的城市"，当这里遭到突袭时，民众们通常会躲进一种通过地道打通到山坡下的掩体中，这就是防空洞。民众的生活就是围绕着这座城市数量众多的防空洞展开的。这些防空洞通常都不太令人向往，很多幽深又潮湿的隧道都"和目标背道而驰"，最终变得不堪入目，梅尔参观这些防空洞的时候必须要拿着手电筒来照明。城市领导者们还得教这个城市不计其数的新居民在袭击到来的时候，利用这些防空洞来保护自己。

"重庆也许是这个世界上最不宜居的首都了。"梅尔在他 1940 年夏天没有出版的《天堂以外的城市》(*Unheavenly City*) 中这么写道。"一个仆人在明火上为你加热了洗澡水，等到水被倒入澡盆的时候，要么已经凉了，要么就因空袭警报再度拉响而无法洗澡。一块巧克力千方百计地掰开来卖，美国香烟和出租车一样少见。"

新的道路已经铺好了，但这是一座大部分人都选择步行的城市，几乎没有人有车，出租车也很少见。石阶和陡峭蜿蜒的小巷组成的交通网截断了山脉，在依悬崖而建的架空的竹木建筑之间连通。这些道路上还生长着泥泞湿滑的苔藓。

重庆是一座各种气味混杂的城市，这里有"刺鼻的和清新的——但是又十分熟悉的和属于人的"气味，卡尔·麦当斯（Carl Mydans）后来写道："这里的夏天格外闷热，冬季又特别寒冷潮湿。人们都抽一种被称作'始终是我的至爱'的三炮台香烟（Three Castles cigarettes）。"重庆是如此匮乏、贫困、危险和不便，但是这座城市却几乎留住了它的每一位过客。

"外国人大都带着想要再次回来的想法离开重庆的，"梅尔写道，"固定模式通常是告诉他们在香港的朋友们，他们错过了怎样一个苦难之地，然后又立马带着三十磅的衣物和一些必需品不假思索地冲上下一趟飞往重庆的飞机。"

重庆既是崭新的，又是破旧的。它很快成为这个世界上"遭受最多轰炸"的城市，它同样也成为敬业的记者们在中国的集中住地。梅尔除了完成自己在宣传部的工作以外，还利用之前在加利福尼亚建立的联络网，用自己的名义来做报告。他得到了一台康泰式 II 型相机，他经常随身携带这部相机，只要一有机会，就拍各种照片。他甚至把一些照片卖给了美联社。梅尔在《洛杉矶时报》刊登了他写的关于上海的犹太人团体的文章之后，就打算写更多的专题，比如将给《旧金山纪事报》的一个周日杂志——《当今世界》写一篇关于达赖喇嘛选举的文章。

* * *

在美国加利福尼亚州，梅尔在斯坦福认识的女朋友雪莉会定期和梅尔的妈妈保持联络。她们两个经常交流从梅尔那里得到的消息，努力地解读他那简短的，却含义隐晦的电报内容。（她们花了相当长的时间弄明白他的电报地址——"SINOCOM"，其实它只是代表"中国通信"。①）不管怎样，有一件事情对她们来说显而易见，那就是梅尔在重庆的生活要比在上海的生活愉快幸福得多。

这可能和梅尔在重庆新闻宾馆遇到的团体有很大关系。如果说重庆是战时中国的重心的话，那么梅尔和这个城市众多记者的重心就在新闻宾馆，这个用泥、竹子、灰泥和石头构造而成的薄壁建筑，在战前是一所中学。

在国民党政府迁往重庆以后，董显光说服了当时可能被认为是中国首富的人——财政部部长、宋夫人的姐夫孔祥熙提供了 10000 美元的资金，用来修缮那所学校，以便外国记者们在那里居住和工作。这个住所简陋破旧又不

---

① SINO 有"中国的"的意思，COM 是 communications 通信的简写。

玛雅·罗德维奇、梅尔威尔·雅各布、兰德尔·古德尔和休·迪恩在中国重庆的新闻宾馆外交流。佩吉·斯坦恩·科尔摄

太舒适——洗澡水都必须靠搬运工来搬运,而且水也不是很多——但是要不了多久,它就会给人一种家的感觉。

这个宾馆建造在一个小小的、青草漫漫的盆地当中,盆地周围屹立的高山跨越了半岛形的主城区。从宾馆步行没多久就可以到达国民党的主要建筑,以及建造在附近的山谷与山脉之上的外国大使馆(尽管更多的大使馆建造在要横穿两条城中河才能到达的地区)。董显光自己的住所就在新闻宾馆附近,他的办公室和中国中央广播电视台的播报室(尽管在其他地方也有场地)也在附近。

梅尔的房间有两扇大窗户和粉刷过的泥墙,他睡在一张狭窄的金属床上,床上铺了一个僵硬的、半英寸厚的床垫。房间里还有几张茶几、放置了一盏台灯的小书桌、一些座椅、一个梳洗台和一个盥洗池。一张常年潮湿的地毯盖住了一部分的水泥地。

宾馆里还提供了一间梅尔和莫里斯·"莫"·瓦塔（Maurice "Mo" Votaw）共享的办公室，这位先生是密苏里大学的毕业生，他在上海的一所新闻学院教书，在教学中断期间来到了这里。莫里斯看起来很瘦削，留着褐色的卷发和一点儿小胡子，梅尔和很多经常出没在新闻宾馆的年轻记者都把莫里斯视为长辈。

"如果你是一个住在重庆新闻宾馆的记者，"梅尔写道，"这种生活很像是回到了大学寝室。因为汇率是25∶1，在这里每个月的饭钱只需要大约两美元。你对别人的事情知道的，或者说你认为你知道的，比自己的事情还要清楚。9000英里以外美国的家庭问题可能就是新闻宾馆的问题。你要努力让信件的内容保密，你的名字也不能透露出去。"

因为他们一起吃饭、睡觉、经历袭击，记者们变得比普通同事更加亲密。对于梅尔来说，他和在新闻宾馆遇到的所有人形成了一个大家庭。这个大家庭除了他还包括蒂尔·德丁（Till Durdin）和他的妻子佩吉（Peggy）；伊斯雷尔·艾珀斯坦（Israel Epstein）；梅尔在岭南大学的老朋友休·迪恩（Hugh Deane）；那个爱生气的、讨厌女人的杰克·贝尔登（Jack Belden）；还有贝尔登追求的女士贝蒂·格雷厄姆（Betty Graham）（另一个以前的岭南大学交换生，她反而很迷恋梅尔）。没错，重庆的出版集团需要为了独家新闻报道而竞争——实际上，这些来来往往的外国记者们的任务和命运也一直在改变，苦痛和心碎当然偶尔也会在新闻宾馆发生，但是住在这里的每一个人都会彼此分担。

在新闻宾馆有很多的欢愉时刻：在泥土院子里，和信息部的官员们或者当地小孩们临时组织篮球赛和排球赛；看到香港出差回来的人带来的巧克力条和威士忌时的激动万分的场面；还有有人偷拍的梅尔赤裸着身体坐在宾馆澡堂里的照片。

新闻宾馆的住户们喜欢用持续时间很长、很晚才结束的聚会来迎接出差回来，或者新来的记者们。当兰德尔·古德尔在 3 月初来到这里的时候，梅尔和他的朋友们准备了一顿丰盛的晚宴来欢迎他。

"我们准备了丰盛的食物，还有很多米酒——准确地说，是 24 只锡壶的量。"梅尔写道。

23 位饶有风趣的客人一起举起酒壶，他们的身上体现出扎根于重庆的不同国籍人的不同风格。在梅尔邀请的客人中，有一位波兰妇人，她在为国际联盟效力，还是中国国防部部长的情人；一位叫作海伦·福斯特·斯诺（Helen Foster Snow）的美国作家（笔名是尼姆·威尔斯，Nym Wales），她协助组织了中国工业合作社运动，后来嫁给了埃德加·斯诺（Edgar Snow）；还有佩吉·德丁，一位身份不明的中国银行的顾问，以及《时代》周刊杂志的代表白修德先生①。

"今天在这里，我们是一个集体，"梅尔说，"我们的新闻宾馆里住着各式各样的人物，但是当我们从重庆宾馆（一个很多外国人居住的私人寓所）过来，加入这个行列的时候，就是快乐的开始——将来有一天会有人想要为这个重庆的特殊集体写一本书的。"

聚会活动结束后第二天，古德尔借了一辆办公室的车，载着梅尔一起驶向了重庆周围的山村。那时候果树刚刚开花，花簇让梅尔感受到了在灰蒙蒙的城市生活了 3 个月之后，久违的令人神清气爽的放松。两名记者游览了一个热门的春日度假胜地，拍了一些照片，还拜访了偏僻的政府办公室，为了防止空袭的集中破坏，这些办公室被分散开来，这让他们也更进一步了解到国民政府是如何对持续的袭击做出反应的。

"每加仑汽油要花费一美元，而且人们不怎么使用汽车，这些原因实在阻碍了我继续兜风。"梅尔提到。

通常，他们的娱乐活动都是不太具有冒险性质的。有一次，新闻宾馆里

---

① 白修德（1915—1968），本名西奥多·H.怀特（Theodore H. White）。抗日战争时长期任美国《时代》周刊驻重庆记者，采写了大量关于中国战场的报道，访问延安后写出影响巨大的名著《中国的惊雷》。

有人得到了一套完备的日本军服和武器。他们接着用那套装束打扮了《时代》周刊杂志的记者白修德。白修德一只手拿着步枪，另一只手拿着手枪，头上戴着一个头盔，俨然全副武装的样子。他长长的工装外套的袖子外面还粘着一面日本国旗。

尽管宾馆周围的棕榈树外充满了恐慌，这个宾馆依然像是伊甸园的中心一样充满了自由和温馨。一位能言善辩的哈佛大学学子特迪（Teddy）在后来回想起这段岁月时，是这么描述的："那些在重庆的日子，在炮火之下，生活是如此新鲜，每个人都那么良善，一切事情都如此单纯。"

* * *

梅尔在新闻宾馆结交到的朋友中，特迪也许是最亲密的一个。两个人的友谊开始于1940年年初，当时《时代》周刊雇用特迪作为他们的远东记者，然后梅尔接手了特迪之前在宣传部的工作。1月初，他们和瓦塔一起乘坐一辆拥挤的公交车到重庆市中心，那之后，关系变得更加亲密，那天晚上，他们吃了粤菜，在剧场里他们在一部完全看不懂的中国电影和一堆以前的、被严重删减过的美国新闻短片之间来回切换。

特迪和梅尔是一对不同寻常的朋友。笑容可掬的梅尔高大健壮，拥有深情的双眸和浓密的秀发；而眉开眼笑的特迪身材矮小，有一点儿圆鼓鼓的感觉，戴着眼镜还有点儿秃顶。前者是加利福尼亚州一个富裕家庭里唯一的孩子和宠儿；后者曾在波士顿和他的母亲，还有几个兄弟姐妹一起过着简朴的生活。梅尔总是很安静；然而特迪，每当他的热情被激起的时候，总是滔滔不绝。

但是他们两个人都来自犹太后裔的家庭，他们的父亲都英年早逝。两个人都很快喜欢上了中国；他们对新闻工作的热爱都非常浓烈；都有各自的聪慧和优势。就像皮特·兰德（Peter Rand）写的那样，他们是一对"灵魂伴侣"。

随着战争的发展，他们成了亲密的朋友。

"我不知道应该用什么词语来重温那种深刻的、真实的友谊带来的欢愉和幸福。"特迪后来和德丁说,"我们拥有这么多关于朋友的记忆,它从未离去。它既是重庆的酷热,又是日本人发动突袭的一个个夜晚,或者是食堂和美味的食物,抑或是那些相谈甚欢的时刻,最为重要的就是这些畅谈的经历。"

* * *

潮湿让重庆变得闷热异常,蚊虫大肆侵扰。公交车排放的废气几乎让重庆窒息。在重庆的聚会上陈列着烤鸭、葱油饼和米酒,参与聚会的人有日本的叛军、德国的共产主义者、美国的陆军武官,混杂着冒险家、雇佣兵和来自世界最遥远角落的流浪者。除了这些狂饮作乐者之外,在喧闹的街道上到处都是兜售破碎的工具和破旧衣物的穷人,还有常年不洗澡、散发臭气的妈妈们试图喂养正在臭水沟里排便的孩子。

一年中的大部分时间,炎热都会笼罩重庆,哪怕是在夜半时分都不曾散去。稠密湿热的空气就像噪声一样无处不在。在这个熙熙攘攘的首都里,寂静是如此陌生的一个概念,这个词语简直可以从字典里剔除。

天气放晴以后,空袭的季节终于还是来了,它也带来了到目前为止最严重的噪声:那就是空袭警报的鸣响声。接下来就会很快听到冲向防空洞的居民们发出的低语声。紧随其后的是正在靠近的轰炸机遥远的嗡嗡声,继而变成一种轰鸣声。当这些声音都退去之后,世界仿佛充斥着一种短暂的、可怕的寂静,然而,当看似遥远的炸弹在百英尺外炸落时,这种寂静瞬间便消失了,"就像是一个重力杯噗的一下掉入水里"。

袭击发生的时候,市民们尽其所能地让自己冷静下来。当轰炸的飞机还没有到来的日子,人们常常会略带点麻木地望望天空。在重庆,袭击已经变成了一种常态,地下避难所也成了日常生活的一部分。年轻的情侣们会悄悄地在黑暗的地方接吻,厨师们还是会准备好便当,官员们依然会悠然从容地在那里读报。

可以说这种所谓的常态应该得益于一套精心设计的警报系统。日本机场附近的国民党间谍将轰炸机起飞的消息提前报告给重庆的官员,紧接着当地

人们簇拥在中国重庆一个防空洞外的街道上。梅尔威尔·雅各布摄此照片，承蒙佩吉·斯坦恩·科尔惠赠

官员就开始预估袭击到来的时间。当警报响起的时候，一连串用红纸包起来的警示灯就会升到山脉中的柱子上方，居民们由此就可以判断他们还有多长时间逃进避难所。如果距离袭击还有两小时，就升起第一个球体；如果轰炸机据此一百英里，就会升起第二个球体；而最后一个会正好在轰炸到达之前升起来。

重庆的防空系统从表面上看似乎是创造了一种针对突袭行动有秩序的反应，但在这表象之下，却昭示着荒凉死寂的现实。每次轰炸之后，市民们从避难所里出来时，总会看到一片令他们毛骨悚然的景象。黄包车夫和那些被称为"棒棒"的搬运工们，血肉模糊地躺在街道上，他们用来抬起杆子和篮子的竹竿散落在身上；女人们的身体摊在路中央，血色的裙子在泥地上散开。公交车被炸得扁平，还冒着烟，建筑物还在那里熊熊燃烧，烟雾滚滚升起，飘向天际，继而又沉入这座城市的大街小巷。

很多人，尤其是那些饱受饥饿和病痛之苦的人，无法及时赶到避难所。正是他们的身体倒在了路中央；是他们用竹棍和纸墙做成的房子最先燃烧起来；是他们孩子的啼哭声在突袭的轰鸣声消逝之后，仍在这座城市的石阶之上久久回荡。这些人为了生存，铤而走险地想多卖一把花生或者橘子，仅仅为了能比数量巨大的战争受害者多活一会儿。

尽管震惊于这些战争受害者的的经历，梅尔相比起来要安全得多，他并没有处在与此相同的巨大的人身危险之中。空袭的警报到来时，他总能及时赶到另一个避难所中，这种生活总是会干扰中断他的生活，让他感到非常厌倦。在防空洞里，他试图抓紧一切时间，用自己的打字机赶制一些文章，但是一切并不如他所愿，防空洞是那么拥挤、黑暗和喧闹，以至于他很多时候都完全无法开展工作。

梅尔不在防空洞中的时候，他的生活充满了各种各样的噪声，有外面拥挤的群众嘈杂声；透过新闻宾馆纸一样薄的墙壁传来的对话和做爱声；工作时的咔嗒声；还有打字机没日没夜的咯咯声。每天早上，在国际广播电台控制中心的一堆无线电设备前，梅尔和其他新闻播报员一起用缓慢而有节奏的声音朗读着晨间简报，与此同时，来自中国四面八方的多种方言都汇集在这个多语种的堡垒之中，在这里各种语言，尤其是广东话、普通话和四川话在一个个小隔间里交替回旋。

由于工作性质，梅尔也多和重庆有钱有势的人联系密切。之所以将新闻宾馆建造在距离政府办公室很近的地方，就是为了让中国的官员可以很容易地看管出版，同时也方便记者们可以很容易地接触到他们所报道的重庆政要。

"这样你会更好地了解中国官员，会让你感觉离这场战争更近了，"梅尔写道，"渐渐地，你发现你的中国朋友比外国朋友还要多，这让你感觉很棒。你会觉得自己处在这些巨大旋涡的正中心。"

孙中山先生的遗孀，宋庆龄女士在那年春天也搬到了重庆，住在一栋距离宾馆只有 0.25 英里远的三层楼房里。从年龄上说，宋庆龄是具有强大影响力的"宋氏三姐妹"中的老二，小妹宋美龄则是蒋介石的夫人，大姐宋霭龄

宋美龄，中国最高统帅蒋介石的夫人，她接受过美国教育并且极具影响力。梅尔威尔·雅各布摄此照片，承蒙佩吉·斯坦恩·科尔惠赠

是金融家孔祥熙的妻子，他曾为董先生的新闻宾馆项目提供了资金。她们的兄弟宋子文比宋蔼玲小，比宋庆龄大，以前是财政部部长和实业家，后来去美国担任了特使。

孙夫人的到来标志着自战争爆发以来宋氏三姐妹第一次住在同一个城市。这也成为战时首都最重大的新闻之一，因为这标志着她所支持的共产党和与她的兄弟姐妹密切相关的国民党之间的高度合作。

梅尔终于有机会为三姐妹的第一次重庆之行拍照了，他甚至在洗澡的时候都还在想着这件事情。

"有人说我应该好好打扮一番，因为我将要和蒋夫人、孙夫人还有孔夫人一起出行了。"他告诉他的家人。梅尔刚刚把他的相机卖给了休·迪恩，他还没有买新相机，所以他拿了美联社的记者吉姆·斯图尔特（Jim Stewart）的相机。在她们巡视被炸弹毁坏的地方、防空洞和工厂的时候，梅尔也和她们的随从们一起游览了重庆各处。

* * *

4月17日早晨，梅尔坐在距离新闻宾馆不远的国际广播电台播报室里的一个麦克风前，他的对面就是宋氏三姐妹，这三位中国最重要的女士。通过广播节目把她们聚集在一起，这既是中国民众的福利，也是梅尔职业生涯的幸事。这一天，她们用英语来聊天。广播节目开始之前，宋庆龄突然开始咯咯地笑，不久，她的姐妹们也开始大笑起来，她们中有人看了看梅尔，然后做了个鬼脸，他也失控地笑了起来。

早晨5:40分，四个人依然笑个不停，直到美国全国广播电台纽约地区的主持人打断了他们。

"重庆继续。"那个播音员说。

梅尔振作起来，用缓慢而有节奏的，几乎有点僵硬的声音介绍了宋氏三姐妹。因为静电的干扰，他的声音听起来有些扭曲，甚至有点含混不清，在他加州和贝莱尔的家中，雪莉和艾尔莎惊奇地听着他的播报，这是几个月来她们第一次听到梅尔的声音，这让她们激动不已，也为梅尔向美国介绍如此重要的人物而感到骄傲。

"谢谢你们，美国全国广播电台的听众们，你好，美国，"梅尔说，"这里是中国国际广播电台重庆播报室，今天接受采访的是中国三位最重要的女士。"

梅尔接着介绍了宋氏姐妹的名字。

"实际上这次可以采访到孙夫人真的是一次千载难逢的机会。"在宋庆龄试图让自己镇静下来的时候，梅尔说道。

"多棒的演讲啊，"梅尔后来在信件里拿他少得可怜的介绍开玩笑，"我这个播音员真是太糟糕了，整件事情都很滑稽，人们都说通常听我播音不会这么差的。"

梅尔不止对自己的主持不满意，他对蒋夫人演讲的结尾和自己的结束词因为超时而被剪断也感到不太满意。然而，梅尔后来碰到蒋夫人的时候，她却告诉他，她对那次的广播节目以及梅尔这个人都很满意。她承诺不久之后会和梅尔坐下来接受另一次采访。

"我们的关系都非常融洽，您知道吗，"梅尔开心地写给他的母亲，"他们总会呼唤我的名字，然后给我一个灿烂的笑容。"

* * *

梅尔播报的关于宋氏三姐妹的节目被纽约的美国全国广播电台安排成了特别播放。5月3日，国际广播电台新播报室的筹备终于完成了，这个新的播报室设在重庆山岗下的一条地道里，令人感到很安全。在那里，它可以远离这座城市接连不断的空袭。每天早上4：00，梅尔向西步行7英里到达国际广播台在沙坪坝区的新播报室。在早餐吃完一顿热面条后，梅尔就开始向斯图尔特博士播报当天的新闻简报。之后，如果梅尔不需要帮忙解决广播站的技术人员和节目策划人员之间的争吵的话，他就会离开这里，常常在阴郁潮湿的天气中穿行在忽高忽低的山岗和石阶间，去挖掘来自重庆周围的内幕消息。

在广播节目被调到了晚间以后，有一段短暂的时期，国际广播电台的播报室不能使用了，所以梅尔不得不用另外一个播报室。这样一来，梅尔就得在晚上七点出发，乘一辆卡车或者一辆拥挤的公交车花两小时前往临时播报室，这个播报室在重庆市郊外遥远的乡村地带，之后他又要再乘两小时的车回来。而这一切又都是在经历了每天令人疲惫不堪的报告、空袭和各种会议之后必须做的。

"重庆并不是一个容易做报道的首都，它总是以戏谑的方式为记者们设置一些困难。"梅尔曾经向一位编辑抱怨道。

严酷的空袭使梅尔每天只能完成一个访谈，在那之后，他又不得不花时间去寻找一个可以藏身的防空洞。在警报解除前，他必须要待在防空洞中。这段时间对他来说实在太漫长了，以至于如果没有一辆汽车的话，他完全没办法准时参加各种会议。如果遇上阴天，他或许还有时间乘一艘小船到长江南岸，去拜访那里数量众多的外国大使馆、商务贸易站和部分国民政府部门。

被日本轰炸机袭击后,中国重庆悬崖上的一处建筑熊熊燃烧。梅尔威尔·雅各布摄此照片,承蒙佩吉·斯坦恩·科尔惠赠

然后他会再坐船返回。爬上这个城市悬崖上陡峭湿滑的石阶时,梅尔总是会拒绝那些想用轿子抬着他小心翼翼地前行的农民。这让他想起了骑行穿过广西的村庄,去他的室友嘉奕的老家时的情景:梅尔既不能忍受将他六英尺一英寸的健壮身躯扭曲地塞进那些轿椅中,也不能忍受这种依赖于对农民的奴役来获得所谓"高贵"的文化不适感。

"当你在正午的太阳下翻山越岭时,你会咒骂这些山脉的陡峭,"梅尔在《天堂以外的城市》中写道,"然而几小时之后,你却藏在从这座山中穿过的,可以保护你免受炸弹轰击的地道里,这时你会合上你那喋喋不休的嘴巴。但是只要你能再次开口交谈,你就会跟你身边的人无比骄傲地说:你对重庆的山脉由衷地感到喜欢,你想要大声地感谢上苍,还好你不是在一马平川的大伦敦。"

在重庆连绵的山脉中,有一座山叫琵琶山,梅尔总会在琵琶山的悬崖边停下来,点一支三炮台香烟,看着外国飞行员"神奇般地"在深山之间驾驶着庞大的中航DC-3S,穿越覆盖在长江之上的浓重的黄色烟雾,朝着珊瑚坝的机场飞去，尽管他从来也不曾清晰地看到过它们降落。

"那片地方岩石遍布，天色昏暗，也没有什么显眼的标志，"梅尔刚到重庆的时候就说，"即使是在可以俯瞰水域的临近的悬崖上，你甚至都看不到它。然而这些飞行员却总是能巧妙地躲避可能完全看不见四周的山脉，安全地降落在距离他们五十英尺的空地上。"

梅尔很喜欢待在重庆，但是随着时间推移，他对于自己在政府的工作却彻底失望了。虽然，当他废寝忘食地写新闻稿，或者因为即将播送的广播节目而与嘉宾争论的时候，他对于自己工作的艰辛仍抱有一种良好的幽默感。

"你看，我一周可以挣到三美元。"他写道。

但是每天都会有一些事让梅尔对电台感到恼怒。国际广播电台的播音员们在节目正式播送前不彩排，也不核准节目的时间；有一些人会在麦克风前打哈欠，而有一些人在应该到场时却没有出现。

"我觉得我已经尽到了我的责任，"他写道，"我再也无法忍受这种可怕的低效率了。"

还有一件事情也让梅尔感到沮丧，那就是办公室里有一些农民，他们要夜以继日地工作，一刻也不敢停歇。

"这让我非常痛苦。"梅尔写道。他不光烦恼于自己成为剥削的一方，而且，这样一来，其他的员工会做更少的工作。但真正激怒他的是，这个现象恰恰就发生在他的办公室里，在这里，似乎完全没有规章制度的约束。梅尔对此非常生气，甚至扬言要辞职。

这引起了董先生的注意，他派人去告诉梅尔，他对梅尔的工作很满意，而且他想为梅尔提供一个基于黄金价格的薪水（由于中国战时现金价值的剧烈波动，基于黄金价值的薪水将意味着更加稳定的收入）。说实话，这个条件在当时真的很诱人，但是梅尔依然不是很确定。从某种方面，他不知道自己能否继续以一个宣传员的身份工作。尽管那时他已经有一些新闻报道发表在《旧金山纪事报》中了，并且一直以来也得到了其他报社的青睐，但是他并没有从事正规的新闻工作。如果他承诺为信息部继续工作的话，那就会使他更

梅尔威尔·雅各布和莫里斯·瓦塔在中国重庆新闻宾馆外讨论一则新闻。佩吉·斯坦恩·科尔摄

加无法按照自己的方式开展他喜欢的新闻工作。

但是如果梅尔接受了这样的安排,他就能够付得起让雪莉来重庆的钱了。他还想过,如果她真的来到重庆,他们很有可能会结婚,尽管他不排斥这种可能性,但他觉得现在并不是合适的时机,特别是,如果那样,婚礼就只能在远离家人的千里之外举行了,这是他心中并不情愿的。

"另一方面,如果我明年就回美国的话,我可能就要失去我如今努力打造的一切了,而且如果雪莉不能过来的话,我就必须要回家去了。"梅尔在给他母亲和继父的信中写道。他告诉他们,他想要做正确的事情,但是也希望自己的生活能有他们的参与。

在梅尔第一次表示自己想要辞职后不久,蒋夫人兑现了她做访谈的承诺。他们喝着不可多得的橙汁,交谈了四十五分钟。当时,蒋夫人说的很多话都没有录音。梅尔把他能用的仅有的信息整合到了《纪事报》有关蒋夫人的专题里,但是作为对她接受采访的回报,梅尔必须要把手稿拿给蒋夫人过目,以获得她的批准。多次拖延以后，蒋夫人终于把手稿还了回来，但里面的内容已经被她严重删改过了。

"她是一位非常有魅力的女性，但是我更想写我能写的文章——而不是像我写过的那篇文章一样。"梅尔写道。

尽管梅尔为重庆的魅力折服，但他依旧生出了抱怨。尽管他现在要撰写蒋夫人的人物专题，还有关于另一个对蒋氏很重要的人——威廉·亨利·端纳（W. H. Donald）的人物描写，这是一个他期待已久的采访，然而，梅尔却没有机会去做他自己的报道。

"我还没有在写文章上遇到过这么糟糕的情况，"他抱怨道，"厌倦了制造周日杂志上的废话，而且那时也没有时间来收集更好的材料。"

在早些时候，梅尔就已经意识到了，他本性"太过挑剔，以至于无法好好做一个宣传员"，董显光的一些员工也觉得他"过于客观"。梅尔与中新社纽约地区的联系人厄尔·利夫也意识到，实际上梅尔做出的贡献要比一个独立记者的本职工作多得多，所以利夫努力在新闻通讯以外的工作上也和梅尔联系起来。与此同时，特迪·怀特正在筹划一场旅行，并且打算在他离开以后，由梅尔替补他的位置，为《时代》周刊和《生活》杂志工作。但是最终，这些杂志没有采用梅尔的任何文章。

对于梅尔和身在重庆的其他记者来说，世界似乎就是围绕重庆旋转的，但是美国的报纸依然缺乏关于亚洲的充分报道。梅尔在重庆期间，一直和太平洋国际学会保持联络，由于他们的影响力，梅尔找到了一份工作。旧金山的干事约翰·奥基（John Oakie）告诉梅尔，他对于梅尔可以在亚洲目睹大事件的发生感到"非常欣喜"。梅尔将一些中国的政治新闻记录发送给了奥基，在当下欧洲战争占据头条的情况下，奥基也十分渴望知道更多关于亚洲战事更详尽的信息。

"这里和远东之间的氛围非常模糊，因为真正的头等大事在欧洲爆发了，"奥基写道，"我们这里几乎没有收到任何来自中国的消息，这里印刷的杂志只好一遍遍地翻版以前的旧材料，辅以主观臆测或者悲观评估。"

梅尔想要和奥基一起协同工作，他同意在文章中会囊括更多的关于亚洲的资料，关注这些正是他工作的职责所在。不过他同样关注欧洲的新闻。事实上，他一直认为欧洲发生的事情对亚洲会产生重大影响，反之亦然。他甚至在想或许应该离开中国，前往欧洲，去加拿大做一名志愿者，或者去做法国空军，或者做一名红十字会的救护车司机也不错，他在上海的很多朋友正准备去做这个差事。梅尔也想和驻重庆美国大使馆的军事参事聊一聊，这位参事之前说过，如果美国参战的话，他可以帮梅尔在陆军航空团找到一份称心如意的差事。

"我知道这会让你们担心，但是同时，我又害怕让你们担忧。"梅尔给他的母亲和继父写道。

所以当1940年6月22日，法国沦陷的时候，梅尔关注了这件事情。三天之后，一场空袭发生时，他正在政府的办公室里，这个办公室的防空洞碰巧就在法国大使馆下面，大使馆的很多员工都躲在了这个避难所中，梅尔认识他们当中的一些人，当时所有人的情绪都非常低落。

"他们甚至不知道自己现在代表的是哪个政府。"梅尔写道。

就像梅尔那天在信中所说的那样，那一天，他同样也看到了他的未来。法国的投降让他意识到欧洲新闻在美国出版物中占据了多么庞大的主导地位，这使人们几乎没有兴趣再为他写的关于中国的报道买账，因此，对他来说寻求一个更加稳定的工作开始变得更有吸引力了。

然而，依然有很多的理由让他在这里逗留。合众社一直说上海有份工作在秋天前就可以开始了；董显光依然用以黄金为基础的薪水来诱惑梅尔，想让他在这里担负一份全职工作；同时，特迪·怀特向梅尔保证说，《时代》周刊在即将到来的九月将会有职位空缺，梅尔将拥有这个岗位的第一优先权。总之，他不可能像想象中的那么容易就离开重庆。他甚至已经爱上了它的瑕疵。

"学会了从游客那里要两根烟，忍耐着洗完冷水澡，吃着中国菜，在家收到船运过来的信件，就着米酒思考如何解决世界上存在的问题，看中国人努力地生存，这些都是在重庆生活的乐趣，"梅尔在《天堂以外的城市》中写道,"你会喜欢上它。"

梅尔刚到重庆的时候,充满了理想主义和热情,但是这样的心情并没有持续太久,因为他深切地感受到了这座城市的不舒适和工作的低效率,然而随着夏天一点点走过,他才开始意识到,实际上很多关于重庆"错"的地方,在某种程度上,其实正是它"对"的地方。

"你谴责政府部门工作不称职,你嘲笑这座城市的公交系统,"梅尔写道,"而不是惊奇于这些公交车依旧运行良好。你在写给家人的信里嘲笑这个呼哧呼哧作响的老旧的烧炭的怪物……但是你总是忘记,中国人自己也对这些公交车,还有数以千计的你不曾见过的事物一笑置之。"

重庆酷热难耐,喧闹无比,它污秽肮脏,拥挤不堪,死气沉沉。

但是它是家啊,重庆就是家园。

第四章　海防事件

1940年夏末秋初，中南半岛的局势令重庆记者团密切关注。那是一个位于中国南部的法国殖民地，由今天的越南、老挝和柬埔寨组成。

在纳粹接管法国之后，菲利普·贝当（Philippe Pétain）元帅掌管了一个在维希（Vichy）的温泉小镇新组建的傀儡政府。最初，贝当对于法属中南半岛采取了不干涉的手段，正因为如此，当地的武装力量和殖民地官员不知道如何，或者说是否应该参与到发生在与他们毗邻的中国境内的武装冲突。贝当向纳粹投降引起了梅尔的担忧，他觉得德国对法国的影响可能会扭转法属中南半岛和日本以及中国的关系，日本进入轴心国的举动也危及了大不列颠在香港、马来西亚和新加坡的殖民地。

"我希望美国能够意识到德国的胜利将会给远东地区带来什么。"梅尔写道。

在1940年1月——法国沦陷前5个月——日本对昆明和海防间的铁路实施了一系列袭击。这条铁路连通了位于今天北越靠近河内的关键港口城市海防市，和中国西南方的主要后勤中心城市昆明。利用这条铁路，欧洲和美国的供货方可以将燃料、弹药和其他补给物通过海防运往昆明。中国人民的顽强抵抗弥补了他们在现代武器数量上的匮乏，从而拉长了日本的战线，于是日本在这个夏天开始改变战术，他们尝试加速切断这条补给线。

虽然维希政府已经组建起来了，但是法国并没有和中国或者日本中的任何一方交战。这个殖民地政府长期通过运往中国的武器和其他设备获利，起初，他们还力争让海防和昆明间的铁路保持通畅，但是当日本、意大利和德国之间的联系更加紧密，最终掌控了维希这个傀儡政府后，中南半岛便开始承受来自日本的更大的压力。

了解到了中南半岛发生的一切，并且深知这个法国殖民地的命运将会影响到亚洲力量的均衡之后，梅尔深入调查并报道了那里的的情况。对他来说，报道法国和日本之间交集的新闻要比早晨4点起床，写好那些只能由技术人员草草播报的新闻摘要更能激发他的天赋和热情。

"因为你可以想象到中南半岛和香港附近将会面对的困难，走出这里，看看外面的世界发生了什么，这些总是让我感到很焦虑。"梅尔在给他妈妈的信中写道。

那年7月，国际广播电台内部的斗争变得异常猖獗，这导致梅尔会经常对全体广播站的员工发一通脾气，也让梅尔更加容易做决定。广播站的技术人员妄自尊大，拒绝和节目策划人员合作，而这些人的工作又和梅尔的工作密切相关。然而他们之间持续不断的冲突让梅尔再也无法进行任何工作，所以最终他在月末辞职了。

"这该死的政治，"梅尔写道，但是他并没有详细说明他所咒骂的工作场所的政治阴谋，"我真的感到怒火中烧，在炎热的天气下，一切事物都无法让我冷静下来。因为我给一些道貌岸然、效率低下的笨蛋，也就是那些官员，做了一些言简意赅的演讲，我的上司盛赞了我。"

广播站的许多员工都有可以对国民党权力圈产生重大影响的家庭背景，尽管董显光感到无能为力，可是他依然不太愿意让梅尔离开。但是梅尔去意已决，董先生也能理解个中原因。他知道自己无法强迫梅尔留下来，所以最终接受了他的辞职，并写了一封鼓励信，来称赞梅尔的干劲和职业道德。

"在我看来，无论你从事什么工作，你的主动性都会让你在这个领域里前途无量，"董先生写道，"你在任何恶劣的环境下都拥有饱满的工作热情，这是你成功路上的宝贵财富，我十分愿意密切地关注你的事业。"

正当梅尔从董先生那里辞职的时候，他的朋友特迪·怀特也正准备离开这里，赶往中南半岛和新加坡，开始一段新的报道之旅。梅尔决定和他一起去。接下来如果没有新的新闻出现的话，他就会动身回家（但是他在信中提醒他的妈妈说，如果有重大新闻，比如中国和日本停火的话，他将会回到重庆）。另一个延误他回家的理由大概就是没办法买到票了。那个夏天，美国冻结了日本和中国的资产，梅尔不知道能不能从他的银行账户里取出钱。

梅尔希望他曾经在上海建立的联系网可以完成合众社的任务，那样的话，他就可以拿到一张新的记者证，可以穿过中南半岛，去到比他原定的更远的地区。他也希望自己还能继续为《旧金山纪事报》和《麦克卢尔》写专栏。当然特迪已经帮梅尔联系了《生活》杂志社。梅尔带着他的相机一路游历，希望自己拍的照片每周都可以上头条。

8月10日清晨，梅尔和特迪乘坐着一架DC-3飞往云南省昆明市。昆明是一个在重庆西南方向约400英里的气候温和的小城镇，它同时也是靠近中国、中南半岛以及缅甸边界的后勤中心。因为连接昆明和英法殖民地的道路还没有被日本人完全封锁，所以昆明并不像重庆一样缺乏物资，尽管这里的物价依然很高。但是面对如此富足的物资，价格在梅尔眼中已经无足轻重了。

"你真该看看！我沿街闲逛，惊喜地发现我竟然可以买到巧克力、罐装牛奶、香烟还有白兰地酒——这对我来说简直就意味着一切，"梅尔写道，"我觉得那里有我已经快通通忘掉的东西。"

在昆明，食物丰足，空气新鲜，但是他依然无法相信这趟长途旅程最终会把他带回美国。如今他开始回想重庆的生活了。

"我在周日才刚离开重庆，而现在就已经开始思念它了。"梅尔写道。

在梅尔这次旅程的第一部分，他采访了昆明的商业、政治和军事领袖，就他们的背景，以及他们对于战争走向的评估写了长长的总结。在离开重庆

1940年夏末，法属中南半岛（越南）河内的热闹景象。梅尔威尔·雅各布摄

之前，他也对那里的国民党重要领袖进行了同样的采访。在一本褐色的皮革笔记本上，梅尔用铅笔做了详细笔记，内容主题涵盖从汪精卫在已经被占领的中国地区建立的傀儡政府的动向，到很多省的经济崩溃，到对共产党人的评估，再到关于国民党军事领导者背景的长篇大论，等等。

然而梅尔和特迪到昆明后不久，梅尔就感染了疟疾，要卧床一个礼拜，他不得不停下所有的工作。特迪因为有《时代》周刊的工作安排，所以没有留下来陪梅尔，而是自己先动身前往了中南半岛。

8月26日，梅尔终于恢复得差不多，可以开始他的旅程了。他先开启了一次前往河内的3日火车之旅，途中经过了那个日本想要破坏的铁路线。事实上，在他从河内回来时，在同一条铁路上，梅尔看到了一辆辆列车正在将石油，还有其他的补给物运往中国。

在河内这座城市中，人们试图维持日常生活的同时，也在忙着挖掘防空洞。这个城市郁郁葱葱的林荫大道上，卖花的小贩随处可见。有轨电车在各个角落奏出和谐的乐声,黄包车夫拉着戴着太阳帽的法国殖民者们飞驰而过。欧洲人依然在还剑湖边悠闲地享用午餐,然而附近的商店已经在窗户前堆起了沙袋。整座城市似乎做好了在战争和平静中来回切换的准备。

"来到这里,看到许多汽车、有轨电车在街道上奔跑,可以用非常合理的价格买到任何我想要的东西,这座现代城市让人激动万分。"梅尔在8月末写给父母的信件里说道。

梅尔在昆明疗养期间,《生活》杂志发电报给特迪,让他看看梅尔能不能做一个关于中南半岛防御工作的摄影报道。既然梅尔已经来到了河内,他就想趁此机会采访一下莫里斯·马丁(Maurice Martin)将军,这位将军刚刚接管了和日本谈判的工作,谈判内容主要是关于日本对中南半岛的入侵。新闻工作者在河内会被密切监视,梅尔收发的每封电报都会先被送达审查官那里进行检查,如果他想做那个报道,就必须先要得到殖民地官员的许可。

在等待被许可报道的时候,梅尔的疟疾还没有痊愈,还需要慢慢恢复。梅尔在大都会酒店一边享受着电风扇带来的丝丝凉意,一边给家人写信解释说如果他还没有得到采访许可的话,就会动身回家。

尽管医生嘱咐梅尔不要立即投入工作,但其实他到河内没多久,就展开了报道工作。9月初的时候,日本军方在和维希官员谈判了一个月后,威胁说要入侵中南半岛。果然,日本人的铁蹄在9月5日踏入了中南半岛,马丁也延缓了原定于一天后的谈判。

由于谈判的延期,在其他国家——尤其是美国,还在衡量干涉可能性的时候,日本却已经对殖民地采取了行动。合众社驻上海的一位管理者罗伯特·贝莱尔(Robert Bellaire)知道了梅尔在河内后,要求梅尔寄给他一些两百字左右的热点新闻概要,主要是揭示河内那里的情况。因为用电报发送字数多的资料费用高昂,梅尔就进一步把这些简短的摘要分解成更短的信息。

当梅尔争取到采访权之后,他准备了有关中南半岛详尽的背景资料,包括它的邻国、它们的政治格局、当地的经济形势、这个地区的历史,还有被殖民地区的老挝人、高棉人、安南人、东京人①对殖民列强的态度，等等。如果他可以将这些信息带出中南半岛，它们将会成为非常有价值的材料。但这并不是多么容易的事情，这里的监察有多么严密，来往的船只就有多么罕见。

梅尔为采访准备的一系列问题，主要聚焦于当地的历史、文化、政治和经济。他试图通过这些问题研究出为什么中南半岛拥有如此丰富的资源，却没有一个更高的生活水平。提出这些问题时大部分都需要委婉的表达方式。他试着通过这些问题去评估法国管理当地经济的效果，以及法国人又以何种程度剥削着当地的劳动力。坦白说，他的问题触及了中南半岛权力机制的核心，因为他尝试着聚焦报道到底是谁控制了油和橡胶一类的重要产业，当地的共产主义团体有多大的影响力，甚至是有关为什么米农的收成在下降的敏感问题。他还提出了关于政府做了什么事情使当地人民不再从事原有的生存型农业的问题。

"法国从来没有考虑过要让这个地方独立和工业化。"梅尔在一篇文章的结尾写道。

做好了充分的准备以后，梅尔安排了马丁，还有对其他一些当地高级官员的采访。他到这里才4天，就采访到了维希政府指定的中南半岛总督、海军上将琼·德考克斯（Jean Decoux），并且拜访了日本驻河内领事，几天之后又采访了另一位日本官员。

"总之，我真的是东奔西跑，但我很快爱上了这份工作，我尽我所能，并且希望能有文章被合众社选用。"梅尔在给父母的信件中写道。

梅尔甚至还向一位酒店的侍者了解这里的政治格局。这位侍者告诉梅尔，日本的官员和外交家给当地人提供了很多好处，来怂恿他们反抗法国人，还问了他们很多关于当地安南人的问题。这个策略非常有效，因为很多安南人对法国数十年的侮辱感到非常愤怒，这让他们更欢迎日本的统治。日本刚刚宣称了他们建立大东亚共荣圈（Greater East Asia Co-Prosperity Sphere）的设

---

① 这里的东京，指以河内为中心的越南北部地区。越南人称其为"北圻"。

想，这个设想从表面上看致力于联合亚洲各国来对抗欧洲殖民者，但其实质是别有用心，是想用一个由日本运作，并且服从于日本的系统来替代西方的帝权。

* * *

11月11日，梅尔在中国领事馆的会议室，和特迪还有另一名记者一起度过了他24岁的生日，然后他们又回到大都会酒店继续为梅尔庆祝生日。特迪第二天就要动身去新加坡了，他送了梅尔一个香烟盒和其他一些"装饰品"作为礼物。然而一个更大的惊喜还在等着梅尔：合众社发来电报，正式聘用梅尔成为河内地区的特派记者。他们很喜欢他之前的报道，也很欣赏他在没有和他们签约之前，就主动完成了这些报道。合众社渴求更多的相关报道，为此，将会每个月支付给梅尔25美元。在一封信中，梅尔说自己"像魔鬼一样地"在找工作，但是就在几行字之后，他展现出了更多的谦逊。

"我只是走运了，不久之后就会被炒鱿鱼的。"梅尔在给艾尔莎还有曼弗雷德（Manfred）的信中写道。他很担心自己的法语不够标准，也很担心自己要和那些来自其他新闻专线的高水平记者竞争，不过他很热爱这份工作，正如他自己所说，他会努力赢得合众社的青睐。梅尔还自豪地告诉他的家人，他觉得自己如今是在见证历史，这是一个可以"决定亚洲的未来"的时刻。

"如果这些如我所想，在合适的时机爆发，那么我将拥有一个极佳的机会去做一些很了不起的事儿，"他写道，"这是我的期望。"

但是梅尔现在面临一个问题，那就是报业集团马尼拉地区的总编辑迪克·威尔逊（Dick Wilson）已经聘任另一位叫皮埃尔·马丁潘斯（Pierre Martinpantz）的合众社记者来发布河内地区的报道了。这让马丁潘斯和梅尔都非常尴尬。更糟的是，由于马丁潘斯可以看到梅尔发送给贝莱尔的消息，当他看到梅尔向贝莱尔讲述他们两个人是如何一起工作时，马丁潘斯心生戒备和愤怒。他怀疑梅尔被聘用是为了挤掉他的位置，所以他总是千方百计地阻碍梅尔的工作。

"说实话,他确实成功地阻止了我的任何行动,让我甚至连一个访谈都做不了,我只能私下秘密进行。"梅尔写道。

梅尔本来觉得河内有两个通讯员也没关系,两个人可以在工作上互为补充,而且万一梅尔要去进行报告考察等工作,也依然会有人可以继续做报告,不会耽误工作。合众社也会因此继续支付马丁潘斯的薪酬,因为他为梅尔的报道付出了努力。尽管花了几周的时间,不过好在两个记者终于可以顺利地解决这件事了。不管怎样,梅尔现在终于被一个新的报业集团接受了。然而这份工作的不确定性很高,薪酬又很低,但好处是它会给梅尔提供很多的新闻报道机会。而且,贝莱尔向梅尔保证,如果中南半岛发生了什么重大情况,他会给梅尔提供一个更具吸引力的任务。

就像上次梅尔离开上海赶赴重庆一样,这一次梅尔整个人仿佛又焕然一新,在他写给母亲和雪莉的关于被录用的信件中,也表现出了类似的兴奋。她们都感觉到梅尔新的活力。在他写给雪莉的一封信中,他骄傲地在自己的签名上加了一个新的称呼:"驻外记者。"

虽然梅尔为新工作感到兴奋,但其实这份工作刚开始并不顺利,反倒显得一片混乱。每天,他要和美国联合通讯社(AP)的叶慈·迈克丹尼尔(Yates MacDaniel),还有梅尔之前在上海见过的阿奇博尔德·特洛伊·斯蒂尔(Archibald Trojan Steele)一起,两次拜访德考克斯上将办公室里的讲英文的新闻联络员。出于怜惜这些美国记者的原因,这个联络员会确认或者否定这些记者带来的任何新闻,然后为他们找来可以对这些报道内容发表看法的官员。

"有的时候这会引起争论,"梅尔告诉贝莱尔,"有时候我们亲眼所见的事却很有可能得到绝对的否定。"官员们会花费数小时审查和翻译记者们的稿件,这还没完,在电报室还有另一位审查员,还会再一次让他们的稿件变得支离破碎。

"然后他们才会停止。"梅尔写道。

梅尔声称,要不是因为这些审查员,他就可以提供足够好的,关于不断发展的局势更加真实的信息。他曾了解到很多有趣的新闻，但是如果单方面靠自己的意志追踪这些新闻的来龙去脉的话，很可能会引起太多麻烦。除非这则新闻在他看来至关重要，或者可能会被别人抢在他之前报道，否则，他都会把这些新闻先留存下来，直到某一天可以昭然见世。

电报室每天晚上十点就关门了，这让梅尔的工作很难向前推进。而且新闻工作者们发送的每一条消息毫无例外都必须被翻译成法语。然而，政府的干预并没有就此结束。在河内，梅尔看不到他发表报道的美国报纸（雪莉和艾尔莎尽责地为他保存了这些报纸），但是他可以听到它们。一家马尼拉的广播电台会播送由广播员朗读合众社新闻的节目，梅尔可以在河内收听到他们的广播节目，然而他写的东西早就被修改得面目全非了。这让梅尔感到不太高兴。

"马尼拉广播电台里的这些报道听起来就像是别人在发表新闻一样，"梅尔给贝莱尔写道。他说这些消息被误传，就是因为他的新闻报道一次次地被拙劣地编辑，"这里的政府有监听站，因为一些非常不好的传闻，我作为合众社的代表被批评了。"

* * *

9月末的一天早晨5点45分，河内的空袭警报响了，梅尔从床上跳起来，本能地一把提上他的相机，他像是在重庆奔向防空洞那样，径直跑到一堵墙前。

"我睁开双眼，清醒过来后才发现我不是在新闻宾馆，门是在后面而不是前面。"梅尔写道。

那天并没有发生空袭，但是河内已经做好战斗的准备了。9月27日，日本数以千计的官兵开始登陆河内附近的海港城市海防。就在五天前，维希政府最终对日本的要求让步，德考克斯上将和日本敲定了一项协议，但是就在这些消息传达到日本军队之前，他们在中南半岛东北部的同登地区附近已经制造了一些小的武装冲突了。在这份协议签署的那天，日本参与了三国轴心协定，约定和德国、意大利一起建立轴心国。可见，这个时间并不是一个巧合。

梅尔目睹着日本在东南亚张牙舞爪的行为。和法属中南半岛的矛盾让这个大摇大摆的亚洲帝国士气高涨，他们似乎很享受摆布欧洲强权的感觉。对于日本军队而言，他们的行为不仅可以切断中国的补给线和获得一个更好的打击敌人的基地，而且，现在，他们也可以攻击那些英国殖民地，如缅甸、马来西亚和香港。这段时间对于梅尔来说，是一段马不停蹄、奔波劳碌的日子，但是也收获颇丰。

"仅仅几天，我仿佛历经了几年的沧桑变化。"梅尔写道。其他的记者告诉梅尔，中南半岛是他们工作过的最艰苦的地方，他们必须要经常到处跑，而不仅仅是在河内。一切都和重庆迥然不同。

在重庆，记者们总是出没在破旧的新闻宾馆，而在河内，他们则会聚集在大都会酒店中，这个酒店位于河内的一条林荫大道上，是一处曾经风光不已的巴黎风格建筑。梅尔在229室工作。尽管他的法语足以应付日常生活，也足以用来将自己的新闻简报翻译成法语版以供维希审查官审查，但他还是雇用了一个翻译，支付给他的劳务费成了梅尔日常开销以外很大的一笔开销。因为不容易接触到法国官员，梅尔和河内很多其他记者报道的新闻常常发生在大都会的酒吧中，在这里他收集到了有关下班后的法国殖民者、日本官员、美国外交官和英国商人们的情报，这些人好像无论何时都在喋喋不休地交谈。

"想要获取新闻就意味着一天至少要在大厅里坐6个小时，一杯接一杯地给人们买酒水，不断地交谈、暗示、微笑……"梅尔写道，"我从另一个角度再次感受到了朋友的价值。"

尽管梅尔很享受这份工作，但是他觉得自己好像已经在中南半岛待了很多年。尽管中南半岛对他来说越来越重要，然而他却发现为合众社工作似乎不是一件容易事儿。新闻专线的指示对他来说总是不够明晰。事情进行得如此不顺利，梅尔只好发电报给贝莱尔，说如果没有接到合众社给他明确的任务，或者没有给他安排待在河内的其他任务的话，他就准备离开这里，动身去香港。

对于梅尔来说，在河内做报道也意味着要完美地适应中南半岛瞬息万变的政治局势。梅尔必须要同时和法国官员以及日本官员一起工作，但是他也知道，他所联系的每一个利益相关者都有他们各自想要保护的政治议题。10月初的时候，法国一度邀请记者们跟随德考克斯上将到西贡、柬埔寨，或是到边境外的泰国做报告，但是其他时候，殖民地官员又有可能因为不满意某一位记者的报道，任性地封锁获取法国消息的渠道。10月刚刚过去了一周，维希用强制退休的方式替换掉了中南半岛的将军，包括莫里斯·马丁，他曾在9月还在抵抗日本的攻势。这些行动标志着日本在殖民地区的影响力越来越大。

在加州，雪莉日夜期盼着梅尔归来，虽然她知道梅尔在河内的任务是一个多么难得的机会。在她写给艾尔莎的一封信中，提到梅尔预计在中南半岛的任务将持续6周左右，虽然梅尔自己也说他无法确定到底会持续多久。一想到梅尔可能会在亚洲待更长的时间，雪莉就感到苦乐参半。因为思念，她不想让他离开太久，但是似乎美国也准备参与第二次世界大战了，像梅尔这样合适选派的人是必须要待在那个国家的。雪莉也并不想鼓励他离开，既然梅尔已经在新闻行业取得了进步，她也希望他能从那个国家得到尽可能多的东西。她在10月底的时候甚至发了一封电报给梅尔，鼓舞他说："坚持到底，亲爱的。"

梅尔依然在信中说他想回家。他热爱他在中南半岛的工作，但是他也厌恶和合众社一起工作时那种对未来的不确定性。

"尽管薪水很好，一切都很好，但是我实在不太喜欢这些周而复始的业务了，我想做一些明确的计划。"他写道。

当然，现实是，他并没有他所说的那么急切。他在重庆的时候就和雪莉絮絮叨叨过这些事了，他曾一度说要把她带去那儿，但是他也告诉他的母亲，他也不知道邀请雪莉去度假对于艾尔莎来说是不是一个好主意，这其实暗示出他并没有在真正意义上清楚他们的关系到底走到了何种地步。所以在一般情况下，他只好对雪莉只字不提。

在给贝莱尔还有其他人的电报中,梅尔开始称呼雪莉为他的"未婚妻",但哪怕在他发给家人的消息中他并未如此详细地探讨过结婚的事。在一封发给贝莱尔的电报中,他说只有在他可以带雪莉来中南半岛的情况下,他才会对一份长期工作感兴趣,但是这似乎不太可能实现。

随着战争阴云密布,大部分的美国人在10月初就从中南半岛撤离了。那时,常规的船运已经暂停,最后一趟从河内出发的客船将在这个月的第二个周末起航。梅尔要回家的话,就必须赶上这最后一班船。那时候,雪莉已经开始"疯狂地询问"他的回家计划了。

在草草给贝莱尔发送了电报以后,梅尔又给他写了一封信来阐明自己的立场。他说他非常享受这份工作,但是他需要知道合众社可以支持他多久。

"如果将来有机会拥有一个稳定的岗位,我肯定会留下来的。"梅尔写道。在信中,他再次强调他已经准备回家了,"不仅仅是为了迎娶妻子",也是为了获得在美国国内报社工作的体验,据梅尔这段时间的观察,他最有可能供职的是《旧金山纪事报》。

* * *

在接下来的这个月,梅尔的工作似乎变得更加艰难了。随着日本对中南半岛的持续侵占,梅尔也接二连三地受到打击。法国官员对梅尔针对驻扎在殖民地的日本代表的采访不太满意,他们开始利用审查员的身份千方百计地阻止他的调查。

"很多友好的官员都告诉我,新的限制并非针对某个人,他们都建议我离开,"梅尔在十一月初给贝莱尔写道,"各种各样的困难都出现了。警察严密地监视着我的房间,一个骑着自行车的小个子男人跟踪我,还有电话窃听——所有这些当然也出现在了河内的每一个外国人身上。"

情况变得越来越糟糕,梅尔在十一月中旬的时候跟美国驻河内领事查尔斯·瑞德(Charles Reed)抱怨说道,这种审查制度就像是一种来自支持日本国营同盟通讯社的法国官员的歧视。

在日本军队占领了美国在海防的一个地下室之后，瑞德曾要求河内总督保护美国人的财产。那时有一个储藏了数百桶油的仓库，当日本军队出现在那里的时候，这个仓库上正飘扬着美国国旗，日本军队完全无视标志上分别用英语、法语和越南语写的"这是美国的财产"的标识。梅尔曾努力想报道这件事，但是法国官员却一直都在阻断他发送的关于向瑞德控诉的电报。

日本人坚信，这个北美集团只是一个掩体，用来掩盖利用这个仓库来引入战略物资的中国集团。日本士兵不由分说地拔下了美国国旗，封锁了一艘正在海防卸货的船。这促使瑞德下令让他的副领事罗伯特·林登（Robert Rinden）前去调查。

11月21日，林登前往海防市。瑞德让林登带着梅尔一起参与调查，因为梅尔想拍一些被日本军队封锁的美国财产的照片。那天司机载着他们到达了那个仓库，它在海防市区外，靠近港口的一个主干路边。

梅尔和林登到达的时候，很多日本士兵聚集在仓库外，一面美国国旗依然迎风飘扬。梅尔想在天黑前拍几张照片，但是林登想等他们得到日本的许可以后再回来调查。因为之前法国政府给梅尔发了一张拍照许可证，所以他自信地告诉林登，应该不会有什么问题的。

从主干路上下来以后，林登让司机从侧路经过那个仓库。梅尔让司机停下来，他为那间仓库、美国国旗，还有日本士兵居住的相邻帐篷拍了三张快照，然后告诉司机再开回海防市。

当汽车驶入高速公路上的时候，林登回过头看到了一辆坐满了日本士兵的大货车正加速向他们的小汽车驶来。他告诉梅尔，他们可能被跟踪了，梅尔不相信。但是等他们到达市区的时候，一队日本士兵封锁了他们前进的道路，与此同时，那辆大货车在后面停了下来。两个士兵从车里跳下来，冲过来打开他们的车门，迫使梅尔和林登下车。

通过一个懂英语的士兵的转述，一位官员对林登的领事身份证明视而不见，坚持说他们正在从事间谍活动，并且要求梅尔上交他的相机，意图毁掉他的照片，梅尔拒绝了。那个官员让梅尔和林登回到他们的车上，让他们的小汽车跟在货车身后缓缓驶向市中心。那位官员则让他的两个士兵站在小汽车的脚踏板上，扒住车身一路跟随。汽车经过欧洲饭店时，林登用法语让司机停下来。

司机停车以后，梅尔和林登跳下了车，向饭店的方向走去。然而这两个士兵举着上膛的枪围着他们，让他们无法前行。林登叫人找了一个法国警察过来，努力说服日本士兵，至少同意让他们可以走到饭店去。但是军队再一次封锁了他们的道路。

"法国警察无法应付这种情况。"梅尔给瑞德领事写道。

那个可以说英语的士兵想把他们带到日本军队总部，但是林登拒绝了。作为让步，法国人把他们带到了自己的警察总部，在那里，一位叫弗莱丁的司令官（Commander Fradin）承认，他基本帮不上什么忙。后来另一位作家详尽地叙述了关于梅尔和弗莱丁之间的对话：

"谁拥有这里的最高统治权？"雅各布问道，"是您，还是那些日本人？"

"我们当然都是。"

"好吧，如果您是这里的首领的话，我们为什么会在法国的领土上被日本人逮捕？"

那个官员苦笑了一下，回答说："如果一个人头发里有虱子的话，那么谁是首领呢？"

弗莱丁想让梅尔和林登签一份承认日本人行为属于正当的声明，但是梅尔拒绝了。弗莱丁要求梅尔上交他的相机，在弗莱丁保证不会让相机落到日本人手中后，梅尔交出了相机。

那天晚上，在法国人的护送下，梅尔和林登回到了河内。在那里，瑞德向法国和日本驻中南半岛的官员提出了正式申诉。4天后，美国驻日本大使约瑟夫·格鲁（Joseph Grew）正式向日本外交部部长松冈洋右（Yosuke

Matsuoka）针对此事提出抗议,把它称作"特别恶劣"的侵犯行为,称它是"可悲的大量美国公民和日本军方之间在中国的冲突事件"的典型代表。

在梅尔被捕后——梅尔在第二天给家人写的信中,轻描淡写地称这是一次"愚蠢的相机事件"。这次事件后,日本要求法国将梅尔驱逐出中南半岛,但是维希政府却给梅尔安排了一名看护人,他的名字叫丹尼尔·阿曼德·德莱尔(Daniel Armand de Lisle),他之前在美孚石油干过。之后,在中南半岛的剩余时间里,梅尔无论去哪里,这个人都会跟着他,他的工作就是做梅尔的"私人监察官"。

梅尔从海防市回来的第一个晚上,和德莱尔一起到河内的机场,接一位《科利尔》(Collier's)杂志的女记者爱丽丝·里昂·莫斯(Alice-Leone Moats)。她从西贡飞过来,现在刚刚开启了一段环游世界的报道之旅,接下来她还要去中国重庆、俄罗斯和非洲的一些地方。在接下来的两周里,她、梅尔和德莱尔将会一起寻访整个中南半岛。但是当莫斯到达河内,看到梅尔在机场接她,她感到非常诧异,因为就在她离开西贡之前,曾听说梅尔被逮捕了,没想到这么快梅尔就被释放出来了。

"但是那个时候,雅各布的事情已经成为一个国际事件,法国方面也已经做好了一份驱逐令,"莫斯后来在她的《和马尔斯的约会》(Blind Date with Mars)一书中写道,"后来,经过反复思考,他们改变了主意。无论如何,梅尔肯定是要离开了,也许在他的接替人到来之前,让他先留在这里是一个更明智的选择。"

梅尔和德莱尔带着莫斯从河内机场回到了大都会酒店。尽管这是一座宏伟的法国殖民地建筑,四周郁郁葱葱,颇具田园风格,但莫斯的感觉是,这个酒店是一个"凄凉、肮脏的地方,那里的床凹凸不平,窗帘无精打采地垂挂着,脏到我都不想碰它"。以她的这种感觉,那么等她后来到了重庆,看到了那座城市和它的住宿选择以后,毫无悬念,她一定会大吃一惊的。(梅尔和她经历的顺序恰恰相反,在新闻宾馆住了8个月以后,他觉得大都会酒店异常奢华。)

然而，梅尔被捕的消息放大了中南半岛带给人们的那种"压抑氛围"。从某种角度来说，他必须要被跟踪着。在他被逮捕后不久，法国警方告诉梅尔，南京的傀儡领导汪精卫的手下们正在追捕他。在这个过程中，许多上海的记者已经遭到汪精卫走狗的打击和拷问，包括梅尔的朋友兰德尔·古德尔和哈勒特·阿本德（Hallett Abend）。

出于安全考虑，梅尔获得了一把45口径的手枪。尽管这个保护措施让他感觉很不自在，他作为追捕目标的新身份也让他得到了一名保镖，再加上那个无论他走哪儿都会跟着他的"窥探狂"，梅尔可以说是相对安全的。

"后面这个其实是一种荣誉，因为现在就算是在河内的外交官们也都有一个私人检察官了，"梅尔写道。他又补充道，"很明显，法国给我的印象是怎样的了。"

* * *

就在梅尔被捕后，中南半岛和暹罗（泰国）边境的局势变得紧张起来。因为他在新闻宾馆的接替人来到了河内，梅尔就载着德莱尔穿过老挝，赶往西贡再次和莫斯会面，然后和他们俩一起去了柬埔寨，在那里他可以做一些关于边境紧张局势的报道。在老挝，他被"蔚蓝的天空"、大象、老虎还有夹在湄公河和棕榈林之间的山村的原始景致震撼到了。

"在那里出现由现代飞机和枪支制造的麻烦看起来有些不可思议。"他写道。当时是12月，法国对梅尔所做的关于泰国边境的报道十分满意，但是日本方面一直向维希政府施压，要求驱逐梅尔。瑞德领事向国务院报告说，殖民地的秘书长认为，让梅尔乘坐下一艘船，也就是12月26日出发的那艘船离开是一个明智的选择。

梅尔为自己错过了圣诞节而感到惋惜。他承认他和家乡渐行渐远，而且还说，他的归程总是被频繁地往后拖，这大大"破坏了他的心情"。但是梅尔的行动似乎和他的言语不太一致。他越来越痴迷于自己的报道研究，尽管他告诉他的家人还有雪莉说，他极度想要回家。他会说，他会尽量买最早的票，但同时他也会说，他会为自己的报道写得不够完美而感到抱歉，很明显，梅尔的心依然是在亚洲的。

"我非常抱歉，因为如果两个月以前我拿我的集邮册做赌注的话，我想我现在肯定已经在家里了。"他写道。他竟然真的想回家，或者至少，他竟然没有改变他的主意，这简直令人难以置信。

"我必须说，这趟东方之旅真的不虚此行，我感觉花在这里的时间都是值得的，"他在写给母亲的信中说，"我有一种预感，我还会再回来的——正如4年前那样。"

* * *

在中国的除夕夜之前，梅尔回到了香港。他住在菲利普的大宅里，那是一栋传教士的住宅，他以前经常在周末的时候离开岭南大学来这里。4年前当他在同样的节假日游览香港的时候，也住着和现在一模一样的房间。

香港对于梅尔来说，就像是将书扶正的书立一样，是他的生活回归正常的转折性标记。在这里，他可以丢掉他的手枪，也可以再联系重庆的朋友们，这种自由的感觉令他非常开心。这次游览的行程异常繁忙，每天都会被各种朋友的聚会塞满。这些聚会使梅尔能够在那些有权势的人面前展示他的知识和阅历。现在的梅尔已经是一个充满自信的成熟男人，和4年前第一次来到香港的那个惊奇地睁大双眼、天真无邪的梅尔，甚至和那个一年前刚刚到上海、没有正式工作、茫然无措的记者梅尔已迥然不同。

在香港，梅尔和埃德加·斯诺还有鲍勃·内维尔（Bob Neville）共进午餐，鲍勃·内维尔是纽约一家名叫PM的报纸的驻外编辑，他还去了《纽约客》（The New Yorker）的老前辈项美丽①举办的聚会。他在那里和英国的顶级间谍，以及香港的首席殖民地行政官一起用餐。他还私下和孙夫人宋庆龄女士一起喝了茶，他现在可以很坦率地和她交流孙中山先生曾经从事的、使中国摆脱了君主制的国家事务了。

① 项美丽（1905—1997），美国著名女作家，原名艾米莉·哈恩（Emily Hahn）。

最后，梅尔在即将离开中国的几小时里，拜访了蒋夫人——宋美龄女士。在和代表这个国家最有权势的女士进行的有关战时策略的坦诚对话中，梅尔帮蒋夫人出了一个主意，这个主意不久之后将会演化成这场战争中最传奇的武装力量之一。

"蒋夫人询问我是否有兴趣做美国志愿空军方面的工作，我接着提出了建议，说这将会是解决当前不利局势的唯一办法。"梅尔说。不久之后，美国航空志愿队，又称"飞虎队"诞生了，这是一支由美国飞行员雇佣兵组成的，和日本军队展开战斗的飞行中队。

在香港，梅尔还收到了一封来自莫·瓦塔的信，他就是那个在重庆的新闻宾馆和梅尔共用一间办公室的教授。瓦塔告诉梅尔，如果梅尔愿意的话，董显光先生有意让他回国际广播电台工作。不过他也告诫梅尔，在国际广播电台的技术人员采取行动之前，不要抱太多的期望。瓦塔提醒说，因为那会要求技术人员和广播站的节目策划人员合作。

"我们想过要和他们摊牌，但是最终觉得这样做只会导致进一步的分崩离析，得不偿失。所以这段时间，我们只能尽己所能地工作，并且也希望其他人可以领悟过来，并愿意全力以赴地工作。"瓦塔写道。

但是梅尔并不想接受这份工作，至少现在还不想。现在的他真的只想回家。

* * *

在这个除夕夜，他也终于开始思考他有多长时间没有回家了。从他第一次去上海，到现在已经一年多了，还有很多人在等着他回去。

在等待他回去的人中，肯定有他在斯坦福的教授兼导师克林顿·布什先生。在今年夏天，他们互通信件的时候，布什告诉梅尔，他觉得梅尔可以根据自己在中国的经历写一本书，他还推测，太平洋国际学会将会出版它。他已经看到了梅尔事业上的飞速进展，也知道他将要做一些意义非凡的事情。事实上，当艾尔莎写信向布什询问梅尔所做的决定对他自己来说是否明智时，布什也是这么跟艾尔莎讲的。布什相信,合众社将会不遗余力地聘请梅尔作为定期撰稿人,而不仅仅是一个特约记者。

"他非常谦逊,"布什在给梅尔母亲的信中说,"我不觉得他有自卑情结,那只是他的谦逊,那是可以让他广交朋友的品质。与此同时,他拥有不同寻常的勇气,这一点从他所做的事情中就能显而易见地看出来。"

尽管中南半岛和重庆的经历历练了梅尔,让他可以充满信心地回到美国,在美国,他同样和成熟的愿意为工作付出的新闻职业人一起工作,但是要真正从内心深处离开亚洲并不容易——对他来说,在亚洲的工作让他的未来有如此多的可能性,对这样一个可以令他做太多太多事情的地方,他实在是难以割舍。

雪莉·奥斯汀兰德一直期盼着梅尔的归来。在这漫长而又危险的一年中,她无时无刻不在紧张地期盼着关于他的消息,无时无刻不在为他祈祷。在他们的热恋期,梅尔动身去了中国。在他离开的这段时间里,雪莉一直在频繁地通过书信和他,还有艾尔莎保持联络。

现在梅尔终于要回来和雪莉见面了,可是雪莉——这个一直在催问他什么时候回来,需不需要她去洛杉矶迎接的人却突然决定结束对梅尔的等待。当"塔拉坎"号(Tarakan)到达马尼拉时,梅尔是这么长时间以来第一次打通了雪莉的电话。然而他等来的却是雪莉温柔而坚决的分手。

梅尔确实在无数信件中清楚地表达过他有多爱和重视雪莉,但是他确实也无法做到像雪莉爱他一样。也许在他表达着对雪莉的爱和思念的同时,他却在无比享受呼吸着重庆的空气。坦白说,他一直在推迟决定雪莉在他生命中的位置。他在中南半岛的刺激冒险也许强化了他对于新闻行业和亚洲事务的热爱,但同时却也逐渐消磨了雪莉对他的耐心,让她对梅尔所做的所有关于回家的空洞承诺感到厌倦。她不再相信他了。因此,在梅尔最终到达美国之前——甚至在他到达马尼拉之前——他就有所感觉,他和雪莉间的恋爱关系走到了尽头。

"我放弃了一次,实际上是很多次有关回家和雪莉做出最终决定的机会。"

他告诉他的母亲,在他联系雪莉的时候,她曾委婉地告诉他,他们之间的一切已经结束了。事情发展成这样让梅尔也同样感到很"沮丧",尤其是在他已经放弃了那么多机会的情况下,但是他说:"不管怎样,我很快就要回家去,相信一切都会好起来的。"

其实,艾尔莎是梅尔最期待在加州看见的人。当他的船只抵达洛杉矶的时候,亲戚朋友们来迎接他,然后他们都在已经疲倦至极的梅尔跟前,为他的恋爱和职业发展无休止地提出建议,这让他感觉压力巨大。

"希望只有您和曼弗雷德·梅伯格先生来接我——拜托不要再有其他的家人了,"他要求道,还强调了三次"拜托","如果亲戚们不在我回去的第一个晚上就闯过来喋喋不休就最好不过了,这样我就可以和你们俩好好聊天了。"

他一从马尼拉踏上归家之旅,就给艾尔莎写了一封更加诚挚的信。那天是她的生日,他不想连续两年错过这一天了。他知道,她这一年为他漫长的旅程承受了多少苦痛,更别说当她听说梅尔在中南半岛被逮捕时,还有他在过去一年遇到其他危险的时候,会作何感受。

正如梅尔自己所说,那封信是他给她写的所有信中最坦诚的一封。"我已经很久没有给您写过这样的一封信了,我为此感到羞愧不已,"他写道,

> 但我转念一想,我知道,您能明白我一直在思念着您,这样的感情无论写不写信都一样浓烈。
>
> 在过去的几个月中,有无数次,我都感觉到我该回家了。我知道远东的报道听起来非常令人担忧。但是我也总会觉得,世界是如此的混乱,相比之下,我的情况已经非常好了,所以我应该心怀感激。
>
> 当然,确实有很多次我的处境险恶,但这一点也没有烦扰到我。尤其是当我知道有更多的人也面临着同样的境遇时。我想我现在是一个彻彻底底的宿命论者了——我也对此保留了一点谨慎——(这只是你和我之间的事情)……

中篇

第五章　好莱坞真实往事

　　1941 年是一个分水岭，它让战争与和平、历史与当代、西方与东方、迷惘与坚定、机遇与挫败就此分离，让两个全然不同的世界泾渭分明。这一年无论对梅尔，还是对整个世界都至关重要。在这一年里，梅尔回到了美国，他开始在美国的新闻行业谋求一份工作。

　　2 月 10 日，梅尔抵达洛杉矶，终于见到了艾尔莎、曼弗雷德和他的宠物狗埃尔默，这令他欣喜不已。但与此同时，他内心也有一些焦躁不安。在重庆和中南半岛的那段日子，他经历了一个急速变迁的世界，而他自己在这个世界中也得到了历练，已经做好了回应这种变迁的准备。虽然失去雪莉这件事让他多少感到有些失落，但令他感到宽慰的是，他现在可以全身心地投入工作了。

　　回洛杉矶一周多以后，梅尔和《洛杉矶时报》的专栏作家李希比（Lee Shippey）见面，共度了一个令他难忘的下午，这位先生想和梅尔交流他在中南半岛的经历，尤其是梅尔就日本在中南半岛的扩张对于亚洲其他地区的影响这一问题的看法。紧接着在周六，希比就在他的专栏"李眼中的洛杉矶"（*Lee Side o' L.A.*）中详细叙述了和梅尔的这一次对话。

希比写道，据梅尔所讲，"那些认为由于在中国的战争而致使日本破产、经济衰退甚至精疲力竭的人不过是一些一厢情愿的空想者。"日本在大肆洗劫中国的同时，也正在教导他们的小孩子，"统治整个亚洲，把英国人、法国人和美国人赶出这片区域，是日本的责任和使命"。对日本人来说，这是他们梦想构建的大东亚共荣圈的一部分。

接着，梅尔列举了各种日本较之于中国的军事优势，以及他们对中南半岛在军事上的胜利。他也预测了当日本将他们的军事野心瞄准西方列强的那些中南半岛和太平洋的殖民地时，他们最终可能采取的具体策略。

"雅各布认为，日本不会再将刀枪指向亚洲之外，但日本一定会在时机成熟时，拿下荷属东印度群岛、新加坡和菲律宾的，只有采取积极行动才阻止得了。"

* * *

梅尔并没有在洛杉矶停留太久。

"我觉得我确实是想在家里待一段时间的，"在他回家一周后，他在写给特迪·怀特的母亲的信件中提到，"但是我却发现，其实我更想回到中国。"

想回到中国的迫切心情让梅尔在才回到家一周后，又离开了洛杉矶。这一次的旅程，他要先到旧金山，然后再去东海岸，在那里寻求一个带他回到亚洲的机会。这对他来说将是一趟重逢之旅——与他旅程中的伙伴，他在上海和重庆工作时的同事，那些跟他信件往来却未曾相见的联络人，还有他在斯坦福求学时认识的亲爱的朋友们。这样的一次聚会，始于和来自《斯坦福日报》(*Stanford Daily*) 的熟人简单的一番电话，却成为影响梅尔一生的重大改变。

梅尔到达旧金山湾区以后忙得不可开交，他总是要不停地奔赴各种会面。他见到了《旧金山纪事报》和合众社的编辑；和他斯坦福的导师克林顿·布什共进午餐；在唐人街拜访了他重庆的朋友请求拜访的联络人；还从他的一位广播行业的朋友那里获得了一封写给美国全国广播公司首席执行官的推荐信，这封信非常有分量。

在旧金山，梅尔还见了一些朋友，包括他的老朋友乔纳森·莱斯（John Rice），他是梅尔的校友，在《斯坦福日报》工作过。1939年，在梅尔前往上海之前，曾跟着乔治·秦（George Ching）学习中文课并寄宿在他家。

与莱斯的见面，抚平了梅尔因为和雪莉分手而带来的伤痛。他回忆当初在斯坦福上学的时候，和一些同学去旧金山，这在当时对他们来说，都是一种流行的消遣。正是在那次旅途中，梅尔去莱斯家吃了晚饭，之后，他们两个去小镇上过了一夜。

一切就和从前一样。梅尔和莱斯交换了他们所了解的其他老朋友的近况，莱斯还想起了一位他们之前在《斯坦福日报》的同事——安娜莉·惠特摩尔（Annalee Whitmore）。莱斯的问题是随意的，但是却激起了梅尔的兴趣，这比帮助梅尔快速从和雪莉分手的痛苦中走出来似乎更为重要。

莱斯问梅尔，还记得一位叫安娜莉·惠特摩尔的女子吗？

他当然记得。在梅尔前往岭南大学之前，还在《斯坦福日报》做记者时，安娜莉·惠特摩尔曾是一名文字编辑，后来做了临时夜间编辑，她因为成了这家报纸18年来第一位女性主编而名声大噪。他们两个不是很熟，但是梅尔记得安娜莉。在他还在这家报纸工作的时候，她给梅尔留下了聪慧机敏，直截了当的印象。如约翰所说，《斯坦福日报》只是安娜莉·惠特摩尔职业生涯的开端。从斯坦福毕业以来，她的成就不止如此。她还做了什么呢？她对中国很好奇，好奇那里的战争和人们为了支援中国人而做出的各种努力，她非常渴望能和对这个国家有更加深入了解的人见面访谈。

* * *

1961年5月27日，梅尔·雅各布出生的4个月前，安妮·夏普·惠特摩尔（Anne Sharp Whitmore）横躺在犹他州普莱斯一间农舍的厨房的餐桌上，产下了她的第一个孩子。她和她的丈夫乐兰德（Leland）将他们的名字组合起来，给这个12磅重的小女孩起名叫安娜莉。安娜莉一生都为自己餐桌上的诞生感到骄傲。无论何时被问到有关养育的问题，她都会向别人乐此不疲地讲述这个故事。

安娜莉的父亲在乐兰德·惠特摩尔一家银行工作。1929 年 10 月，安娜莉 13 岁时，美国的股票市场崩溃，金融系统被摧毁，引发了大萧条。安娜莉的父亲失业了，惠特摩尔家的财产和原有的社会地位化为乌有。和不计其数的时运不济的家庭一样，惠特摩尔一家搬去了加州。在伯克利待了几个月后，他们又定居在了奥克兰郊区皮蒙特。

在大萧条中失去了一切之后，惠特摩尔一家在加州定居，他们必须加倍努力工作，以勉强维持生计。乐兰德在失去银行的工作前，曾是一名业余飞行员。起初，他试图通过将拥有各种功能的自制飞机卖给飞行爱好者来挣钱，但这依然很难维持开销。1934 年，在罗斯福政府开始实施新政之后，乐兰德·惠特摩尔在新创立的联邦住宅管理局找到了一份工作，并且在那里实现了他事业的成功。

同时，就像艾尔莎·梅伯格 10 年前在洛杉矶做的那样，乐兰德和安妮·惠特摩尔也皈依了基督教。这使惠特摩尔一家拥有了坚定的信仰，支撑他们度过了大萧条时期捉襟见肘的艰难岁月。然而，宗教并没有成为他们女儿生命中的重要部分。

为了补贴家用，安娜莉做了一系列的暑期工。高中时期，她找到了一份打字的工作。由于奋力地长时间打字，她的手指都出血了。尽管安娜莉为家庭付出了巨大的劳动，但她并不觉得苦，依然很开心。有一段时间，她甚至还和罗伯特·麦克纳马拉一起约会，他是未来的国防部部长，也是她的一个皮蒙特高中同学。

伴随着这些来自家庭生活压力的挑战，智商高达 170 的安娜莉在学校里表现得非常出色，她是一个如饥似渴的阅读者。据说，安娜莉在 5 岁的时候就读过了伊迪丝·赫尔（Edith Hull）的著作《酋长》（The Sheik），就是在那时，她决心成为一名作家。小的时候，每当小安娜莉遇到问题，她的妈妈就会鼓励她在书中寻找答案。1933 年她被斯坦福大学录取时，英语入学考试成绩为有史以来最高。在她进入斯坦福大学的时候，她的知识储备就已经非常超前，这让她从大二就开始研究课题。安娜莉在学校期间，一直保持着对学术的严谨，并持续到她戴着方帽穿着长袍从这里毕业。

安娜莉成了《皮蒙特高中生报》（*Piedmont High School's Student Paper*）的第一位女性编辑，这是她所获得的众多诸如"第一位女性"头衔中的第一个。然而，她从来都不会被女权主义鼓舞，她一直被自己对写作和语言的热情驱动。在斯坦福期间，她加入了学生报纸——《斯坦福日报》的大家庭，从此开始评论戏剧和一些其他的表演艺术。

"紧闭的双眼，专注的表达，米斯卡·艾尔曼（Mischa Elman）昨晚证实了一切关于他第二场斯坦福演奏会的预言，超凡的情感力量与深度让这位曾经的天才儿童成为一名一流的小提琴演奏家。"这是安娜莉的第一篇署名报道的开头。在这篇报道中，安娜莉展示出了她在描述刻画上的华丽辞藻。她独具一格的写作风格描绘了与来访的音乐家的简介无关的诸多视觉细节，为一个原本可能会被忽视的普通报道注入了生命力。

安娜莉复杂详尽的描述来自她那敏锐过人的图像记忆力。在秋天，这篇文章被发表的时候，她那令人回味的风格使《斯坦福日报》单调的头版乐趣斐然。（除了一篇同一天发表的，不太被认可的橄榄球报道，在这个报道中，一位匿名作者把将后卫变成四分卫的弗兰克·阿鲁斯蒂萨描述成了"那个来自斯托克顿的，眼里总是写满困惑的矮胖小子"。）

安娜莉在《斯坦福日报》做记者的第一年，主要撰写有关艺术和校园生活方面的报道。当然，她也会评论一些戏剧和电影，为此她还一度获得了一个叫作"安娜莉·'新剧院'·惠特摩尔"（Annalee 'New Theater' Whitmore）的绰号。实际上，她也是戏剧协会公羊头（Ram's Head）的一名成员，这个协会的会员都是在参考现有成员作品的基础上挑选的。

在《斯坦福日报》工作期间，安娜莉除了简单地宣扬同学们的成就之外，她还想做更多的事情。比如说，斯坦福的秋季活动日历里有一件大事，那就是一年一度的"橄榄球大赛"，在这场比赛中，斯坦福的校橄榄球队要和对手——加州大学伯克利分校对抗。1935年,安娜莉刚刚开始大三生活,她就写了一篇专栏来驳斥比赛期间,看台上一位女性的行为。

"为什么一个人人都觉得很聪明的女生,依然会欣喜若狂地凝视着一群穿着球衣的狂热者们,还说'我希望蒂尼能把球传给比尔——他是我的菜,而且他有世界上最可爱的侧影'。"安娜莉显然对这个女性的行为表示出哀叹。可是不知是巧合还是讽刺,安莉娜在写过这篇文章之后,在大四的大部分时间里竟然就和文中提到的这个名叫比尔·麦柯迪(Bill McCurdy)的橄榄球运动员约会。

* * *

安娜莉是一个与众不同的女性,她不喜欢做一些迎合他人的事情。在大三快要结束的时候,她和斯坦福一栋学生宿舍——橡树大厅的其他一些新选的负责人一起拍照,在这张照片中,她坐在前排,害羞地把目光从照相机前移开,双脚垂在椅子上,穿着鲜艳的印花连衣裙和开衫套装,和其他人普通又黯淡的衣服形成了鲜明的对比。

安娜莉曾经被看作整个学校最会打扮的女性,在《斯坦福日报》的一篇文章中提到,可能安娜莉在大萧条初期拥有了比别人更多的经济保障,所以她有更多的条件在这方面展现出她的天性。在一次旧金山购物之旅中,她穿着一身深绿色套装,外面罩着一件海狸皮毛色的长外套,戴着褐色的首饰和一顶漂亮的卷边帽。尽管如此,服装上的独树一帜并不是让照片中的安娜莉如此引人注目的原因。从照片上看,她那不协调的姿势表现出了一位陷入沉思,看起来对这个拍照仪式有点不耐烦的女性。

安娜莉的外貌很上镜,但是她更因为一些内在的特点而富有吸引力。"她五英尺三寸高,有着干净醒目的身材,无论是穿着剪裁得体的西服,还是一身军装,甚至是一条旧牛仔裤,她都能展现出无穷的女性魅力,"雪莉·麦当斯(Shelley Mydans)写道,"但是她拥有的不仅是美丽的皮囊,她更多的魅力在举手投足之间。当她在聚精会神地听你讲话时,当她在人声鼎沸中迅速准确地回应时,都会让她魅力四射。"

相比社会中约定俗成的矫揉造作,安娜莉对同伴的思想、表达和贡献更感兴趣。或许那一刻,橡树大厅照相框以外的事物吸引了她的注意力。在安娜莉获得了橡树大厅责任人的岗位后不久,又被《斯坦福日报》选为当年秋季的两位联合管理人之一。相比起来,她更喜欢这份工作。为了专心地完成这项工作,她辞去了在橡树大厅的职位。

1936年秋天,也就是安娜莉在斯坦福大学的第4年,她成为这家报纸18年来的第一位女性主编。然而,安娜莉并不是很在意自己性别角色上的突破,相反,她对她的实际工作更感兴趣。事实也证明,正是安娜莉对《斯坦福日报》工作的贡献,而非任何她想要扩大名气等功利性意图为她赢得了属于她的地位。因此,当这家报纸宣布它的新管理团队时,将安娜莉三年里对这家报纸和其他校园活动做出的贡献描述为"不可或缺"。

"在很多委员会和课外活动中的工作,以及经过训练的对于完整新闻迅速而敏锐的判断,让她成了《斯坦福日报》新闻报道管理工作的理想人选。"一位已经离开的编辑写道。

在安娜莉管理《斯坦福日报》的那个春天,她也引导了职业女性新闻工作协会斯坦福分会的复兴。这是一个女性新闻社团,现在被称为女性通讯协会。当这个组织在1936年重返斯坦福时,安娜莉被选举为这个组织的主席。

尽管领导力并不是安娜莉寻求的东西,但是她有时却总能很自然地拥有它。就像后来她的女儿,作家安妮·法迪曼(Anne Fadiman)所说的那样,她"惯于成为第一个做'未知事件'的女性"。

尽管梅尔和安娜莉都为《斯坦福日报》工作,但是他们鲜有交集。当梅尔加入这家报纸的时候,安娜莉正在做一名夜间编辑;当安娜莉被提升为主编的时候,梅尔已经前往中国岭南大学;而当安娜莉毕业的时候,梅尔还依然待在中国。

尽管安娜莉在学校期间很成功，但是毕业后，她几乎没有在新闻业的工作机会。虽然她决心找到一份发挥她聪明才智的工作，但是由于大萧条和惠特摩尔家经济困境记忆的影响，安娜莉很害怕自己在求职过程中过于挑剔，这导致她从斯坦福毕业后不久，就遭遇了一次难忘的经历。

毕业之后，安娜莉去了美国农业调整署工作。这里有一个新政项目，主要是调节美国大萧条期间紧缩的粮食价格。参与这个项目的农民会被给予一些资助，然后他们就会放弃种植某些农产品，以求供需协调，达到提高农产品价格的目的。安娜莉在农业调整署旧金山办公室担任秘书，月薪75美元，这个办公室主要负责这个项目的公关事务。这个工作本身并不是很富有挑战性，也没有魅力，安娜莉接受这份工作是因为她考虑到，在自己找到一份校外工作之前，这份工作最起码可以让她收支平衡，如果她过分犹豫的话，就会失去这个机会。更重要的是，这份工作给了安娜莉一个机会，来揭示加州的劳动者们所经历的肮脏的生活条件和饥饿……这正是她内心渴望的。

"她有敏捷又清醒的大脑，没有将报道重心放在传统的爱情故事上，而是放在一次次让她心情紧张的时刻，这些时刻让她机敏的头脑变得诚实。"雪莉·麦当斯在后来讨论安娜莉在农业调整署的工作时，强调了这一点。

安娜莉在斯坦福读大三的时候写过关于农业调整署的文章，发表在《斯坦福日报》的一个叫作"洞见新闻"的栏目里，这个栏目主要针对一些时事进行评价。这篇报道展现了农业的实践和造成干旱沙尘暴的气候条件，正是这场沙尘暴在20世纪30年代给美国中西部的农民带来了沉重打击。

"中西部的旅行者们，在被吹积的干燥尘土完全覆盖的土地上跋涉数英里，"安娜莉1935年4月的文章是这样开头的，"每一阵夹杂着尘土的风，都给已经被干旱所伤的庄稼再次带来破坏，每一个头条，都昭示着一个新的被沙尘暴袭击的地方。"

依托于和一位斯坦福经济学教授的会谈，安娜莉冷静地提出，为了扭转全国自然资源遭到破坏的严峻现实，美国人需要重新思考一下他们个人主义的历史，去寻求一种保护政策。这个简短的报道强调了安娜莉早期对于校园琐事以外的新闻和社会环境的兴趣。

尽管安娜莉被聘任在农业调查署管理部门工作，但是她的上司R.路易·伯吉斯（R. Louis Burgess）想让她为他的个人项目工作。伯吉斯想让安娜莉写他的传记，命令她记录他的口述，并把它们整合到他正在写的书中。

因为伯吉斯让安娜莉做的工作枯燥无比，并且和她的工作无关，让她感到很沮丧，最终拒绝了这份差事。伯吉斯由此对安娜莉施加压力，让她在农业调整署在加州的工作报道中，不要再陈述那些流离失所的人们在大萧条时期的生活条件。他想呈现一幅政府扶持农场工人的工作蒸蒸日上的景象。因为安娜莉的父亲就是为大萧条时期的动荡所迫，举家迁徙，所以这个要求令安娜莉恼怒不已。也许是因为她作为记者追寻真相的本性，不愿意粉饰现实，再加上她拒绝转录伯吉斯的传记，这让伯吉斯勃然大怒，安娜莉最终离开了这里。

毫无疑问，这个在后来很多年里都屡次指责安娜莉"情绪过激"的伯吉斯，是一个保守主义者和性别歧视者。然而，安娜莉身上被伯吉斯视为喜怒无常的性格，正是安娜莉自信和独立所在，正是令人钦佩的地方。她总是让遇到她的人为之着迷，并给他们留下深刻印象。《生活》的摄影师卡尔·麦当斯后来写道，她"是一个让人激动的人，才华横溢、聪明伶俐、反应敏捷"。

尽管安娜莉被挤出了农业调整署，但事实证明，这对她来说，是一次很好的改变。《斯坦福日报》后来引用安娜莉的例子说，她离开这份工作是因为"对它感到厌倦了"。无论如何，公关的需要对一个有思想的女性来说是一种诅咒。而她，正如她的女儿后来说的那样，毕竟是一个无论是在思想上还是在行动上都表现得像个"彻头彻尾的记者"的人。

所以最终，有一些全然不同的机会在召唤她：那就是好莱坞。

* * *

电影《哈弟遇上大闺女》（*Andy Hardy Meets Debutante*）以对《快照》（*Snapshots*）杂志的特写开篇。这个虚构的卖十五分的杂志让"交际花"达芙妮·福勒（Daphne Fowler）[戴安娜·刘易斯（Diana Lewis）饰]形象异常鲜明。当镜头缩小时，我们发现了枕头边的破衣服，枕头上躺着正在小憩的少年米基·鲁尼（Mickey Rooney）①。鲁尼咧嘴笑了，根据插曲的暗示，他梦到了杂志中的小明星。接下来的镜头介绍了这位痴迷于暗恋对象的少年，他剪下了家中所有杂志上她的照片，贴在收集梦想藏品的剪贴簿上，这个剪贴簿以植物学项目作为掩饰。

最终，由鲁尼和因出演《绿野仙踪》（Wizard of Oz Fame）而名声大噪的女演员朱迪·加兰（Judy Garland）②领衔主演的这部电影成了"永恒的经典"。也由此开启了两位斯坦福毕业生——安娜莉·惠特摩尔和托马斯·塞勒（Thomas Seller）的电影创作生涯。据1940年的报道揭示，这部电影成为了米高梅电影制作公司的一个里程碑，也是安娜莉职业生涯的一次高潮。

当梅尔·雅各布在1938—1939学年，在斯坦福大学完成他的毕业论文的时候，安娜莉正在重新考虑她的工作。当她从农业调整署离职后，就离开了旧金山。她的父母也已经搬到了洛杉矶，在那里，乐兰德·惠特摩尔在联邦住宅管理局谋到了一份新职位。

安娜莉和她的家庭在洛杉矶稳定下来后，注意力转移到了好莱坞。这是从政府到制片厂工作的一条曲折路线。起初，安娜莉在卡尔弗城——米高梅电影制作公司的剧本创作基地寻求一份工作，但是这个岗位的竞争过于激烈，她没有顺利得到面试的机会。

虽然米高梅的编剧岗位竞争十分激烈，但这个电影公司还需要一些秘书。坦白说，去应聘一个秘书岗位的想法对安娜莉是一种折磨，但她努力克服了这种不情愿。因为她意识到，在米高梅电影制作公司的任何岗位找到一份工作，都意味着她不管怎样已经踏入了电影制作的大门。她申请这个岗位是为了把它作为一个跳板，有朝一日可以让她重回她真正的热情所在：写作。

为了检验这些秘书应聘者的能力，米高梅电影制作公司播放了一则录音，

---

① 米基·鲁尼（Mickey Rooney），1920—2014年，美国电影演员和艺人。
② 朱迪·加兰（Judy Garland），1922—1969年，美国女演员及歌唱家。

要求这些应聘者用速记法迅速且准确地转记这些信息。安娜莉知道，她少年时打字打到手指红肿的经历，以及多年做学生记者的经历，都磨炼了她快速打字、记笔记的能力。而且她还有一个秘密武器：过目不忘。在农业调整署时，她就是依靠出色的记忆力来进行笔录的。但她并不知道速记法为何物。

"安娜莉并不知道速记法，但是她没有告诉任何人，"好莱坞的专栏作家西德尼·斯克斯（Sidney Skolsky）后来说，"她其实有她自己独特的速记法。"

这个速记法是如此地神秘，以至在后来，这件事情困扰着安娜莉最亲密的同事。雪莉·麦当斯写道，她的笔记"是一种奇怪而又潦草的象形文字，那是安娜莉和她的速记笔之间的密码"。

无论在别人眼中，这些奇怪的文字是不是密码，安娜莉都用自己的方式记录下了这些单词。就像斯克斯所言，她组合了她转记的笔记上的单词，尽可能接近地复原了那份录音。

"她做得很棒，得到了这份工作。"斯克斯写道。

是的，这只是一份秘书工作，但是对她来说，算是真正进入了这个行业。在《哈弟遇上大闺女》发布以后，她告诉一位不知名的《斯坦福日报》记者说，能得到米高梅电影制作公司最初提供的岗位，她感到很幸运，因为当时，年轻作者成功的希望是很渺茫的。

"我所说的成功的希望，是指一卅始就成功进入影片制作室的希望，"安娜莉说，"当你进去以后，你会发现那里的人都非常伟大。"

起初，这份工作就像她在政府的工作一样枯燥。安娜莉甚至还帮忙在电影制片厂建立了一个工人工会，而且据雪莉·麦当斯说，因为这个，米高梅电影制作公司差点解雇她。她的新工作让她和文学及电影行业的很多久负盛名的人，建立了紧密的联系。在写作部任职秘书期间，安娜莉转录了像晚年的弗朗西斯·斯科特·基·菲茨杰拉德（F. Scott Fitzgerald）[①]，和奥斯卡获奖编剧威廉·路德维希（William Ludwig）这一类作家的笔录稿。安娜莉也会作

[①] 弗朗西斯·斯科特·基·菲茨杰拉德（F. Scott Fitzgerald），1896—1940年，美国著名作家、编剧，代表作：《了不起的盖茨比》《夜色温柔》。

为作家助理为他们跑跑腿。有一段时间,菲茨杰拉德还让她帮忙买一个化妆粉盒,作为送给他女儿的生日礼物。

但是,她的上司们都知道她想要写作,而且就像她自己说的,她"不会让别人忘记这件事"。实际上,在安娜莉做笔录、替米高梅电影制作公司的创作者跑腿的时候,她也在不断地学习,学习他们是如何写作的。安娜莉很少错过学习新事物的机会。

"我忍不住去学习用电影剧本的风格去组织语言的技能,"她在1940年7月告诉一位专栏作家,"我的意思是,我在学习影片写作的技术。"

1939年年末,在鲁尼和加兰的一个项目被推迟之后,米高梅电影制作公司需要为他们制作一个新的项目。安娜莉在进行笔录的时候偶然听到有人在谈论电影制片厂的这个困境,她感觉这是一个机会,当天回家后,就开始为这个项目创作作品。在下一个星期一的早晨,安娜莉就带着"安迪·哈弟系列"新的完整稿件走进了制作室。

安迪·哈弟是基于奥兰尼亚·罗玮洛尔(Aurania Rouverol,另一位斯坦福毕业生)创作的戏剧中的一个人物创造的,由鲁尼扮演,而加兰也在这个系列中戏份很足。在安娜莉对文稿的加工处理中,他们两个都有各自的戏份。路德维希曾经写过"安迪·哈弟系列"的前三部,当安娜莉把自己的手稿拿给他看时,他为她的主动性和最终的手稿感到惊奇,他敦促安娜莉把她的简单加工写成一个成熟的电影剧本。

当时,比安娜莉早两年从斯坦福毕业的塞勒,在安娜莉开始创作的几个月前就已经开始在米高梅工作了。在斯坦福期间,塞勒出演了很多部戏剧,还在一场单幕剧本大赛中创作了一份作品并获了奖,后来他又创作了一部作品,由帕罗奥图社区剧院进行制作。和安娜莉一样,塞勒也曾是公羊头戏剧协会的一员。在了解到塞勒也曾经是这个协会的成员之后,安娜莉很高兴,她决意和他一起创作"安迪·哈弟系列"剧本。

幸运的是,米高梅电影制作公司通过了这个故事。后来,路德维希力劝安娜莉和塞勒到米高梅专为初级剧作家设立的学校中进修,他们俩都轻松地通过了学校的课程。

"他们的名字都以作者身份出现在了银幕上,他们的薪水已经仅次于最高一级了,他们都和公司拥有长期的合同,现在在为一部叫作《齐格菲女郎》(Ziegfeld Girl)的影片工作——如果有人说,好莱坞没有为年轻人提供任何机会,那么他一定是疯了。"《斯坦福日报》上关于这个学校两位剧作家的专栏文章中写道。

这部电影并不是知识的杰作,"电影中'交际花'女孩达芙妮只是'我职业生涯中的另一个里程碑'",《纽约时报》的批评家博斯·克洛泽(Bosley Crowther)这样评价这部电影,"《哈弟遇上大闺女》也是这个流行的家庭系列的一个里程碑——一个受欢迎的里程碑。然而我们会忍不住猜测,这个家庭系列整体看起来是多么相似。"

不言而喻,这个里程碑式的电影给米高梅电影制作公司带来了丰厚的利润。米高梅花了不到50万美元制作这部电影,然而它在票房上却挣了2.6亿美元。为了犒赏安娜莉,这个电影制作厂给了她一份长达7年的全职剧作家合同,她拥有了一位自己的助理,和一间属于自己的办公室。从那时起,她和塞勒就作为一支写作团队而密切合作了。他们还创作了其他的作品,比如《游乐场》(Honky Tonk)和《齐格菲女郎》。他们所热爱的职业生涯已然开始。

"安娜莉自身就是一个好莱坞产物,"斯克斯写道,安娜莉在米高梅期间,他会定期和她共进午餐,"她在米高梅的生涯就是一个灰姑娘的故事。"

但这个灰姑娘并没有满足太久,她很快对好莱坞年轻演员公式化的剧作感到厌倦。她热爱曾经在《斯坦福日报》的工作,而且自从1937年毕业以来,她一直持续关注着国际事务的恶化,安娜莉一直渴望重回新闻业。

"她本质上是一个报刊业的人,而且这个世界上到处都是重大新闻。"《斯坦福日报》的麦克·丘吉尔(Mike Churchill)在不久后写道。

到1940年年末,在了解到3年多来,中国平民是如何受到战争的蹂躏后,安娜莉想将她的写作聚焦在那些可以有所影响的主题上。就像作家南希·考德威尔·索雷尔（Nancy Caldwell Sorel）对安娜莉心态的描写一样，"她发现，当真实的世界四分五裂，让人难以忍受之时，在好莱坞的7年时光就轻如鸿毛，显得虚幻而又轻浮。"

安娜莉试着以一个通讯记者的身份前往重庆。中国就像是一片充满着写作灵感的沃土，因此安娜莉提出了为《读者文摘》写自由报道的想法，并希望可以借此机会获得到重庆的许可。这个杂志接受了她的想法。虽然安娜莉在米高梅的7年合同仅仅履行了几个月，可她还是成功地为电影制片厂作出了合理的解释：这趟中国之旅也可以让她接触到不少有利于未来电影创作的引人注目的话题。

所以安娜莉得到了米高梅的支持，但是在1941年，对于一个需要去中国的美国女性来说，只有优秀报道是远远不够的，还必须要得到美国政府授予权限，特别是女性。而美国政府不允许安娜莉离开。因为重庆是一个随时可能遭遇空袭的危机四伏的城市，而且自1941年年初起，美国和日本之间的关系就在不断恶化，美国国务院拒绝授予安娜莉——或者说拒绝授予任何在中国没有工作保障的美国女性前往那里的许可。

陷入这个窘境中的并非安娜莉一人，大约同一时间，国务院也拒绝了佩吉·德丁返回重庆，尽管她的丈夫蒂尔·德丁还被允许为了《纽约时报》而飞往上海。仅仅一个自由记者报道的承诺，或者一个表面上的电影制作厂合同，对于领事官员来说是远远不够的。因为在中国没有一份工作，或者一个合适的担保人，安娜莉被困在了米高梅。

但是这些仍没有消减她对重庆的浓厚兴趣。

* * *

除了职业道德和聪明才智以外，安娜莉还有一项财富：那就是她的母校。在她和塞勒，还有一些斯坦福毕业的同伴讨论过她的失意之后，这些话很快在学校的校友圈传开了。大约在同一时间，梅尔正在返回美国的路上，这一年他的经历丰富多彩,他在上海、重庆和法属中南半岛分别作了报道。海防事件成了头条,也正是在这个时候,安娜莉在梅尔被捕的报道中认出了他。

安娜莉一家住在洛杉矶的奇迹之路附近,她的弟弟吉姆和梅尔的很多堂弟堂妹成了朋友,他的很多堂弟堂妹都住在汉考克公园附近。在学校里,吉姆甚至和梅尔的堂妹佩吉(Peggy)上了同一堂叫作"机会之屋"的课。这些人都知道梅尔对于中国的热忱,也知道他在那里的冒险之旅,因为他会定期向家人汇报他的经历。当然,吉姆也会将这些信息转达给安娜莉。

实际上,尽管安娜莉对梅尔的名字很熟悉,但对她来说,梅尔更像一个短暂的过客罢了。他比她晚了整整一级,而且他们活跃在不同的领域。即使是在《斯坦福日报》期间,当梅尔还是一名见习记者的时候,她就已经是一名编辑人员了,他们两个之间仅仅有一些偶然的互动。

但是梅尔在亚洲的探险激起了安娜莉浓厚的兴趣。除了海防事件外,安娜莉还了解到了梅尔在中国的工作,他在那里的旅程,还有他和那些有权有势的人物的相遇。她也了解到,梅尔忠于他的工作,而且知道他能够营造富有影响力的对话。

安娜莉很快了解到梅尔和乔纳森·莱斯的关系很亲密。她也是通过《斯坦福日报》知道乔纳森的,所以先联系了他,看看她能不能通过乔纳森被介绍给梅尔。当乔纳森告诉梅尔,安娜莉想要前往中国遇到的困难时,梅尔深表同情。不过他也从自己在中国的经历体会到,如果安娜莉能在中国有一份稳定的工作,而不仅仅是一个任务的时候,她将会更容易得到通行证。他甚至都不确定自己能否再回去。无论如何,梅尔在中国待的这一年里,已经建立了广泛的联络网。在他把安娜莉推荐给他们中的任何人之前,他想对她有一个更好的了解。

当乔纳森和梅尔回到公寓时,他们给安娜莉打了电话,联系瞬间建立起来。在电话中,梅尔承诺他将会代表她提出一些请求。他正要前往东海岸,所以还要有一段时间才回洛杉矶,不过他们约定,在他回来以后先见个面,一起喝杯饮料，再重新认识一下彼此。

  在梅尔帮助安娜莉之前，他也需要好好计划一下自己的未来了。他已经没有机会和雪莉重燃爱火了，尽管他与母亲，还有继父关系亲密，但他并没有想要留在加州的意思。这是冒险的天性使然，对他来说，家庭太安逸了。他需要认真思考他的生活和工作了。

第六章 "我会小心的"

1941 年，一个对中国有着深厚感情和浓厚兴趣的出版商，携旗下新闻社落户纽约洛克菲勒中心，中国第一个广播网和中国新闻社美国分社都在那里建立了总部。从洛克菲勒中心再向东数 10 个区，在第五大道 150 号，岭南大学董事会和其他基督教会学校，还有中国援助组织都挤在这里。太平洋国际学会的两大基地之一也在纽约（另一个基地在夏威夷），它的成员曾帮助梅尔在中国找了一份记者的工作，由此梅尔在中国有了立足之地。

因为关注财富与媒体，对于研究中美关系的学生来说，纽约成了一个具有重要影响力的基地，甚至比面朝太平洋的旧金山和颇具权势的华盛顿特区显得更为重要。1941 年春天，这座城市准备启动针对它所安置的中国人的、数百万美元的筹款活动和救援行动。

就在这个春天，当梅尔回到美国继续生活时，一些将主导下一个 10 年中美关系的重要人物西装革履，齐聚纽约。亨利·卢斯（Henry R. Luce）将他们召集在一起，他是创办了《时代》周刊、《生活》和《财富》杂志的一位极具影响力的出版商。卢斯的父母是生活在中国的长老会传教士，卢斯出生在中国的烟台市。就像其他接受了中国文化熏陶的外籍人士一样，卢斯一生都很迷恋中国。到 1941 年,他已经开始积极地提倡美国出面干预中日战争。卢斯相信,对中国实施一场成功的救援,可以帮助美国赢得无法单纯靠武力赢取的美国文明。卢斯说,赢取数亿中国人民的信任和对美国的信心,才是美国在这次救援行动中的首要目标。

"因为中国是世界上人口最多的国家,我们可能拥有,也可能会失去和中国之间的友谊。"卢斯在 1941 年 3 月的演讲中说。卢斯认为,美国只有几个月的时间来争取中国的信任。"我们不光可以通过明智的军事决策或者经济力量来争取这份友谊,甚至可能通过艺术或者实践来争取到。"

卢斯在预筹款 500 万美元的美国援华联合会的项目之后,概述了干涉主义的哲学,这些筹款项目引发了不计其数的人道主义组织的建立,这些组织都在美国对中国援助的旗帜下团结一心。从 1941 年 2 月 7 日起,他们就致力于支持被围困的中华民族,尤其是所谓的"自由中国",也就是蒋介石领导的国民党政权统治下的那一部分。然而,很明显的是,美国援华联合会并不打算支持汪精卫政权,这个政权也就是当时建立在南京的、和日本合作的傀儡政权,也不打算帮助蒋介石名义上的盟友——在延安的中国共产党。美国援华联合会表面上说毫无政治目的地援助所有中国人,但实际上主要还是支持国民党政权。

贝蒂斯·奥斯顿·加塞德(B. A. Garside)领导了中国教会大学联合董事会,同时也是美国援华联合会的执行理事,他为卢斯提供了组织动力。加塞德在烟台时曾经是卢斯父亲的好友。如今加塞德和年轻的卢斯一起组建了由 13 位重量级人物组成的组委会,来领导美国援华联合会的运动委员会。

除了卢斯,这个委员会还有最近竞选失败的共和党总统候选人温德尔·威尔基(Wendell Willkie);石油王国的继承人、慈善家和国际主义者约翰·戴维森·洛克菲勒(John D. Rockefeller)(洛克菲勒曾经资助了加州大学伯克利分校的国际学生公寓,还鼓励梅尔在斯坦福争取一个类似的设施);还有小说家和诺贝尔奖得主赛珍珠(Pearl Buck)(她的作品《大地》考察了革命前中国的乡村生活);总统的后裔和堂兄弟,前菲律宾总督小西奥多·罗斯福（Theodore Roosevelt Jr.）；好莱坞制片人大卫·塞尔兹尼克（David O. Selznick）；加州大学校长罗伯特·斯普劳尔（Robert G. Sproul）；富达信托公司的董事长、共和党的资本家和前众议院议长的孙子詹姆斯·G. 布莱恩（James G. Blaine）；基督教青年会领导人尤金·E. 巴奈特（Eugene E. Barnett）；纽约信托公司董事长阿特姆斯·L. 盖茨（Artemus L. Gates）；之前担任驻苏联和法国大使，还曾短暂担任过巴黎市市长的威廉·C. 布里特（William C. Bullitt，在拉斯基影片公司在梅尔爷爷的谷仓里开启了它卓有成效的七年工作后，布里特在那里做了一名主编）；斯蒂庞克汽车董事长保罗·霍夫曼（Paul G. Hoffman）；还有摩根大通的合伙人托马斯·拉蒙特（Thomas W. Lamont，他曾帮助交涉了《凡尔赛条约》，并且给墨索里尼政权贷款一亿美元）。

尽管这个组织主要倾向于共和党人，但是由3位成员构成的国家咨询委员会却是由民主党人富兰克林·罗斯福总统的夫人艾莉诺·罗斯福（Eleanor Roosevelt）主持的。这位总统夫人和巴克（赛珍珠），还有詹姆斯·休斯（James E. Hughes）女士一起承担咨询顾问的角色。在这个组织中，大部分人之前和中国都有个人或者商业往来。因为卢斯和塞尔兹尼克的参与，参加这个组织也是他们打造公众形象的一个好机会。

* * *

1941年春天，当梅尔回到美国时，这一切都在蓬勃发展。等他到纽约的时候，美国援华联合会正在为"中国周"做最后的准备，他们举办了一系列晚宴和其他各种活动来庆祝这场运动的正式开始。梅尔上次来到纽约是在1936年夏天，那时他准备动身去岭南大学，开启他的世界之旅。如今的纽约，充斥着和中国有关的事件和活动，这座城市犹如穿上了熟悉的衣服，让梅尔倍感亲切。

但是"中国周"依然要等一个月以后才能开展，到那时候，梅尔必须跟进他为自己安排的繁忙日程。不管梅尔和美国援华联合会之间有没有时间差，他的计划都是可行的。因为纽约是美国的媒体中心,而他正需要一份工作。

梅尔采取了类似他之前在上海的策略。他和记者们结交,出席记者招待会,在海外记者俱乐部吃午餐(他成了这里的会员),去见尽可能多的纽约的编辑。他推断,他们中一定有人可以把他送回中国。

梅尔第一个想见的人是厄尔·利夫,这个人就是之前帮助梅尔找到业余无线电爱好者斯图尔特医生的古怪记者,他也是国民党在美国的主要宣传员。正是通过利夫的联系,董显光找到了梅尔,梅尔在国际广播电台期间,与董显光一直保持着紧密的联系。利夫为梅尔提供了一份在西海岸开设宣传办公室的工作,薪水不错,但是梅尔并不感兴趣。

不过,利夫也帮梅尔找到了一个出版经纪人南希·帕克(Nancy Parker),和一个负责摄影作品的经纪人保罗·盖鲁迈特(Paul Guillumette)。盖鲁迈特做了梅尔的经纪人后立刻尝试将梅尔在中南半岛和重庆拍摄的很多照片卖出去。与此同时,让梅尔雀跃的是,帕克也是宋美龄和《四万万顾客》(*400 Million Customers*)的作者卡尔·克劳(Carl Crow)的代理人。在和两位经纪人会面后,梅尔径直回到了阿尔贡金大酒店,在那里他把一些可能被采用,或者能改进的报道摘要打成了定稿。

"昨天他们对我满怀希望,但是你永远不知道周一会发生什么。"梅尔在和经纪人们见面之后写道。

梅尔又再次联系了曾帮助他在上海立足的《纽约时报》的通讯记者哈勒特·阿本德,两个人进行了一场关于一起工作的漫长讨论。阿本德想要回去继续担任他的《时报》远东办事处处长;梅尔可以和他一起工作,可能主要负责新加坡和缅甸地区。

"如果真的可以如愿以偿的话,那确是东方土地的最佳位置,"梅尔写道,"不只是我满怀期待,他听起来也十分乐观。"

哈勒特·阿本德让梅尔和他一起到华盛顿,去见那些为他提供消息的政府人士。阿本德先出发了,几天之后,也就是梅尔到达纽约大约一周后,他也跟着赶去了华盛顿。

在动身前往首都之前，梅尔和约翰·赫西（John Hersey）一起吃了一顿饭。赫西是《时代》周刊的远东编辑，也是招聘特迪·怀特到这家杂志工作的人。特迪曾提议说他们两个应该见一面，赫西对特迪的评价很高。虽然他目前没有可以提供给梅尔的工作，但是他愿意让梅尔偶尔提供一些稿件，就像他年前在《旧金山纪事报》做的那样。当梅尔前往华盛顿的时候，他想知道，如果综合其他可能存在的机会，他能否接受来自《时代》周刊的工作。

* * *

在华盛顿期间，梅尔拜访了来自国务院的官员，还和新上任的陆军公共关系局局长罗伯特·理查森（General Robert Richardson）将军进行了一次长谈。这次拜访让梅尔有机会接触到已经结婚的哈利·霍尔顿（Harry Caulfield），和另外两个岭南大学同学——艾德·梅森霍尔德（Ed Meisenhelder）和尤金·约翰逊（Eugene Johnson）。他们三个都在政府工作，因此梅尔拥有了更多可以打探消息的渠道。

有趣的是，梅尔还花了很多时间来听取作战部和海军部的情报部门关于中南半岛和中国的汇报。他并没有听到任何关于他参与的秘密行动的明确指示，似乎只是梅尔分享了一些他关于亚洲动荡局势的见解。他对于重庆和国民党时局发展的认知深度是显而易见的，而且他在中南半岛期间的笔记也包含了殖民地和日本一天天的发展情况，东南亚各个参与方人口和经济的统计分析，还有日本、法国的外交官和军官的背景简介。如果梅尔回到亚洲的话，海军情报官员为他准备了一个临时委员会，但是他那时候还不想做任何决定。

他没有排除任何选项。尽管梅尔想做一名记者，但是他知道，一旦战争爆发，他可能就得去参军。和海军情报部门或者其他军团一起工作，是一个可以让他避免被征入伍的方法；他也说过，他志愿即刻为美国陆军航空军部队效劳。但他仍然想，如果他是一个有任务在身的驻外记者的话，他就可以从草案中被免除，完全不必担心这个问题。无论发生什么，美国似乎都不会长时间对这场战争置身事外了。

"身处华盛顿的人都知道,我们已经身处战争之中了。"梅尔在参观华盛顿后简单地写道。

* * *

下一个周二的晚上,梅尔回到了纽约。阿本德坚持说他还可以为梅尔提供机会,尽管梅尔非常渴望到《纽约时报》工作,但是他已经没有耐心再等待接下来的消息了。所以,他做了他经常做的事:尽可能多地安排和报社、杂志社以及无线电广播局的会面。

与此同时,梅尔的新经纪人们也在完成他们各自的使命。《点击》(Click)杂志为梅尔拍摄的 20 张重庆空袭的照片和一篇简短的报道支付了 250 美元,他们对梅尔回中国以后的很多工作也很感兴趣;《亚洲》(Asia)杂志邀请梅尔写一篇关于中南半岛危机的 2500 字的文章,将在 5 月发表;《新共和国》(The New Republic)杂志也邀请梅尔写一篇报道,但是那篇报道一直被梅尔束之高阁。

回中国是梅尔的首选,但是他在美国不乏其他的选项。梅尔惊讶地发现,他并没有在合众社得到很多的关注。报业集团的远东管理者约翰·莫里斯(John Morris)和合众社的马尼拉管理局局长迪克·威尔逊(Dick Wilson)都曾替他发电报给合众社的主要官员,建议把他送回中国或者亚洲的其他地方。然而,如果合众社和日本之间的僵局没有一点改观的话,纽约的管理者就不愿做出任何承诺。

不过他们确实为梅尔提供了一份在萨克拉曼多市编辑远东发来的电报的工作。这份工作可以保障梅尔更多的权利,且具有一定的稳定性。对梅尔来说,这份工作很诱人,如果他想要成长的话,这可能是最好的工作了。萨克拉曼多当然不是重庆,但这是梅尔第一次收到全职工作的录用函,因为他拥有关于中国的知识,和其他信息掌握不全面的电报编辑相比,他能帮忙解决在文章中出现的很多问题,更不会出现他在中南半岛的报道被编辑得面目全非的情况。

梅尔依然没有从阿本德那里听到关于《纽约时报》的消息,所以他自作主张,决定放弃合众社的工作,因为如果接受了这份工作,他很快就会被征入伍。

"也没有那么糟糕吧,"他说,"但是我还是想好好利用可以在中国体验生活的最后两年。"

梅尔不想再等待了,他决定接受另一份录用函。美国全国广播电台想让他在重庆做一名广播特约记者。广播电台将会以每3分钟片段50美元的标准来支付他薪酬。单凭这些是无法生存的,因为这份工作的不连贯性,让他没有稳定的收入。虽然美国全国广播电台承诺如果他做得好的话,他的报道可以成为美国全国广播电台的常规节目,但由于薪水较低,他依然需要在广播工作以外写文章和卖照片。

"如果我想在这趟旅程之外赚到真金白银的话,那这些钱应该都来自照片和文章,就是我准备联合起来的东西,"他写道,"这意味着除了完成工作以外,我还要整天在人行道上游荡。私人联络,其实这一切都是私人联络。"

幸运的是,梅尔得到了另一份录用函。1月的时候,董显光曾写信给梅尔,问他是否愿意回来继续工作,因为董先生希望梅尔能够回去,所以他消除了一些国际广播电台中让梅尔离开广播站的环境因素。在纽约,厄尔·利夫,还有前《曼彻斯特卫报》(*Manchester Guardian*)记者、现在已经被董先生聘为首席外交顾问的田伯烈(H. J. Timperley),他们为梅尔提供了一份在重庆国际广播电台做顾问的职位,不管怎样,梅尔在那里还可以播送他在美国全国广播电视台的节目。他们将会付给他每月100美元的薪水,并且为他提供一辆车,以便他从新闻宾馆赶到广播站的地下广播室。最终,梅尔不用一路坐船去中国了:美国政府愿意为梅尔买一张从旧金山起飞的,著名的泛美飞剪飞机机票。

这次虽然有从国际广播电台领到的薪水,可是依然不够维持生计。幸运的是,赫西所提供的给《时代》周刊的偶尔供稿一事依旧奏效。就在最后时刻,一个名气稍逊的叫作《新闻周刊》(*Newsweek*)的杂志联系到了梅尔,想让他作为他们的远东记者,梅尔接受了。他成了《时代》周刊竞争者的特约记者,每周寄给他们一些报道,最少可以收到 20 美元,如果他们发表了他的任何报道的话,他就可以收到更多的钱。

"我接受了他们的录用函,而不是《时代》周刊的,因为我觉得在那里我会更有前途。"梅尔写道。

* * *

正当梅尔打算回中国的时候,在亨利·卢斯和美国援华联合会背后,那些有着令人难以置信的影响力的公众人物集团,正在为"中国周"做准备,梅尔正好赶上他们群星荟萃的募捐活动发布会。他们利用战争的恐慌和不稳定性来争取人们对这场运动的支持,这场穿越整个纽约城,关于公共关系新闻和活动的大型盛会将从美国人的角度凸显中国文化的各个方面。精心策划的事件包括庆典、晚宴,还有吸引各界名流、慈善家和政客的演讲。

"中国周"也在整个夏天,在美国全国范围内的众多影院里播放了胜利者的短片。这些影院通过醒目的标题、戏剧性的叙述和在中国斗争的图像将这种庆祝与颂扬活动在全美传播开来。它强调的全都是中国国民党军队的英雄行为,却忽视了也在同日军战斗的中国共产党的军事力量。

其他的"中国周"活动也接踵而至。为了让选民"将思维转化到中国人民的需求上",美国巴尔的摩市市长正式宣布将 3 月 2 日至 3 月 9 日定为"中国周",也就是纽约"中国周"前三周的时间。五月,纽约州州长赫伯特·莱曼(Herbert Lehman)宣布一个全州的"中国周"活动开启,这个活动中谈到了很多关于支持民主的老生常谈的东西,却没有什么官方活动。美国和加拿大的其他地方也举办了类似的庆典,而且在接下来的一年里这个概念也在纽约被不断提起。到 1942 年年底,美国援华联合会已经募集了 480 万美元善款,比他们的募款目标 500 万美元低了一点。

在梅尔同意回到国际广播电台原来的工作岗位上之后,他很快了解到他的职责之一就是协助美国援华联合会开展工作。蒋介石希望在前不久总统选举中败给罗斯福总统的温德尔·威尔基先生能来访问中国。梅尔得到了一张"中国周"开幕晚宴的免费票,而且被要求将蒋委员长的邀请传达给威尔基先生。

"所以我是一个做大事的小棋子,"梅尔写道,而且他看起来对自己不是特别满意,"整件事都是一桩很好的生意。我讨厌一些人,尤其是中国政府的一些顾问,他们简直是在敲诈!而我现在竟然也在帮他们!"

不过做大事也让梅尔度过了一个愉快的夜晚。那天晚上,梅尔在重庆和上海认识的很多人也出席了晚宴,就连兰德尔·古德尔也在那里,还有两位是梅尔在中国结交的朋友——作家埃德加·斯诺和埃文斯·卡尔森(Evans Carlson)。此外,梅尔还见到了一位魅力四射的人,也就是当时在美国最著名的中国女性之一——李霞卿。

"她美艳动人,还曾经被大肆宣传说从飞机上掉了下来。"梅尔写道。这是一种很保守的说法。李小姐是一位胆识过人的女飞行员,可以说是中国最出名的飞行员了。1935 年,在一次飞行训练中遇到紧急情况后,她乘降落伞降落到旧金山,也因此获准加入了一个叫作"卡特皮勒飞行俱乐部"(Caterpillar Club)的飞行员精英俱乐部。但是她出名的原因远远不止于此。

"在二战爆发前 10 年,如果你让任何一个中国人说出一个飞行员的名字,你得到的答案十有八九是李霞卿。"丽贝卡·马卡莎(Rebecca Maksel)在《航空与空间》(*Air and Space*)杂志中写道。和李小姐共度的一晚对梅尔来说不仅是一场晚餐约会,也是他融入美国援华联合会的一部分,梅尔很享受拥有这样一位颇有建树的陪伴者。实际上,梅尔在纽约的时候写给特迪·怀特的信中坚称,和雪莉分手以后,他目前对恋爱没什么兴趣。

"大家都说我和雪莉是天生一对,"梅尔说,"不过我现在,以及将来一段时间内都不太想找太太了。我就要回到太平洋那一边了,我希望能在你到家前到达那里。"

梅尔很享受那一晚的时光,尽管威尔基,还有他自己租来的太紧的燕尾服并没有给他留下深刻的印象。那天晚上,亨利·卢斯也做了演讲,他请求捐助者们支持中国的事业。

"因为中国是世界上人口最多的国家,我们可能拥有,也可能会失去和中国人民的友谊,"卢斯在华尔道夫大酒店告诉这些盛装出席的用餐者,"我们在接下来的几个月可能失去,也可能争取到这份友谊。"

卢斯运用了在亲中国的言论中常常使用的修辞手法,他哀叹道,美国是如何在中国以像骑兵一样落后的军事武装对抗日本暴行的情况下,年复一年向日本售卖军事武器和装备的。他说,尽管如此,中国还是一如既往地相信美国的承诺。

"中国人对我们的强权政治很感兴趣,"他宣称,继而将他的演讲引入了高潮,"他们对我们的外交策略兴致盎然,他们乐此不疲地了解我们的军事和海军战略;但是让他们感兴趣的远远不止这些,他们更加关注我们,我们这些美国人,想知道我们到底是什么样的人。"

* * *

参加"中国周"的晚宴后不久,梅尔回到了华盛顿,既然他现在已经找到了工作,那么他就要去办个护照了。他还需要再次延缓入伍时间。

3月11日,在梅尔准备离开华盛顿的时候,罗斯福总统签署了租借法案,这一法案批准了数十亿美元的援助资金,用来支援包括中国在内的盟国,这一举措急剧改变了美国对外关系的势头。回到首都以后,让梅尔高兴的是,他发现国务院现在把他在中国的出席看作一笔财富。

"国务院对我的外出和每项合作承诺都非常满意。"梅尔在华盛顿沃德曼公园万豪酒店写道。就在国务院表达了他们的祝福后不久,和梅尔有联系的其他政府部门也提供了他们的帮助。"他们觉得这显然是我国国防计划的一部分。我无法详谈。我和海军部门有一层关系,如果它能顺利实施的话,我想你听到后,一定会很骄傲的。"

返回中国这件事让梅尔兴奋不已,然而他还十分渴望另一桩事——他和安娜莉·惠特摩尔在洛杉矶的"酒约"。梅尔在旧金山时,他们在电话里约定,在威尔夏大道的一家酒吧碰面,这里离拉布瑞亚焦油坑附近的安娜莉父母家只有几步之遥。

第一天晚上,两个人在酒吧里花了数小时讨论中国的境况。那天晚上过去之后,他们开始就一部关于亚洲纷争的电影刮起头脑风暴。在他们会面之后,安娜莉就开始寻找一些可以进行加工业务的代理的线索了,尽管从小在好莱坞的影响下长大的梅尔尚在怀疑这部电影是否是一个好主意。

当他们两个人见面喝鸡尾酒的时候,尽管他们都不曾期待会有浪漫的化学反应,(梅尔刚和雪莉分手,而安娜莉过于专注自己的工作,以至于无暇考虑谈恋爱。)但这次充满知性能量的会面是如此有力,以至于促成了两人身体与情感上的激烈的化学反应。他们很快变得很亲近,至少在心智上是这样的。

在斯坦福期间,梅尔太安静了,并不能引起安娜莉的关注。尽管安娜莉只比梅尔大4个月,但是却比梅尔整整高了一级,而且他们也很少交流,有一部分原因是,安娜莉读大四期间,梅尔正在中国学习岭南大学的课程。而现在,梅尔散发着自信的光芒。

当梅尔向安娜莉介绍中国的时候,他是如此激情四射,她的注意力猝不及防地被吸引。他经历了多少次空袭,却还能自始至终保持冷静?他多少次冒着丢失生命和自由的风险,报道中南半岛的战争?虽然家人忧心忡忡,女朋友也已经失去耐心,但是他执着地将自己的工作延续了多少个月?而这个男人又是谁?是什么让工作成了他生活的中心?还有这个遥远的重庆到底是一个怎样的地方,让他不顾它的不适、贫乏、危险和与家遥不可及的距离,依然想要尽快赶回去?无论是什么,她都想要自己找到答案。尽管安娜莉不想承认,但是她很快意识到,她想要再次见到梅尔。她和她以前的伴侣分手是因为他们没有刺激到她的思维,而现在,这里有一个男人,他很享受和她探讨这个世界,如她一般。

梅尔在与安娜莉见面之前,就知道安娜莉对中国感兴趣了,而且他很快意识到这个国家对她想象的世界的影响。她的独立和她对亚洲局势的兴致,在很大程度上让他愿意帮助她到亚洲亲自看一看这场战争。

那天晚上，似乎有一股电流在梅尔和安娜莉之间流淌。这和梅尔之前感受到的任何感觉都不一样。他也曾约会过，他和女性交流从来都不觉得困难。梅尔在岭南大学的最后一学期，甚至动过娶他在澳门的女朋友玛丽·雷陶的念头，可那不过是一个年轻气盛时的玩笑罢了。

然后就是雪莉了，因为梅尔在亚洲待了太长时间，雪莉对梅尔的感情冷淡了，尽管在这段时间里，梅尔认为他对雪莉心怀爱意。最初梅尔感到不知所措，但是很快他就意识到，他在中国和中南半岛的报道给了他一个期待已久的定义自我和追求理想工作的机会。对于梅尔来说，工作和谈恋爱一样重要；但是很明显，雪莉是把他的工作放在次要地位的。

而安娜莉则带来了一些完全不同的东西。她是一个平等主义者。她就是她自己，既不是一个想要向周围的男性证明她自己和她的能力的女性，也不是需要被那些男性呵护的娇贵的花朵。她直截了当。更重要的是，她尊重梅尔，而且她并不为他的敬业感到困扰；相反，正是他的敬业，让她现在感觉极富吸引力。

梅尔在离开之前，邀请她参加了美国援华联合会的会议。接着他驾车沿着海岸线从洛杉矶到了文图拉，文图拉就是查尔斯·斯图尔特医生接收所有来自国际广播电台的广播节目的小镇。斯图尔特志愿在这座城市组织救援工作的分会，梅尔也非常渴望亲自见到他。他这一路都带着安娜莉，所以她也可以向他们介绍自己。

安娜莉完全可以自己找到工作，但是她也在征求梅尔的建议。在纽约，梅尔就很清楚，美国援华联合会需要很多的帮助。4月初的时候，美国援华联合会的宣传部部长奥迪斯·斯威夫特（Otis P. Swift）还曾用带有组织抬头的信纸给梅尔所属的旧金山征兵局写信，让他们的员工延迟征召梅尔入伍，因为委员会"急着"让梅尔回到中国。

"他与东亚的问题有着密切的联系，"斯威夫特写道，"我们了解到，他在帮助协调美国的援助活动、确保这些活动满足中国人民的实际需求上是最有价值的人。"

知晓了美国援华联合会非常在意他返回中国的行动，还有利夫、田伯烈和他们所代表的国民党宣传部门付出了很多努力来说服他回到国际广播电台的广播员岗位上之后，梅尔认为，他可以把他们的帮助转化为安娜莉的契机。在纽约和约翰·赫西共进午餐的那个下午，他请求《时代》周刊在他下次来洛杉矶的时候，也邀请安娜莉一起吃晚餐。

其他的好莱坞人士已经开始记录中国的危机了。1937年，米高梅电影制作公司成功地改编了赛珍珠的一部以中国为主题的著作《大地》。赛珍珠此时已经是美国援华联合会第一批领导委员会的一员了，米高梅的前领导大卫·塞尔兹尼克也是如此。

梅尔竭力动用自己的人际关系帮助安娜莉，他在好莱坞做的工作已经给政治掮客们留下了深刻印象。"有一个年轻的米高梅剧作家想要充分了解亚洲局势，而且在到处打听救助工作相关事宜"的传言已经传到了塞尔兹尼克那里。塞尔兹尼克知道，一个待在中国的成熟的作家将会为美国援华联合会想要开展的工作提供莫大的帮助，也许这个年轻的、斯坦福毕业的女性，正是合适的人选。

与此同时，安娜莉和梅尔变得非常亲近，到了梅尔快要离开的日子，她出现在了梅尔乘坐的开往旧金山的南太平洋列车上。一路上，他们都在讨论他们的电影剧本。

"我有一种直觉，它将会大卖，"梅尔说，"我对安娜莉的工作比对我自己的工作更有信心。"

此后，梅尔把他在旧金山的行程整理了一下。他在很短的时间里却有一大堆业务要处理——要拜访通讯社的办公室，要造访唐人街的联系人，还要给纽约的编辑打电话，但是安娜莉为她可以在他4月21日离开之时出现而感到开心。这次拜访也让她有机会见到一些梅尔认识的美国援华联合会的联络人，她甚至还见到了乔治·秦的兄弟特迪，特迪乘坐美国总统航运公司的"塔夫特总统"号轮船赶来看望梅尔。当梅尔将要启程的那个寒冷而又干燥的下午到来时，特迪·秦不是唯一一个在那里和他道别的人了，安娜莉也来了，梅尔就差带着她一起离开了。

"轮船在中午起航，我一路上都在和安娜莉聊天。"

几乎就在梅尔从旧金山启程的同时，亨利·卢斯抵达好莱坞北边的伯班克机场，租借法案刚刚签署，美国援华联合会也刚刚成功建立。这位出版商准备开启一段万众期待的中国之旅。

但是在卢斯继续北行之前，他被带到了坐落于好莱坞山庄的本尼迪特峡谷和冷水峡谷之上的一个殖民地风格的砖房里。那是塞尔兹尼克的家——这个制片人召集了好莱坞的精英们来举办另一场美国援华联合会的发布会。尽管这是一场比在纽约的华尔道夫酒店举办的晚宴更加具有私人性质的活动，但这场集会也聚集了可以被称为当代媒体主旋律的人。宾客名单上挤满了好莱坞最有影响力的制片人。

作为一个出生在"旧中国"的人，卢斯向这些聚集起来的大人物讲述重庆和"新中国"，他说那里是一个"令人恐惧和心碎的苦难之地"，关于那里的"不可战胜的信念和毅力的故事"是美国人民不熟悉的。

"有一部分原因是，新闻就像太阳一样，是从东方到西方的，"卢斯说，显然他的话激发了听众们对自我文化影响力的认知，"迄今为止，这个准则最值得注意的例外就是好莱坞的新闻了。正如你们所知，你们就是大新闻——你们就是新闻西行过程中的主干道。"

卢斯认为，中国人在反抗日本侵略过程中的英雄事迹，即使对于观众们的孙辈来说，也将是历史上最伟大的故事之一，这是一个让大亨们可以有一种"仿佛我们的生命都依赖于它——我们的生命和我们孩子的孩子的幸福都依赖于它去剖析"的情怀的故事。他坚信"到 2000 年，伟大的影片将都源自这段斗争时期"。

1941 年是关键的一年。卢斯说，就是在那一年，他和他的同伴们"决定了未来的戏剧应该阐释人类精神灵魂的胜利"。

在卢斯动身前往中国，亲自去看那个戏剧发生的地方之前，他把一位晚宴的客人沃尔特·迪士尼（Walt Disney）拉到了一边。迪士尼特别适合美国援华联合会的一项筹款活动——青年中国运动。这个动画片制作者愿意引导这场运动。在他离开之前，卢斯给他纽约办公室的秘书发了一条特别的信息，以确认她记录下了迪士尼的承诺。

亨利·卢斯知道，这场晚宴的出席者们希望他们的影响力可以继续向西，横穿太平洋，但是为了维持美国对于中国危机的关注，他的援助组织也需要关于中国困境的新闻穿越海洋，回到东方。美国援华联合会需要的不仅仅是钱，它需要可以讲述的故事，也需要讲述故事的人，一个对中国有了解，并且能够联系和访问那里的人。

梅尔·雅各布和他的新朋友安娜莉，就是这样的人。

* * *

当卢斯在为他的中国之旅做最后准备的时候，梅尔正乘坐着"塔夫脱总统"号轮船穿越太平洋，这趟旅程的费用是由中国宣传局支付的。梅尔从他危险的中南半岛之行回来还不到3个月，又返回亚洲。他不敢相信他正在再次启程。

"感谢家中的一切——我现在仍然不敢相信我在朝着中国行进，可能要一个炸弹才能让我清醒吧。"梅尔给他的妈妈写道。

梅尔将会乘坐"塔夫脱总统"号到达檀香山。从那里，他将乘坐美国飞剪号飞越太平洋，美国飞剪号是胡安·特里普（Juan Trippe）的泛美航空公司旗下的巨大的水上飞机之一。航空公司的飞剪号航线是一段豪华的旅行，它让原本数周长的横渡海洋之行变成了短短几天的行程。（虽然梅尔乘坐着一架叫作"美国飞剪号"的飞机，但是这趟旅程走的路线，是和它有着相同的名字，就像是它的姐妹飞机一样的中国飞剪号的路线。）

《点击》和《新闻周刊》都安排了梅尔报道刺激的飞剪号之旅。在他报道之前，梅尔必须让檀香山的美国海军情报人员清楚他的报道计划，他们对他的报道范围设置了一些限制。所以梅尔联系了一些他在华盛顿的海军联络人，联络人发电报给檀香山的同事，让他们协助梅尔的工作。

"朋友真的是一种伟大的存在。"梅尔写道。

在考虑安全问题之前，梅尔也为他从旧金山到檀香山的旅程被取消感到烦扰。后来他才了解到，这其中还有一些不便之处。他从夏威夷启程的旅程被延迟了两天，他现在要随那些在第一个地方把他挤掉的高调乘客一起飞行。梅尔很快发现，在那些乘客中有亨利·卢斯，还有这位出版商的妻子克莱尔·布思·卢斯（Clare Boothe Luce），她是一位剧作家，后来成了经常给《生活》杂志提供素材的国会女议员。

"这对给《点击》杂志写的报道来说可不是一件好事，"梅尔写道，"我担心照片里会出现对手出版商的面孔。"

梅尔不仅仅烦恼，他更为自己在最后一刻被从旧金山到檀香山的乘客清单上剔除而愤怒，为像卢斯这样的人可以如此轻易地得到离开美国的许可，而其他人却不能而愤怒。尽管梅尔很懊恼，但是他依然在家书中保持了充足的专业度来控制他的不满情绪。他知道他的朋友特迪·怀特在为卢斯工作，《时代》周刊也曾给他提供过在中国做特约记者的职位，约翰·赫西也正准备邀请安娜莉共进晚餐，来讨论在美国援华联合会为她谋得一个职位的事。

4月29日，在梅尔要乘坐飞剪号离开的前一天晚上，安娜莉用电报给梅尔发送了一则好消息。在米高梅电影制作公司里，有人很喜欢他们俩正在撰写的剧本。

"她真的是一个活力四射的人。"梅尔在一封家书中提到了安娜莉的消息。

> 如果这个该死的东西可以卖出去的话——我是说如果——那么我就可以得到一笔钱了，我将会得到一张支票，不过有一半的钱是她的。
>
> 就是这些了，再次感谢一切，如今我已经再次期待回家了。我会小心的。——爱你们的梅尔。

伴随着轰鸣和震动，飞剪号在4月30日飞离了珍珠港。当烟雾开始飘荡在整个客舱,乘客们开始走动攀谈,另一个安全防范的理由显而易见:这架飞机的乘客。如果说梅尔在纽约参加的美国援华联合会的晚宴,聚集了一些美国最有权势的慈善家和商业领袖的话,那么飞剪号的乘客名单上就是一些不太出名的名字,但是这些人要么在20世纪40年代的亚洲非常有权势,要么即将为第二次世界大战的进程做出巨大的贡献。除了卢斯,他们当中还有一些将军、间谍首领、突击队员、实业家和艺术家。最大的团队是美国陆军航空兵和海军陆战队航空兵的一批军官,他们到亚洲去,为国民党的空军提供建议,研究日本的轰炸袭击战略,为菲律宾设计空中防御系统。那里面还有一个英国商人,曾经的上海市政委员会理事成员瓦伦丁·希尔瑞(Valentine Killery),他带领了一支队伍前往新加坡,去那里安装一个英国秘密特别行动网的灾难性的武器。还有一位登机的女性,后来因为为上海数以千计的犹太难民提供食物而成了被人称颂的英雄。

相比于"杂七杂八的乘客",梅尔更喜欢飞机上的乘务员。对他来说,大部分的乘客都很高傲、粗鲁、不顾及他人感受,尤其是那些英国乘客,就是那些"把这当成他们自己的船的人"。当机长帮梅尔拍照时,一个英国人菲利斯·加伯尔(Phyllis Gabell)威胁说因为拍到了她而要起诉梅尔,这位女士是和希尔瑞一起前往新加坡组装秘密设备的。相比之下,飞机上的两位美国将军友善得多,其中一位甚至同意在重庆和梅尔一起录制广播节目。

* * *

在太平洋8000英尺之上,在关岛和马尼拉之间,"美不胜收"的云层和蓝色水波从四面八方涌来。只有一两小时的急流干扰了这段为期四天的跳岛之旅,这趟旅程从夏威夷到中途岛,再到威克岛,然后到关岛,最后,在到达大部分旅客的目的地香港之前,到达马尼拉。

梅尔在飞行途中得到了一个特殊的待遇:他被邀请去飞剪号上层参观乘务员宿舍。

"只有我和两位将军被邀请了,"梅尔写道,"我是去拍一些照片的,两位将军是去调整控制装置的。"梅尔后来反映说,这两位将军在控制台前,"造成了乘客们这趟旅途唯一的颠簸"。

飞机在关岛和中途岛长时间的停留期间,梅尔和卢斯开始交谈。他们有着对中国的共同兴趣,因此他们的对话漫无边际。这很不寻常,因为卢斯有在对对话感到腻烦时按照自己的意愿结束对话的癖好。梅尔必定给他留下了深刻的印象。

* * *

飞剪号在5月5日早晨降落在马尼拉。那天是周日,所以梅尔没机会在办公室里见到他想见的人了。他和合众社的迪克·威尔逊(Dick Wilson)进行了短暂的对话,这个人曾经是梅尔和他的两个朋友在中南半岛工作期间的编辑之一,然而,在马尼拉宾馆短暂停留期间,除了这件事,他就一无所获了。他甚至没有机会给艾尔莎和曼弗雷德打电话,这让他在后来飞往香港的途中后悔不已。

"我在香港繁忙的停留成了最初的真实的信号,它提醒我,我真的回到东方了。"梅尔写道。让梅尔气馁的是,他发现从这个英国殖民地飞往重庆的4个月以后的飞机票已经订满了。但是梅尔知道,"这里有一个群体"总是可以在这样的飞机上得到一个座位,这个群体是指国民党领导人和其他贵宾,梅尔利用他在国际广播电台期间拥有的对这个群体的影响力得到了一张这样的机票。他将和卢斯一起乘坐中国航空公司的一架特殊航班起飞。

在香港的第一个晚上,梅尔和项美丽(Emily Hahn)共进晚餐,项美丽为梅尔带来了第一本印刷本的《宋氏三姐妹》(The Soong Sisters),这是她为这个有影响力的三姐妹写的传记。项美丽是梅尔在香港短暂停留期间遇到的一位他"数以千计"的朋友之一。这是一次在这个城市最好的酒店停留期间的匆忙会面。

"从没想到我来了会做这些事情——从为蒋委员长预订了一个地方,以便他和孔祥熙的夫人在昨晚共进晚餐,到昨天和孙夫人一起喝茶,"梅尔自夸道,"两个过程都很有趣,但是我有一点疲惫。"

当太阳升起,云雾消散时,我们向下俯视,看到了一片盘根错节、如精灵般美丽的陆地。这片陆地有层层叠叠的梯田和成百上千的山丘,形状千差万别的梯田在靠近山顶的地方种满了稻谷,有的是方形,有的是圆形,不过最多的还是像新月一样的长条形,一个图形紧挨着一个图形,直到除了广植林木的山脉和山顶以外的地方都被填满才罢休。这是可能曾经出现在小孩子纯粹的遐想中的景色。中国画里那些看似奇异缥缈的山脉恰恰代表了这里的山丘。

——亨利·卢斯《海边的中国》
1941 年 6 月 30 日《生活》

当他们的中国航空公司飞机穿过重庆的山脉朝着珊瑚坝机场下降的时候,出于不同的原因,卢斯和梅尔都有一种回家的感觉。两年来第一次度假的卢斯,看到了他出生的国家伟大传说的最新篇章的代表;梅尔则正在返回那个给他带来生活目标、机遇和集体的地方。

虽然珊瑚坝机场有一群人来看望卢斯和他的妻子,不过也有一群数量可观的梅尔的重庆老友来迎接他"回家"。好吧,他们是来迎接梅尔,和他从香港拖来的 77 磅重的"资料"的。

梅尔轻描淡写地说:"回来挺好的。"

在梅尔离开的 4 个月里,这里已经发生了翻天覆地的变化。他当初没有一份固定职业,但是现在他在新闻行业获得固定工作的希望是如此大。在他登上飞剪号的时候,他曾非常厌恶亨利·卢斯享受的优惠待遇,但是当他到达重庆时,不仅对这个出版商印象深刻,还给这个出版商留下了不可磨灭的印象。实际上,听特迪·怀特说,卢斯是准备为梅尔在《时代》周刊和《生活》杂志提供一份工作的。其实卢斯在飞剪号上已经开始欣赏梅尔了,他还发电报给纽约,让纽约在他们降落后开始打探梅尔的情况。

莫里斯·瓦塔、吉姆·斯图尔特、一位不知名的记者、程妮女（Ni-Nü Cheng）和梅尔威尔·雅各布在中国重庆新闻宾馆外的阳台上分享罕见的零食。佩奇·斯坦恩·科尔摄

重庆也发生了改变。也许这座城市除了潮湿的空气和湿滑的台阶以外，一切都发生了变化。这个国家正在瓦解。1月6日，当梅尔离开香港赶往美国的时候，一起被称为"新第四军事件（皖南事变）"的危机爆发了，它冲刷了已经日渐腐蚀的共产主义者和民族主义者之间的统一战线基础。

政府的军队已经残杀了在延安的数以千计的共产党官兵，这些曾经在国民党后方作战的军队现在组织有序，向北方的日本军队进发，这一行动对共产党来说无异于自杀。每一方都在谴责另一方的屠杀行为。共产党认为蒋介石的下属精心策划了对共产党的袭击，而且蒋介石会在之后隐瞒真相；国民党声称，政府的部队被袭击，并且进行了自卫反击。

就像特迪·怀特和安娜莉后来详细说明的，重庆"充斥着公开决裂和全面内战的谣言"。据他们两个所说，实施袭击的政府军队威胁那些被残忍俘获的共产党人。

"皖南事变引起了国民政府和共产党关系的情绪爆发，"他们后来写道，

"最初，这是一场全中国一起对抗日本人的战争；现在这是两批中国人的斗争—— 一个是共产党的中国，一个是国民党的中国。"

当梅尔在那年5月到达重庆时，这两个派系之间的事态发展依旧是不明朗的。梅尔报道的重点之一很快变成了评估1936年"西安事变"之后形成的统一战线还能否挽回，或者中国的抵抗力量是否真的在分裂。

"国共两党的问题依然是一个不能揭开的伤疤，"梅尔在到达后1个月写道，"没有人知道情况到底是怎样的。"

依然像以前平静地给艾尔莎写关于空袭的原本情绪激昂的报道一样，或者像更早一些，在卢沟桥事变引发骚乱时一样，梅尔告诉他的母亲，中国的环境并不像传说中那么差。不管这样的评价对于中国整体来说是否正确，但是梅尔发现，回到这个可能和以前不太一样的重庆，让他有一种飞鸟还巢的感觉。这座城市的基础设施因为战争的持续而坍塌，新闻宾馆没有供电和持续的供水。而且那里也非常拥挤——梅尔只能挤进特迪的房间，墙上还有一些因为附近的轰炸而造成的洞。

"除了这些小问题以外——其他一切都很好。"梅尔在信中平静地说。

同时，董显光的电报操作室成了废墟，这对梅尔在美国全国广播电台的工作会造成严重的影响。日本人已经粉碎了国际广播电台的设备，广播站的管理者彭迈克（Mike Peng）正在努力保持广播站的继续播送。

但是梅尔现在有了一个出路：在亨利·卢斯参观了中国之后，特迪·怀特要和这位出版商一起返回美国，他建议梅尔接手他在《时代》周刊的工作。在经历了飞剪号上和卢斯的交流之后，梅尔觉得接下这个工作是个让他舒服的选择，尽管他之前相信他在《新闻周刊》会有更好的未来。有了这份新的工作，梅尔辞去了国际广播电台的职务，他为再也不用领取政府的薪水而感到开心，虽然他有时依然会志愿帮忙播报电台节目。

帮助国际广播电台运转是很困难的。这意味着在一个50英尺深的防空洞里工作到晚上10点。因为重庆的电力基础设施已经被摧毁了，广播站设备是依靠从汽车上取下来的电池持续运行的。

梅尔到重庆后第一周的大部分时间都用来在整座城市搜寻可用的设备，以便把广播站整顿得有模有样。他搜寻了空余的电池来为广播站供电。他还找到了一些额外的真空管。许多个夜晚，梅尔和国际广播电台的员工甚至在黑暗中在广播站播报广播节目。

一旦广播站正式播送节目，它就和一年以前很像了。国际广播电台变形的机器将梅尔的声音发送出去，穿过重庆浓汤一样的雾气，沿着无线电波波折前行10000英里，到达加利福尼亚的一个海滨小镇，那里有一根被久经干旱的棕色山脉包围的长长的木桩。

在文图拉，那根木桩以南几英里的地方，高高的菱形天线捕捉到了信号，利用一套电线把它转播到附近都铎式风格的家中（斯图尔特医生和爱丽西娅·海尔德已经从他们市中心的牙医诊所搬到了他们的广播室）。在看望当天的病人之前，斯图尔特和海尔德会仔细地监视传送过来的电报信息，记录和转录这些电报节目，然后再把他们发送给宣传员和新闻媒体。

这些电报节目随着来自洛杉矶附近地区的一个年轻记者所熟悉的关闭信号的命令而结束。

"国际广播电台现在播报完毕，"梅尔说，"这里是中国四川省中国国际广播电台《中国之声》。早安，美国！晚安，中国！"

第七章 "除了扭曲的钢筋以外一无所有"

1941年6月5日,重庆的这一天炎热而又沉闷。城市的上空没有轰炸机出没,街上没有警报声,也没有尖叫声,只有忙碌的周四里喋喋不休的背景音。

但是,大约从这一天傍晚6点开始,这座城市的背景音改变了。街道两旁店面的百叶窗都咔嗒咔嗒关上了。

不到一小时,8架日军飞机开始在人们头顶呼啸盘旋。日军打开飞机的弹舱门,把装满煤油和汽油的设备抛撒向重庆。这些炸弹在空中燃烧之后,点燃了这座密集城市中纸一般的建筑,火焰的啪嗒声取代了重庆白天的喧嚣。

"火焰让这座城市和它上方的天空散发着红粉相间的光。"梅尔两天后给他在《时代》周刊的新编辑大卫·赫尔伯德(David Hulburd)的第一份报道中写道,他描绘了重庆最具灾难性的夜晚之一。重庆遭空袭期间,他在长江南岸。

这天晚上第一次警报声响起时,重庆市最大的防空洞里已经挤满了大约5000人,这个容量巨大的防空洞长约1.5英里。

最初,重庆市的空袭警报系统提示,敌军已经离开了。人们走出了防空洞。但是半小时之后,又有警报信号出现。更多的敌机正朝着这里飞来。警

在中国重庆,一场空袭过后,人们开始灭火。梅尔威尔·雅各布摄

察朝人们大喊,让他们回到防空洞中。大部分人自己注意到了信号,已经朝着防空洞的门跑回去了。

"返回防空洞的人们形成巨大的人潮,拥堵在防空洞的3个入口处。"梅尔写道。身体虚弱的人先被绊倒了,惊慌失措的人群径直朝他们挤过去,于是更多的人倒在了他们脚下。

"而防空洞里那些难忍闷热的人们,在炸弹落下以后开始变得焦躁不安,"梅尔写道,"数以百计的人推搡着朝3个入口挤过去,想呼吸一下新鲜空气,观察一下外面的情况。"

然而,防空洞的大门紧闭,防卫兵们也不打算打开它们。几分钟后,人们开始猛撞大门,防卫兵心软妥协了。门一打开,人群就涌了出来,看到自己的城市在熊熊燃烧。

现在,这座城市听到了骨头和肉体碎裂的声音,因为人们正朝着各个方向跑去,他们在咆哮、哭泣、呜咽。他们因为隧道中令人窒息的空气而不断

中国重庆三峡博物馆的一件展品,再现了1941年6月5日一场袭击期间,在防空洞里被踩踏的绝望的中国市民。比尔·莱施(Bill Lascher)摄

喘息,为了挣脱束缚而被迫抓挠和撕咬其他人,而被抓被咬的人们只能痛苦地大叫。

"那里有只有中国人才能明了的呼喊声和咒骂声,"梅尔写道,"女人们在前面冲撞,孩子们努力地寻求空气。很多人都倒下了。因为头顶上日本飞机的嗡鸣声传到了他们耳中,推搡的人群变得更加紧张,路边倒下的躯体也越来越多。激动的情绪就像疾风一样在防空洞里散播开来。"

在下一轮轰炸物落下的时候,从防空洞里出来的人们再次惊慌起来,他们朝着入口涌去。恐慌的人群从防空洞里跑出又跑进,他们互相推搡着,拥挤着。这种状况让防卫兵们感到难以忍受,他们再一次锁上了入口的门,把这些恐慌的人困在里面,任凭他们在里面推挤、抓挠甚至划破对方。

又有两波轰炸的浪潮袭来,使得这场危机持续了数小时。因为更多的人窒息和被踩踏,躯体堆得越来越高。"人们都在这潮湿肮脏的地面上撕扯着对方,"梅尔写道,"人挤着人,形成了新的墙壁。"

夜半时分，袭击终于结束了。人们抱着他们的孩子从防空洞里出来，他们精疲力竭，但好在还活着，他们朝着家的方向走去，想着回去睡一觉。

"汽车又沿路按着喇叭，政府工作人员和大商人们从修建得更好一些的防空洞里出来，尽管他们很疲惫，但仍在半开玩笑地议论着这个未眠之夜。"梅尔写道。

但是在市中心的公共避难所，又过了两小时，大门才打开。这里的防卫兵逃跑了，等到门最终被打开的时候，几乎没有人再走出来。

"只能听到里面传来的一些微弱的哭泣声。"梅尔写道。

当地警察和其他当权者先赶到了那里，后来红十字会的工作人员也到了，他们看到到处都是躯体，有一些已经不动了，还有一些在痛苦地扭动着。

"大部分人都死了，"梅尔写道，"他们就像一堆沙丁鱼一样，在罐头盒里斜视、喘息，他们在防空洞的泥地板上扭曲着、堆叠着，其中一些人手臂和腿脚在抽搐着。"

在这场灾难中大约有4000人遇难。从第一天的问责开始，防空司令官被解雇了。人们对这场灾难的责难广泛蔓延：外国工程师谴责防空洞的设计限制了空气流通，而且缺乏通风设施；医生指责士兵们没有正确搬运伤患；政治家谴责市政官员领导在建造这些设施时偷工减料。

袭击结束后的那个晚上，梅尔和合众社的麦克·费舍尔（Mac Fisher）从长江南岸的洋人区渡江，去观察城市的恢复情况。在渡江的小船上，这位记者遇到了一些幸存者，他们中有人在这场灾难中失去了两个兄弟。他说他看到最高统帅蒋介石在凌晨4点查看防空洞时失声痛哭，这个场景在其他地方也屡屡被提及。

梅尔一到防空洞就拿出了他的相机。在主入口，他看到很多戴着口罩的中国士兵从这个黑色的无底洞一般的避难所里把尸体搬出来，他抓拍了一张照片。在附近的楼梯上，梅尔看到尸体还摊开着，堆叠在他们一天前倒下的地方，他再次按下了快门。不远处，红十字会的员工把遇难者的尸体丢入卡车中，梅尔又拍了一张照片。另外，他还看到一些被踩踏压垮而失去生命的孩子，他同样用照片将这一幕记录下来。

梅尔把这些令人心生恐怖的照片和详细描述这场灾难的多页报道一起寄送给了他的编辑，编辑又把他们转交给了《时代》周刊的姐妹刊物《生活》杂志。《生活》杂志用梅尔的照片来说话，他们只提供了一些解释性的段落来介绍这些悲惨画面的背景。此外，杂志在最后一整页印出了这样一个画面：一个四肢伸展、背靠楼梯死去的小男孩，在他附近，还有一个呈八字张开的小女孩，他们周围，是其他人的尸体[1]。很多尸体都是半裸的，他们的衣服在人群慌乱的逃窜中被撕破了。

* * *

这篇报道，也是梅尔在《生活》杂志上发表的第一篇作品，和他之前在夏天时写给董显光的宣传稿大相径庭。每当国民党试图控制这些让人毛骨悚然的报道时，梅尔寄出的报道总能用上比他平时所用的更加生动的语言，来描绘他所目击到的恐怖场景，并且通过记叙那天晚上的袭击，毫不夸张地重现这场灾难的恐怖。两年前，在他的硕士论文中，他曾谴责了关于北平刚刚爆发的战争的新闻报道中的"恐怖角度"，而现在，他所目击和报道的恐慌是如此真实。

这些照片也在《生活》杂志的读者中引起了轰动，一位订户给杂志社写信，谴责他们缺乏"编辑处理"，说出版物不应该刊印那些"有辱人体"的照片。另一个人预测，他的同伴们将会对梅尔的照片感到很生气，这就是杂志社乐于印刷它们的原因。"这种情况在这里很有可能发生。"他写道。一位来自巴尔的摩的读者查尔斯·克赖纳（Charles Kreiner）对此完全持怀疑态度，他说梅尔的照片是由中国宣传部提供的，这是他见过的"最棒的人造闹剧"了。克赖纳写道，他觉得这是他们精心设计的宣传方案，这个方案依赖于模

---

[1]《生活》杂志把这张照片署名为外面的图片社，但是梅尔的信件夹带着这些负片，他后来的信件也是这样，说明他拍了这张照片。但不清楚最终出版的照片是不是他所描述的某一张，因为很多摄影师拍摄了很相似的照片。另外，美国国家档案与文件管理局将这张照片署名为卡尔·麦当斯，但是麦当斯在这场袭击发生时并不在重庆。

特和沙袋来制造恐怖效果。《生活》杂志无法对这种指控置之不理。

"就像很多美国人一样,读者克赖纳不愿意相信战争的残酷事实,"编辑回应道,他说梅尔就在那里,他看到了这些尸体,"《生活》杂志为图片的真实性担保。"

在后来的几周里,梅尔的后续报道只强调了情况是多么的严重。梅尔寄给大卫·赫尔伯德的报道充满了对导致灾难进一步恶化的失误和腐败行为的记录,是一些过于复杂以至于让民族主义者难以控制的故事线。许多的后续报道可能无法被印刷出来,但是此时此刻,梅尔正在做着他完成论文后,第一次前往上海时准备做的事情:他正在记录一个城市乃至一个民族所经历的重要到无法被世界遗忘的时刻。现在,因为梅尔开启了他在时代公司的职业生涯,他或许可以得到全世界的关注了。

* * *

整个夏天,梅尔都在向《时代》周刊寄送新闻报道。幸运的是,他有在杂志社纽约办公室的特迪·怀特的帮助,特迪既可以帮忙向刊物编辑们解释梅尔报道的重要意义,又可以将刊物的信息和对梅尔的要求用梅尔可以理解的方式传达给他。梅尔和特迪已经成为亲密的朋友,他们还建立了一种用于他们之间的语言模式,就是那种在高强度环境下一起工作的人常用的语言模式。举个例子,在灾难性袭击前不久,梅尔在市中心避难所写了一封信,信中有一句话告知特迪,他的消息可能会被阻断。

"噢,我的朋友,那个球已经升到了它的位置,你知道这意味着什么。"梅尔写道,他指的是重庆用来警告城市马上遭遇空袭的视觉警报系统。

给特迪写信也可以让梅尔发泄一些无法跟他的母亲和继父讲的东西。他可以谈论他工作的细枝末节,也可以谈论他和特迪一起在重庆的经历,因为特迪了解这座城市,也了解中国。

但是即使有特迪的支持,梅尔在他的新岗位上也并不完全感到自在。他知道他本可以在萨克拉曼多拥有一份更安稳的工作,可以远离这些战火;他也可以做合众社的编辑,依靠金州首府的宁静过滤掉战争的消息。但是在重庆,这里一点也不平静,他要学着不断地承担重任,特别是他进入新岗位时,一个"《时代》周刊的特约记者"的重任突然全部压向了他。

"我必须承认,在我觉得我有自信的时候,我其实是没有信心的,"他告诉他的父母,"这份工作让我有一些担忧。有太多的事情要做了,而在我之前,特迪·怀特做得是如此优秀。"

* * *

到了1941年夏天,美国在中日纷争之间的中立地位不过是一种明显的伪装,是一种用来敷衍的说法。那年春天,合众社达成了他们经过漫长谈判的租借项目,这个项目可以为中国、英国和苏联的战斗提供经济和物质支持。现在物资和其他支援都开始大批涌入中国。罗斯福总统为中国精心挑选的顾问欧文·拉迪莫尔(Owen Lattimore)已经到达中国。梅尔曾在那年3月在纽约写了一篇关于之前秋天中南半岛危机的分析文章。实际上,拉迪莫尔在他编辑的杂志——《亚洲》上出版了这篇文章不久,就来到了重庆。这篇文章不仅解释了日本是如何用谋略控制这个法国殖民地的,而且还为将要到来的冲突做了铺垫。

与此同时,三位曾和梅尔一起乘坐泛美飞剪号的空防战略家已经花了数周的时间检验中国空战的准备工作,并且研究日本空中力量的调度。他们在中国的8000英里旅程是一个公开的秘密,实际上,日本飞机已经飞越整个中国,追逐空防战略家执行空中任务的飞机了。这三位空防战略家参观过的机场和其他地点常常在他们离开后不久就遭到了袭击。有一次在成都,日本飞机提早开始扫射机场,军官们不得不跳入一个坟堆作为掩护。

乘坐着由蒋介石的私人飞行员罗亚尔·兰纳德(Royal Leonard)驾驶的经过伪装的中国航空公司DC-3号飞机绕行中国,这些美国空军士兵对中国军队处理战力如此悬殊的空中战斗力量的能力印象深刻。根据梅尔的报道,他们相信,如果中国可以获得美国的现代化飞机,或者和美国紧密合作,来对抗"共同的敌人"的话——一如战略家们所期待发生的那样,那么中国抗击日本的侵袭将会容易得多。

拉迪莫尔的到来,以及空防战略家的参观让梅尔很清楚,地缘政治形势正在急速改变。

"美国这次在这里真的很活跃,"梅尔写道,"他们真的寄了一些真材实料进来,这次也不是在这里闲逛了。"

1941年从美国到亚洲的,不仅仅是资金、设备、外交官和来自洛杉矶的年轻记者,一支美国飞行员雇佣兵的精英部队也开始大批进入缅甸仰光,他们将通过训练来护送中国航空公司的飞机飞越喜马拉雅山的"驼峰"。这些飞行兵就是飞虎队成员,也就是梅尔在上次离开香港时曾和宋美龄讨论过的雇佣兵。梅尔注意到,随着飞虎队的到来,越来越多的对美国的好评在重庆传播开来。这些飞行员的到来对中国无疑是一种福音,尤其是在他们的闲谈中,也包含了他们会带来的新飞机的内容。但是新飞机的到来也仅仅是传闻而已了。

此外,还有一个让梅尔密切关注的报道,那就是有两个人也在赶往重庆,他们是卡尔和雪莉·麦当斯。在飞机多次延误后,他们最终乘坐在机身上加了额外机翼的DC-3号,于6月13日到达了重庆。梅尔在斯坦福大学最后一年的时候曾租住了雪莉妈妈的房子,而且卡尔曾经给他提供过早期的摄影建议,这次梅尔很想去见见他们。

麦当斯夫妇到达两天后,梅尔带着他们到了长江南岸。在那里的山脉上,矗立着许多外国大使馆和商铺,从这些地方眺望,可以将重庆主城区的景象尽收眼底。这些建筑中有一栋是德国大使馆,这里的人员近期就要撤离了。(因为德国人最近意识到日本控制着中国的傀儡政府,所以他们准备把大使馆移往南京)为了避免被他们的日本同盟轰炸,纳粹官员在他们的大使馆上披挂了一面巨大的"卐"字旗。这是袭击期间一个相对安全的地方,梅尔曾经在中南半岛见过德国大使利奥波德·冯·普勒森(Leopold von Plessen)男爵,他带着麦当斯夫妇到德国大使馆屋顶和其他已经过来的记者一起围观袭击。

"他们看到了那样的景象，而且明显地颤抖起来。"梅尔写道。

那天下午，当炸弹在重庆城市爆炸的一瞬间，梅尔拍下了照片。这些照片展示了"图图伊拉"号（Tutuila）周围弥漫的烟雾。"图图伊拉"号是一艘停泊在长江的美国海军炮舰，一颗炮弹误投到了它的附近。还有一些炮弹落在了美国大使馆附近。

"避难所的灾难似乎已经被人遗忘，"梅尔苦笑着说："现在在重庆，关于炸弹的话题都围绕着这样的问题：日本是故意轰炸'图图伊拉'号的吗？"

他们是否故意还有待讨论，但是梅尔的评论让大家意识到一个更为可悲的现实：重庆的舆论界已经不再议论6月5日的悲剧了，尽管在"图图伊拉"号被轰击的同一天，有另外40个人在美国武官办公室附近修建不善的防空洞中死去。

并不是只有美国的人员和财产处在危险之中。6月初，一个炸弹摧毁了新闻宾馆里被用作食堂的一栋辅楼。这颗炸弹还毁掉了蒂尔·德丁和其他一些记者的房子，主楼的屋顶也被炸掉了。

"但是除了生活条件以外，记者们发现，他们在和一些比僵硬的床和没有威士忌还要糟糕的事情斗争，"在梅尔和麦当斯夫妇从中国回到美国后，他们向赫尔伯德报道说，"从去年年底开始，审查变得越来越紧了，直到他们的消息被删改得支离破碎，在这些报道被送到电报室之前，它们的核心部分已经没有了。"

政府的相关部门在干扰董显光，这让记者们很难从政府那里得到连贯一致的消息。毫无经验的审查用不同的方式删减着每位记者的报道。举个例子来说，国家军事委员会发言人关于近期战争的新闻发布会其实已经过时一周了。

驻重庆的外国记者团一致同意让梅尔给蒋介石写一份清单来表达他们对国民党政府的意见。这份清单长达四页，内容主要有对审查制度、政府干预和没收邮件、限制报道等一系列政策的不满，还有其他让记者们的工作条件比"在世界上其他任何地方做新闻报道"都要艰苦的问题。他们还大肆批判了秘密警察和其他官员对记者的大范围监视。

到了6月,蒋介石通过董显光回应了记者们,向他们保证会马上出台解决措施,审查制度也会有所放松。梅尔说,记者们"对这个答复不是很满意"。起初,审查制度显著放松了,政府部门似乎也在寻找更好的发言人。对此,记者们却采取了观望态度。他们的抱怨在整个战争进程中一直持续着,而且还促成了驻华外国记者协会的建立,这个协会现在的总部在香港。

* * *

日本在1941年4月和苏联签署了互不侵犯条约以后,加强了对中国的侵略。随着对抗苏联的危机的平复,日本可以扩张更多的力量来对抗中国,他们希望可以在美国的志愿空军建好之前,就攻破中国的防线。梅尔报道说,大部分的斗争集中在中国西北方,在那里,日本沿着黄河,在靠近潼关(Tung-Kuan)的地方建立了阵地。亨利·卢斯在自己参观前线之后,希望从那里拥有更多的实地素材。

梅尔也考虑到了"皖南事变"的后果。梅尔的国民党消息人公开宣称第十八集团军(共产党第八路军的别称)并没有为抗日斗争做出贡献,尽管他的消息人在私底下承认他们并没有得到充分的信息来了解共产党做了什么。在共产党控制的区域没有记者,因此,梅尔需要拜访这个政党在重庆的指挥部,才能获得他们方面的报道。

"记者们抽着共产党给的老刀牌香烟,喝着茶,听着如出一辙的抱怨。"梅尔写道。这些抱怨的内容主要是缺乏资金、弹药、信任和与中央政府直接沟通的机会等问题。

6月初,毛泽东的副指挥员、共产党在重庆的联络人周恩来写了一篇社论,他还在每一个新闻宾馆住户的门下都放了一张附带的小纸条。这张纸条揭发了国民党审查官掩藏了关于第十八集团军在北方战线的贡献的6次报道。国民党审查官起初想要抹杀这个纸条的官方版本,但是因为周先生已经打印了足够多的附件给记者们看,他们没有成功。

梅尔向大卫·赫尔伯德总结了一系列第十八集团军对驻扎在中国北方的日本军队的游击队突袭行动，以此向国民党提出质问。这次"质问"是共产党策略的重要部分，但是国民党正在压制这次报道。

1941年5月，亨利·卢斯在重庆的时候，了解到战争似乎正在逼近中国的西北边境，他希望麦当斯夫妇可以前往那里去拍一些照片，为《生活》和《时代》周刊杂志收集背景资料。他也希望梅尔可以和他们一起去，用他自己的写作和背景介绍来补充卡尔的照片和雪莉的说明文字。

这样卡尔和雪莉到达重庆后不久，就和梅尔一起飞往了兰州，兰州是一个在黄河岸边的中国北方城市，也是联结苏联和中国的高速公路在中国的终点站。日本人就是在这座城市之外驻扎的。

兰州气候非常干燥。前哨的土坯建筑和当地居民的宽沿草帽让卡尔想起了墨西哥，梅尔在1937年参观西安时也有类似的印象。尽管兰州拥有重要的战略性，但是却是一个安静得好像被忽视了的地方。梅尔为这里的空寂感到震惊。

"街道是土褐色的，看起来飞尘漫天，唯一的色彩是偶尔经过的骑驴人，或者是商贩陈列的一行行色彩夺目的大杏、西瓜、桃子和鸭梨。"梅尔在这次旅程之后，写给《时代》周刊的长达21页的背景报道中这么说。

他们在6月19日到达兰州，那天是卡尔和雪莉的结婚周年纪念日。在参观了兰州的前线以后，他们花了两小时寻找到一辆开往西安的大巴。一辆有着苏联制造的底盘和中国制造的车身的六缸老爷车，吱吱呀呀慢悠悠地把他们带到了巴士站。他们找到的这辆巴士有些散架，还很脏，它的椅套已经裂开了。除了记者们和被派来陪同他们的政府代理人李沃伦（Warren Lee）以外，车上还有16位乘客。巴士开动了，摇摇晃晃的，车厢内一片狼藉，在一堆帆布包和其他包裹之间胡乱伸展着一些绳索，一个用黑色大字写着"3078"的车牌歪挂在保险杠上。

李先生告诉车内这些好奇的乘客，梅尔和卡尔是美国"飞行员"，雪莉是一名护士。他曾希望因为他的告知而受到更好的待遇。

"在巴士上，我们非但没有受到照顾，反而收到了连续不断的请求，在巴士出故障的时候，他们都希望我和梅尔能修好这辆糟糕的巴士。"卡尔记录道。巴士司机认为，"飞行员"能够开飞机，他们应该也对机械很擅长，这个一路上总是出现故障的巴士车的司机，让梅尔和卡尔做了很多诸如更换火花塞的修理工作。

"我们好几次都帮上了忙，每次我们还没有修理完的时候，司机就启动巴士，要继续开车了。对他来说，用手把火花塞拧紧，再用一块铁把它敲打几次就足够了。"

在这趟旅途中，三个人遭遇了好几次炮击。参观前线时，他们就待在师长的防空洞里。在一趟去往成都的多日旅程中，梅尔不得不在没有任何防晒措施的情况下，一直坐在红十字会救护车的车顶，直面日晒雨淋。

"虽然有一点磕碰和颠簸，但是我和卡尔还有雪莉的西北之行还是很愉快的。"梅尔在给他母亲的信中写道。

4年前，中日之间的战事刚刚爆发的时候，梅尔和哈利·霍尔顿一起来到了四川。现在，他又来到了这个国家的腹地。这里已经天翻地覆，但是情况并不是很糟糕。梅尔非常喜欢和卡尔一起工作，因为卡尔鲜明的、富有高对比度的摄影作品可以捕捉到人们微妙的表情、充满活力的场景，还有宏阔的风景。

一个周日的清早，在他们乘坐的巴士轮胎爆了以后，梅尔、雪莉和卡尔漫无目的地爬上了一座小山坡，他们给这个村庄拍了几张照片。那里的山坡上有梯田，四面八方都有古炮台，有牧羊人和他的羊群经过。梅尔的摄影主要以色彩为主，而麦当斯的多半照片都坚持用黑白的。

"可能我变得更加柔弱了，但是我承认，这趟旅程有时会让我感到疲惫。"梅尔说。他依然说，麦当斯夫妇是"一起出行极好的人选"，而且他也很开心能够有机会了解为时代公司工作是怎样的状况。

两年前，当麦当斯夫妇拜访雪莉的母亲时，梅尔正住在史密斯家，他和卡尔聊工作，聊了很久。尽管梅尔的主要身份是一名写手，但是他对摄影很

重庆的新闻宾馆在空袭中被破坏之后,梅尔威尔·雅各布在烛光下打字。卡尔·麦当斯摄 /《生活》杂志收藏

感兴趣。《生活》杂志曾经用过梅尔拍摄的6月5日空袭避难所的灾难场景,但是这也仅仅是因为当时麦当斯夫妇不在重庆罢了。在这趟旅程中,卡尔虽然是《生活》杂志的摄影师,但是他依然慷慨地帮助梅尔提高他的摄影水平,和这个年轻记者讨论技巧和设备。

"卡尔·麦当斯给我的拍照指导要比一堂摄影课更有帮助,"梅尔说,"我真的学会了一些有用的技巧,而且幸运的是,他和我用的是同样的器材。我们还要在一起待好几个月。"

卡尔告诉梅尔,他有摄影的好眼力,但是他的技术水平还有改善的空间。他还说,梅尔可以从更多的器材中受益,但是因为梅尔用的是和卡尔一样的相机,它也就不会像卡尔最开始用来拍摄建筑物的那架价值5000美元(以1941年的美元计价)的设备那么昂贵了。梅尔甚至还接受训练去拍摄彩色照片。

"卡尔花了很多时间来教我拍照，这对我来说真的是一种突破，因为卡尔被看作这个世界上 A-1 级别的摄影师。"梅尔在后来的一封信里告诉他的妈妈。这三个人在新闻宾馆共用了一间办公室，梅尔发现卡尔和雪莉"真的是很好的工作伙伴，和他们一起工作很有趣"。

1941 年 7 月 7 日，是中日战争爆发的 4 周年纪念日。在前一天，这些记者们还在四川省省会成都时，梅尔收到了一份电报，要求他为美国全国广播电视台制作一则广播节目来纪念这一时刻，他们将会支付他 250 美元。那天没有要起飞的飞机，他也没有其他可以为这个广播节目准时赶到国际广播电台重庆播放室的方法。梅尔只能花了两天时间跑遍成都寻找器材，还安排了对官员的采访。然后他整夜未眠，写了一份 15 分钟的广播稿。

为了确保广播节目在黄金时段到达美国，并且不被日本进攻者干扰，梅尔必须在凌晨 6 点前赶到播放室。但是播放室的员工睡过头了，在场的那个员工又不称职。这次广播节目失败了，梅尔也与这 250 美元失之交臂。

"整件事情让我非常生气，这本来可以成为对中国很好的宣传，而且我在本来应该做其他事情的时候，为这件事做了很多工作。"他对他的家人说。

除了梅尔和其他新闻宾馆的居住者们，在那个夏天早些时候的申诉信里详细列出的审查问题之外，这些后勤方面的问题也让梅尔对中国感到失望。他开始意识到，这里不是当记者的地方。

"这太让人沮丧了。"他说。

然而，在重庆还有更坏的消息等着梅尔。就在纪念日的前一天，一个日本的炮弹袭击了新闻宾馆，这是一次直接袭击，大楼只剩下了残垣断壁。袭击期间，梅尔待在成都，除了保留下一件衬衣，和他旅程中穿的衣服之外，这次袭击让他失去了他在中国的一切财产。

整座新闻宾馆都被炸得扁平，"除扭曲的钢筋和散落的石块外，什么都没有了"。

梅尔一回去，就坐在曾经是他办公室的那片露天地面上。蜡烛的光投射在空酒瓶和茶壶上，他在用一个小巧的爱马仕打字机打字，他嘴角叼着一根烟斗，看着他面前那一页。从他皱巴巴的米色衬衫衣领露出的胸毛和他脸上的胡茬映射出同样的阴影。天气炎热，即使在晚上也有102华氏度①。烛光将他脸上滚下的汗珠照得闪闪发光，但是他的工作还要继续。还有数页兰州之行的笔记要打成定稿，更不要说在他离开的三周里堆积起来的其他工作了。

随着夏天的推进，日本人改变了他们的轰炸模式，因为警报声一波接着一波，梅尔经常一整天都要荒废在避难所里，这让他的工作举步维艰。因为钻入防空洞以后就几乎没有时间和政府官员会面了，梅尔花了很多时间把他的报道合并给《纽约时报》的蒂尔·德丁，梅尔经常和他一起在一个卫理公会派的传教士博特伦·拉佩（Bertram Rappe）家吃饭，因为这样他们可以收集到比他们各自整理到的更多的组合新闻。

"现在收集新闻的工程浩大，"他在8月初给他的家人写道，"我在这里做着和最上层的人对抗的工作。"

不过还好，梅尔有卡尔和雪莉的支持。当梅尔写这封信的时候，他们已经外出了；梅尔刚写完的时候，他们就回来了。梅尔以一句赞扬他的新朋友兼同事的话给这封信作结。

"我跟您讲过，卡尔和雪莉都是很棒的人——他们刚刚从俄罗斯大使馆的晚宴上回来，口袋里装满了给我带的巧克力，"梅尔写道，他重复了他频繁的哀叹，说重庆的匮乏让巧克力也成了稀缺商品，"他们知道我疯狂迷恋一些事物，也就是某些商品。"

对梅尔来说，不幸的是他并不知道卡尔到底会和他一起工作多久；而对麦当斯夫妇来说，不幸的是这些甜品是他们唯一能从俄罗斯人那里带来的东西了。梅尔依旧只是临时被《时代》周刊聘用，卡尔和雪莉想回到俄罗斯，在那里，卡尔曾拍摄了1940年苏联和芬兰之间的战争。那天晚上雪莉才发现她不可能拿到一张签证。

"可怜的雪莉非常沮丧……我希望她的签证可以通过。"梅尔写道。

---

①约38.9摄氏度。

之后那个月，梅尔告诉特迪，《时代》周刊上刊登的他的文章看起来要比之前更加精确。很明显，他知道这是特迪做的。但是梅尔依然担心出版商会对他提交的照片提出不切实际的要求。比如梅尔拍摄的很多关于防空洞悲剧的照片都和蒂尔·德丁还有麦克·费舍尔拍摄的很像。

"当然我会试着去寻找一些独到的原料，就连卡尔也同意在这里很难有最新的新闻突破，"梅尔写道，"虽然这几乎是不可能的，还是感谢您一直支持我，我相信将来您也会继续支持我。"

尽管有麦当斯夫妇的支持，但是随着9月的到来，梅尔还是很担心他在《时代》周刊的地位。

"你一定知道，我非常没有安全感，而且我想知道9月会有什么事发生在我身上，"他告诉特迪，他想寻求一个关于他的地位的坦率回答。"我真的很想念你，特迪。我们都很想念你，尤其是当小小的莎米莉（Shambly）咖啡馆再也听不到演讲的时候。"

9月的到来给梅尔带来了好消息，他收到了一封来自《时代》周刊的承诺信。

9月的一个晚上，梅尔在重庆俱乐部写一封给特迪的信。在收尾的时候，他将那张薄宣纸交给了卡尔和雪莉·麦当斯。

这对夫妻依然希望可以拿到去苏联旅行的通行证，不过他们现在对此事能否成行，持怀疑态度，他们匆匆写出一篇短文寄给一位重庆友人，此人现在正在他们相遇相恋的纽约办公室工作。

"替我们向所有人问好，不要太讨厌纽约哦，因为我们总有一天会回到那里和你一起工作的。"他们写道。

夏天快要过去了，梅尔又将他的注意力重新转移到了安娜莉身上。在她寻求一个去中国工作的机会期间，他们一直保持通信。梅尔担心安娜莉无法在可以充分利用美国援华联合会帮助的期间准时到达这里，因为这个协会现在已经开始做他们筹款活动的收尾工作了，而安娜莉还需要一些自由作家的工作，以便在得不到到中国工作机会的情况下有路可退。在写给安娜莉的信件里,他告诉了她找到一份工作有多么不易,又为给她带来了压力而感到愧疚。他知道因为护照问题,她一直被耽误在家。

"然而,我相信她的将来一定会一帆风顺,"他在一封给他父母的信里写道,"她本来可以在夏初就来的,不用等到这么晚;不过另一方面,她也无能为力。"

第八章　他在书桌上打字，我就在梳妆台上打字

"我正在放弃这项事业。"安娜莉说。

1941年8月的一天，安娜莉正在和好莱坞的专栏作家西德尼·斯克斯（Sidney Skolsky）共享午餐，这位专栏作家会定期拜访安娜莉和米高梅的其他作者们，以便从他们那里挖掘出一些制片厂的内幕消息来为他的专栏服务。

这一次，安娜莉想谈谈她自己。"我正打算放弃这项事业。"安娜莉说。她凭借剧本《哈弟遇上大闺女》闯入米高梅电影制作公司还不到一年，就打算离开这里，奔赴中国。这则爆料令斯克斯大吃一惊。

安娜莉一如既往地自信沉着，她直视着斯克斯，这种笃定的眼神让斯克斯以为自己听错了的疑虑消失殆尽。

"我准备去中国。"安娜莉说道。她告诉斯克斯，正如她曾告诉其他人的那样，她无法再继续创作一些无关痛痒的好莱坞电影，而对那些越来越多的关于饥荒、苦难和病痛的报道置若罔闻。

"我对他们的斗争兴趣浓厚，"她继续说，"我可能会给你讲个故事，如果真的是这样的话，我会让你知道的。"

在创作《哈弟遇上大闺女》之后，安娜莉又写了《游乐场》和《齐格菲

女郎》两个剧本。就在那天下午，她正忙于修改她的第四部电影剧本《蒂什》(*Tish*)。（她同时也在观照她和梅尔一起创作的剧本）让斯克斯惊讶的是，安娜莉费尽周折终于得到了米高梅制片厂剧作家的工作，现在却突然要把米高梅搁置一旁，不过经过后来的反思，斯克斯意识到，安娜莉并非真正要放弃讲故事。

"安娜莉·惠特摩尔的故事正在被谱写，而她正在为其提供帮助，"斯克斯写道，"当她说'我可能会给你讲个故事'的时候，她知道这句话意味着什么。"

* * *

梅尔自那年4月从洛杉矶出发以后，和安娜莉一直保持通信。起初他中途停留在夏威夷，他们用电话交谈。后来梅尔到了中国，他就给安娜莉写信，先是讲了他的飞剪号之旅；然后又讲了自从他离开重庆以后，这座城市在几个月里发生了怎样的变迁。随着夏日的到来，梅尔开始源源不断地在《时代》周刊上发表新闻报道。他向安娜莉描述了他在《时代》周刊的工作。梅尔的信件令安娜莉着迷，她专注于他从中国发送过来的每一则故事，她阅读了他发表的一切内容。安娜莉从中了解到，中国正处在水深火热之中，这让她无法继续心平气和地置身千里之外，写那些关于少年人浪漫蠢行的电影。

安娜莉和梅尔不公开谈论他们之间的情意，尽管两人彼此吸引。他们曾私下讨论过发展一段比梅尔在加州时更认真的关系。并且梅尔在那年4月从旧金山离开时，也曾半开玩笑地邀请安娜莉与他同行。不过，在见面后不久就彼此许诺依然让他们俩都不太自在。

"我承认，我们曾经谈论过彼此的关系问题，但是我们都觉得彼此认识的时间太短，尚且无法做出决定。"安娜莉在给梅尔父母的信中说道。

那年夏天，重庆遭到的空袭比以往都要猛烈，城市的基础设施都分崩离析。梅尔想劝说安娜莉，说重庆危机四伏，不适合她过来。

"重庆不是一个适合女性待的地方。"他写信给安娜莉，他知道，这样的评论会让她心中愤愤不平。他潦草地在信的末尾标注道："附言：请快点儿来吧。"

美国国务院依然在阻挠安娜莉的计划。5月末，她的护照申请再次被拒，这让她又一次怀疑这趟旅程能否成行。另一方面，她也乐观地相信她和梅尔在加州共同创作的剧本一定会成功的。（梅尔似乎觉得这样的想法过于乐观了，不过1942年伊始，米高梅就通过了这个剧本）

安娜莉的出行计划搁浅了，不过后来，在1941年8月，安娜莉通过梅尔和卢斯的联系，加上自己在好莱坞的人际关系，似乎得到了一份工作保障：美国援华联合会想让她管理它们在重庆的媒体关系。在梅尔的提议下，艾尔莎·梅伯格（Elza Meyberg）邀请了安娜莉到她家，和接收梅尔的无线电广播的斯图尔特医生，还有厄尔·利夫、田伯烈一起共进晚餐。晚餐过后，他们整理了安娜莉在美国援华联合会的工作的详细安排。在此之前，安娜莉只需要圆满处理好米高梅的工作就足够了。在安娜莉的申请下，这个电影制片厂同意给她一年的假期。

8月12日，安娜莉的假期开始了，她乘坐着"格兰维尔女士"号起航。这是一艘开往亚洲的货船，船长是挪威人，船员是中国人。这趟旅程从洛杉矶出发，途经马尼拉，最后到达中国香港，她准备趁着在甲板上休息时，花大把的时间来阅读《里奇菲尔德记者》的新闻摘要，这样一来在她到达中国时，就可以跟得上战事的实时进展。她也观察了旅途中的同伴们，在写给她的编剧同行托马斯·塞勒的信里详细描述了这些人。

"乘客们差不多一半是传教士，一半是不信教者，"安娜莉下了定论，"我和一位传教士同舱，不过她人很好。"

实际上，这些传教士对安娜莉都很友善。他们中"最友善"的一个竟然和安娜莉达成协议：要是安娜莉可以戒烟的话，她就教安娜莉学习中文。

"学中文这件事情让我两天里备受煎熬，不过我现在可以非常专业地在任何情境下，说出58句得体的中国话了，那些中国船员们也能听懂我说的。"安娜莉自夸道。

"无论是在一小时之内学会速记,还是在一个月之内学会中文,这一切都需要智慧,"雪莉·麦当斯后来回忆起她的朋友时说,"但是利用这些匆匆习得的知识和技能不单单需要智慧,还需要魅力。而安娜莉也同样拥有十足的魅力。"

在这趟漫长的旅途中,安娜莉宛如一位巨星。

"也许人们所说的东方对人的影响是准确无误的,"安娜莉思索着,"这里有这么多优秀的男性,他们很少在镜子间游走;恍惚间让你以为是海蒂·拉玛(Hedy Lamarr)①的女子,自从我登上船,就没有见她补过妆。你可以看到,情况有多么极端了吧。"

得知安娜莉终于来见他后,梅尔用电报通知了他在马尼拉和香港的朋友,让他们在格兰维尔号到达时帮忙接待一下安娜莉。安娜莉在马尼拉停留了4天,因此她拥有充足的时间在四层的回力球艺术体育馆跳跳舞,吃吃龙虾,那里的一切让她觉得"比米高梅的任何东西都要美妙"。除此之外,她还陪同一位中国领事到菲律宾大学校长的接待处去了一趟。安娜莉评价说,尽管马尼拉有5英里的开采港,但是菲律宾似乎对战事并不感到慌张。

"在日本占领中南半岛之后,上个月还萦绕在菲律宾的不安情绪都明显地烟消云散了。"她写道。

安娜莉在9月18日抵达香港,在为梅尔跑了几天腿,并了解了一些当地的联络人之后,她终于可以继续朝重庆进发了。重庆位于中国内陆深处,此时日本已经控制了中国的沿海城市和它们的领空。因此,人们要想飞抵重庆,必须要躲过巡逻的日本飞机。

这意味着安娜莉乘坐的飞机只能在晨晓时分,或者夜幕笼垂的深宵时分飞离香港。中国航空公司派遣了曾在6月载着美国空军军官飞行游历中国的飞行员罗亚尔·兰纳德将安娜莉送往战时首都重庆。兰纳德在夏天时和梅尔成了好朋友,他邀请安娜莉坐在飞机前方的副驾驶座上。兰纳德急于向他年

---

① 海蒂·拉玛(Hedy Lamarr, 1941—2000年),出生于奥地利首都维也纳,美国影视女演员、发明家。

轻而又富有魅力的乘客展示他的技艺，他临时将飞机降落在桂林的一块稻田上，在这里可以看到由被腐蚀的陡峭的石灰石岩层形成的著名景观——喀斯特地貌。结果这架飞机却因此陷入了泥沼中，迫不得已，兰纳德和安娜莉只好找当地人用水牛把飞机从泥潭中拉出来，也因此，他们的旅程被耽搁了好几个小时。

9月23日早晨，梅尔和他新闻宾馆的教授朋友莫里斯·瓦塔早早起床，到珊瑚坝机场迎接安娜莉。安娜莉没有出现，这让梅尔非常不安。梅尔并不知道飞机延误的事情。在这样的战争环境里，什么事情都有可能发生：这架飞机可能发生了冲撞；或者，它可能被击落了。不过，几个小时之后，兰纳德的DC-3号终于出现，它降落在碎石跑道上。

安娜莉下了飞机后，和梅尔、莫大叔一起乘着小船返回重庆主城区。他们来到长江北岸，马克·费希尔和麦当斯夫妇都从新闻宾馆下来向安娜莉问好。

当这群精神奕奕的人面朝着悬崖边的阶梯，站在长江岸边的鹅卵石上时，卡尔为他们拍了很多张照片。5位记者都不自觉地咧嘴大笑。梅尔披着一件有点大的深色西服，胳膊上搭着一件外套，深色面料和他朋友的浅色衣服对比鲜明；雪莉转向梅尔，和他聊天，和梅尔一样，她的胳膊上也搭着一件外套；马克穿着白色衬衣和卡其裤；莫大叔则穿了一条白色裤子和一件条纹衬衫，衬衫的袖子卷到了他的肘部，一件白色夹克衫环在他的臂弯。他们的嘴里都叼着香烟，在听安娜莉讲故事的时候，他们几乎以同样的角度叼着烟。安娜莉穿着网球鞋、短袜和及膝的米色裙，她看起来和新同事们相处得轻松自在。

安娜莉脖子上挂着两部相机，左臂下夹着一个钱包。很明显，她没有信守对同舱传教士的承诺：她的右手上夹着一支烟。（她已经把更多的烟分发出去了。新鲜的西方香烟在当时是珍贵物品）与此同时，战争也明显未曾离去——从梅尔这套异常宽松的衣服可以看出这些天他的食粮少得可怜。在这样艰难困苦的情境下，这5个朋友聚在一起彼此感觉无比亲切。

这个夏天,重庆的形势很严峻,城市各项基础设施面临崩溃,猖狂地持续了一个夏天的空袭最终在8月底逐渐平息。但是就在安娜莉计划到达的前一天,重庆上空响起了9月的第一次空袭警报。尽管这是一次错误的警报,但它足以再次引起人们的恐慌。与此同时,在接触政府部长、军事官员和其他消息人士的渠道逐渐消失的情况下,国民党的审查制度也在逐渐加强。通货膨胀发展猖獗,粮食价格一路疯涨。

"现在没人能吃得上那些美味的香酥鸭了。"梅尔在9月写给特迪·怀特的信里说。

不过,让梅尔高兴的是,安娜莉几乎搬来了整座药房。中国航空公司通常规定乘客只能携带20磅的行李,但是梅尔已经嘱托安娜莉替他从香港带一些他需要的东西过来,梅尔在经历了新闻宾馆的爆炸,只剩下两件衬衣之后,显然需要一些生活必需品。另外,艾尔莎为安娜莉送行的时候也让她帮忙给梅尔带了一些礼物。最终,安娜莉为自己带的东西寥寥无几,只有一些口香糖、维生素和钙片、创可贴和一支精美的钢笔。那支钢笔之前的美元计价是25美元,这是艾尔莎赠送的一个迟到的生日礼物。让梅尔感激的是,安娜莉还从香港为他带来了一些干净的衬衣、新袜子和内衣,甚至还带了一套西服。

"哇,这简直像是圣诞节一样,我收到了您的信件和贺卡,妈妈。"梅尔写道。安娜莉在她行李袋的剩余空间里塞下了一条裙子、一些纸张和复写纸,还有任何她觉得这一年里需要的东西。

新闻宾馆的重建工作还未完成,所以梅尔带着安娜莉入住了嘉陵大厦,这是一栋由孔祥熙出资建造的住宅。这栋大厦的名字来源于和长江合流并勾勒出重庆明显的地理分布的江流——嘉陵江,这栋三层宾馆是重庆"最好的"宾馆,它坐落在半岛北边的悬崖之上。

"最好"只是一个相对概念:嘉陵大厦差不多也已经是重庆唯一的宾馆了。它的屋顶因为遭空袭而满目疮痍。嘉陵大厦的厨房里配备了当时在重庆为数不多的电冰箱,不过那个电冰箱却在那年6月——这座城市的酷暑时分停止运转了。一家报纸戏谑地报道称,只有下雨的时候,这栋宾馆才能缓解自来水的匮乏。尽管如此,在新闻宾馆重建期间,梅尔还是先和安娜莉在嘉陵大厦住了几晚,后来又带着她住进了他寄居已久的博特伦·拉佩(Bertram Rappe)的代表团大院里。

在写给安娜莉的信中,梅尔可能掩盖了一些重庆的战时实况,使得这里的情况听起来无比惊险刺激。但是安娜莉很快发现,她其实来到了一座破旧老朽的城市,尽管这座城市在 1941 年弥漫着战时顽抗的浪漫氛围。彼时她对这座城市的评价,一如她在 40 年后,回想起猖獗的腐败现象在国民党队伍中滋生蔓延的岁月时所说:

"这些民族主义者正在泥沼和竹棚间生存。他们是最英勇聪慧的人。他们一无所有却仍在战斗。他们的生活条件苦不堪言,城市中老鼠随处可见,食物糟糕透顶,轰炸在街头巷尾爆发。这里的一切都是黏稠、冰冷、潮湿、霉变的。在夏天,空气中湿度很高,虫子蜂拥而至。在你房间的墙壁上,有 4 英尺长的蜘蛛。新闻宾馆在被轰炸夷为平地后重建期间,流传着一种传说:它是由竹子和泥浆建造而成的,外墙会粉刷上石灰水,窗户上贴油纸,门是木制的。这里没有自来水,要用水的时候,只能提着木桶去长江取水,我们每天仅有一小盆水用来洗澡。夜间,老鼠在电话线间乱窜,它们咬坏了我们的靴子,还啃食我们的肥皂。然而,这样的生活尽管在生理上令人不适,但是它在精神上却绝对鼓舞人心。这真是绝妙的一年!"

安娜莉抵达重庆后的第二天,梅尔就带着她跨越长江,回到了长江南岸。他们去重庆俱乐部吃午餐。梅尔甚至还骗到了汽车,载着安娜莉游览整座城市。那天安娜莉过得如此舒畅,就像那天她在写给父母的信中如实汇报的那样:"到目前为止,我只看到了在这里生活的好的一面。"但是安娜莉第一天到这里感到舒心,并不仅仅因为她不必疲于四处奔波,或者她品尝了相对豪华的食物,更重要的原因是除了那些西方人以外,在这里遇到的其他人也都很喜欢她，这也让安娜莉在中国的工作拥有了一个良好开端。

"所有的中国人好像都很喜欢她，看起来她能过得不错。"梅尔在那天写道。他还补充说，安娜莉似乎有一点像雪莉·麦当斯。而雪莉呢，她备受梅尔的中国朋友们的喜爱，他们也赞同安娜莉和雪莉有些相像。

在安娜莉安顿下来后，梅尔就让她去工作了。起初，卢斯要求梅尔精心撰写新闻稿和出版社可以用来宣传美国援华联合会工作的宣传材料。实际上，安娜莉被聘用的理由之一就是为了避免使梅尔的工作负担过重。不管怎样，她都很愿意立即投入工作，她的到来恰逢一场战役的宣传行动开启。

* * *

在重庆以西距离重庆市遥远的地方，由葛维汉（David Crockett Graham）带领的考察队在四川的所有森林进行搜寻，为了寻找一只大熊猫宝宝花费了整整 3 个月时间。那个夏天，30 个男人为了一只熊猫，带着搜寻犬和捕网，走遍了西藏平原边缘的森林。他们最终找到了两只大熊猫。

这支考察队是由美国援华联合会精心安排的，他们希望可以将这只熊猫送上泛美飞剪号，在太平洋和北美短暂停留期间向公众展示，最终把它送到布朗克斯动物园，作为宋美龄和孔祥熙送给美国孩子们的一个礼物。

纵观 20 世纪，中国的国民党政权，和后来的共产党领导者都采取了一种叫作"熊猫外交"的策略。这种魅力非凡的黑白相间的熊类成为塑造中国国际形象的有力工具。宋美龄也知道，熊猫外交可以在美国激起更多的支持和关切，也就能为美国援华联合会募集到急需的资金。

梅尔在这项任务中的工作首先就是确认这支考察队的形成，其次是负责这支考察队的宣传工作，最后要确认熊猫确实被运走了。在考察队搜寻过程中，一旦熊猫被捕获，梅尔就要安排飞剪号飞机和其他后勤方面的细节了，比如雇用人为这只熊猫修建一个特别的笼子。他甚至还需要确认熊猫被投喂的是汶川本地的竹笋，因为葛维汉认为熊猫在笼中高死亡率的一个原因就是它们饮食上的剧烈变化。其他包括地面海拔变化和疾病感染问题在内的风险也都是梅尔需要密切关注的细节。如果这只熊猫不幸离世了，很明显，梅尔就会成为这件事的替罪羊。这些事情的处理已经让梅尔很头疼，与此同时，他还要努力为《时代》周刊提供报道，以及履行他在广播站的职责。

安娜莉一到这里，梅尔就把搜寻熊猫的相关工作转交给了她。在安娜莉到重庆的第二个晚上，她就写好了宣布熊猫被捕获的广播手稿，这样的话，这则新闻就会成为国际广播电台在第二天早上播报的第一条消息。安娜莉的新闻稿强调了照顾熊猫的不易和领导者葛维汉先生为了搜救熊猫而经历的种种冒险。当然，写一篇这样的报道对安娜莉来说水到渠成，这则新闻也是美国援华联合会的一次胜利。

"从默默无闻到世界闻名——这就是经过了3个多月的搜寻后，在汶川附近被找到的尚未成熟的珍稀大熊猫的命运。"安娜莉的报道以此开头。

这场宣传行动远非当天的最大新闻，至少在梅尔和安娜莉看来是这样的。但是在早晨6点半的广播节目中，国际广播电台播报了熊猫的故事后，这一天变得越发激动人心了。

《时代》周刊的工作人员，尤其是亨利·卢斯对梅尔和他的工作印象深刻。现在，卢斯希望梅尔可以掌管《时代》周刊的远东办事处。这次工作机会承诺给梅尔进行多层加薪，梅尔将得到《时代》周刊雇员的官方身份，并且搬到马尼拉。

在此之前，手头拮据的梅尔一直被官方视为杂志的特约记者，尽管一整个夏天，杂志社都在连续不断地出版他的作品。（《生活》杂志也出版了梅尔的作品，尤其是他拍摄的6月的防空洞之灾的照片）这个新的岗位意味着一份稳定的工作，但同时也意味着梅尔要放下他在重庆建立起来的一切关系，再次离开中国，而且还要将安娜莉留在战区。

但是他又怎么能拒绝呢？他的新闻事业终于要腾飞了。梅尔再清楚不过，他经历了多少崎岖坎坷，才来到卢斯帝国的门口。现在在他的内心里，他已经超前迈进了。从他退出国际广播电台到现在不到一年，他在海防被捕和游历中南半岛与东南亚的过往依然历历在目。就在刚刚过去的春天，梅尔还徘徊在纽约和华盛顿街头，迫切地希望能找到一份工作。只要能让他回到亚洲，任何工作他都愿意做。他放弃了合众社提供的在萨克拉曼多的工作，因为他觉得自己可以在运动发生的地方找到一份更好的工作。经历了这一切以后，他遇到了安娜莉并且爱上了她；而且或许是因为他所展现出来的意气风发的劲头，让安娜莉也迷恋上了他。

现在，这位新上司对梅尔的报道如此信任，他希望梅尔能成为《时代》周刊在亚洲的耳目。而且，在美日之间剑拔弩张的紧张局势日益增强之时，梅尔可能也将成为远东部的首席领导。再没有人好奇这两个太平洋强国之间是否会触发战争了，取而代之的是，专家们在争论这场战争将在何时爆发。第一声枪响之时，梅尔就要代表卢斯的出版品牌来见证这场战争了，而马尼拉也很有可能会成为这场行动的中心。

尽管从事这项工作意味着梅尔要离开安娜莉和这座他发展起事业的城市，但是梅尔和安娜莉商量后还是决定接受卢斯提供的这份差事。同时，安娜莉也并无意在到达重庆后不久又匆匆离开。《时代》周刊依然需要一位驻重庆的特约记者，梅尔觉得安娜莉可以胜任这份工作。可是为国际广播电台的《中国之声》节目写稿，以及完成美国援华联合会的各项任务已经让安娜莉应接不暇。安娜莉觉得自己有职在身，尽管她并没有签署合同，但她并不打算摆脱自己的责任。所以梅尔将这份工作移交给了美联社的吉姆·斯图尔特（Jim Stewart），一并交给他的，还有他为美国全国广播电台做的工作。

安娜莉很快适应了她在美国援华联合会的工作。董显光很喜欢她，把她的作品视若珍宝。因为安娜莉的作品给他留下了深刻的印象，所以她很快就被引荐给了宋美龄。

宋美龄和总司令亲自热情招待了安娜莉。安娜莉明确地感受到这对中国有影响力的夫妇"极尽所能"地款待她，让她在重庆生活自如，因为他们非常欣赏梅尔。但实际上，正如梅尔后来听到的小道消息说的那样，其实是安娜莉本人令宋美龄印象深刻。很少有人会给宋美龄留下像安娜莉那样的印象。除了第一夫人的身份以外，宋美龄女士也凭借自己的实力成为一个有权势的、被高度认可的人物。她曾大力主张新生活运动——这是一项由政府推动的，旨在提高中国公众生活质量的文化运动。在众多新生活运动提出的"美德"中，有一条是"我们将不再吸烟"。这则宣言成了重庆随处可见的标语。

安娜莉第一次到宋美龄家拜访，吃午餐的时候，这位女主人坐下来，自己点了一支烟，又给安娜莉递了一根。因为看到了新生活运动所提倡的不要吸烟的严厉告诫遍布重庆，安娜莉没有接受那根烟。当宋美龄询问她为什么不接受的时候，她提及了那些标语。

"哦，"宋美龄回应道，"那是针对老百姓的。"

安娜莉没有把这件事放在心上。在某种程度上，宋美龄的行为和安娜莉在米高梅共事的人并无二致。

"她并没有安娜莉在好莱坞认识的电影大亨们那么傲慢，这反而让安娜莉喜欢上了宋美龄。"南希·考德威尔·索雷尔这样描述这次初见。宋美龄对安娜莉印象太过深刻，她还邀请安娜莉来做她的演讲稿撰写人，并且为她处理宣传事务。

安娜莉不想和梅尔分开，但是她又很享受自己的工作。这份工作不仅给了她一个写作的机会，而且在她看来很有意义。况且，仅仅是为了来到重庆，她已经经历了诸多艰辛。在一次参观为在这场战争中成为孤儿的孩子们，建造在城市外的"战争疗养所"时，安娜莉暗自注意到了这些孤儿们所面临的恶劣环境。在她和宋美龄一起看望他们的时候，她和他们一起玩耍、一起欢笑。之后，她准备记叙的是，"战争疗养所"给孩子们的生活带来的改变，似乎微乎其微。

* * *

10月初，就在梅尔为他调任至马尼拉的工作做准备时，他和安娜莉想起来要参加一场为来访的传教士授予荣誉的招待会，而他们已经快要迟到了。正常情况下，他们应该步行前往那里，但是为了赶时间，他们雇了两辆黄包车，这样才能更快地赶赴招待会。

当黄包车夫避开人群、碎石和弹坑在重庆陡峭的街道上狂奔的时候,梅尔在一片喧闹声中大声地呼喊:

"你说,你愿意嫁给我吗?"

"你说什么?"她也大声地喊回来。

"我说,'你愿意嫁给我吗?'"

安娜莉一言不发。

梅尔不停地追问,安娜莉依然没有回答。最后,他们到达了会场,排到了迎宾队伍里。在他们找了一个合适的位置站好以后,安娜莉转过身来,目光专注地凝视着梅尔,此时此刻,她的心里小鹿乱撞,却只吐出了三个字:"我愿意。"

* * *

不管那年春天在洛杉矶,梅尔和安娜莉之间产生了怎样的化学反应,也不管他们之间日渐频繁的信件往来传达了多少温暖和关切,一整个夏天,梅尔始终把他的爱意藏在心间。但是当他们的信件继续往来不断,并且安娜莉赶赴重庆也成为事实的时候,梅尔对她和他一起生活的热切渴望变得如此显而易见。梅尔后来说,他曾经甚至无法确定自己是否真的爱上了安娜莉,尽管这听起来有些不可思议,毕竟安娜莉曾和梅尔一起乘着火车到旧金山,来为他送行啊。而现在,无论怎样,毫无疑问的是,梅尔和安娜莉在那个他们讨论出剧本的威尔夏大道酒吧擦出的火花,跨越了太平洋,翻越了长江和嘉陵江之间的重重山脉,熊熊燃烧了起来。

"我不太确定自己的心意,也不太确定安娜莉的想法,我之前还犯了一个错,就是想试着从经历中寻求答案,"梅尔在前往马尼拉的路上写道,"因此,我没有向任何人透露出一丝半毫,包括安娜莉在内。但是在安娜莉来到重庆这些天以后,我确定我爱上她了,她也将在12月初来到马尼拉,如果不出意外的话,我想,我们将会在马尼拉完婚。"

梅尔让他的母亲和继父不要散播信中的内容。事实上,梅尔和安娜莉之间的爱情最显著的特点之一就是，在订婚之前，他们几乎没有记录过这段感情。因为和他的父母以及和像特迪一类的朋友之间频繁的书信往来、他的工作和他对国际广播电台运作的不满，还有他为卢斯帝国工作的种种困难，都占用了他很多时间和精力，梅尔几乎再没有笔墨来描绘他和安娜莉之间的浪漫故事。或许是因为他和雪莉之间失败的感情让他变得更加谨慎，他不想再让任何人对他和安娜莉的感情抱太大希望，至少他自己不愿抱太大希望；又或许是因为他在信中谈论安娜莉时，那种实事求是的写法本身就意味着他对他们之间的未来是没有把握的。

"我不想让你们觉得我和安娜莉在洛杉矶时故意隐瞒我们的计划，"梅尔在两周后给艾尔莎和曼弗雷德的信中写道，"因为那时候我还没有下定决心，甚至还没有向安娜莉提起过任何有关结婚的事情。我曾帮助她从美国来到中国工作，但是并没有积极鼓励她这么做。在感情方面，我的耳根子好像有点软。不过只是一点点，我以后要努力克制自己了。或许我本不该把这些写下来的。"

安娜莉对于两人恋爱的可能性也表现得像梅尔一样含蓄。订婚以后，她依然坚持声称，自己来中国并不是为了和梅尔结婚。他们之间的爱恋已经酝酿许久，尽管他们曾经想等到两个人的工作都安顿下来以后再说。而眼前的情况是，《时代》周刊将要把梅尔送往马尼拉。

"尽管我到了中国，但在他被调任的那一周，事情变得截然不同了，"安娜莉在写给梅尔父母的一张便签里说道，"不过这场战争无疑正在将一大堆事变得更复杂！"

* * *

安娜莉依然无法和梅尔一起赶赴马尼拉。她还想继续在重庆工作至少几个月，因为她还需要一些时间为宋美龄女士正在做的工作效力。这一点不止源于安娜莉基本的职业忠诚感，更源于她和梅尔都认为，她在重庆的工作是可以为中国带来一些改变的。安娜莉暂时答应在12月10日之前去马尼拉找梅尔，等到她一到那里，他们就可以完婚了。

还有一个让安娜莉留下来的原因是，在她安顿下来以后，这么快就离开，也会损害她在重庆刚刚起步的工作。考虑到当初为了获准来中国而经历的重重困难，安娜莉不忍心放弃在这里的工作。况且，让这些工作半途而废，可能会令她将来拿到一份旅行许可变得更为不易，更不要说获得更多的工作机会了。尽管对梅尔出乎意料的迷恋席卷了安娜莉，但是，她并不是因为梅尔而放下她在米高梅的轻松差事的。她曾承诺要来到中国，尽她所能地了解中国和这个国家为了在消耗战中存活而付出的努力。她不是那种仅仅为了一位男士的求婚就放弃职业承诺的人。梅尔也并非一定要安娜莉离开重庆，他着迷于安娜莉的恰恰是她的心灵、她的职业道德，还有她对中国的热情。

尽管两人不能同去马尼拉，对婚姻构想的蓝图依然令两人兴奋不已。他们在把订婚的消息告诉各自父母的时候，同时告诉他们，可以自由传播。梅尔甚至还在马尼拉给艾尔莎和曼弗雷德打了电话，如此容易进行通话对他来说是一次梦幻般的体验。他还给特迪·怀特和《时代》周刊分别发送了电报，也给中新社在纽约的代表厄·利夫发送了电报。安娜莉用电报联系了她的父母，还致电梅伯格一家，讲述她的兴奋，并且对他们曾用电报传达给她的那些祝福表示感谢。梅尔心怀感激，特别是当他听到艾尔莎和曼弗雷德衷心地祝福这段婚姻时。

每个人都激动不已。在梅尔把订婚的消息告诉他的家人几周后的一天，他参加完一场聚会回来，收到了一大堆来自他父亲的亲朋好友、母亲的熟人、继父的大家庭的贺信。加上之前收到的贺电，这些祝福充满了赞美，甚至让梅尔都有点难为情了。

"他们称赞一下安娜莉就好了，"后面还缀了一条关键的附注，"（看看她做的选择，多么明智）。"

梅尔11岁的堂弟杰克·马克斯（Jackee Marks）还为这场即将到来的婚礼写了一首诗。他在诗中写道，这场婚礼可能会在战争中举行，他还期盼会有一个婴孩降生。

"新郎和新娘款款来到/尽管狂轰滥炸依旧肆虐！"这首诗以此开头。结尾的写法和开头相近:"所以尽管/潜水艇在水下巡游,飞机在头顶盘旋/有两个,或者更多的人依然安睡在一张床上。"

* * *

梅尔在 10 月 2 日离开重庆,赶赴马尼拉。他将要再一次路过香港,这一次,他准备在那里停留 6 天。如同他从岭南大学毕业以来每一次在香港的逗留时分一样,这又是一次匆忙而又充满美食和欢愉的留驻。董显光在香港拥有了他想经营的事业,他这几天赶来陪伴梅尔。梅尔似乎每晚都要和显光"赶赴一场可以尽情畅饮,享受龙虾和对虾,还有一切美好事物的狂欢盛宴,一直持续到凌晨 4 点"。

在梅尔和显光享受美酒佳肴之时,他们也听说了很多关于安娜莉的消息,他们所听到的一如梅尔在香港写的家书中告知他父母的那样。

"让人惊讶的是,安娜莉无论在哪里都给人留下了极好的印象,"梅尔写道,"我的那些在香港招待过她的朋友都为她着迷。"

和安娜莉一样,梅尔也在追求自己的事业,而且他刚刚取得了巨大的突破。他找到了长期以来苦苦追寻的全职新闻工作,而且,他在《时代》周刊的新岗位最终也能为他的婚姻带来好处。在梅尔看来,实实在在的婚姻生活,让这份新的工作以及上涨的薪水变得更具吸引力了。梅尔对他和安娜莉的工作越是了解,他就越渴望快点结婚。

"我一直在催促她,但是她一点也不着急,"梅尔在马尼拉写道,"她想先做完一些工作。"

因为担心战争一旦爆发,中国和菲律宾之间的路线将会被切断——从中国到菲律宾目前已经是一段要经历危险飞行的困难旅程了——所以梅尔劝说安娜莉尽快离开重庆。即便在这种情况下,梅尔依然能够理解安娜莉对工作的投入,而且因为对工作的忠诚和热情,对于团聚这件事,他们两个人都依然愿意等待。

"我当然希望安娜莉立即离开重庆,来到我身边,"梅尔曾在从香港赶赴马尼拉的路上这样承认,"但是我们俩都清楚她有工作要完成,尽管她对此并没有义务。"

董显光也告诉梅尔,安娜莉继续留在重庆工作让他感到欣喜万分。他一再写信告诉梅尔,他的办公室里有多少人欣赏安娜莉和她所做的工作。除了蒋夫人以外,蒋夫人的姐姐霭龄——孔祥熙的夫人——也对安娜莉喜爱有加。

"你眼下就带着安娜莉离开重庆可能是一件好事,因为孔夫人实在是太喜欢她和她的才能了。"董显光这么告诉梅尔,某种程度上是为了暗示梅尔之前开玩笑说的"安娜莉最好在'他们真正地束缚住她'之前赶来马尼拉"并非玩笑。

在梅尔写信向父母告知他的婚约时,他小心翼翼地强调了职业独立感对安娜莉的重要性。然而他也知道,他的求婚看起来很突然,因为不满一年之前,他和雪莉·奥斯汀兰德的爱情破裂得非常迅速,而他的工作正是促使这段感情告终的重要因素。

艾尔莎似乎不是很担心。她后来告诉《时代》周刊的约翰·赫西说,她"想不出还有谁更适合梅尔"。艾尔莎解释说,这对眷侣有太多的共同之处了,"他们两个都有对人类的大爱,他们都对中国充满兴致,而且,如你所知,他们还共同写作"。

* * *

尽管娜莉没有和梅尔一起前往马尼拉,令他颇感沮丧,但是他依然为在重庆的生活中得以休息而心怀感激,而且现在他感受到了长时间以来不曾拥有的精神饱满状态。在去往马尼拉的途中,除了在香港和董显光,以及他"成百上千"的朋友们一起纵情欢愉以外,其余时间梅尔都在认真工作。他在飞剪号上整理了发给《时代》周刊的多页简报;写了各种信件;为美国广播电台整合了一个10分钟长的广播节目,播报发生在湖南省省会长沙外的一场战斗,在这场战斗中,日军曾占上风,接着中国军队折了回来,包围了日军的进攻部队,获得了这场战争的第一次巨大胜利。

尽管梅尔很享受离开重庆后在香港的惬意生活，但是当他抵达马尼拉时，却感到这座城市的现代性和物质享受是那样地令人不安。在香港，尽管英国人还未与日本人交战，但是每个人似乎都在为战争摩拳擦掌。而在马尼拉，城市的氛围平静祥和，市民的生活异常悠闲。诚然，这是一种令人不安的安宁，客观地说，马尼拉也在等待战争爆发。而这座城市数量众多的奢侈品和它异常的平静，对于在重庆度过了第二个夏天的梅尔来说，是一种无比陌生的现实。

"这里的一切对我来说都不太习惯，你必须坐下来啜饮鸡尾酒，再租几辆汽车以示阔绰。诸如此类的应酬不胜枚举。"梅尔写道。他觉得自己很难掌握马尼拉的政治和社交闲谈中那些必要的技巧。

"在马尼拉的工作要吓死我了，"他承认道，"不像在中国，一切事务对我来说都水到渠成，轻而易举。"

马尼拉的相对舒适的部分原因是菲律宾是一个自治区，而且美国对它的殖民统治依然保有效力。"曼努埃尔·奎松（Manuel Quezon）总统的政府完全服从于美国高级专员弗朗西斯·赛尔（Francis Sayre），整个群岛的经济体都烙印上了'美国制造'的标签。"哥伦比亚广播公司的威廉·J.邓恩（William J. Dunn）后来写道。

邓恩把马尼拉描述为"东方之珠"。实际上，很多美国移民都很欣赏马尼拉那些令梅尔感到华而不实的独特个性。在一些人眼里——大概在那些从殖民地的角度看待问题的人眼里，这座城市就是远东的巴黎。在美国占领马尼拉后大约半个世纪里，这里修建起了林荫大道，有通风而又阴凉的拱廊，巨大的广场上有喇叭号召过往的行人消除帝国主义。虽然几乎它的四面八方的局势都动荡不安，但是在1941年的秋天，马尼拉显得十分平静。

这种平静其实是荒诞不经的。就在6年前，也就是在美国和新建立的曼努埃尔·奎松政府签订合约，许诺菲律宾在1946年之前实现独立的不久前，这里还发生了一场革命运动，试图推翻美国的管制。这次动乱仅仅代表了几世纪来旷日持久的冲突和殖民地化中，最近的一次事件。

在15世纪初，来自马来西亚和印度尼西亚的穆斯林苏丹开始将势力扩张到菲律宾，对于外人来说，这是一个值得骄傲的荣誉。大约在同一时间里，中国的海盗经常劫掠这个地区。紧接着，西班牙来了。

西班牙人费迪南德·麦哲伦（Ferdinand Magellan）在1521年抵达菲律宾，那时他的舰队正在环球航行。麦哲伦建立了菲律宾的第一个天主教堂，开启了对菲律宾近四百年的西班牙占领时期，后来，麦哲伦被当地统治阶级的一员，一个叫拉普－拉普（Lapu-Lapu）的酋长杀害了。尽管随后拉普－拉普还做出了一系列的英雄主义行为，但是直到20世纪，菲律宾依然没有撼动那只扼住它命运咽喉的欧洲之手。到1898年，美国击败西班牙以后，才将这个群岛从任由延续不断的殖民力量摆布变为了只受一个主要国家控制的地区。

尽管美国在宣传中把菲律宾塑造成忠实的伙伴形象，但其实菲律宾的人民是很被动的。

* * *

梅尔努力地工作，以便缓解自己对安娜莉的思念。尽管他的新岗位为他带来了跃升和《时代》周刊的官方雇员地位，但是也使他从重庆的一切恶臭、美好和兴奋感中抽离了出来。在中国战时首都重庆炮火连天的真切体验逐渐消散，取而代之的是令人焦躁的社交和政治圈。

梅尔手头正在做的事情都很紧要，这让他头晕目眩。他觉得这种状况正像过往时光里，在飞往未知目的地之前，他回到家里，同时处理成千上万个事件的那种慌乱。在马尼拉，他也再不能使用那些在重庆时用来解释没能完成工作的借口了。

"你必须快速而富有成效地完成工作，"梅尔写道，"你不能再将任何事归咎于轰炸、中国人的低效率或者其他任何事物了。"

梅尔的新岗位是由"非常热闹、非常虚伪，又非常奢侈的生活"组成的。在1941年9月的一个晚上，他花费了40美元，带领一批军官到城镇上玩乐，不过他也在和宾客们赌马时赢回了一点钱。那时候，梅尔的月薪是250美元，但是他3/5的工资都要用来支付他在湾景酒店六层的一个小房间的费用。显然马尼拉的生活并不便宜，好在《时代》周刊会支付梅尔的其他开销，加上他接受新工作时的加薪，而且他在下一年度的1月还有望获得额外的一份薪水。与此同时，被出版业的巨人雇用也使梅尔更容易在高级官员中发展消息人。

"幸运的是，卢斯的名字一直在我的背后帮助我，"梅尔写道，"实际上，一扇扇大门正在向我敞开。"

但是想和这些消息人保持关系，就需要昂贵的交际。他有代表卢斯帝国处理公共关系的职责，他要进行演讲，并且混入公民俱乐部中。

"这份事业需要做很多的联络工作，"他告诉父母，"在简单的交流中，要会见大人物，给他们留下印象，并且获得他们的信任，这已经变成一种常规的拼搏方式了。"

梅尔需要建立与美国陆军和海军军官、菲律宾军方人士，以及政府官员之间的关系。尽管他可能不太喜欢寒暄，但是他很容易地既能从容地参加军官俱乐部和外交招待会，也能发烟给美国的入伍士兵和菲律宾的预备役军人。他和航运巨头、商人们成为朋友，还和其他人物交往，比如万斯白（Amleto Vespa），这是一位"古怪的"前意大利间谍，他曾邀请梅尔到他著名的马尼拉公寓，漫谈亚洲和太平洋地区的轴心国策略。和厄尔·利夫共事的中新社代表田伯烈曾为万斯白1938年的书《日本特务》写了序，这部电影也于1940年在重庆拍摄，当时，梅尔第一次到中国的战时首都重庆工作。

梅尔要应付马尼拉的政治工作，除了和重庆的联络人断了联系以外，梅尔也放弃了他的大部分广播工作。美国广播电台称，他依然可以为他们供稿，但是马尼拉的广播网已经遍布各种记者了，梅尔在广播台报道的机会十分稀少。

不过梅尔也很满足于他在马尼拉拥有的权力，尽管他在那里感到格格不入。让他宽心的是，他的很多朋友都出现在了马尼拉。而且，在马尼拉，无论是他传送给《时代》周刊的报道，还是他的私人信件，都没有像在重庆那样被审查。

在梅尔准备离开重庆的时候,他曾写过他这次的升职其实是第二次加薪,他的薪水曾在 8 月底涨过一次,他们承诺,在下一年度的 1 月将进行第三次加薪。他也拥有了一个范围更大的报销单,可以囊括他在马尼拉的大部分生活费用,在马尼拉,他还可以更方便地联系他的家人,因为这里的邮件收发更加有序;此外,他还可以和家人打电话。

"我还是更喜欢待在事件层出不穷的重庆。"他写道。

"在马尼拉,没有什么事发生。"梅尔抱怨说。因为他是从重庆过来的,其他人不过把他视为一个奇葩。梅尔一提到重庆这座城市,就会听见人们赞美抑或是惊叹的声音。这些到目前为止无法接触到战事的欧美人,对中国战时首都持续不断的空袭感到好奇,但是,他们随口询问到如何忍受频繁轰炸的生活时,随即对这座城市失去了兴致,重新回到他们的酒宴之上,继续讨论那些遍布马尼拉的花边传闻。

尽管生活在浮华的马尼拉,梅尔并没有对战争失去兴致。在菲律宾的前两个半月里,他收集了新闻报道,建构了个人背景资料,整合了政治综述,分析了战争准备。他把这些报道密密麻麻地塞进发送给哈尔伯德的,长达几百页的详细电报中,哈尔伯德将这些报道用作每周新闻综述的基础。杂志的编辑挑选出最合适或者最有趣的主题进行改写,再将它们不加署名地发布出来。那时候《时代》周刊在美国广泛的读者大都对此事并不了解,梅尔成为他们了解中国发生的事件的唯一线索,也成为他们观望太平洋战争形势的窗口。

* * *

因为梅尔和安娜莉的婚期临近,他在写给加州父母的信中暗示了对于即将到来的婚礼感到紧张激动。在一封信里,他请求家人为他"最后一点细节提供建议",并询问他们,应该购买什么价位的戒指。在他们回信之前,尽管马尼拉的物价一直在上涨(虽然马尼拉的居民表现得像是战争从未发生一样,但是在 1941 年秋天,菲律宾急速的通货膨胀反映出亚洲冲突带来的经济上的不安全感),梅尔还是花费了 746 美元——他 3 个月的工资买了两只戒指。虽然安娜莉告诉过他，一只戒指都不必买，但是他想把订婚戒指和结婚戒指都送给她。

这两只戒指，一只上镶嵌了翡翠，并"拥有基础轮廓和简洁设计的白金物"；另一只上镶嵌了一个方形切割的 1.5 克拉的钻石，还有一些小钻分散镶嵌在白金上。

"戒指看起来有半个奶瓶那么大。"在购买戒指的时候，梅尔告诉他的父母。

梅尔还向他的家人夸口说，他是用"爷爷风格"买的戒指，通过讨价还价，把价格降了 20%。尽管砍价成功，这笔支出还是让梅尔觉得有点心疼。但是为了浪漫的爱情，梅尔想为安娜莉准备一般订婚时该有的东西。

如何把这枚订婚戒指交给安娜莉又是一个难题。在香港，梅尔见了比尔·邓恩（Bill Dunn），他正准备前往重庆，去完成一项哥伦比亚广播公司的任务，梅尔便委托他转交戒指。

"这是我唯一一次扮演丘比特的角色，"邓恩写道，"而且我从心底里佩服雅各布……他天赋异禀，又见多识广，安娜莉将是一个到达新地方的记者宝贵的信息来源。"

安娜莉来到马尼拉和梅尔一起工作和生活依然在计划中，但是梅尔越来越担心在战事扩大到中国以外之前，安娜莉都无法来到马尼拉。重庆的局势变得越来越严峻，美国和日本之间的对立局面也越来越紧张，这让安娜莉拿到从重庆到菲律宾的安全通行证的机会越来越少。随着日子一天天过去，梅尔对"华盛顿对日本太过明显的绥靖行为"感到越来越悲观。

梅尔必须要拿到一张结婚证书，这在马尼拉是一件让人头痛的事。他把这次严峻的考验描述成做喜剧式的无用功。

"你要给城镇中的每一个人打电话，"梅尔描述道，"然后你又挂掉电话，请人指引联系一个办公室的方法。你给那个办公室打电话，房间里的男孩用他加禄语讲话，你又找了一个说英语的人。然后他就会和你说一些话，大意是：你不能结婚，何必要为那样一个证书花费整整 10 比索去结婚呢？一个习惯法制度下的妻子就刚刚好,而且在她不够好的时候还可以抛弃她。"

像这样经过疯狂渲染的故事还在不断上演。太多政府办公室都无法拜访,太多的表格要填写完,再寄给大使馆,还要贿赂太多的官员。在各个办公室,都有人问一些类似于"为什么要结婚……习惯法制度下的妻子就刚刚好"之类的问题,直到后来,梅尔又回到了他拜访过的第一间办公室,他说他正在找一位太平绅士,并不想举办形式盛大的婚礼了。

"然后他说,你为什么最初不说呢?婚姻是件大事。"梅尔写道。

* * *

当梅尔不再为拿到一个结婚证而忙得团团转时,他便常常在房间里眺望街景,正好他的住处有个贴切的名字——湾景酒店。在绿树成荫的杜威大道上,梅尔的视线慢慢落在了西南边,马尼拉湾口灰蓝色的水流之上,这些流水蔓延到了漫漫天际。水面下是绵延数千米的被淹没的水雷。美国的驱逐舰和潜艇都小心翼翼地越过它们,更小型的岛间货船载着大量的稻谷和水果在首都马尼拉和菲律宾其他地区之间航行。

有时候,梅尔用目光追随泛美航空的波音314飞剪号航班,观察它们在越洋之旅中途停留时,如鲸一般的机身和细长的浮筒滑入港口。在美国和香港之间的每一艘飞剪号航班都意味着有邮件服务、物资供应和新的游客。

梅尔多么期望,不久之后,那些航班中的一架载着他将要迎娶的新娘飞来。

时间从10月步入11月,梅尔的注意力转移到了一件更加令人烦扰的事情上:有关部门要将那些在汶川捕捉的大熊猫转移到马尼拉了。它们预计11月16日到达马尼拉,而梅尔要负责找到一个安置和照顾它们的地方。

"我又一次因为熊猫的事情而变得狂躁不安了,"梅尔在11月写信告诉他的父母,那天正是这些熊猫预期到达的前一天,"上上下下一切事务都需要我来完成,从租借旅行车,到给它们找一个安身之地,再到用包机从特定的省份运来特定种类的竹子和甘蔗。真是让人够受的。人们无时无刻不在打电话,说想看看这种动物,或者想借用一下它们,还有人推销保险、空调装置、葡萄汁,以及任何能想象到的东西。"

连安娜莉也被卷入了围绕熊猫捕猎的各种混乱中。在她到达重庆以后,她早期的很多工作中就包括为蒋夫人准备关于这些猫熊类动物的演讲。这些熊猫到达重庆以后,被带到了博特伦·拉佩的家中,这位先生就是在新闻宾馆被轰炸以后,和梅尔待在一起的传教士。武装警卫看守着这些动物。安娜莉发现这些熊猫出乎意料的可爱,但是它们却又是很多令人头痛的问题的根源。安娜莉为国际广播电台的广播节目写了一些关于熊猫的稿件,并且提议新闻业发布寻找它们的狩猎过程。

梅尔远不是唯一一个从中国调往菲律宾的记者。因为马尼拉是美国的占领地,而且整个美国的亚洲舰队都驻扎在那里,所以马尼拉是美国在太平洋的根据地。就像其他产业一样,这座群岛长久以来都是美国新闻组织在亚洲运作的基地,还有很多新闻组织在这里建造了它们的办事处。因为和日本间的预期中的战争正在逼近,看起来第一阶段的斗争似乎是从菲律宾开始的,因此报纸和广播网络都希望它们的记者在战事发生时刚好在这个自治区内。

11月14日,美联社一位叫克拉克·李(Clark Lee)的记者在他的根据地——上海的一间酒吧,见了他的一位日本消息人。这位消息人得知一个来自日本上校的秘密消息,而这位上校又是日本在上海的发言人。克拉克报道称,日本似乎正在上海外的军营里制备拘留营。这个消息人传达说,这位上校警告克拉克,如果他不想在战争爆发后被拘禁在这些拘留营中,他就应该在接下来的10天内离开这里。克拉克正加倍努力地寻找一个逃往重庆的机会,或者是登上最近离开上海的货船。最终,他争取到了一艘荷兰的船只SS Tjibak上的最后一个免费客舱,赶赴马尼拉。

克拉克出生在加州奥克兰地区,他比梅尔年长9岁。正如梅尔描述的那样,他是一个"高大、皮肤黝黑、声音沙哑、长相英俊、阅历丰富的新闻人",在过去的3年半中,他一直在上海做报道。去上海之前,克拉克曾在夏威夷待了两年。在那里,他邂逅了一位夏威夷公主莉迪亚·利留卡拉妮·卡瓦纳拿卡（Lydia Liliuokalani Kawânanakoa），并和她结为夫妻。她曾经和克拉克一起来到上海，但是在 1941 年 8 月，她又离开了上海，一部分原因是早期日本官员警告她说，美日之间可能爆发的战争会让她无法逃离上海。

克拉克还在日本做过报道，他曾经和日本军队一起奔赴前线，甚至还搭乘过他们的一架飞机。然而，他并不是日本的辩护者，他经常会批判性地报道日本在中国的种种行径，这让他在那天晚上收到了上校提出的监禁的威胁。实际上，克拉克的文章远比梅尔的更具沙文主义色彩。梅尔的文章确实是有爱国主义基调的，但是他并不像克拉克那么夸张，克拉克有时似乎是戴着有色眼镜在处理事实。

克拉克也给梅尔留下了深刻的印象。他们在克拉克抵达马尼拉后不久就见面了，梅尔在写给大卫·哈尔伯德的信件中暗示出，他"留意着克拉克的故事"。

* * *

那是一个特别的日子，沿着位于马尼拉湾南岸、靠近甲米地造船厂的泛美航空公司的停机场边缘，梅尔看到了一架波音 314 划破天际。那天是 1941 年 11 月 24 日星期一，距离感恩节还有三天。

安娜莉就在那架飞机上。飞机降落后，她在水岸边看到了梅尔，梅尔穿着白得发亮的西装，里面衬着白色衬衫，还系了一条黄色领带。

"飞机降落在水面上的时候我就看见他了，飞行员把飞机拖到海滩上仿佛花了好几个小时。"安娜莉后来在给梅尔的父母的信中写道。

终于，飞剪号的飞行员关闭了飞机引擎。飞机朝着码头滑行了最后几英尺后，乘客们从那个码头上岸了。安娜莉几乎没有时间和她的未婚夫说些什么。他们拥抱过后，梅尔把她带到一辆等候的汽车前，这辆车从甲米行驶了 10 英里，在杜威大道右转驶入马尼拉，然后停在了几街区以外联合教会的教堂前。梅尔信心十足地大步走向教堂，而此时的安娜莉，穿着带有棕榈树、尤克里里以及其他图案的白色尼龙礼服，头戴红、黄、绿色相间的花环，她挽着他的手臂，脸上绽放着灿烂的笑容，她的另一只手臂下夹着一顶黄色的宽檐帽。对于一对从未期盼过浪漫婚礼的情侣，这一切就如同童话般梦幻美好。

"这一切和我幻想中的一模一样。"安娜莉写道。

卡尔和雪莉·麦当斯也在那里，在场的还有阿兰·米奇（Allan Michie）（这是一名将要调往英国的《时代》周刊的记者，同时也是《荣光时刻》的作者）和沃尔特·布鲁克斯·福利（Walter Brooks Foley）牧师。梅尔和安娜莉这对情侣刚一到达教堂，这一小班人马就从教堂聚集到了一间用白色花朵和绿色帷幔装点的私人招待室里。卡尔做了梅尔的伴郎，雪莉则是安娜莉的伴娘。

福利牧师主持了庄严的典礼。梅尔为这场大型而又正式的婚礼费了一番心思。他曾经寻找过地方官来主持仪式，但是他找到的大部分地方官都不太会讲英语，而且他们只在尼帕小屋里主持过仪式——尼帕小屋是一种由竹墙和当地树叶搭建的茅草屋顶的小棚屋。

"我到的那天早上，梅尔找到了福利牧师，这是一位个子不高，有着金色头发和近视眼的大好人，奢侈的婚礼计划里包含了唱诗班的赞美诗、游行圣歌，还有给新娘送礼物的人的构想。"安娜莉写道。

安娜莉可能并没有期盼热闹非凡的场景，或是一枚华丽的戒指，但是面对此情此景，她难以抑制内心的喜悦。整个典礼中，她的笑容都从未消退。在他们交换誓言时，她温柔地握着梅尔的手，凝神注视着她的丈夫，眼中饱含着笑意和温情。对于梅尔来说，他丝毫无法掩饰他脸上的得意和喜悦。

安娜莉在降落后不到一小时里，已经和梅尔结为连理。在婚礼之后，他们给各自的家人写了信。在一封信中，安娜莉向梅尔的父母坚称，她并不是为了嫁给梅尔才来到中国的，但是，对于发生的一切，她也"无法想到一个更好的解释了"。

婚庆活动在几个街区外的湾景酒店继续进行着。在大厅里欢聚一堂的有很多梅尔一样从重庆调往马尼拉的人，有这对夫妻的朋友，还有其他一些梅

安娜莉和梅尔·雅各布1941年11月24日在菲律宾马尼拉结婚后的二人时光。图片承蒙佩吉·斯坦恩·科尔惠赠

尔来到这里以后认识的人。不能到场的人也传达了他们的祝福。从安娜莉在米高梅的同事,到亨利和克莱尔·布思·卢斯,再到新闻宾馆的所有住户,还有国际广播电台的全体员工(他们还播报了一条关于他们婚姻的简报),都送上了他们美好的祝愿。

"麦克阿瑟将军在另一个下午给了我一个惊喜,他祝福了我,"梅尔说,"托马斯·哈特海军上将的手下几乎快把我的手摇断了。"

一台便携式留声机播放着标准爵士乐的曲目和流行的爵士乐队的录音。在美妙的歌曲中,这对新婚夫妇躲到大厅的一角,轮流给他们在洛杉矶和马里兰的父母打长途电话。他们还一起共舞到深夜。战争正在逼近,而且一触即发,但是那个晚上,这些烦恼被人们抛却在千里之外了。

在婚后的短暂日子里,梅尔和安娜莉可以暂时逃离报道的要求和战区的高压氛围。他们没有按照蒋夫人的意思回重庆举办婚礼,这也没关系。否则的话，他们所有的东西——包括安娜莉的大部分衣物——将会被装载到一艘将在战争爆发时驶往新加坡的轮船上。现在这两个年轻记者正在热恋当中。

"他在书桌上打字，我就在梳妆台上打字，我们真觉得很对不起邻居们。"安娜莉告诉梅尔的父母。

梅尔和安娜莉溜出去度过了一个短暂的蜜月，他们的车子沿着缓慢上升的斜坡行驶，一直驶往东南方向40英里以外的达雅台。这个遥远的旅行目的地，在多狭长带、跨越地平线的塔尔湖上方，沿着山脊伸展。湖水灌满了一座巨大的盾状火山的火山口。

在它的中心位置，还有很久以前火山爆发以后形成的灰尘遍布的棕色火山堆。在火山堆里还有另一个小湖。平静的湖水环绕着这个地质上宛如俄罗斯套娃一样的地方，山脊下陡峭苍翠的峡谷一直延伸到新建的塔尔·维斯塔乡舍之下。这个乡舍是由菲律宾的铁道部门在几年前建造的，这座宾馆的人造高山小屋是它最引人注目的特色。不过，雅各布夫妇并不打算住在这里，而是在乡舍西边一片小小的私人小木屋中选了一间过夜。在这里可以俯瞰湖泊北岸，绝佳风景尽收眼底。不过，这里晚上会断电，水龙头还会不断滴水，但是梅尔和安娜莉在一起依然浓情蜜意，仅仅一个周末的暂时逃离让他们心生欢喜。

雅各布夫妇虽然在度蜜月，但是也并非无事可做。紧挨着他们小屋的是蒋夫人委托他们照顾的两只熊猫幼崽，在来自中国的兽医约翰·特范（John Tee-Van）将它们带回布朗克斯动物园之前，它们一直要由雅各布夫妇负责照顾。

熊猫到来的消息很快传遍了达雅台，很多观众慕名而来，不过吸引来的人群并不像在重庆时一样，这里人山人海，就连克拉克·李和美联社的拉塞尔·布赖恩斯（Russell Brines）都被这场热潮席卷了。在前往吕宋岛南部地区探讨战争准备的路上，李和布赖恩斯在这里短暂停留了一下，一来看望这对新婚夫妇，二来给熊猫的照顾工作提供了一些"多余又无人理睬的建议"。

中国的领导者们不但把熊猫作为礼物送给美国，还为雅各布夫妇的婚姻献上了豪华的礼品。安娜莉和梅尔在中国的朋友和联络人寄来了一大堆华丽精美的礼物。其中有金银匙、孔夫人送来的"非常讲究"的红色缎面毯，还有精致的花瓶和新闻宾馆所有记者的一大堆问候。

董显光因为没能实现他和蒋夫人在重庆为梅尔和安娜莉安排"红轿子"婚礼的愿望，所以给他们赠送了价值几百美元的礼品。这种传统仪式中本来包含敲锣打鼓、华冠丽服和为夫妻准备的精致的花轿。然而，战乱让这样的庆典无从实现。这样的礼物多少让梅尔有点难为情，他从良心上无法保有它。

尽管有熊猫带来的烦心事、小屋里断断续续的水电供应，还有连绵不断的暴雨，但是雅各布夫妇并未因此沮丧。

"虽然自来水只是间歇性地供应，整晚的供电也是断断续续，而且大雨滂沱，但是这依然是我们未曾拥有过的最美好的蜜月。"安娜莉写道。

第九章　声名狼藉

就在梅尔和安娜莉在婚礼上交换誓词时,在马尼拉几千千米外南千岛群岛的一个海港中,一支日本舰队悄悄集结着,这些聚集在单冠湾的战舰收到了山本五十六的一条命令。11月6日,也就是梅尔和安娜莉的婚礼结束两天后,舰队便离开海湾,开往了夏威夷。

第二天,美国战争部通知麦克阿瑟将军美日谈判即将破裂。麦克阿瑟将军命令军队进入全面警戒,以防日本入侵。因此,梅尔和安娜莉不得不从塔尔湖返回马尼拉。

党卫军柯立芝总统号停泊在马尼拉七号码头上,准备开往美国。种种战争迹象引起了周围民众的恐慌,亚洲各国的平民大声吵嚷着,要求登上柯立芝号。这艘开往美国的船上有梅尔和安娜莉的许多朋友:有中国航空公司的罗亚尔·兰纳德、《时代》周刊的阿兰·米奇;有作家丹尼斯·麦克沃伊——安娜莉去重庆前就认识麦克沃伊,梅尔则是在重庆才见到他;还有约翰·特范——他曾经与梅尔夫妇花费许多时间照顾熊猫,梅尔夫妇因此十分喜欢他。特范此行把熊猫也带到了柯立芝号上。看到熊猫被运进甲板上特制的钢笼之中,担心了几个月的梅尔夫妇终于放心了。

"船开之后,看见熊猫真的离开了硝烟弥漫的战区,我们才松了一口气,毕竟我们曾一起经历了那么多。"安娜莉写道。

从"甜妞科达"到"熊猫传奇",1942年,在熊猫到达布朗克斯动物园之后,援华联合会为其举办了征名比赛。又一次因为熊猫外交的力量,援华联合会在美国赢得了更多的支持。特别是在援助战争孤儿项目的捐款活动中,熊猫被当作礼物送给美国的孩子们,这一举措对款项的筹集起到了相当大的作用。全美国的媒体都在号召读者为熊猫起名,印第安纳州哥伦布后代的女儿——现在是报纸编辑,提交了两个十分普通的名字——"潘弟"(Pan-dah)与"潘达"(Pan-Dee),并因此获奖。

* * *

熊猫一走,梅尔和安娜莉不必再费心照顾,但他们也没时间休息。此时的马尼拉被恐慌笼罩着,尽管美国人还不知道日本舰队已经开往夏威夷,但每个人都清楚地意识到战争随时可能爆发。

麦克阿瑟的新闻助手迪勒中校(外号"皮克")12月5日在马尼拉旅馆为梅尔一行人(包括梅尔、安娜莉、卡尔和雪莉)举办了小型派对。显然,迪勒十分珍视他与马尼拉新闻界人士之间的友谊,但同时也期望他们能够为即将到来的混乱局面做好准备。

这是一场愉快的派对。迪勒在之后谈到那次派对时说:"我们在一起度过了一段美好的时光,他们是善良的人。"

这些友好往来,并不代表迪勒中校、西德尼·赫夫的新闻发言人或者其他军事领袖偏爱媒体,但麦克阿瑟的工作人员努力与《时代》周刊、《生活》的作家和摄影师搞好关系的意图,也是显而易见的。在这场艰苦卓绝的太平洋战争中,树立正面形象对赢得民众支持是十分重要的,而卢斯帝国拥有这个时代触手可及的镜头。迪勒和赫夫不必用"战争是不可避免的"之类的言论来说服记者们,任何人都能够轻而易举地推测出导致当前危机的原因。

战争的局势正如梅尔为合众社工作时所见到的那样,日本侵占了中南半岛，然后把重心放在了泰国——英国在东南亚的殖民地以及荷属东印度群岛。日本在亚洲扩张程度之甚使美国感到恐惧，于是美国不得不对其颁布了一系列的禁令。到了 1941 年 7 月，麦克阿瑟被征召回到军中，接管由美国和菲律宾士兵组合而成的军队，尽管后者没有接受过足够的训练，也缺少现代化的武器。

在 1941 年的前几个月，美国一直保持中立，英国实行了"欧洲优先政策"，集中精力打击德国，同时减少了在亚洲的兵力。当时，菲律宾国内经济几乎崩溃，军事上虽然有麦克阿瑟的领导，但没有得到新的兵力增援，同时缺乏足够的资金来训练士兵和提供武器，这个尚未独立的国家不得不孤军奋战。正如史学家埃里克·莫里斯所描述的那样："这相当于默认了将菲律宾拱手让给敌军。"

随着战争的逼近，菲律宾新上任的手无实权的总统曼努埃尔·奎松与其他官员一起，向美国政府报告其在军事上的漏洞，然而根本无济于事。麦克阿瑟将军装备了 33 台远程 B 型轰炸机，但这远远不够，接下来的遭遇很快证明这些武器的存在都是毫无意义的。

战争迫在眉睫，但消息不是从菲律宾而是从泰国传来——"据可靠消息称战役将在缅甸打响"。 在马尼拉得到了这一最新消息后，梅尔认为克莱尔·陈纳德将军的雇佣兵航空队飞虎队是在缅甸完成了集训。于是，他赶紧催促编辑发布有关这一军事组织的报道。

梅尔预料到，有重大的事件即将发生。

12 月 6 日，梅尔告知大卫·哈尔伯德，他将使用电报而不是无线电广播来传送他的报道，因为报道包含机密内容，而通过无线电广播传送更容易被窃听。梅尔十分清楚，太平洋地区的局势将越来越危险，他发给哈尔伯德的通知很可能是他在战前发出的最后一则消息。

  与香港的连线一片静默。
  曼谷的广播一片静默。

与美国的无线电通信也一片静默。

湾景酒店外的街道上空无一人。

1941年12月8日清晨，空气里依然充满了迷惑人心般的安静。

突然电话铃响了。

是梅尔的同事卡尔打来的。他说，珍珠港遭到了轰炸，报纸从门缝里塞进来，上面用加粗的字体印着这一消息。梅尔不相信卡尔的话，忙去看自己收到的报纸，他看到头条是些古怪的新闻，没有任何关于火奴鲁鲁的消息。

梅尔还是不太相信卡尔告诉他的消息，他带着满腹疑惑回到床上，但再也无法入睡。

于是，他打电话给克拉克·李，克拉克确认这一消息属实。

尽管之前的几天日军在菲律宾海面的飞行活动愈加频繁，但"珍珠港被轰炸"这一消息仍使人十分吃惊。梅尔写道："虽然我们已经了解了日军的飞行计划，以及其他一些迹象，但即使到了战场上，我们依然不相信这一事实。"

当梅尔与克拉克通话时，一阵敲门声响起。梅尔连忙挂断了电话，敲门声急切而沉重，梅尔打开门，发现是卡尔站在门外，他整个人已经穿戴整齐，准备好出发前往城里了。

* * *

战争才开始，形势就已十分清晰，一场大战不可避免，而且美国一定会取得胜利。日本的第一场袭击跨越了太平洋，目标定在了离菲律宾6000多英里的珍珠港上；紧随其后的袭击活动发生在菲律宾的两个空中战场——克拉克机场和尼可尔斯机场，致使菲律宾损失惨重——两队B-17轰炸机、数架P-40号战斗机以及其他飞机都被摧毁，早前麦克阿瑟要求送来的大量原材料都毁灭殆尽。

事实上，夏威夷要被袭的消息提前九小时就已发出了，但那时美国的飞机还停留在野外，飞行员们则在附近吃午饭，直到日本飞机几乎快要飞到头顶上时，美国飞行员们才收到了被袭击的消息。

"第一天中午前，飞行员们都在克拉克战场上焦急地等待起飞命令，准备前去轰炸台湾，"安娜莉写道，"我们要采取第一次攻击行动，就必须等待华盛顿方面下达命令，这一命令意味着美国向日本正式宣战。"引擎都已经发动完毕，飞行员们一边吃着热狗，一边斜靠在几架飞机上。

"20 分钟后，没有任何预警，54 架敌军轰炸机到达克拉克机场，对克拉克发动了厚颜无耻的毁灭式袭击，猝不及防的美国军队溃不成军。"安娜莉写道。

关于袭击是谁的过错这一问题引发了长达数十年的争论，但不论谁该被指责，袭击造成的后果是不可挽回的。在战争的第一天，美国已经损失了其在菲律宾整整一半的空中军事力量。

"麦克阿瑟手下的士兵都想要参与作战，但最重要的是，他们需要作战武器。"梅尔在向《时代》周刊发送的一连串的电报中写道。那时战争已经开始，飞机场却损毁大半。在一波袭击平息后，谣言便开始散播，声称护航队和 P-40 型飞机也被派遣加入战争，这一谣言持续了几个月都没有停息。

* * *

清晨，马尼拉埃尔米塔区十分寂静，这一城墙林立的老城区在被西班牙占据的三百年里曾一度是这一城市的中心地带。梅尔和《时代》周刊的工作人员一起坐车飞速驶入杜威大道。当他们到达王城酒店——美国远东军总部后，发现麦克阿瑟的司机已经提前到达，他在车上睡得正香。

"总部毫发无损，仿佛梦境之中。"梅尔写道。总部的工作人员眼神疲惫，但都在忙碌着，像是在为战争做准备。在梅尔到达的几个小时之内，带着头盔的工作人员腰间挂着防毒面具，在被城墙包围的总部中来回穿梭，偶尔才会停下脚步，匆匆吞一口面包，喝口咖啡；麦克阿瑟将军同往常一样，英姿飒爽，边听工作人员与目击者确认从菲律宾得到的袭击报告，边大步迈向总部。梅尔和卡尔则十分关心他们的工作问题：战时审查制度会对他们的报道进行压制吗？

"美国远东军和我们一样，也不敢相信整个事件是真的，"梅尔随后写道，"麦克阿瑟的工作人员曾希望日本的袭击推迟至少一个月，好给他们足够的时间等待另一支护航队就位，并做好其他准备工作。"当然，美国远东军的这一犹豫间接导致了悲剧的发生，就这样，美军在根基不稳的情况下，开始了持续数月的残酷战斗。

同时，根植已久的种族偏见使许多美国人不相信日本有能力发动这些攻击。

"一石激起千层浪，那时候，在报纸上读到日本发动攻击这一报道的美国人，都觉得难以置信，"梅尔写道，"他们始终不相信黄种人会有这般能耐，大家都说：袭击方一定是德国人。我们即将要为这些年的毫无准备付出代价，'中国人的阴谋'突然间失去了说服力。"

不管责任在谁，美国遭受重创已是不争的事实。

尽管总部一片混乱，记者们一窝蜂地拥到总部门前，等待关于战争的新的进展，但是马尼拉的其他地方尚不知情。流言飞过杜威大道，穿过帕西格河，掠过埃斯科尔塔大街的店面，开始在人们中间散播。

"整个事件就像炸弹一样炸开了，尽管电报显示，在一周前，军队便开始有所警戒。"梅尔写道。

在意识到发生了什么之后，马尼拉很多居民开始为逃离这座城市做准备，他们从银行取出存款，贮存食物，在配给命令下达前购买尽量多的燃料；有些人则瞅准商机，把地下室改造成防空洞，以期在马尼拉遭遇空袭时发一笔横财。一时间，沙袋变得稀缺。同时，就像美国各地的做法一样，马尼拉当地军队抓捕了所有日裔居民，不管他们是否拥有日本国籍，整个菲律宾进入戒备状态，等待着战争的真正打响。

因为没有条件联系亚洲或美国办公部门来索取一手材料，梅尔和卡尔只能自力更生，盲人摸象般向报社发送报道。

"战争爆发后的半个月，马尼拉沦为地狱，"梅尔写道，"白天飞机在头顶盘旋，晚上火箭发射器引起人们阵阵恐慌。"

但梅尔、安娜莉、卡尔三个人，谁也没有被这恐慌击垮。在袭击事件发生的初始阶段，梅尔因发送的报道赢得了《时代》周刊的信任，作为回报，他几乎一刻不停地向《时代》周刊发送着关于马尼拉紧张局势的实时报道。袭击事件过后，梅尔继续发送报道，开始对战争进展情况进行全天候的总结。他细心观察马尼拉形势，参与麦克阿瑟在总部召开的新闻会议，亲自前往战场观察战争形势，梅尔发出的报道因此逐渐形成规模。

战争开始后不久，梅尔和卡尔开车前往距湾景东南方向 3.5 英里处的尼尔森战场——远东空军总部。在那里，梅尔第一次亲眼见到了菲律宾空防的混乱局面。

"当报告显示敌机来临时，那些菲律宾空军们的无助神态和动作十分令人沮丧，"梅尔写道，"面对即将到来的敌机，大家都显得无能为力。"

在访问期间，少校雷金纳德·万斯问梅尔是否愿意乘坐侦察机体验一把。梅尔当然求之不得，且不说他热爱飞行，光是把飞越战区上空的一手报道发送到纽约，就足以使他的编辑兴奋不已。

万斯拿起一把 30-30 手枪扔给梅尔。

"从现在开始，你就是枪手了。"万斯对梅尔说。

梅尔没有选择最先进的飞机，而是登上了一架小型直升机，其时速不超过 150 英里。

梅尔正准备坐进小型双座侦察机里时，日军的战斗机突然从上空猛扑过来。

"就这样，我失去了当枪手的机会。"梅尔写道。

"而那架小型直升机就是我们仅剩的与敌人作战的飞机。"

* * *

12 月 21 日，成千上万的日军登陆吕宋岛西北部的仁牙因湾（Lingayen Gulf）。第二天，岛上毫无预兆地发生了一场空袭。空袭过后，梅尔同一位红十字会医生驱车前往吕宋岛北部观察前线的战况。

"起初,马尼拉市区一片混乱,"梅尔写道,"一边是居民从各种建筑物里一拥而出,另一边是意气风发的青年学生为了新的任务在街道上游行。"而当梅尔和卡努托驶离市区后,眼前便不再是这种喧闹的场面了。

"在城市的喧闹对比之下,马尼拉的乡村突然之间显得特别安详,连绵的稻田里,农民辛苦地弯腰收割着水稻,他们并不十分关心头顶掠过的日本飞机,只是偶尔直起脊背抬头看看。"梅尔在向大卫·哈尔伯德的报告中这样写道。除偶尔有军用汽车在高速公路上一掠而过,以及飞机从头顶上空飞过外,马尼拉的村庄和农场中的生活同往常没有什么不同。

不一会儿,梅尔和卡奴托的车子穿过了一片茂密的丛林。越往南去,战争的迹象就越加明显。人们用棕榈叶伪装他们的汽车,男人们站在公交车顶部,侦察有没有敌机飞过。这里还设有许多军事检验点。村庄之间甚至相互竞争,看哪个村里的加油站和修理店被部队光顾的次数最多。

"途中最令人惊奇的景象是那些五颜六色的巨型广告牌,上面画着各种漂亮的女孩,她们正在为香水、香烟等做广告,这一景象同美国高速公路上一模一样。"梅尔写道。

参观完军队在吕宋岛的集结待命地区后,梅尔向西前往仁牙因。一路上,低空飞行的日军侦察机不时从头顶飞过,梅尔不得不停下来藏在路边,在这种紧急状况下,他甚至不敢确定扫射战斗机是否尾随其后。冒着生命危险到达拉古板(Dagupan)时,梅尔感到大地在震动,似乎是当时日本舰队在更远的北部地区轰炸美军。除了市长、几位警察和护士外,几乎所有人都被这一轰炸吓跑。拉古板的绝大多数居民逃离了这座城市,但有一些人仍然忠于职守。比如,每次城市上空有飞机飞过,留下的警察便会用那38毫米的左轮手枪,试图将其射下。

"拉古板如同一座鬼城,设施都完好无损,但街上却空无一人,"梅尔写道,"我甚至看到盘子里还盛有食物,桌子、椅子被掀翻在地。"

梅尔继续开车,前往仁牙因的海岸,途经一间废弃的小屋,小屋的门开着，主人的衣服丢在了街上，显然是逃跑得太过匆忙。

"我遇到了几个穿粗布衣服的菲律宾士兵，正当我把香烟和巧克力送给他们时，两架银光闪闪的日本水上飞机飞了过来，并在此盘旋。"梅尔在报告中写道，"我同士兵们躲了起来。对于这些菲律宾士兵来说，美国人来慰问是件使他们欣喜若狂的事。他们说：'你们美国人对我们非常好。'"见到梅尔，士兵们十分激动，并且对他的记者证很好奇。主管人员领着梅尔登上一个瞭望台，在那里可以看到一群日本车队及舰队。从瞭望台下来之后，梅尔回到自己的车上。在梅尔离开前，他看到这些菲律宾士兵们摇着步枪，瞄准盘旋在海上的敌军飞机，而敌机"像老鹰一样，慢慢捕捉着猎物"。

在这些日子里，梅尔每天直接通过电报更新战况，描述他见证到的菲律宾人的顽强抵抗和各种英勇事迹。不管采用何种形式，他总是坚持传达一个信息：菲律宾需要美国的支持，驻扎在此的美军需要增援。正如梅尔向哈尔伯德所做的报告一样：

> 换句话说，菲律宾之战就是美国在太平洋战场上优柔寡断的体现。很显然，日军针对菲律宾之战所做的军事准备十分充分。但几周的回旋余地使得我们能够积蓄空军力量，来面对现在的局面……前线的大声呼叫声和后方的欢呼声，以及飞机的补给给我们以力量，使我们能终止敌人的暴行。

在日军一波又一波的袭击中，两周的时间缓慢而又艰难地过去了，整个马尼拉充满了恐惧和谩骂。

"两周之后的马尼拉湾，太阳照常升起，夕阳照旧落下，但一切都变了。"在夏令时被废止之后，梅尔在一封晚间急件中写道。夜间停电、人们的厌战情绪成为马尼拉的明显变化。

"曾经，马尼拉作为佛罗里达的度假胜地，男人穿着雪白的鲨皮呢，女人衣着华丽，"梅尔在12月18日的急件中报道，"如今，男人穿着花纹套装；

女人身穿便装长裤,头发随意梳理。记者们早已抛弃了外套和领带,穿制服已经司空见惯。"

在菲律宾,号称"人民军队"的组织逐渐成形。店主们用45英寸口径的手枪武装自己以便自我防卫。女人们穿上红十字会的制服,每个人都戴着防毒面具。战争刚开始的几天,人们的恐惧心理占据主流,但这种恐惧渐渐被日常准备工作驱散。妇女和儿童开始搬入旅馆和其他带有避难所的建筑物中,马车带着疏散人员到郊区,暴利行业也趋于平稳。

随着马尼拉的前景逐渐明晰,梅尔和安娜莉越来越不愿意留下来了。白天,轰炸机隐约可见;夜晚,特别是对于生平第一次上战场的菲律宾卫队和武装士兵来说,一丁点声响和光线都会引发他们的恐慌。正如梅尔在一份报告里说的那样,居民们都很恐慌,但他们都对美军前来营救怀有希望:

马尼拉的夜晚如同战场一样,一个个影子仿佛都在进行激烈的斗争。黑暗之中,电灯神秘地一闪,上百发子弹随之发出……在晚上,你如果出去的话,没遇到半打子弹飞溅是不可能的。无论是在酒吧工作的人、在红十字会24小时工作的人,还是守卫桥梁的工作人员,大家都期盼着同样的事——护卫队尽快抵达,美国舰队尽快从南方赶来。

但由于"欧洲优先"政策的实施,在太平洋战场,防御中心集中在澳大利亚,大洋对岸没有援兵赶来。12月8日,日军不仅偷袭了夏威夷与菲律宾,还轰炸了香港与新加坡,此外,还侵略了马来半岛与泰国。在上海,日本侵占了公共租界,上海这个自由城邦也随之幻灭。

* * *

1941年的圣诞节,是梅尔度过的第三个没有同家人团聚的圣诞节,但好在这一年他有安娜莉以及同行一同享受节日的气氛。

圣诞节静静地到来了。这天早上,卡尔和雪莉来湾景拜访了雅各布夫妇,四个人围着房间内书桌上的一棵小树,一起拆礼物。

圣诞夜,他们四个走到街上,一起去了克拉克·李下榻的华丽的马尼拉大酒店。前一夜,麦克阿瑟也住在这家酒店里。在会客室里,雅各布一家与麦当斯一家会见了克拉克和出版社的其他成员,他们共进了丰盛的节日晚餐,一同享用了火鸡与香槟。

克拉克与梅尔在仁牙因分别后,梅尔回来了,他则继续前行,在吕宋岛独自进行新闻报道。在吕宋岛前线度过了4天,这才刚刚回到后方。在这4天中,记者们需要躲在沟渠中,以防轰炸机的俯冲袭击。之后克拉克发现自己被困在了一场战火中,在枪林弹雨中,他放弃了自己的汽车,徒步登上了一座陡峭的悬崖。一整夜,他都和土著伊戈罗特人待在一起,他越过错综复杂的丛林小径,勉强躲过了所有的地雷,终于回到了马尼拉。而现在,克拉克又在计划着另一场危险之旅。

圣诞节晚餐过后,梅尔通讯社的同事罗素·布莱恩(Russell Brines)邀请安娜莉跳舞,克拉克则把梅尔拉到一边,提醒他最好带着安娜莉尽快离开马尼拉。日军正在逼近马尼拉,等日军到达后,对记者来说马尼拉绝不是一个安全的地方。美军已经转移到了巴丹半岛——西北部丛林覆盖的半岛,以及科雷吉多尔岛——用于军事防御的岛屿,马尼拉湾口,已被当作指挥中心。

在重庆时,面对紧张的战争氛围,梅尔清楚地知道战争的危险,但他的表现算得上很从容了。空袭带来的危险,尽管十分可怕,但因为夜晚有灯光,有敌机侦察员的有效侦察,加上轰炸的频率较有规律,所以是可以预测的。当时,他经常去信给母亲,叫她不要担心。而在马尼拉,梅尔现在面临的风险比从前要大得多。马尼拉日夜不停地遭到炸弹袭击,但是最大的危险不是来自上空,而是整个地区弥漫着黑云压城的危险气息,让人感觉日军随时可能攻城而入,扫荡大街小巷。这种威胁带着一丝与以往不同的意味。

* * *

"战争的炮火曾一波又一波地投向中国和印度的领土。如今美国也遭受同样的命运,这一次,美国不可能再以中立者的身份袖手旁观,这一次,也是第一次,美国要学着去承受、去面对。"梅尔写道。

就在圣诞节的后一天,菲律宾首都马尼拉失守,麦克阿瑟宣布马尼拉为"不设防城市"。他希望这么做能够使马尼拉免于像中国和欧洲那样遭受暴力和破坏。麦克阿瑟试图通过《不设防城市宣言》减少平民的伤亡,他通过广播、报纸头条和建筑之间的横幅,宣告美国不再为掌控这座首都而战。但日军或是忽略了这一信号,或是有意无视,总之,炸弹依旧从印有太阳旗的飞机上不断抛出。

"夜晚,马尼拉的大街上不再有身着制服的士兵,不再有坦克、军队卡车、军事警察,"梅尔写道,"与在重庆相似,日本轰炸机飞来飞去,像在试飞一样,他们没有同其他防空部队会合,而是在城市上空平稳地交叉盘旋,选择目标。"

"军队士气不断下降,但菲律宾居民却比美国人表现得更为勇敢。首都沦陷了,许多菲律宾人气愤至极,想要奋起反击。"梅尔报道。但随着日军对吕宋岛的控制越来越紧,近300万菲律宾居民逃离家园,躲入吕宋岛的崇山峻岭,在茂密的丛林中寻找避难之所。

同时,成千上万为美国公司与政府部门工作的外国人也被留在了马尼拉。这个国家最后的掌权人是弗朗西斯·B.塞尔(Francis B. Sayre),而不是最近当选的总统曼努埃尔·奎松。但不管是塞尔还是奎松,抑或是他们的家人,都逃到科雷吉多尔岛上避难,只留下克劳德·巴斯(Claude Buss)作为高级专员办公室的唯一代表。

美方代表多次与巴斯开会,愤怒地要求巴斯把他们的妻儿都撤到科雷吉多尔岛(Corregidor)上,却被告知岛上缺乏足够的床铺和必需品。市民们大声喧闹,坚持通过武装自救来抵抗日军入侵,但每次巴斯都告诉他们回家收拾行李,万一被日军关进了集中营,也好有个准备,巴斯还让他们"耐心等下去"。

记者们暂时被稳住了,但他们依然十分焦虑。在麦克阿瑟从马尼拉撤退的那一天，包括梅尔在内的 5 个主要记者——每一个都代表着一家主流新闻媒体——被邀请到科雷吉多尔岛上带着对美军的祝愿继续进行新闻报道。但军队不允许记者们携带家人，没有一个记者同意抛弃自己的妻儿，至少梅尔不愿再一次离开安娜莉。他们需要另一个方案。

战争前夕，帕西格河两岸的船只尚且能够当作避难船使用。但在 12 月 8 日之后，大部分船只都被敌军炸毁，剩下的也都被美军破坏或征用。

"在马尼拉的最后两周，情况糟到极点，"安娜莉写道，"日军不断逼近，我们都知道，如果梅尔被抓，他可能会牺牲，而我们想出的逃跑方法又都不可行。"

日本人知道梅尔之前与中国政府的关系，毫无疑问，他们也了解梅尔之前对日本的负面报道。梅尔的图片报道和文字叙述都揭露了日军对重庆造成无数伤亡的令人发指的行为。一年前，梅尔在海防被捕已经使美日关系处于紧张状态。1941 年上半年，梅尔被抓捕后在《亚洲杂志》上发表了一篇强烈谴责日军行径的报道，直指日本入侵中南半岛和干预大陆其他国家的内部事务。

梅尔十分肯定，如果日本人有黑名单的话，自己的名字十有八九出现在这上面。安娜莉的名字也很有可能在上面，因为她是蒋夫人演讲稿的撰写人，更不用说她和梅尔之间的关系了。同其他滞留在马尼拉的美国人一样，雅各布一家不能指望美国政府了，他们也十分清楚，如果被抓，他们就会性命不保。

"在中国的日子让我们明白了日本黑名单的含义。"梅尔写道。

黑名单之类的传言在记者中流传开来，梅尔与安娜莉都不相信敌人会因为他们记者的身份而网开一面。事实上，在偷袭珍珠港之前，日本驻菲大使就曾针对梅尔的报道发出带有威胁意味的警告。

* * *

梅尔、安娜莉、克拉克·李和其他留在马尼拉的记者除报道菲律宾的战事外，便一起商量逃走的策略。梅尔和克拉克曾想过，走陆路逃去巴丹半岛，但他们很快意识到这是不可能的。因为马尼拉的公共汽车都被军方用来进行大规模军队调整，通向巴丹半岛的道路因此拥挤不堪。而一旦道路畅通了，日军就会立即炸掉从马尼拉通向巴丹半岛的桥梁。

雅各布一家曾有机会乘坐一艘开往东印度群岛的英国货船离开马尼拉，但这艘货船在他们准备出发的前一天晚上被炸毁。（不过，日本偷袭珍珠港后迅速征服了东印度群岛、马来半岛和新加坡，逃到东印度群岛也就没什么意义了。）

后来，安娜莉和梅尔还有机会同克拉克、雪莉·麦当斯通过另一艘船逃走。麦克阿瑟将军曾经答应让他们四人登上麦克坦号——一艘开往澳大利亚的医务船，但他们收拾完行李登上汽车后，美国国务院发出电报，禁止美国人登船，如果他们上船的话，麦克坦号会解除由《海牙公约》所赋予的保护状态。在起航之前，来自中立国瑞士的领事甚至对麦克坦号进行检查，以确保红十字会遵守这些国际准则。麦当斯和雅各布一家陷入了困境。

当然，《时代》周刊也希望帮助他们逃脱，亨利·卢斯也加入了他们的逃跑计划中。圣诞节后的一天，卢斯给梅尔发了一封电报，大概内容是：如果可能的话，《时代》周刊需要记者们离开马尼拉，但行动之前，卢斯建议他们考虑自己的安全，以及未来是否有能力继续进行新闻报道工作。

"为你们所做出的成就喝彩，"卢斯12月26日的电报结尾写道，"我们期待着你们在太平洋战区各个领域做出更大的成就。"

* * *

在珍珠港事件发生之前，梅尔与迪川木材公司的代表是朋友关系。这个公司由已故的中菲混血、商业大亨迪川建立，他曾为国民党提供抗日资金，也曾在菲律宾帮忙组织抵制日货等抵制活动。在迪川过世之后，其子接管了这家公司，并保留了父亲的名字。

战争开始后3个星期，梅尔与迪川木材公司代表取得了联系。他们一起搜寻马尼拉海滨和帕西格河附近的船只，以期乘船离开菲律宾。在帕西格河上他们发现了一艘停泊的货船，帕西格河位于杜威大道北部，流经一个外国人的高尔夫球场，穿过城墙林立的城市，最后涌入马尼拉湾。这艘货船也许能够航行2000英里，带他们从马尼拉到达澳大利亚。梅尔和安娜莉设想登上这艘船，船上装载的食物、燃料充足。

"当时我十分害怕，既担心被抓到，又担心遇到在马尼拉境外的日本舰队。"梅尔告诉《时代》周刊的编辑，"我告诉了卡尔和雪莉，但他们不想同我们一起走。"

卡尔和雪莉是雅各布一家在马尼拉最亲近的朋友。梅尔很敬重卡尔，同样，安娜莉也受到了卡尔夫妇的激励。但这两对夫妇都不知道美菲军队正计划着大规模调整，准备前往科雷吉多尔岛、巴丹半岛。梅尔安排好了货船，一周后，他和安娜莉决定逃跑，但梅尔后来却发现这艘货船由美军撤退人员掌管。没有了船只，记者们似乎又将继续滞留在马尼拉。

海上逃生相当危险，鉴于美国海军在水下大量布置水雷，任何船只如果没有熟悉水雷位置的专家导航，都注定要失败。水中满是被炸毁或破坏后的船只，它们有的沉于波浪之下，有的堆积在港口。而陆地逃生的希望更是渺茫。

"直到除夕夜，我们才知道巴丹半岛部队调遣的事，"安娜莉在之后接受哥伦比亚广播公司比尔·邓恩（Bill Dunn）采访时说，"那一夜随着日军巡逻队的靠近，城市周围的桥梁全部被炸毁。"

逃生希望渺茫，在马尼拉的大部分记者决定留在这座城市，尽管被日本占领的局面隐约可见。对许多人来说，与其试图越过危机四伏的大海，或穿过埋伏有狙击手、陷阱等危险的丛林寻找生路，不如选择被拘留。一些记者甚至认为，新闻工作者留了下来，日本也许会为了缓和冲突，不杀掉他们，而是把他们软禁在湾景。

还有人并不认为日军在抓捕记者后会对他们心慈手软。4年前，日军占领南京时，他们的野蛮行径残暴到令人发指，超过了第二次世界大战中所有其他的恐怖罪行。短短三周，恐怖笼罩了南京，成千上万的平民被屠杀，妇女被奸淫。部分外国记者团从认识的好友口中了解到了日本人残暴的本质，而那些朋友则在重庆目睹了"南京大屠杀"的发生。

雅各布一家和麦当斯一家以及其他在湾景的记者们是蒂尔曼·德丁（Tillman Durdin）的朋友，德丁是当时《纽约时报》驻南京的记者，他们不愿去想马尼拉是否会遭遇南京曾遭遇的悲惨命运。

* * *

随着1942年新年的到来，日军离马尼拉也只有一箭之遥。修·凯西将军（General Hugh Casey）的工程师是留在马尼拉的最后一批人，他们负责摧毁美国军队撤退后留下的任何有价值的东西，最先摧毁的是美国无线电公司（RCA）的无线电传输设施。

"那天早晨，马尼拉到处都在进行摧毁工作，"梅尔写道，"桥梁、收音机、仓库全部被摧毁，传到人们耳朵里的声音都像是轰炸声，人们都拥挤到了大街上。"

带着对未知命运的担心，滞留在马尼拉的所有记者都挤到了梅尔和安娜莉在湾景六层的房间中，32个记者挤在狭小的空间里，讨论如果逃生，会有什么好处；如果被抓获或软禁，又将会发生什么。

克拉克·李坚决表示不想坐以待毙，他决定奋力一搏。

"我要脱离他们的掌控，哪怕只是晚几个小时被掌控，也是好的。"克拉克说。

几天里，克拉克和梅尔已经仔细研究了菲律宾的地图并及时评估日本军队最新的位置，以便制订可能的逃跑方案，随后，他们自己又否定了提出的十几种先前认为可能的方案。到了午夜时分，随着日军的逼近，梅尔想出了一个新的逃跑计划。

大部分美军以及车辆都聚集在巴丹半岛，也许雅各布一家能够设法跑到巴丹半岛，然后尝试在那里找到另一个船，再和想要加入的记者们冒着危险从菲律宾一同跑到盟军领土。

"最后,我们决定(译者注:原文为we'e)去巴丹半岛时,根本没想出任何可行方案,"安娜莉写道,"我们只想着,在黑暗面前,总会有一线生机,帮助我们在末日之前逃出。"

屋内的谈话还在进行,梅尔正在海滨搜寻是否有船只的痕迹。码头上一片混乱,抢劫者在搜刮仓库,为数不多的美国陆军和海军部队在破坏油箱和其他关键设施。日本军队还要一个早上才会到达,虽然梅尔确信他已经看到一些便衣侦探在人群中骑着自行车。

在人群中细细观察,梅尔发现了之前认识的两个美国商人,威廉·黑斯廷斯船长(Captain William Hastings)和切特·犹大(Captain Chet Judah),他们的岛际小船弗洛西塔号就在附近。美国陆军运输服务部门(ATS)曾经征用这艘小船,将其他船只拖出帕西格河,以吸引炸弹投向远离城市的方向。现在,装满弹药和其他必需品的船准备开往巴丹半岛(Bataan),这艘船的主人是迪川木材公司,这是除了麦克坦号之外留在马尼拉的最后一艘船。

梅尔告诉黑斯廷斯,无论是他、他的妻子,还是克拉克·李都觉得待在马尼拉不安全。把货物运到巴丹半岛后,黑斯廷斯和犹大做好了应对日本越来越严密的封锁的准备,他们也许会带上其他人,黑斯廷斯告诉梅尔保持电话畅通,一旦时机到来,他会通过电话联系。

离开码头之后,梅尔赶紧跑离港口,沿着杜威大道回到湾景把消息告诉大家。挤在房间里的记者们还在就是否逃跑的话题争论不休。一些人仍旧认为,如果他们能够团结在一起,就能得到日本人公正的对待,或者能够得到前往巴丹半岛的机会。

但是没有人知道在半岛上,美菲士兵也在与日军奋力抗争。许多记者认为前往巴丹半岛是在冒不必要的危险,一些人猜测巴丹半岛乃至整个菲律宾将在不超过一周的时间里战败,其他乐观的人则认为美军能够坚持一周多时间。

"多出一周总比坐以待毙要好,尤其是日军手里还有那份黑名单。"梅尔写道。但是大家都觉得美军在巴丹半岛坚持不了多久,这也就意味着冒着巨大危险的逃亡很可能没有任何意义。

回到旅馆后,梅尔告诉了大家关于弗洛西塔号的事情。

"我们准备越过封锁线,"梅尔对同事们说,"我、安娜莉、克拉克,我们三个人。"

其他记者没有接受梅尔和安娜莉的邀请,卡尔和雪莉·麦当斯之前还计划乘船逃走,现在也拒绝了梅尔的提议。尽管他们中间有过动摇,但最终雅各布一家也没能改变他们的想法。

"卡尔和雪莉决定留下,希望在经过两三年的集中营生活后能够幸存下来,"安娜莉写道,稍后又加了一句,麦当斯一家还在劝说他们留下,"我们肯定会被杀,但我们确信,不论怎么做,梅尔最终都会被杀死。"

在湾景酒店里没有一位记者能轻而易举地做出决定。是逃走还是留下,这个问题一直在麦当斯和雅各布夫妇脑海中挥之不去。在记叙了"二战"情况的所有女记者的历史文献中,作者南希·考德威尔·索列尔(Nancy Caldwell Sorel)详细分析了那个可怕的黑夜中四个人的内心想法:

> 当危险降临时,即便危险已十分显而易见,即便还有逃离的机会,人们也不愿离开。尤其对于记者来说,报道与荣耀属于最终留下来的人。卡尔和梅尔都没有严肃地考虑过离开马尼拉,即使留下来意味着等待被捕。尽管史密斯(Smith)和惠特摩尔(Whitmore)都催促他们正值青春的女儿回家,而他们的女儿,作为记者的妻子,是不会考虑回来的。因为她们都经历了强烈的浪漫情感,婚姻让她们无惧危险,对自己丈夫深深的爱也让她们决不退缩。

一起经历了这么多,梅尔曾痛恨有人提出的把安娜莉抛弃的想法,但现在他意识到,"出逃将是一场十分辛苦的旅程"。

最终,在32名记者中,除了梅尔、安娜莉和克拉克之外都选择了留下。[后来合众社的弗兰克·休利特(Frank Hewlett)发现了一辆雪弗莱,他同

《纽约时报》的弗洛伊德（Floyd）以及路透社的柯蒂斯（Curtis）一起开车前往巴丹半岛，他们在工程师毁坏所有桥梁之前成功出逃了]留下的人都同亲人团聚在一起，然后返回雅各布和麦当斯的房间支起小床。

那天下午，梅尔离开码头找船时，克拉克·李居然又回到马尼拉酒店，到理发店理了发，这是他在马尼拉的最后一次理发。他还去了由亲友举办的除夕晚宴，并且到过如今空无一人的远东军总部，询问是否还有任何逃离计划。

* * *

尽管克拉克离开了，梅尔和安娜莉还在做着最后的准备。早在圣诞节，雅各布夫妇就已经收拾好背包，以便随时离开。房间里只有照相机，普通但十分耐穿的服装。收拾房间的过程很令人心碎，他们不得不留下奢华的结婚礼物，这些礼物有的是蒋夫人和她的姐妹以及中国的其他一些社会名流所送，有的则是夫妻二人的密友所赠。竹子、银花瓶、绣缎毯子，这对他们来说，都是无价的礼物，但是他们根本无法将这些礼物带走。

因为他们的行程具有不确定性，时间也有不确定性，所以他们那有限的行李就显得十分重要，这或许关系到他们未来一段时间的生存。因此他们在行李中除了装下自己的衣服外，几乎是塞满了罐头食品。

除此之外，梅尔还放弃了摄影设备，以及存入马尼拉银行的数百美元。在这些放弃的其他东西中，大部分是家里人给他们的结婚礼物，然后便是笔记，这些笔记数量有600张打印纸那么多。梅尔的笔记记录了这三年来大量的报道，记录了这些年他从中国到东南亚，最后到马尼拉酒店房间外所发生的犹如末日般的场景，这些笔记都是梅尔所到之处的见证，包括通过解剖中国政治经济环境所记录的每一个细节，所准备的每一个军事战略分析，找到的各种资料，甚至包括在珍珠港事件前他收集的美国和菲律宾备战的机密，大部分资料都显示了美军在菲律宾战争中准备不足。

如果笔记不能带走，就必须毁掉。

梅尔和安娜莉走到酒店房间的小浴室，试图在厕所和水池毁掉笔记。此时，一束绿光透过挂着窗帘的窗户，照在这对夫妇身上。房间里满是烟雾。而楼下，麦当斯夫妇也在忙着销毁笔记。日本军队逼近马尼拉的流言越来越急迫，最新消息称，敌人目前在梅尔和安娜莉之前度蜜月的小镇，到达首都马尼拉只要两小时。

梅尔来到卡尔的房间，继续销毁笔记，然后他们决定把笔记扔进酒店的烧炉。另一个留在马尼拉的记者洛伊尔后来在文章中写道："这是一个十分危险的决定，在日军占领马尼拉前，任何人烧毁文件时被发现，都有可能被怀疑为间谍正在烧毁证据。"然而，梅尔和卡尔还是决定冒险一试。梅尔跑上楼，把笔记塞到枕套中，然后又跑下楼，一声不吭地同卡尔来到地下室。

炉室的门是锁着的，梅尔就用肩膀撞门。最后，门被他们撞开了，地下室中回响着门被撞开的声音，他们匆忙穿过凌乱的储藏室，发现了一个正在燃烧的炉子。梅尔把枕套垫在手下去抓门把手，以防手被烫伤，门被关上了。然后，两人相视无言，将他们的笔记扔进火焰中。

* * *

生活中充满太多变数，在某种程度上，梅尔的人生同历史重合到了一起。但现在，他和卡尔所经历的一切都被浓缩到了6层的这个空间狭窄、烟雾弥漫的浴室以及这间高温地下室里。在这个沉闷的空间里，只有炉火还在熊熊燃烧。这是一份详细地记录了他们经历的笔记，卡尔不忍心看他数月的努力全都付之一炬。梅尔已经开始考虑写一本关于中国的书，但至此他成年之后大部分的工作成果都毁于一旦。

他们都没有说话，各自回到了房间中，即使他们确信所有的笔记都已被销毁，但这一情形仍让人十分不舒服。其他人发现了他们已经回来，但没有人解释沉默的原因。

在之后的生活中，每当回忆起这一时刻，他们的脑海中总是阴云密布，没有任何欢乐能冲散这段记忆。那时，梅尔与卡尔结识已将近两年了，他们曾经亲密到共享一个散兵坑或者卧室，但那天晚上的地下室感觉更像是一个犯罪现场。

* * *

回到楼上，梅尔叫住克拉克，让他回到湾景，以防黑斯廷斯船长和犹大出现在那里时联系不上他。克拉克回到湾景时，三人再次试图说服麦当斯一家加入逃脱计划，但麦当斯仍然拒绝了，争论愈演愈烈。突然，仿佛是有什么要故意打破争论一样，一道闪电照亮了房间，黑夜犹如白昼，窗户剧烈震荡，巨大的黑色烟雾向天空北部延伸。刚刚离开的美国军队炸毁了帕西格河对岸的中央汽油储备。"安娜莉添了几个形容词，"克拉克写道，"她气喘吁吁地说'惊人、巨大、可怕、宏伟、压倒性的'。"意识到这可能是几个朋友在一起的最后一个晚上，他们共度了一段时光，记者们决定为离别举杯，不幸的是，他们找不到任何酒。安娜莉和雪莉倒掉了所有的酒，因为听说日本士兵喝酒后会越加"狂暴"，想到日军的残暴，她们感到胆战心惊。雅各布夫妇没有喝酒，只是与同事坐在漆黑的房间，看着马尼拉毁于一旦，沦陷在一片火光中。

在晚上10点30分，酒店房间传来的尖锐的电话铃声，打破了寂静，黑斯廷斯船长和犹大就在楼下，弗洛西塔号准备好了。如果他们想要离开马尼拉，现在马上走，不能再等了。

随着船长的汽车从混乱不堪的杜威大道加速穿过，开往马尼拉酒店旁边的七号码头，天空中燃烧的灰烬弥漫开来。车辆刚刚到达，记者和水手就赶紧从车中下来，跑向弗洛西塔号，小船的船员已经开动引擎，准备出发。火焰从烧毁的仓库向外蔓延，远处，多余的燃料储备全部被破坏，爆炸声有如雷鸣，在那一刻响彻天际。

克拉克先登上了船，梅尔和安娜莉手牵手紧随其后。

船出发驶入马尼拉湾之前，他们跳上了船。这艘经历十年风雨、重达364吨的货船刚刚出发，几名美国士兵就在码头上点燃炸弹，码头瞬间灰飞烟灭了。火花在弗洛西塔号甲板上飞溅，小船在这片危险的水域之中穿梭。透过火光，记者们看到最后一批菲律宾人在逃离前，竭力把仓库中能拿走的东西都抢了过来。梅尔、安娜莉和克拉克站在甲板上，月亮的光芒和城市中的火光照亮了他们的脸，从这一风雨飘摇的国家传来的刺耳的爆炸声渐渐远去，这片黑暗的水域出奇地安静。他们距离安全还很远。

但克拉克依然很乐观。

"不久之后我们就可以在西印度群岛吃好东西了。"他这样告诉朋友们。

船在马尼拉湾中部黑暗的桥下颠簸行驶，新年也许已经到来，但没有香槟来庆祝这一时刻，唯一能找到的就是船员自己做的一瓶苹果白兰地。瓶子在记者和船员们之间传递，大家彼此筋疲力尽地道一声"新年快乐"，也算是一种庆祝了。

"马尼拉码头传出了几缕烟，跳动着的半英尺火苗发出微弱的光，光亮太弱，我们几乎看不清周围人的脸。"梅尔写道。

他们仍旧不知道自己要去向何方：是巴丹半岛的丛林还是行政首长的堡垒？但不管选择哪条路，都意味着穿过雷区。他们知道，如果他们试图逃到开放海域，那里就会有日本海军伺机等候。现在，他们的命运掌握在船长黑斯廷斯手中，水手们觉得哪里安全，他们就去哪里。

下篇

第十章　步入黑暗中

新年的脚步渐渐走进，菲律宾马尼拉湾的战火越烧越猛，几乎要冲破天际。"弗洛西塔"号停泊在距离马尼拉26千米的一道海峡中。海峡的一侧是丛林密布的半岛，另一侧则是一座怪石嶙峋的岛屿。睡在甲板上的梅尔、安娜莉和克拉克三人从空袭的警报声中惊醒，旧年已去，迎来的是1942年。

"弗洛西塔"号的南边是重岩叠嶂的科雷吉多尔岛，镇守着四周的海域。船的北边是马里韦莱斯山，山上长满了郁郁葱葱的棕榈树和榕树，绵延至地平线的尽头，遍布整个巴丹半岛。

科雷吉多尔岛形如一颗拖着抛物线尾巴的彗星。岛的前端形状如同彗星的头部，是地势较高的平原，上面设有高射炮炮台、兵营、阅兵场及其他设施。两天前，岛上开始遭到接连不断的空袭，大部分设施在空袭中被炮火炸毁。岛中部的形状就好像彗星头部下端，这里驻扎着更多的兵营，部队医院也曾经坐落于此。后来，为了躲避日军的空袭，医院将设备都转移到了马林塔山下的大型隧道群里。马林塔山是一座石灰岩山，也是岛屿中部与尾部的分界。翻过马林塔山是岛屿狭长的尾部，长2.5千米，这里有小型飞机场、海军广播设备和一些军官的住所。整个岛的底部与海平面齐平，连接着岛屿的头部与尾部，底部的北面是三个码头和一个发电站，还有一个面积不大的区域，那里住着一些在岛上工作的平民。

与科雷吉多尔岛隔海相望的是美丽的巴丹半岛，从位于科雷吉多尔岛岛头的一座炮台——格拉布斯炮台远远望去，只见巴丹半岛上的马里韦莱斯山缓缓绵延至中国南海，日落时分，夕阳泛着粉橙渐变的柔光，描绘出一幅几近浪漫的远景图画。在巴丹半岛的最南端，波卡尼塔山口裸露着嵯峨的怪石，而在山口西部修女岛上则密布着尖锐无比的三角形石头，景象奇特而瑰丽，绝不亚于印在明信片上的风景照。马里韦莱斯山的岩浆房早已停止火山活动，山上树木葱茏，一片生机。但在开战后的四周里，炮火像岩浆一样，在漫山遍野的黄金檀、坡垒木、桉树、龙脑香树的树冠下此起彼伏。

"弗洛西塔"号停泊在岛屿海拔最低的北码头时，天空仍然一片漆黑。北码头是装货码头，聚集了前往巴丹半岛的各类交通工具，自然就成了日军轰炸的目标。船长犹大和黑斯廷斯本打算前往巴丹半岛运输军火，但没能成功。这意味着梅尔、安娜莉和克拉克三人必须抓紧时间采取行动了，他们绝不能大白天暴露在开放海域。岛上靠近科雷吉多尔岛北部的部分已被敌军包围，一有飞机靠近，必定会成为最先被轰炸的目标。

几个星期前，有人多次提出让他们一行人尽快转移到科雷吉多尔岛，梅尔都拒绝了。如今，科雷吉多尔岛虽然也可能成为敌人的目标，但它距离巴丹半岛很近，而且岛上的多处防御工事可以为他们提供避难之所。到了科雷吉多尔岛，他们可以日后再商讨如何利用隧道回到巴丹半岛，因为巴丹半岛才是真正的战场，也是新闻真正发生的地方。眼下，要紧的是平安度过白天。

白天不急不缓地来临，天空一片澄澈，朝阳冉冉升起。梅尔等三人费力展开船上唯一的救生艇，小艇脱离了大船，三人就划着小艇向北码头靠近。途中，小艇进了水，差点沉没，但他们还是抵达了北码头。远处有飞机逼近。

"我们匆忙上岸，拼了命跑向一处防空壕。一小时后，我们从防空壕出来，就即刻被捕了。"安娜莉写道。

逮捕他们的美国军事警察说，科雷吉多尔岛全岛设防，任何人不得擅入。

正当他们三人跟军事警察理论时，又一波空袭警报拉响。军事警察和他们三人都赶忙爬进防空壕中。大家都在等待，等着如雨般投下的炸弹带来的"砰砰"巨响与震荡最终的平息。然而整整一天，日军飞机都在连番轰炸科雷吉多尔岛，他们只能一直身处炮火的震荡中。接下来的一周，他们都会熟悉这种震荡，因为空袭将会继续下去。

* * *

1941年12月29日，日军开始对科雷吉多尔岛进行空中包围，并在1942年新年前夜恢复对此岛的轰炸，轰炸一直持续到1942年1月6日。随后，日军暂时将注意力转移到了在巴丹半岛上集结的美军部队。

"那是我们登岛第一天的经历。"梅尔写道。

登岛的前一晚，梅尔还在海景湾时，曾给道格拉斯·麦克阿瑟将军的新闻助理迪勒中校打电话，讨论他搭乘"弗洛西塔"号撤退的计划。迪勒对梅尔说，自己"确切来说不能阻止"他和安娜莉来巴丹半岛，也就暗示了麦克阿瑟与他的属下不会阻止梅尔他们登岛。

梅尔写道："迪勒告诉我，麦克阿瑟将军清楚我与日本人势不两立，也百分之百理解支持。"

可是，逮捕他们的军事警察一开始并没有对他们从轻处置。相反，他们高度怀疑梅尔三人突然上岛的动机。毕竟，"在军事警察手册里，没有任何一条允许两名平民男性和一名平民女性在战时进入军事区域"。

比起太平洋其他的西方殖民地，菲律宾对美国的殖民统治并不抵触，但也绝不是全然接受。同亚太地区其他地方一样，菲律宾上下遍布国内外的间谍。岛内许多组织都有与日本帝国勾结的嫌疑，其中一支比较庞大的组织是贝尼尼奥·拉莫斯领导的反美组织——完全党，该党的前身是萨达利斯塔党。20世纪30年代早期，该党曾参与菲律宾独立运动，运动失败后，拉莫斯逃离菲律宾。日本侵略菲律宾时，拉莫斯又重新回到了菲律宾。众所周知，如今拉莫斯的追随者正在剔除全菲律宾的抗日力量，还协助日本军队，因为日本提出的大东亚共荣圈计划把美国人赶出亚洲,这对完全党人很有吸引力。

日本人移民菲律宾已有数十年的历史,许多美国人怀疑其中的一些移民已提前知晓空袭的事情。根据克拉克的报道,一些日本平民收拾好了行李,随时等着美国大兵来拘捕他们。在克拉克看来,这些迹象表明在战争开始前,这些日本平民就已经知道要做好准备,等着美国大兵来找他们。另一种说法是,天主教在菲律宾占主导地位,所以岛内的很多德国和西班牙牧师很有可能是日军间谍:一来德国和日本同为轴心国;二来西班牙虽然对外宣称中立,但却为其反共产国际协定的盟友提供补给,并且西班牙的弗朗西斯科·弗朗哥(Francisco Franco)政府与天主教教堂过从甚密。

与日本勾结的人被指控向日本轰炸机透露轰炸价值极高的目标、破坏美菲补给,并且散播政治宣传。军事警察当然不可能怀疑梅尔、克拉克和安娜莉三人会做出这种事,但科雷吉多尔岛连续三周遭受轰炸,岛上人心惶惶。不管是什么人毫无预兆地出现在岛上,都至少要盘问一番。

菲律宾岛上疑云重重,科雷吉多尔岛和巴丹半岛也千疮百孔,不堪战争重负。原先派驻菲律宾的美国高级文官、武官都已转移至科雷吉多尔岛。就连他们也在向华盛顿方面申请加派物资车队及增援部队,以支援被敌军围困的军队。冲突爆发前提出的橙色-3战争计划要求美国为巴干岛上4.3万名士兵提供6个月的补给,并向科雷吉加多岛增派1万名后备兵力。马尼拉沦陷前,美国陆军军需兵已经通过驳船和陆上交通,进行了一次大型军事补给行动。

截至1月,巴丹半岛上有大约83000名士兵,比原先增加了一倍。除此之外,还有12000人在科雷吉多尔岛上。"弗洛西塔"号到达科雷吉多尔岛时,士兵的数量可能比一月前略少一些,因为美国部队被一步步逼出巴丹半岛后,军事人员都逐渐撤到了科雷吉多加岛上。除了军粮、伤员、士兵的疫苗接种等问题外,美国的部队指挥官还要考虑散落在巴丹半岛各处21000个平民的需求。即便是在最乐观的情况下,补给如此庞大的人口也是难如登天,更何况目前的局势完全谈不上乐观。

在这种局势下,美国很难再向科雷吉多尔岛多提供3个月的供给;同时,地下开凿的幽闭隧道也无力再容纳3倍的人口。岛上的避难处虽然比较宽敞,但也会人满为患,因为地上建造的军营和军官宿舍已经变成了敌军的轰炸目标,而沿着地下隧道一侧的水泥墙脚还靠着的1000多张医院病床,要容纳众多受伤患病的士兵。

空袭此起彼伏,梅尔一行三人用了数个小时,寻找认识他们的高级军官替他们做担保。在不断进出隧道的人群中,他们三人见到了一些熟悉的面孔,还好他们运气不错,有人认出了他们。

梅尔写道:"科雷吉多尔岛上到处都是人,许多人看上去很眼熟,而且大多数人都是一脸和善。岛上的士兵和军官见到从岛外来的人,似乎都很高兴。"

在熟人的帮助下,梅尔找到了迪勒中校,说他们三个本来打算去巴丹半岛,但那天早晨碰上了逼近的日军轰炸机,只好搭着小船来到了科雷吉多尔岛。他们本可以搭乘下一班轮船离岛,但又想知道能不能使用他们在马尼拉分配到的货船,那条船当时被留在了帕西格河。为此,迪勒和梅尔三人一整天都在四处打听。

所有人都忙着一趟趟进出避难之所,不知不觉天就黑了。梅尔三人只能睡在一个站台上,不过没人再怀疑他们是入侵者,也不觉得他们碍事。在岛上,他们受到了军官和士兵的热烈欢迎。

梅尔写道:"当天晚上,十几个士兵笑着走过来,说可以领我们去洗澡,还带了不加苏打的威士忌。"

"第二天一早,有个士兵坐在我们身边,等着我们醒过来,问要不要喝咖啡。还有个附近炊事班的厨子邀请我们去吃早饭。当时,一天三顿饭还是有保障的。"

他们的慷慨大方,梅尔三人会一直铭记于心,因为接下来的4个月,敌人包围了科雷吉多尔岛和巴丹半岛,物资供给愈加紧张。士兵的伙食先是变成了一天两顿,大约2000卡路里,但很多时候,连这个数量的配给也保证不了。之后，士兵们为了充饥，开始屠宰菲律宾本地一种类似水牛的动物。再后来，巴丹半岛的形势进一步恶化，供给大幅减少，骡子、马或者其他任何能找到的动物几乎都成了食物来源。

* * *

梅尔三人刚一抵达科雷吉多尔岛，驻兵就征用了他们乘坐的"弗洛西塔"号，往巴丹半岛运送补给。如今船不归他们使用，梅尔三人若想继续前进，只能另想办法。

科雷吉多尔岛到处尘土飞扬，人满为患，这里显然不是梅尔、安娜莉和克拉克的理想去处。他们三个都要工作，报道新闻、记录战事，三人还希望能到巴丹半岛的前线。他们看重的不是与新闻行业的同行争抢新闻，或是让自己的名字登上头版头条，报道战事是他们的使命。

报道战事和战场上的真人真事是梅尔三人报效祖国的最佳方式。梅尔已经多次躲过征兵，一部分原因就是觉得在太平洋战场上做新闻报道能为国家做出更大的贡献，虽然没有手握真刀真枪上战场，但打字机就是他作战的武器。

恰好，麦克阿瑟将军与梅尔想法一致。开战后的几周，麦克阿瑟的指挥就备受指责，说他应对抵御日本的袭击准备不足，导致美国远东军疲惫不堪、举步维艰。美国远东军连遭袭击，而军队领导层感受到华盛顿方面对远东战场并不重视，似乎也不怎么关注整个太平洋的战争态势。针对太平洋战场，只宣布了"橙色-3"战争计划；而美国军队整体作战计划"彩虹五号"则把重点放在了打击希特勒上，而非抗击日本。

1942年1月14日，美英领导人在华盛顿进行了为期3周的阿卡迪亚会议。这是英国首相温斯顿·丘吉尔和美国总统罗斯福自美国参战以来的第一次会晤。会上，美英两国承诺将努力推行"彩虹五号"计划，其也被称作"欧洲优先"战略。对驻守在巴丹半岛的士兵来说，这就明确表示了美国不会派遣援兵。会议刚一结束，麦克阿瑟就在自己的军队中发了一篇四段话的公

报,称部队不可能再撤退到更远的地方了。在公报的开头,他就许下了诺言,但后来一直未能兑现:

"美国派来的救援就在路上。成千上万的部队和成百上千的飞机都接到命令正在赶来。"他在公报中恳请自己的部队坚守前线,战斗到增援力量到来的那一刻。

"考验我们勇气与决心的时刻到了,"他继续说道,"逃跑只能带来毁灭;只有战斗才能拯救自己,拯救祖国。"

* * *

确实,亚洲的许多西方殖民地都迅速沦陷了,只有菲律宾在顽强抗日,尽管他们弹药不足、粮食短缺,就连没被轰炸的车辆所需的燃料也所剩无几。或许,这会是一场极具英雄主义色彩的抗争,普通士兵满怀希望,盼望增援的到来,但事实上,没有任何援兵从太平洋对岸赶来。

6名在科雷吉多尔岛上工作的记者有机会登上北美报纸的头版及主要出版物的封面,他们的报道因此成了岛上唯一能传遍整个太平洋的声音,包括大洋彼岸的美国。突然间,他们的名字出现在新闻电头,排在"美国远东军随军记者自北吕宋岛发来报道"几个字样旁边。虽然这只是个格式问题,但这一署名所承载的分量是普通读者无法体会的。

安娜莉在《自由》杂志中写道:"这一行字看起来只是在陈述事实,但却对菲律宾有着重大意义。在那里,死亡每天上演,巧克力却十分罕见;在那里,平静只是轰炸的前奏;那里与美国相距8000千米,但与马尼拉却只有一水之隔。"

克拉克特意提到人们把这里称作"太平洋",但他和他的同伴很快就明白了——"太平洋"绝不"太平"。

* * *

如今,科雷吉多尔岛成了梅尔三人的安身之所。他们获准留在岛上,并获得了军队的正式承认。但是在报道美国参战时，三人也因为军队的许可变得束手束脚。当然，军方许可让他们得到了很多机会，比如随补给队伍从北码头到巴丹半岛。在那里，梅尔夫妇亲眼目睹各种战争的恐怖场面，看到巴丹半岛已然面目全非，安娜莉说那里简直就是"人间地狱"。

* * *

根据美国战争部月末公布的一份战地手册（科雷吉多尔岛的人自然是看不到的），官方承认的记者可以随军进入战场，进行战地报道。这些记者要遵守战时审查制度、军事法及其他规定；但同时也享有极大的自由，如采访士兵、登上空间有余的军舰、使用空闲的广播或其他传输设备（但要遵守使用规定）。官方承认的记者如果受伤，享受与士兵同等的医疗待遇；如果被捕，可以享受日内瓦公约中规定的战犯待遇，前提是提供相关证明。他们与访问记者不同，后者只能访问行程表上指定的地方，并且报道只能在访问结束后才能发布。

"官方承认的记者可以自由前往前线或指挥部，撰写生动鲜活的关于战争背景和个人经历的报道，"梅尔在给新闻消息周刊《编辑与出版商》的报道中写道，"除了使用枪支和驾驶飞机外，部队士兵能做的事，记者基本都做了。"

梅尔穿上军装样式的新制服，衣袖绣着代表"记者"的字母"C"，继续为《时代》周刊与《生活》发送报道。

梅尔在给《生活》的电讯中写道："在巴丹半岛上，一支支部队背对海堤艰苦作战，士兵的身上衬衫不再整洁，他们已经习惯了满嘴厚厚的尘土，习惯了沾满沙砾的牙齿，习惯了满嘴的血腥味道。"后来这条电讯又登上了《战地炮兵日报》。电讯中，梅尔用生动的细节、大胆的描写讲述了士兵们艰苦卓绝的抵抗，这些从巴丹半岛与科雷吉多尔岛发来的描述和他的新闻报道一起，最开始作为第一手资料定期出现在《生活》上。珍珠港事件已经让美国人士气低迷了；梅尔的报道震惊了美国民众，他的描述又让美国人了解到了太平洋正经历着怎样的混乱。

"记录巴丹半岛饱受战争疮痍的照片来得十分及时,既令人震惊,又让人们意识到巴丹半岛上,美国和菲律宾的战士们和英勇的军队护士都在忍受着怎样的痛苦磨难。"刊登在《生活》上的一封读者来信写道。

开战前梅尔就想过和安娜莉合作。麦当斯夫妇在中国、菲律宾和其他地方就合作进行报道工作,如今梅尔夫妇也同他们一样携手共进。安娜莉帮忙整理梅尔发给卢斯杂志的电讯,但她也写自己的报道——继续在马尼拉时的任务,为《自由》杂志写生动细致的新闻特写。《自由》杂志每周发行一次,一份五美分,此杂志与备受欢迎的《星期六晚报》是竞争对手。在一篇详细记录战争爆发后头几日状况的报道中,安娜莉描写了科雷吉多尔岛遭受的一波又一波空袭,学校被迫关闭,人员拼命撤离,铁路上血腥的袭击层出不穷。在另一篇新闻特写中,她描写了刚刚入伍的新兵,入伍前,有些人是看大门的,有些则是哈佛商学院毕业的。

"士兵们经历了连续几周的袭击。"安娜莉写道。

"'连续遭袭'是一个很苍白的词,无法传达出战场的恐怖场景,到处都是声嘶力竭的求救声,隆隆作响的爆炸声,伤痕累累的身躯,俯冲而下的炸弹,还有低空扫射的机枪。如果没有亲身感受过炮弹从头顶掠过,没有看到过枪林弹雨摧毁饥肠辘辘的身躯,没有目睹过机枪的子弹让一个健全的人失去一条腿,就无法体会报道中那些词语的真正含义。"

面对接连的空袭,科雷吉多尔岛几乎没有避难之所。此岛俨然成了一座饱受炸弹轰炸的牢笼,让美国和菲律宾军队无处可逃。无论是平民还是士兵,都身处科雷吉多尔岛的危险之中,忍受恶劣的生活环境,没有人能免于敌人连续轰炸的威胁。就在"弗洛西塔"号停靠的码头的东面,所有人拥挤在散发恶臭的隧道网络中,那里一片漆黑,到处长满了霉菌。

在这场战争中,空袭让小岛笼罩上了恐怖的气氛。科雷吉多尔岛上最重要的设施就是这些隧道,它们开凿于马林塔山的石灰岩下,距离地面300英尺。隧道群正中是一条用水泥加固的隧道,全长1400英尺。其两侧坐落着十几条平行的支线,还有另外供美国海军和军医使用的隧道。战争期间,这些隧道中有麦克阿瑟将军的中心指挥部，有超负荷工作的医护人员工作站、军火武器库、军队食堂以及部队兵营。

在20世纪30年代的大部分日子里，美国陆军工程兵团中的菲律宾工人为建造这个隧道群，开凿了一座丛林密布的山丘。由于热带气候湿气重，盘根错节的树枝上沾满了水汽，上面爬满了无数水蛭。一天工作下来，工人浑身沾满了寄生虫。他们一边骂着水蛭，一边喊着"马林塔"，"马林塔"是菲律宾语，大意是"水蛭很多"。后来，人们便用这个词称呼正在建造的隧道工程。待隧道竣工时，隧道连同隧道上面的山都被称作了"马林塔"。来到科雷吉多尔岛的士兵也发现隧道里充满了水蛭、蝙蝠、牛蛙，还有身手矫捷的寄居蟹。

麦克阿瑟的部队从马尼拉撤退后，马林塔就变成了美国部队在菲律宾的神经中枢。麦克阿瑟将军和他的指挥官被迫在一片阴霾的地下指挥作战，周围挤满了担惊受怕的平民百姓，以及成百上千的伤病士兵。

梅尔一行人登岛的那天早上，他们的朋友卡洛斯·罗穆勒（Carlos Romulo）记者出现在了海德号邮轮上。罗穆勒同梅尔一样报道了东南亚的局势，提醒人们战争可能要爆发，他因此获得了1941年的普利策奖。两人也不谋而合地预见了日本的野心。战争爆发后，麦克阿瑟委派罗穆勒与亲美广播电台"自由之声"电台合作，从巴丹半岛播送无线节目。在科雷吉多尔岛上，罗穆勒将会与梅尔和安娜莉越走越近。

初到马林塔报到，罗穆勒闻到隧道中的恶臭，看到周遭恶劣的条件，大为吃惊。隧道中所有能睡的地方都躺着士兵，他们挤在水泥地的角落，身边是弹药箱，还有其他士兵的靴子。罗穆勒记下士兵们如何疲惫不堪地在炸弹的轰响与震荡中入睡。他们睡觉用的临时的架子铺上用大头钉订了照片，上面不是衣着裸露的美女，而是美国的战斗机和轰炸机。

"美国增援的飞机才是士兵们朝思暮想的。"罗穆勒后来回忆道。

士兵们盼着多睡一会儿，哪怕只是几分钟，他们希望梦到B-17轰炸机和P-40战斗机划过地平线，朝他们飞过来。同样身处马林塔的有一些政府官员和其他重要人物，比如菲律宾总统曼努埃尔·奎松（Manuel Quezon），他们的渴求与士兵们别无二致。他们中的许多人不是孤身撤离到马林塔的堡垒中，而是携带了家眷。不管是平民还是士兵，都无法预见他们要在这里待多久。

"在这里，各个年龄段的人都有，大家的品位、生活习惯也不尽相同。"阿米尔·威洛比（Amea Willoughby）写道。有一个简陋的侧面隧道专供妇女儿童使用，里面住了17人，均是从马尼拉撤离过来的，阿米尔就是其中之一。

阿米尔的丈夫是上校查尔斯·威洛比（Colonel Charles Willoughby）。他后来很快成了麦克阿瑟的首席情报官，但当时他还是美国驻菲律宾高级专员弗郎西斯·B.赛尔（Francis B.Sayre）的助理。1943年，战争还在继续，阿米尔·威洛比记录了隧道里的生活如何抹平了同住者之间的社会地位的差异。

"住在隧道里，彼此之间没有隐私可言，甚至不能奢望换衣服的独立空间。在这里，哪怕是一点点的缺陷或是个性都无处隐藏，"阿米尔写道，"社会曾赋予我们的一切名誉和财富，都不再是划分我们的标准。"

这里的女人、小孩也和男人一样，挤在闷热的隧道中睡上下铺，在嘈杂而恶臭的食堂与军官和来地下医院养伤的伤员一同进食。这些女人和小孩基本都是升战前菲律宾权力掮客的家眷，其中就有菲律宾总统奎松的妻子和他正值年少的女儿。他们中的大部分人都没有料想到岛上的条件会如此艰苦。

阿米尔写道："许多女人需要经过一段时间，慢慢抛下羞涩，去适应科雷吉多尔岛上过浓的雄性气氛。"然而有一个女人让阿米尔·威洛比十分欣赏，她身处岛上恶劣的环境，却能处之泰然——她就是安娜莉·雅各布。

* * *

看着梅尔忙于他的报道，安娜莉不愿意无所事事，无望地等待，她也想做新闻报道，但科雷吉多尔岛上的官员一开始就在女士专用隧道中给安娜莉安排了一张床铺，和一个平民女人同住。安娜莉坚决反对，她想和梅尔、克拉克住在一起，他们两人的床铺在赛尔专员家门口的门廊上，位于岛的尾部

（赛尔已经举家搬迁到马林塔山里的一处住所）。但为了保住特派记者身份，安娜莉只好服从安排。

安娜莉体形娇小，体重不过 100 磅，但很快就适应了岛上艰苦的生活条件。在岛上，她不太注意梳妆打扮，顶多就是洗过澡后，用发卡把深棕的头发夹起来，以保持头发的波浪卷。

"母亲不会在梳妆打扮上浪费太多时间，至多就是用发卡夹头发。"安娜莉的女儿安妮·法迪曼（Anne Fadiman）在数年后写道，"尤其是战时，对于大费周章穿衣打扮的女人，母亲很瞧不起。"

在阿米尔·威洛比看来，安娜莉虽然个头不大，但却是个"独立自主、能力极强"的女人，绝不是陪同丈夫梅尔在亚洲冒险的小娇妻。她很独立，面对科雷吉多尔岛上物资短缺的状况，她会借鉴经济大萧条时的经验，想办法生存下去。安妮·法迪曼后来回忆说，安娜莉对穿着百褶裙还表现得楚楚可怜的女人极其不耐烦。

在科雷吉多尔岛上，安娜莉与其他 4 位特派记者一样，身着部队发的卡其色制服。她是巴丹半岛唯一的女性记者，但她希望科雷吉多尔岛和巴丹半岛上的军官、政府官员和其他记者都能把她当作记者看待。

"她的臂章上写着'记者'的字样，她还能和丈夫一起到科雷吉多尔岛的各个角落。我们对此印象深刻，甚至有些嫉妒。"阿米尔·威洛比写道。

有梅尔的地方就一定有安娜莉，但这不是因为安娜莉要时刻黏着丈夫，而是因为她也有工作要做。她和梅尔一起穿过海峡，到巴丹半岛上访问战地医院，或者到位于岛头部的炮台上看望操纵大炮的士兵。她和战场上的士兵面临着一样的危险，但却毫无畏惧。实际上，她一直都兴奋地期待着身临战场，但不是为了观察战争给人们带来的惊恐状态，她要做自己的工作。如果畏缩在吵闹且散发恶臭的隧道里，她无法完成自己的工作。她在报道中通常会写一些小的细节，这些细节汇聚在一起，使这场战争显得十分令人绝望，比如："会有士兵走上前来，询问有没有人知道自己在马尼拉的妻儿的消息。"

* * *

巴丹半岛缺的不只是食物。美国决策者拒绝增援菲律宾空中战斗力量，如此一来，防御巴丹半岛上空的就只有零零星星二十几架飞机。开战初期，美国空军基地遭遇的空袭，使这些飞机受到了不同程度的损坏，一些是破旧的菲律宾垂直起降飞机，一些是改装来的小型飞机，还有4架P-40战斗机、几架P-35战斗机。

然而，对于在密林中作战的美国和菲律宾士兵来说，这支巴丹空军还是给了他们喘息的机会。指挥这支空军的是49岁的准将哈罗德·H. 乔治（Brigadier General Harold H. George），他曾是"一战"的王牌。人们称他为"追求哈尔"，以区分他和另一位在战时统率空运司令部的将军哈罗德·L. 乔治（Herold L. George）。"追求哈尔"将军在平安夜得到提拔，接管了第五拦截机司令部，并负责巴丹半岛的空中防御。这样，乔治将军的手下就有美国陆军和空军力量大约5000人，及菲律宾士兵约600人。因为飞机数量不足，许多空军士兵武装上了步枪，成为步兵。

由于作战条件有限，乔治将军就在巴丹半岛的飞机场上精心策划了一场充满勇气与智慧的战役。机场隐藏在岛上随处可见的植被丛林中。士兵们看到机场时，觉得它像是"沙漠中的绿洲"。每一次，有飞机从机场起飞，"几乎都像是要去执行一次自杀式的任务"。梅尔在报道中写道。为数不多的飞机在乔治将军的指挥下发挥了巨大的作用，巴丹半岛上如果有更多的飞机，他们肯定能对抗日军更久，使巴丹半岛和科雷吉多尔岛得到增援。依据梅尔大部分的消息来源，夺回对菲律宾的控制意味着美国有了一个据点，以便"狠狠打击福尔毛萨（即今天的台湾）"；而福尔毛萨是日本控制太平洋地区的重要垫脚石。士兵都盼望着增援巴丹半岛的部队随时到达，这种类似幻想的信念支撑着士兵浴血奋战。

"看着海湾向外延伸出一片海水，士兵们望眼欲穿，盼望增援的船队载着食物、枪炮经过这片海，与之同行的还有空中的飞机。"梅尔的这段文字表明巴丹半岛上的战士们是多么迫切希望看到增援力量。

然而，现实情况是，没有增援船队驶来，日军实施封锁，限制了弹药、食物和医疗设备从菲律宾其他岛上运来。梅尔给《时代》周刊发过一封电讯，替他在巴丹半岛上遇到的士兵发出呼告：

"巴丹半岛上的部队如今无法发出信件，他们委托我转达以下请求，也是大多数士兵的心声：亲爱的罗斯福先生，我们的 P-40 战斗机已经千疮百孔，请派来新的飞机。"后来"请派来新的飞机"成了安娜莉一篇关于巴丹半岛的杂志文章的题目。

* * *

与此同时，日军的封锁把梅尔、安娜莉和克拉克的活动范围限制在了科雷吉多尔岛上，他们要忍受狭小的空间和日益恶劣的条件。

梅尔和安娜莉尽可能地利用着岛上的环境。科雷吉多尔岛"不是世界上最适合度蜜月的地方，"安娜莉承认道，"不过，我们能活下来，还享受着自由，就非常高兴了，并不在意条件有多差。"

在科雷吉多尔岛上，不论梅尔和安娜莉夫妇走到哪里，周围都是士兵、官员、医护人员，以及一小群撤离到岛上的重要人物和后勤人员。夫妻俩只要一有机会，就黏在一起，但四周总有那么二十几个人。安娜莉说，刚上岛的那一周，两人待在一起不到两分钟，日军的一枚炸弹就投了下来，把这点私密时间也给夺走了，小两口只得混入人群，寻找避难之处。

还有一次，在巴丹半岛上，两人独处时遇到日军投下的一大拨炸弹从头顶飞过，安娜莉后来称那是她在巴丹半岛上最美好的记忆。她女儿安妮·法迪曼听母亲安娜莉讲过这件事，她依据母亲的原话回忆道：

"两人都趴在地上，梅尔趴在安娜莉身上保护着她。炸弹开始不断投下，富有冷幽默细胞的梅尔轻轻说道：'亲爱的，记住，眼前的一切都是你在胡思乱想。'虽然梅尔是犹太人，安娜莉是摩门教徒的后代，但两人的母亲都皈依了基督教科学派①。因此两人都对基督教科学派的教义有所了解。安娜莉记得炸弹的爆炸力使得身下的土地震颤晃动,而梅尔的冷幽默让两人笑得浑身颤抖。"

* * *

报纸上很快就刊登了这对新婚夫妇在科雷吉多尔岛边度蜜月边躲避炸弹的报道,但其实两人登上新闻是另有其因的。在美国对日本宣战不超过一个月时,好莱坞娱乐专栏曾用醒目的字体写道:"米高梅即将制作一部有露丝·赫斯(Ruth Hussey)参演的新电影。"这部名为《战争新娘》的电影正是根据梅尔和安娜莉在1941年夏天创作的电影剧本改编的。在1942年1月2日的专栏中,洛拉·帕森斯(Louella Parsons)和当时还是娱乐专栏作家的罗纳德·里根(Ronald Reagan)公开了关于这部电影的计划。帕森斯和里根对这个电影计划印象极其深刻,当时他们关于《战争新娘》的文章得到了专栏的特载,就连一条关于改编著名舞台剧《卡萨布兰卡》的新闻,都被抢去了风头,可见人们多么热切期待这部《战争新娘》的上映。然而遗憾的是,《战争新娘》最终没能拍成。

科雷吉多尔岛上拥挤不堪的恶劣环境,对于梅尔和安娜莉来说并不算陌生。尽管马林塔的隧道里阴暗发臭,而且一有炸弹引爆,地面就会随之震颤,但相比在重庆的经历,两人在科雷吉多尔岛上甚至感到些许安逸,这大概就是爱情的魔力。梅尔和安娜莉在加利福尼亚擦出情感的火花,尽管不断恶化的战争局势曾使两人分隔两地,但两人的爱情最终在扬子江边连遭轰炸的街道上迅速开花结果。如今,彼此的爱意日渐浓厚,就连岛上飞机逼近的嗡响、空袭警报的鸣响及随之而来的阵阵爆炸声,还有防空大炮噼里啪啦的反击声音都成了两人恋曲的背景音,回响在俯视巴丹海峡的群山之间。

---

①基督教科学派是基督教的一个分支,始于美国。该派因认为物质是虚幻的,疾病只能靠调整精神来治疗,并称此为基督教的科学。此处梅尔的冷幽默是在说基督教科学派"物质是虚幻的"这条教义,让安娜莉不要害怕眼前的空袭。

梅尔和安娜莉越来越亲密，甜蜜的爱情使两人心态乐观。相比之下，其他人则眼看着巴丹半岛和科雷吉多尔岛日渐失去与外部世界的联系，感到十分绝望。战士们身处发霉的隧道，呼吸着混杂了血腥味和尘土味的空气，抱着能活一天是一天的想法，不再关心什么重大战略。1942年，驻守在太平洋诸岛上的美国士兵处境堪忧且孤立无援，救援物资也无处可寻。在科雷吉多尔岛和巴丹半岛上，"没有像敦刻尔克那样的地方可供撤退。"安娜莉写道。

"在这场战争中，没有后方提供替换或补给服务。四面八方都是日军，各个方向都架有远程火炮，飞机也在头顶不断盘旋。一万名避难者从巴丹半岛的山上一拥而下。炮弹扔下来，他们既无处可逃，又无处可躲。"

* * *

科雷吉多尔岛上唯一能与外界联系的工具是无线电广播，此岛也因此没有陷入完全的隔离状态。海军大功率的无线电系统使得小岛与华盛顿方面取得联系。记者们可以凭借特派的身份，通过无线电系统将电讯发给出版商；但他们不能利用无线电办私事。不过，职位较高的工作人员使用无线电系统的权限较大，记者们可以通过这些工作人员收发一些对个人来说比较有价值的消息。比如，一月中旬的时候，美国最高专员弗朗西斯·赛尔（Francis Sayre）就帮梅尔发了一封秘密电报给美国国务卿柯德尔·赫尔（Cordell Hull）。

有一次，梅尔发送一条机密消息给他的雇主时代集团的卢斯（Luce），让他找战争部以批准部队付给梅尔500美元，以资助他长时间外出报道的费用。通过赛尔的帮助，梅尔得以发送电报给国务卿赫尔，请他转达卢斯帮忙给家人报个平安。4年前，北平被包围的时候，赫尔就曾受梅尔之托给梅尔朋友的母亲报平安，告诉她她儿子和梅尔在北平都安然无恙。如今，赫尔再次成了梅尔的捎信人，替他报平安。

梅尔在无线电报里还告知了卢斯和他的助理，麦当斯一家滞留在了马尼拉。梅尔成功逃出马尼拉的经历成了震惊纽约的新闻，但因为不方便公开梅

疲惫不堪的护士用短暂的休息时间洗澡。她们当时在菲律宾被围攻的巴丹半岛上进行医疗工作。

尔的处所,编辑只能说他"跟随美国军队,人在远东"。一周后,大卫·哈尔伯德通过赫尔给赛尔回了一封加密电报,这封电报又由赛尔转给了梅尔。

"你的情况已经转达了你的家人,知道你一切平安并得到了妥善安置,我们也十分欣慰。"哈尔伯德写道。他还夸梅尔最近两封电讯"非常出色",并希望梅尔提供一手的战事报道,以供《生活》发表。

梅尔给哈尔伯德的第一封电讯发于1月18日,电讯描述了吕宋岛上典型的一天,所谓"典型"就是指一天不间断遭受空袭。尽管梅尔有很多机会接触科雷吉多尔岛的将军和高调的政客,但是他报道的重点却是在岛上工作的菲律宾人,比如护士、理发师、厨师等。梅尔在大部分报道中记述,这些普通的菲律宾劳动者,同步兵、飞行员、水手一样,顽强地忍受着科雷吉多尔岛及巴丹半岛上的恶劣条件,只不过人们常常忽视普通的劳动者,只把士兵奉为英雄。梅尔第二封"出色"电讯的有关马尼拉的局势,十分令人心痛,因为麦当斯一家还困在那里,梅尔夫妇难免揪心万分。

梅尔和安娜莉在岛上生活,相当于边工作边度蜜月。两人既深爱着彼此,又热爱着工作。他们合作汇编了成百上千份报道,按时间顺序记录了目前为止他们目睹的战争的一切。他们报道露天医院的手术技术、巴丹半岛上的护士、驻守科雷吉多尔岛上的士兵领养的各种宠物,还有乔治将军指挥的东拼西凑来的空军。此外,他们还分享了自己的冒险经历。

大部分报道都送到了《时代》周刊编辑的手中;另有一些被安娜莉采用,发表在了《自由》上;还有一些由两人共同撰写,发表在了《生活》上。此外,还有一部分没能发表。

"在巴丹半岛上,梅尔很快就感受到了《时代》周刊编辑对他的殷切期望。"斯坦福的一本传记小册子曾写道,"他是第一个身处敌后战场的记者。他得到了美国和菲律宾战士们在岛上发生的故事,并写出了出色的报道。"

《生活》和《时代》周刊两个刊物都归亨利·卢斯所有(他还拥有《财富》杂志),梅尔的报道都刊登在了这两个刊物上。卡尔和雪莉很可能已经被逮捕了,于是梅尔拍摄的照片成了《生活》最可靠的照片来源。美国国内民众看到的最震撼人心的"二战"照片都来自《生活》杂志,而且毫不夸张地说,正是《生活》背后的梅尔威尔·雅各布让美国人初次知晓了日军在巴丹半岛上的残暴行径。

* * *

巴丹半岛丛林深处坐落着一间修理厂,梅尔经过那里时,看到一个修理工正往哈罗德·H.乔治将军的一架飞机上缠麻绳。梅尔听到树林间传来无线电的噪声,过了一会儿又听到人声,紧接着是调适无线电波传来的嗒嗒声……他突然听到了说话声。那声音不是美国士兵在等炸弹投下时的闲聊,不是几个菲律宾童子军在附近用掺杂了英语的塔加路语聊天,也不是医护人员用碘酒给伤员消毒时伤员发出的谩骂与尖叫。

那个声音是推销员在为杰力奥牌果冻(Jell-O)打广告。梅尔听到的是2月15日那一期杰克·本尼秀的结尾部分。

即便是在巴丹半岛上,美国士兵也能收听 KGEI 电台。该电台是美国通用电气公司建立的短波国际电台,从加利福尼亚湾的金银岛发送广播信号。节目旨在为驻守太平洋的美军鼓舞士气。很巧的是,梅尔的前女友雪莉·奥斯特兰德就在 KGEI 电台工作。

收听杰克·本尼秀给人一种家的亲切感,但回家却是遥遥无期,希望渺茫。1942 年 2 月的第 3 周,巴丹半岛大部分部队的粮食配给都消耗近半,由于补给线被切断了,许多物资甚至剩得一半都不到。在粮食短缺的情况下,听到杰克·本尼秀结尾的果冻广告简直是一种痛苦的折磨。

"从 KGEI 那里我们知道了国内的新闻,只不过杰克·本尼秀和克罗斯比的节目出现在巴丹半岛上,这事听起来有点搞笑。"梅尔写道。

收听完广播,梅尔在 4 天后终于往家里寄了一封短信,告诉艾尔莎和曼弗雷德,他和安娜莉一切安好。

"有很多话想说,却不知从何说起。我们一直很想你们,盼着你们的回信。"梅尔写道,"你们恐怕也听说了,我们这边严格控制私信往来,不过我相信卢斯肯定把我们的事都悉数转告你们了。我估计我们这边,也只有我的消息能通过无线电传回国内。"

当然,因为战时情况特殊,梅尔不能透露给家人任何关于战争的消息,不管是在科雷吉多尔岛和巴丹半岛上目睹的战事,还是他身处的位置。这样一来,他就只能和艾尔莎和曼弗雷德讲些别的。在信中,他说多亏了 KGEI,他在菲律宾前线的热带雨林听到了流行音乐,那种感觉很不真实。他说很后悔,没能带麦当斯他们离开马尼拉。此外,他还不厌其烦地让父母放心,他和安娜莉一切都好。他还提到在科雷吉多尔岛上常常遇到大学同学和熟人。

"安娜莉过得很好,她一直在帮我写报道,没怎么写自己的稿子。"梅尔写道。

安娜莉的家人也收到了类似的消息。接下来的几个月,安娜莉的母亲安妮·惠特摩尔(Anne Whitmore)和梅尔的母亲艾尔莎往来书信,聊聊儿女们少得可怜的消息。同时,家人们都表现得很勇敢,彼此开着玩笑,把焦虑藏在心底。

"安娜莉什么都能大聊特聊；但一谈到空袭，她半句都不会多说。"安娜莉的妹妹卡尔·惠特摩尔（Carol Whitmore）对《斯坦福日报》说道。

除了梅尔、安娜莉和克拉克外，科雷吉多尔岛上还有三名记者，分别是路透社的柯蒂斯·罕德逊（Curtis Hindson）、《纽约时报》的纳特·弗洛伊德（Nat Floyd）和美国合众社的弗兰克·休利特（Frank Hewlett）。"'巴丹半岛上战斗的家伙们'就是弗兰克·休利特发明的，最开始是他创作的一首诗的题目。岛上的记者虽然并不把彼此看成竞争对手，但各个都争先恐后，想拿到巴丹半岛和科雷吉多尔岛上的独家新闻。他们往往花上几天写报道，再加上电报的字数限制，只有争取到发电报的机会，努力才不算白费。"在一封电报中，梅尔谈到了在岛上写报道和发报道的情况。

"事实上，岛上记者们的竞争相当激烈，美国联合通讯社的克拉克·李和《纽约时报》的纳特·弗洛伊德两人的较劲尤其明显，两人互不信任，还都说自己好几周都没发过一封电报了。"梅尔写道。

"有的记者常常找来其他记者的前线日程，再捷足先登，抢先写出报道。"

有记者表示，麦克阿瑟在利用梅尔达到自己的目的。《时代》周刊和《生活》驻纽约的编辑确实为了政治目的或博人眼球，篡改了梅尔和其他记者的报道，美化麦克阿瑟等人的形象。不过也有充分的证据表明，梅尔确实欣赏麦克阿瑟将军的深谋远虑，但恳请美国政府增援太平洋战场，并希望其反思"欧洲优先"战略的绝不止麦克阿瑟将军一人。

梅尔的许多报道都来源于被困在巴丹半岛上的士兵和军官的坦率描述。他和安娜莉因为与麦克阿瑟负责媒体的官员私交不错，登岛后轻轻松松留了下来，但是两人原本很可能不来科雷吉多尔岛。让他们想要离开的一个重要原因是，每天500个字的电报字数限制，妨碍了他们的新闻报道工作。完整的报道发不出去，就算发出去了编辑也不一定能收到，就算编辑收到了，内容会不会被改得面目全非也无从得知。这样的工作条件很快把科雷吉多尔岛变成了一座1735英亩的监狱。不过，不管麦克阿瑟有没有对科雷吉多尔岛的报道施加影响，麦克阿瑟这个名字肯定是会出现在梅尔的报道中的。

* * *

麦克阿瑟将军的临时指挥部位于马林塔山下，宽仅 15 英尺，长 160 英尺，里面还摆满了桌子、椅子、电话、地图和其他设备，空间狭窄拥挤。将军身高 6 英尺，站在里面，让屋子看起来更小了。1942 年 2 月 23 日，将军突然问了梅尔和克拉克一个很简单的问题："你们想走吗？"当时安娜莉去了别的地方，没在场。

麦克阿瑟将军提出了一个方法，简单有效，但有风险。他说，有一艘突破了封锁的船只刚从宿务岛抵达科雷吉多尔岛。宿务岛位于科雷吉多尔岛东南面，两岛相距 350 千米，两岛尚未被日军占领。这艘船将会趁着夜色偷偷驶过日军区域，到了白天就隐蔽起来，用跳岛的方式回到宿务岛。梅尔他们到达宿务岛后可以再想办法找一艘船离开菲律宾；或者在必要的时候，躲进丛林，确保没有危险了再逃走。届时，麦克阿瑟将军会给梅尔他们写担保信，说明他们获得了部队支持，手榴弹和手枪也会一并给他们。

这个办法听起来很危险，但可能是梅尔一行人离开科雷吉多尔岛的最后机会。麦克阿瑟也许急于节省出三个人的粮食配给和三张床铺，但他同时也相信，梅尔、安娜莉和克拉克走后，三人的报道能够给美国政府施压，令其严肃考虑菲律宾的战事。麦克阿瑟觉得二人不受限制的报道如果登在新闻媒体上，足以引起美国上下的关注，迫使决策者给自己饱受艰辛的部队送来救济。不过，尽管补给匮乏，麦克阿瑟将军的部队也咬牙坚持到了极限。

在地球的另一边，美国总统富兰克林·罗斯福发表了炉边谈话，呼吁全国上下坚定决心，标志着美国白宫首次对外公开"欧洲优先"战略，但美国民众的反响一般，因为这一战略无法平息他们对珍珠港事件的愤怒。

第二天，美国公众又听到了一个消息，就在罗斯福发表演讲恳请美国优先打击希特勒的同时，日本一艘潜艇出现在了加利福尼亚海岸附近，轰炸了一处油田。此处油田位于充满田园风光的圣巴巴拉北部，好在油田附近只有几片灌木蒿丛、几棵橡树，还有几匹马，没有什么重要设施。油田无甚损失，只是马受了点惊吓。不过，珍珠港事件造成的创伤，美国人还历历在目。

这是自南北战争以来，也就是近 75 年以来，美国本土第一次遭到攻袭。尽管不是大规模袭击，只是日本潜艇的上校发起的一次借机攻击，但美国上下还是紧张不安，纷纷担心日军很快会对西海岸发起攻击。

后来某天，罗斯福公开为美国政府对菲律宾增援不足做出辩解。那天早上，他秘密命令麦克阿瑟离开菲律宾。罗斯福希望麦克阿瑟担任美国驻澳大利亚部队的将军，升任他为南太平洋最高司令。

梅尔写道："麦克阿瑟内心一定十分煎熬。"尤其他之前还许诺自己的部队，增援马上就到。1 月份，罗斯福发表国情咨文，保证美国将在 1942 年制造 4.5 万架战斗机，在 1943 年再生产 10 万架。麦克阿瑟十分清楚，其中没有一架是支援菲律宾的。同时，罗斯福的撤退命令更加深了人们此前对麦克阿瑟的猜疑：麦克阿瑟先是在马尼拉发表开放城市宣言，又登上科雷吉多尔岛避难，所以他可能不会再指挥部队作战了。如今，摆在麦克阿瑟面前的只有两条路——要么拒绝罗斯福的命令，要么抛弃手下上万名士兵。而这些士兵本来就忍受补给不足，苦苦支撑，如果麦克阿瑟真的忍心抛下他们，人们肯定会认定他麦克阿瑟是个懦夫。

不过，罗斯福发出的撤离命令，并不出人所料。从年初开始，美国潜艇就在秘密转移重要文件和价值上百万美元的黄金。这些黄金是美军撤离马尼拉时带到科雷吉多尔岛上的。除了文件和黄金外，秘密撤退的还有重要官员和平民。到 1942 年 2 月底，美国潜艇已经协助 200 人逃离科雷吉多尔岛。这一行动的目的是把损失降到最低，因为几乎所有人都打心底里觉得这场战役，美国输定了。但相比于太平洋上其他盟军的驻扎地，科雷吉多尔岛和巴丹半岛因为麦克阿瑟部队的顽强战斗，已经坚守了很久了。假如补给充足，士兵们肯定能坚持更长时间。

即便物资匮乏，他们还在硬着头皮苦苦坚守。对于这些"巴丹半岛的守卫者"来说，战败如同压城的黑云，随时可能降临。

在撤退前的两周中，麦克阿瑟向记者说明为他们制订的逃跑计划。他一边解释,一边攥着一只长长的黑色烟嘴,他在狭窄的指挥部来回踱步,只在给部下下命令时才停下。

计划中,梅尔、安娜莉和克拉克要搭乘的那艘执行秘密任务的船只,已经运着补给在来的路上,它会偷偷穿越日军的封锁线,抵达巴丹半岛和科雷吉多尔岛。巴丹半岛和科雷吉多尔岛因为得不到增援,情况日渐恶化。虽然美国仍旧控制着菲律宾的大部分领土,但是要穿越日军封锁线,从未被占领的小岛运出补给,没有几条道路是畅通的。

维萨亚斯是位于菲律宾中央的一组群岛,尚未被日本侵略。宿务岛就是这一群岛中的一个岛,是重要的运输中转站,通过宿务岛可以往科雷吉多尔岛和巴丹半岛运送食物、弹药、制服及来自别的岛屿或更远地方的资源。

美国陆军运输服务仍然需要船只,让补给穿过日军封锁抵达巴丹半岛,因此少校科尼利厄斯·伯德就在宿务岛上寻找私有船只的船长,自愿为他偷偷运送补给。这些船长必须是自愿的,除此之外,任务要想成功,少校还需要两样东西:第一,船一定要小,最好从远处看就注意不到它的存在;第二,船不能烧煤或柴油,因为排放的废气很容易就被日军巡逻队看见了。最理想的选择就是找那种经常往返于菲律宾诸岛的小型轮船。

为完成补给任务,伯德少校找来的第一艘船就是"宿务公主"号,它是一艘承重700吨的货船,往返于菲律宾诸岛。"宿务公主"号成功穿越了日军封锁,于2月21日的深夜,悄无声息地到达了科雷吉多尔岛附近的海域。那时,距麦克阿瑟与记者们召开会议已经过去两天。尽管"宿务公主"号已经最大限度地从宿务岛上运来了食物,但它毕竟体积不大,容量有限,运来的这批补给顶多能让巴丹半岛上的部队再多撑两天。对于想继续抗击日军的美国部队来说,这一星半点的补给只能是杯水车薪。

"宿务公主"号是麦克阿瑟为记者制订的逃跑计划的核心部分。他已经做出部署,让"宿务公主"号船员带着梅尔、克拉克和安娜莉随船一起回到宿务岛。宿务岛上相对太平,他们一行人可以在岛上另找船只或者飞机,协助他们完成剩下的逃跑路线,到达相对安全的澳大利亚。麦克阿瑟很可能深知记者的安全撤离会是个大好机会，能让外界知晓科雷吉多尔岛的严峻形势。但由于这次临时想出的逃跑计划不在"宿务公主"号原本的计划中，所以执行计划时，无论是记者还是其他人员都可能面临巨大的风险。

* * *

麦克阿瑟与梅尔、克拉克谈了一小时。他向二人说明撤离计划时，频繁岔开话题谈自己对巴丹半岛和科雷吉多尔岛局势的认识，解释自己为什么觉得两岛对美国战争的整体部署至关重要，还分析美国在太平洋战争中的战略处境。不过最后，麦克阿瑟停下踱来踱去的脚步，再一次注视着梅尔和克拉克两人。

"换下你们的卡其制服，一踏上陆地就要备好武器。还有，一定记住只能在夜晚动身。"麦克阿瑟给了两人一些建议。接着，他看了看自己的参谋长少将理查德·K.萨瑟兰（Major General Richard K. Sutherland）。

"萨瑟兰，尽快准备。"他命令道。

少将萨瑟兰给了梅尔和克拉克一人一把点 45 口径的手枪、一颗手榴弹、一把步枪和少量弹药。另外还给了他们几份有将军亲笔签名的信件复本，信中命令任何遇到梅尔一行人的美国部队都要竭尽所能给予他们帮助。一般来说，战地记者最好不装配武器，因为携带武器往往会把他们置于危险境地，但这次，梅尔他们面临的情况实在是极其特殊。

麦克阿瑟嘴里叼着烟，又把身子转向梅尔和克拉克，和两人握了握手。

"你们肯定会成功撤离的。"他说完又看了看梅尔，"代我向安娜莉道别。"

梅尔一离开麦克阿瑟的办公室，就在女士专用隧道中找到了安娜莉。这对夫妻一起去了麦克阿瑟的宿舍，和将军夫人简以及将军 4 岁的儿子亚瑟道别。在科雷吉多尔岛上的 6 周时间里，他们成了朋友。

麦克阿瑟撤退的命令是需要严守的军事机密，不过马林塔隧道里来回走动的许多军官似乎都觉察到了有事要发生。梅尔夫妇离开了隧道，准备前往北码头。路上，他们与许多岛上认识的朋友交换了眼神。

"我们只能同几个军官道别,但路上有不少朋友好像都心照不宣地向我们点点头,看来是知道了我们此行是撤退,不是到巴丹半岛做报道。"梅尔写道。

离开前,梅尔他们碰到了迪勒和胡夫两位中校。两人都知道他们的撤离计划。几人一起喝了点酒,互道珍重,中校迪勒为众人斟酒。

"祝我们再次相聚。"大家说了祝酒词。

梅尔和安娜莉的行李很简单,只有几个小包。他们十分不舍地把打字机留在了岛上。收拾行李时,梅尔用它发了在岛上的最后一封电报。

"接下来的几周,我要写一个重要报道,会很忙,不用来电询问了。"他发电报给哈尔伯德,电报的末尾打上了记者常用的一个电码(表示此电报已完成,没有更多后续的消息)——"这是30号消息。"

梅尔与两位中校喝完了酒。几个小时后,他和安娜莉走了2000米到巴丹半岛,最后一次漫步于岛上纵横交错的小径,头顶上是遮蔽一切的丛林树冠。如今,两人已经熟门熟路,完全不用向导引路。他们到达了海岸附近,在几棵菩提树交会的一个巨大树节上坐下,享受滞留在巴丹半岛上的最后时光。

"我们坐在巴丹半岛的一条公路旁等着,"梅尔写道,"过去几个月关于战争的记忆,都清晰地浮现在脑海中,思绪偶尔会被经过的车辆打断。每次轿车或者卡车经过时,都会扬起厚厚的尘土,漫天飞舞,遮挡了视线。有那么片刻时间,我们在想什么时候会再回来,又会以怎样的方式回来。"

最后,他们终于要撤离了。黄昏时分,一艘汽艇驶来,载着梅尔他们去往"宿务公主"号停泊的地方。他们一路祈祷着,希望"宿务公主"号驶过马尼拉湾入海口时能够躲过日军巡逻队,穿过菲律宾诸岛,甚至走得更远,穿过由日军控制的危机四伏的海上航线,载着他们到达千里之外的澳大利亚。澳大利亚位于菲律宾南部,将会是他们的避难之所。

梅尔从巴丹半岛海岸边的士兵那里借来了一副望远镜。透过望远镜看向南边的马尼拉,他看到日本的太阳旗在马尼拉酒店的上方随风飘荡。他回想,去年圣诞节就是在马尼拉酒店用了晚餐,那天晚上,安娜莉和拉塞尔·布赖恩斯共舞了一曲,克拉克·李当时还在劝梅尔逃离菲律宾。梅尔知道,卡尔和雪莉就在那猎猎作响的太阳旗下的某个角落,据可靠秘密消息称,卡尔和雪莉还有另外的几千人都被关押在马尼拉的圣托马斯大学,日军把那里变成了俘虏收容所。不过,这已经是一个月前的消息了,现在的情况还未可知。

* * *

那天,梅尔和安娜莉感觉自己"体内充满不可战胜的力量,如同岿然不动的大山",他们"在这场战争中第一次"感到自己强大无比。梅尔写道,他们终于要离开了,当时脑海中满是回忆,回忆着在科雷吉多尔岛和巴丹半岛生活的6个星期,回忆着在岛上遇到的各种各样的人。他们要离开这里的一切了:他们要离开将军道格拉斯·麦克阿瑟了;要离开深受将军信赖的中尉们了,在这过去的6周里,梅尔他们和中尉们已经成了朋友,而告别朋友总让人有太多不舍。他们要离开在前线遇到的战士们了,他们的故事还没来得及写成报道;他们要离开岛上的所有人了,"他们是受人尊敬的宾夕法尼亚战士,他们第一次听到日军炮火时还四处逃散,到了第二次就已经勇敢地拿起机关枪,掩护自己的军官离开战场"。

梅尔两人沿着小路正走着,一辆载着两名军官的吉普车在扬尘中打滑了,车轮与地面摩擦发出的噪声和扬起的尘土把两人从回忆中拉了回来。他们立正向军官问好。梅尔第一次注意到巴丹半岛上奋战的士兵脸上流露出的倦怠之色。两位军官眼神里都透露出疲惫,但谁也没提自己有多劳累,反而闲聊起来,讲讲听到的传闻,说说战场上的传奇故事。几分钟后,两位军官开车离开了。梅尔和安娜莉不再去想军官疲惫的神色,而是去想那些给人希望的东西,比如记忆中美味可口的冰激凌苏打。

太阳终于落山了。离开的时间到了。

梅尔夫妇沿着小路跑向海岸边。这条路上有美军留在菲律宾的最后几架飞机,有几架破旧得快要散架的教练飞机、几架年代久远的战斗机,还有一架"千疮百孔"的P-40战斗机。这些飞机都隐匿在一条简易跑道旁,这条跑道,与其说是飞机跑道,不如说是登山小道。

每转一个弯，回忆就如潮水般涌向梅尔和安娜莉的脑海。他们经过了防空炮台、汽车调度场、机械修理店。他们还经过了一家面包店，只不过里面很久没烤过面包了。他们甚至还经过了一个临时的屠宰场，这个屠宰场一开始屠宰驯鹿给士兵充饥，后来又屠宰骡子，最后被饥饿逼迫到人们连猴子都宰来吃。

黄昏时分，"宿务公主"号一路喷着蒸汽，向西缓缓驶来。梅尔和安娜莉登上了船，迎接他们的是4名英国平民和2名美国平民，他们都是从马尼拉逃到巴丹半岛的，后来受到了军方的雇用。其中就有原瑞莱恩斯汽车公司驻上海的经理卢·卡尔森（Law Carson），后来军队请他来管理军方汽车调度场。范·蓝丁汉·查尔斯（Charles Van Landingham）也在船上，他从前是个银行家。他是在新年前夜搭乘一艘小型帆船，逃到巴丹半岛上的。他还是《星期六晚报》的撰稿人之一，记录下了自己看到茂密丛林的平静只是假象时的震惊之情。

"很难想象，成千上万枝叶繁茂的树冠下尽是两眼无神、面容憔悴的士兵，手握机枪，顽强奋战，内心却期盼着援兵趁为时不晚，尽快赶到。"范·蓝丁汉写道。

船上及船的周围都是一片漆黑。当"宿务公主"号缓慢驶过布满水雷的马尼拉湾时，弗图纳岛上巨大的探照灯在岛屿上空来回扫视，与此同时，防空炮台不断向日本轰炸机开火，传来突突的枪声。漆黑的夜空暂时被射出的曳光弹点亮，同样被照亮的还有船上乘客的脸庞。随后，夜的黑暗又重新笼罩了"宿务公主"号的甲板。

* * *

科雷吉多尔岛上的探照灯来回扫视着"宿务公主"号前的海岸。一艘小小的鱼雷快艇出现了，引导着"宿务公主"号躲过水雷。四周黑漆漆的，只能隐约看到快艇在水上划出的尾流。中尉约翰·D.伯克利（John D. Bulkeley）娴熟地驾驶着小船，有那么几分钟，一边为"宿务公主"号进行火力掩护，一边在前引路，向着马尼拉湾入海口驶去。接着，中尉闪了闪小艇的右舷灯，向"宿务公主"号做最后的道别，然后呼啸着驶回了巴丹半岛，一切随着他的离去归于黑暗。

太平洋上，夜的漆黑席卷了"宿务公主"号，只有远处日军炮火发出的亮光偶尔照亮这一片黑暗。在月光下，船上的两根桅杆摇摆不定。梅尔觉得"那晚的月光非常刺眼"。过去，在巴丹半岛上，士兵总是盼着这样明亮的月亮能早早落下，唯恐一星半点的光亮暴露他们手中的军用步枪，给了狙击手扣动扳机的机会。如今，这轮月亮晃眼得仿佛是在诅咒"宿务公主"号。附近的海岸黑得什么也看不到，但是船上的诸位被月光照得很清楚，此时"宿务公主"号正悄悄从敌军部队边上经过。大家都静静望着从身边掠过的岛屿。船只要猛停一下，船上的人内心就会"一阵紧张"。

船员"咔嚓"一声折断了一只鸡的脖子。鸡突然大声尖叫，吓了梅尔他们一跳。

晚饭时间到了，大家纷纷开始祈求好运降临。

有人说道："没问题，我们肯定会成功的""小菜一碟"。

梅尔三人用拳头捶了捶木质甲板，驱散霉运。

船上无人入睡，大家都睁大眼睛警惕地四处张望，生怕错过任何风吹草动。最终，船驶出了马尼拉湾，轻车熟路地奔向东南方，而后又谨慎缓慢地在黑暗中穿过位于马尼拉南边的吕宋岛南岸的巴坦加斯。

梅尔他们要到达安全的澳大利亚，距离他们还有上千千米的路程，他们需要穿过无数海湾和岛屿，躲过头顶盘旋的日军侦察机、潜水艇还有驱逐舰。大家几乎都不说话，各自默默回想着在科雷吉多尔岛和巴丹半岛遇到的士兵，回想着两岛接连遭受的袭击，回想着到目前为止他们有多么的幸运。

"此刻，我们坐在甲板上，几乎一言不发，想着麦克阿瑟将军手下的士兵，想着最终能从岛上撤退实属不易，真是万分幸运。之前，我们也从日军的眼皮子底下安全撤离过，"梅尔写道，"过去两个月，我们所知的一切都埋藏在了漆黑的夜空中。"

第十一章 暗度陈仓

1942年2月24日,美国海军船舰领导的战斗群袭击了威克岛。同一天,英国将军阿奇博尔德·珀西瓦尔·韦维尔(Archibald Percival Wavell)领导的盟军开始从爪哇岛撤退。在加利福尼亚州的洛杉矶,防空炮兵以为看到了入侵的飞机,恐慌之下发射了1000多发弹药,而事实上当时没有任何轰炸机经过。

那天早上,菲律宾民都洛岛东北面的波拉湾一片寂静,"宿务公主"号停泊在距离海岸几百米远的地方。船员和乘客们在船上慢条斯理地吃着咸牛肉罐头,喝着味道极淡的咖啡。

从海湾中央流淌出一条小溪,一直流入红树林沼泽。放眼望去,海湾的西边凸起一座小山包,小山包与河口之间几处房屋紧紧挨在一起,屋顶和墙壁都由棕榈树叶搭成。长长的海滩环绕了整个海湾,海滩与房屋的后面笔直竖立着一排细长的树木。

相比巴丹半岛,民都洛岛的清晨显得"极其奢侈"。没有轰炸机的轰鸣,没有炮弹爆炸的砰砰声,附近的村落静悄悄的,人们似乎仍酣睡在清晨的美梦中。

菲律宾一处村落的村民焦虑地看着来自科雷吉多尔岛的"宿务公主"号不断靠近。拍摄者：梅尔威尔·J. 雅各布（Melville J. Jacoby）

近处，朝阳映照着周围的雨林，给树木打上了深深浅浅的阴影，并呈现出分明的层次感，有些看上去几乎是黄色，有些呈现出茂密深林般的翠绿色，还有些闪着翡翠色的光。附近田野上，水牛慢吞吞地走过，白鹭也懒洋洋地缩着脖子休憩。蔚蓝的天空一碧如洗，从瑠汉山山麓小丘延伸至海湾的低地，又延展到引人注目的杜马里山。然而，由于气温很高，整个波拉湾又被笼罩在一片闷热中。

梅尔、安娜莉、克拉克还有其他几个船上的人刚喝完在罐头盒里冲的咖啡，就听到远处传来一阵机器的嗡鸣。那嗡嗡声越来越近，变成了噼里啪啦的声响，打破了清晨的宁静。只见一架小型飞机出现在"宿务公主"号的上空，不断盘旋着。

"宿务公主"号上的所有人都十分清楚这架飞机是何来路。不管是从外观看还是听声音，都可以断定这是一架日本侦察机。在科雷吉多尔岛和巴丹半岛，每天早上都能听到这种飞机飞过高空时引擎发出的巨大声响，它的任务就是在空袭前航拍岛上的防御工事，侦察岛上的大炮所在。

人们管这种飞机叫"单座摄影飞机"。它或许在为袭击科雷吉多尔岛做准备，但如今在波拉湾上空盘旋，对船上的人来说，情况不妙。难道"宿务公主"号刚出科雷吉多尔岛就被日军发现了？

日军飞行员很可能已经向总部发了无线电。这样，日军飞机的某个中队也许随时都会到达波拉湾，然后一举歼灭"宿务公主"号。为了安全起见，太阳落山前必须下船——时间十分紧迫。

"日军的两艘巡洋舰负责在菲律宾海域击沉任何浮在水面上的东西，驱逐舰没能干掉的，还有轰炸机帮忙解决。"安娜莉写道。

梅尔和克拉克抓起麦克阿瑟在科雷吉多尔岛给他们的手枪和手榴弹，随大家跳上汽艇，向岸边驶去。

他们上岸后，发现海边的房子都空无一人。波拉湾像是一座鬼城，唯一的活物就是一只在土路上蹦蹦跳跳的小肥猪，路两边的房子都空荡荡的。村民们已经从村里逃走了吗？这里已经被日本陆军部队侵略了吗？村民们已经被围捕了吗？面对如此情景，一行人疑惑不解。

他们的汽艇侧面拖着一条螃蟹船（一种有舷外托架的小筏子），当这条螃蟹船正要靠岸时，村子里突然有了动静。从树林里一下子冒出来几十个人。情况是这样的，昨晚"宿务公主"号到了以后，警察和一些村民就一直盯着这艘神秘的船。看到汽艇朝着岸边的村子驶来，负责盯着这艘船的人立即给村里所有的人发警报，然后大家连大门都不关，就迅速跑进丛林中躲了起来。

在丛林的边缘地带，负责侦察的人一看到小艇上挂着美国国旗，就立马跑回了岸边。一些穿着卡其衬衣和白色短裤的村民向梅尔他们走了过来，他们中很多还是孩子，由手握霰弹枪的警长带领着。聚过来的村民一开始还很担心，后来就放下了戒备，露出了笑容。大部分人都紧紧盯着梅尔和克拉克腰里别着的武器。梅尔从这些忧虑的眼神中看到，村民们最终在心底对他们的来路下了一个结论。

"你们是美国派来的援军，可把你们盼来了！"有个人用英语喊道。喊声来自本镇的镇长，他是一名教师，还是前英联邦的官员。他对梅尔一行人表示欢迎。

这声呼喊听起来令人心碎，但是梅尔和他的朋友们不确定岛上还有什么人，因而不能将实情告诉他们。为了保证安全逃离菲律宾而不被逮捕，他们必须万分谨慎。仅仅是待在船上就已经够不安全了，在确定"单座摄影飞机"不会飞回来前，他们没时间闲聊。梅尔、安娜莉、克拉克三人一踏上沙滩，就急切地望着天空。

紧接着，意外发生了，与梅尔他们同行的一位英国商人脱口而出，说他们不是援军，只是从巴丹半岛跑出来的。镇长听明白了那位英国商人的意思，整个人变得垂头丧气，好像一只泄了气的皮球。

同伴说话如此不小心，着实让梅尔、安娜莉和克拉克大吃一惊。在菲律宾，任何谣言都能迅速传遍散落在各处的村落。因为自日军侵略菲律宾以来，数以百万的菲律宾平民都逃离了马尼拉和其他城市，躲进了丛林中。这几百万人中肯定有一些人（虽然不是全部）是逢迎萨达利斯塔党，协助日本第五纵队工作的。要是他们或者其他间谍混在波拉湾的村民中，并且知晓了有一艘满载美国人的小船逃离了科雷吉多尔岛，悄悄穿越了日军封锁，他们很可能会将这一情况通报给日军。如此一来，威胁到的可不只是"宿务公主"号和船上的乘客，而是整个穿越封锁的行动。

镇上的人得知来人不是援军，也都很失望，不过大家还是热情地欢迎了梅尔和"宿务公主"号上的其他乘客。镇上的人一直都收听卡洛斯·罗穆勒（Carlos Romulo）播报的"自由之声"和其他关于战事的广播，他们迫切地想了解更多的战况。梅尔觉得他们问得很"急迫"，克拉克觉得他们的问题"叫人为难"，而安娜莉觉得他们总是问个不停。

"我们一遍一遍听村民说着——'我们爱美国。我们想参入战斗。我们想要协助战斗。但是美国的飞机什么时候能来？'"安娜莉写道。

波拉湾的居民热情接待了梅尔他们，而孩子们则跑回家里、丛林里，拿来了椰子和香蕉，送给梅尔他们做礼物。那是正午时分，日头正高，不管

"单座摄影飞机"有没有看到"宿务公主"号,梅尔他们在日落前继续航行都是不安全的。因此,镇长就邀请他们共进午餐。

"多亏了镇长的款待,我们换了换口味,饱餐了一顿,终于不用吃从巴丹半岛带来的咸牛肉罐头了。"范·蓝丁汉写道。

镇长和居民们热情款待梅尔他们,大家把酒甚欢,有人说了祝酒词,热闹地为美国干杯。这些菲律宾人一遍又一遍地赞美着麦克阿瑟、巴丹半岛和美国,说话的同时,还意味深长地指指自己的大刀。他们表现得跃跃欲试,要与躲在科雷吉多尔岛和巴丹半岛上的美国大兵并肩作战。"波拉湾上的人也在等待美国的援兵。菲律宾所有岛上的情况都是如此。"

饭后,安娜莉则坐在屋外一架竖式钢琴旁,村里20来个女人围在她身边。有个穿着带有圆点裙子的小女孩,笑着即兴弹奏了一段。还有个小伙儿时不时坐在小女孩旁边,和她一起弹奏。安娜莉看着他们演奏,面带笑容;而其他的美国人则坐在附近的椅子上,摊开四肢,神态轻松。至少此刻,生活的美好战胜了战争的恐怖。梅尔拍了大量的照片,用镜头记录了这个美好的下午。

太阳开始西斜,梅尔、安娜莉、克拉克和其他乘客回到船上。等天色逐渐变黑,他们暂时不会受到来自轰炸机和"单座摄影飞机"的威胁时,船先是绕着波拉湾东边的群岛航行一圈,然后掉头向南,开始了又一夜的航程。

* * *

整个菲律宾由7000座岛屿构成,其中大约有2000座无人居住。天一黑,"宿务公主"号就会从一个岛屿行驶至另一个岛屿。尽管宿务与波拉湾之间相去仅320千米,但是为了不引起日军的注意,它必须小心翼翼地缓慢地穿过各个岛屿。而天一亮,船上的人就得登陆到最近的海岸,等待夜幕再次降临,以继续他们的航行。"宿务公主"号离开波拉湾后,穿过了塔布拉斯海峡,到达塔布拉斯岛,然后沿着岛屿的西边继续向南行驶至洛克湾,在那里上岸躲避起来,一路走下来大约有136千米。梅尔一行人到了后,找到了几瓶在菲

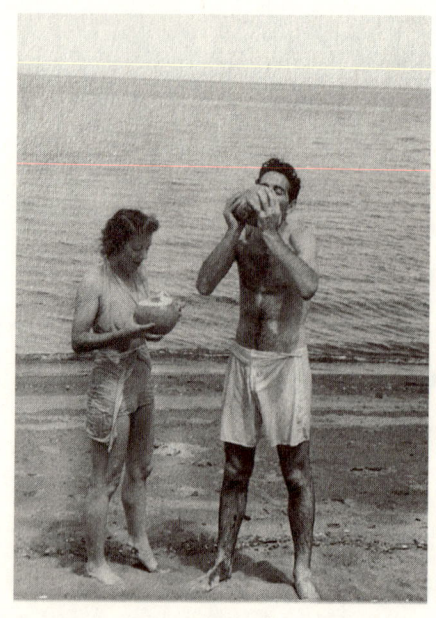

白天不能航行,梅尔和安娜莉就只好等待下一阶段的逃离,等待过程中他们吃着椰子,还在太平洋里游泳。照片由佩吉·斯特恩·柯尔(Peggy Stern Cole)提供

律宾随处可见的生力啤酒来喝。

"酒是热的,不过喝起来像香槟。"范·蓝丁汉写道。

尽管"宿务公主"号只在夜间航行,但这并不意味着在黑夜船上的人们可以放松警惕。在夜幕中,"宿务公主"号突突地缓缓行驶,船上的人要轮流望风。望风时,他们的心情异常焦躁,总觉得眼前的一片海水危机四伏。"我们经过的任何一只渔船,都有可能是日军巡逻船,"梅尔写道,"海岛上四处都有农民焚烧农田发出的火光,那些火光也很可能是信号火。一路上,看到火光,我们就无比担心。"

夜晚的航行着实令人恐惧,但有些荒唐的是,他们白天在岸上的时候却有种热带度假的感觉。每天早上,除了吃吃喝喝、游游泳以外,几乎无事可做。梅尔和安娜莉两人尽情享用着剩下的几箱生力啤酒。然而休闲只是表象,他们的内心仍是紧张不安的。与第一天早晨一样,他们常常害怕被人看到,好在白天不像漆黑的夜晚那样充满不确定。

"每晚在船上，我们都觉活不到明天，"安娜莉写道，"但一到白天，我们就会在岸上度过美好的一天，吃八顿饭，穿着临时做的泳衣游泳。"

安娜莉把一条带圆点的裙子一分为二，一半缠在胸前，另一半用别针固定在腰间，给自己做了一身比基尼。梅尔则拿出白色的平脚短裤当泳裤穿。岛屿之间温暖的海水拍打着两人的身体，有那么一瞬间，他们竟忘记了战争的存在。

如同成千上万对来到菲律宾的新婚夫妇，梅尔和安娜莉每天早上都会在太平洋里嬉戏大笑。海水在脚边溅起水花，他们用借来的大刀切开椰子，双手举起，尽情地喝着半透明的椰子汁，有些汁水顺着嘴角流了下来。在岸上，他们四处闲逛，脸上洋溢着笑容，安娜莉的衣服湿湿地贴在她起伏的胸脯上，而梅尔胸脯上的毛发也被打湿了，缠成一团，贴在胸前。

* * *

船悄悄地驶入小岛，成百上千的菲律宾人像波拉湾的村民一样，欢迎着梅尔他们的船。他们所到之处，村民无不等在码头旁的台阶上，或是沙滩边上。村民都满心好奇，迫不及待想要见见这突然来访的客人。他们中的大部分都兴高采烈地款待梅尔一行人；孩子们更是热情，他们穿着印有米老鼠和匹诺曹的运动衫。人群中有没有萨达利斯塔党的人，梅尔和安娜莉无从得知。不过，两人能感受到村民对他们的欢迎，能感受到大家共同的使命感。

菲律宾人会问梅尔、安娜莉和克拉克各种问题，不过除此之外，梅尔一行人的生活似乎与一开始并没什么不同。这次战争会使菲律宾人经受巨大的磨难，粗暴打乱菲律宾人安宁和谐的日常生活。刚看到岛上来人时，波拉湾的居民眼神里满是焦虑，担心可能有事会发生，担心"宿务公主"号的到来会给他们带来灾祸。村民们似乎都多多少少听到了传言，说日军在吕宋岛上劫掠财物、强奸妇女。不过，日军到来之前，在没被占领的岛屿上，人们的生活还与往常并无二致。毕竟几十年来，菲律宾一直由美国人统治，而美国人来之前，菲律宾又是西班牙的殖民地。

"他们粮食匮乏。"梅尔在他的报道中继续为亲美宣传运动加油打气，"他们的船完全没法行驶。他们没有货币，没有贸易，但是他们愿意等下去。他们由美国政府资助支持。他们和普通的美国人一样，喜欢电影。"

当然，这不代表村民们对战争毫无准备。"宿务公主"号每到一个地方，当地的男人们都会骄傲地向梅尔他们展示又长又锋利的菲律宾大刀。在有些地方，尽管供给根本不够，但新兵都跃跃欲试，嚷着要加入战斗。

岛上能看到一群刚刚组织起来的士兵，身穿蓝色牛仔服。这些新兵们只在照片上见过机关枪，却从没有亲手摸过。他们学过如何使用手榴弹，但他们只有装在可口可乐瓶子里的火药，这些火药是从日军那里捡来的，原本装在水雷里，其漏出来后就漂浮在附近水面上。

许多菲律宾人没有为躲避日军而逃走，而且想逃离日军的封锁似乎也不太可能。菲律宾人还是照旧把螃蟹船驶入平静的水域，用鱼叉捕鱼，然后带着凹陷的渔网满载而归。他们微笑着欢迎梅尔一行人，在大盘子上摆满成熟的绿杧果和香蕉来款待他们。阳光普照，微风轻柔地撩动着棕榈树叶，这一派风和日丽、其乐融融的景象与黑暗绝望的战争形成鲜明的反差。

尽管狼烟四起，黑云压城，海水依然轻柔地拍打着各个海岸，依然平和恬静；不过梅尔和安娜莉遇到的各个海岸上的所有村民几乎都是一脸的忧虑。"宿务公主"号每到一处停泊，那里的人们都急切地盼着他们是援军的先头部队，而村民们得知"宿务公主"号和船上的乘客不是援军后，每个人都一下子泄了气。

* * *

几乎所有的村民都有故事要跟梅尔他们三人讲一讲，比如日军洗劫了许多村子和农田，镇上的人被迫成了苦力，好几家的姐妹、母亲、女儿被日军强奸了。有个镇上的居民还提到，他们的日本邻居在镇上生活了好几年，可战争一爆发，他们就突然消失了，这些日本人好像来菲律宾的时候就知道这

菲律宾村民在款待安娜莉·雅各布，她正在逃离科雷吉多尔岛的途中。摄影：梅尔威尔·J.雅各布

里会遭到侵略，所以提前做好了准备。

另一个村子的人告诉梅尔他们，当日军的飞机出现在村子的上空时，村里上百个从没见过飞机的人纷纷从家里跑出来，抬头去看一个空军中队靠近，然后几架飞机纷纷被炸弹击落。马斯巴特岛上的菲律宾人则说，入侵的日军围捕了美国矿工，把他们绑在杆子上带走了。菲律宾人常常恳求梅尔他们几个来访者给他们送武器，好让他们对日军发起游击战，然而梅尔他们对此无能为力，他们唯一能做的就是，保证把菲律宾人的故事报道出来。

在旅程的第3天，梅尔一行人登上了岸，来到大庄园村，这个小村位于班乃岛东北角。关于这里的事，克拉克写道，他和范·蓝丁汉、卢·卡尔森三人雇了当地的司机载他们去卡皮兹市，也就是今天的罗哈斯市。三人惊奇地发现在那里能买到可口可乐、口香糖和报纸，途中他们让两个女孩搭了便车，其中一个女孩刚刚赢了选美比赛。

"我们差点都忘了世界上还有选美比赛和美容院这些美好的事物。"克拉克写道。

他们轻松愉快地度过了白天。但是夜幕降临后，恐惧就爬上了心头。首先是，克拉克三人在从卡皮兹市返回大庄园村的途中，有两架日军飞机低低地从他们的头顶掠过。接着，黄昏时分，"宿务公主"号准备离开大庄园村，在他们离开码头时，梅尔注意到，一个德国牧师看到了他们并在本上记下了什么。于是他们一行人都忧心忡忡的，克拉克和范·蓝丁汉担心遇上日军轰炸机，梅尔则担心出现信号火。

"宿务公主"号一离码头，从船背后的山上喷出巨大的火焰。突然间，更多的火焰被点燃，在海湾间划出一道直线，刹那间，天空亮如白昼。所有人都十分确定，那是信号火。战争初期，与日军勾结的人就用类似的方式为日军的飞机指引美国飞机场和其他目标的位置。这一晚，众人前所未有的紧张。

* * *

"我很好。在路上。爱你。安娜莉。"

2月27日，这条简短的电报发送到了马里兰州的贝塞斯达，安娜莉的父母惠特摩尔夫妇就住在那里。夫妇俩喜出望外，赶忙去信给自己的亲家艾尔莎和曼弗雷德·梅伯格。

"我太高兴了，也很感激，连字都写不成了，"安妮·惠特摩尔写道，"下次他们再来电报，要是能知道他们人在哪，就更好了。真希望那时他们都到家了。"

同一天早上，刚过十点半，生活在洛杉矶的梅尔的父母梅伯格夫妇就从梅尔那里收到了一封类似的信。那时，两个家庭所知道的只是，两个孩子是安全的，两人成功到了科雷吉多尔岛。梅尔和安娜莉两人还不知用了什么方法，托国务院的亨利·卢斯捎话，亨利又转托大卫·哈尔伯德把话带给了梅伯格夫妇。

电报是从一个叫宿务的地方通过无线电发过来的。梅伯格夫妇收到的纸上，有人用铅笔写了"位于吕宋下面"，让人感觉那个人似乎刚刚拿出地图查了查宿务在哪。离开科雷吉多尔岛4天后，"宿务公主"号来到了巴瑞丽，它

菲律宾男人从岛的岸边朝海看去，梅尔和安娜莉在逃离科雷吉多尔岛的途中登上了这些人居住的岛屿。摄影：梅尔威尔·J.雅各布，由佩吉·斯特恩·柯尔提供

是一个小码头，位于一个宽22千米的小岛的西面，这个岛在科雷吉多尔岛的东南面，两岛相距350千米。"宿务公主"号悄悄绕过内格罗斯岛，开往巴瑞丽，那里距离大圤园村大约100千米。刚才，日军的轰炸机似乎没有看到德国牧师点燃的信号火，因为途中，并没有轰炸机赶来袭击"宿务公主"号。

当时，宿务省仍归美国控制。在巴瑞丽，市长因为梅尔、安娜莉、克拉克不是援军而大失所望。后来，三人找了人开车载他们翻越岛上的山脉，山脉纵贯全岛，沿着岛的东岸向北延伸。他们驶过牛群，驶过种满谷物的农田，甚至驶过屯了食物的商店。在科雷吉多尔岛和巴丹半岛上忍受了6个星期的食物匮乏和战争暴力之后，三人突然看到这里的情景，都有些不敢相信。

"岛上有糖料种植园、果树和浅色屋顶的房子，这是我们见过的最美、最平静的地方。"克拉克写道。他们最终到了宿务省的省会宿务市，并且在那找到了一个面积不大的美国军营，似乎还找到了一丝生活的常态感。

然而，在宿务市，他们还是迎来了一个坏消息。"宿务公主"号上的一名来自英格兰布莱顿的商人乔治·里弗斯得了登革热，并且病情不断恶化。卢·卡尔森和后来从巴丹半岛上船的英国乘客们直接把里弗斯送到了宿务市的医院。一开始，医生的治疗和照料发挥了作用。里弗斯病情开始好转，于是他就离开了医院。但这场病使他的体质变弱。3月5日，他们来到宿务市还不到一个星期，里弗斯因突发心脏病去世，年仅33岁。

里弗斯的朋友们和他道了永别，梅尔夫妇和克拉克则回去继续工作。多亏有麦克阿瑟在梅尔三人离开科雷吉多尔岛职位时写的介绍信，宿务市的许多军官才允许三人使用岛上的无线电传送设备。他们可以用这些设备向家人报平安了。但是由于担心发的消息被拦截，向日军泄露了突破封锁线行动，他们在消息里不能透露太多。消息上印着的位置信息显示梅尔他们人在宿务，但是他们不能透露自己具体是怎么逃离科雷吉多尔岛的、途中在哪些岛屿停留了，以及大概会在宿务待多久和下一步会去哪里。一路上，无论是在波拉湾还是其他岛上，当地人都热情款待了梅尔一行人，他们不能透露旅途中的任何细节，以免给村民带来危险。

* * *

起初，宿务市给人的感觉是离战争很远。

"宿务市让我回想起日军入侵前在马尼拉的生活。"范·蓝丁汉写道。

在科雷吉多尔岛，位于岛屿顶部的电影院已经被炸毁；而在宿务市，电影院照常营业，只不过里面放映的两部影片已经重复播了几个月了。一家酒吧也在营业，只是酒吧里只有几箱威士忌，生力啤酒倒是剩下不少。

早上十点到下午三点最容易遭到空袭，所以，在这个时间段酒吧和电影院都大门紧闭。三三两两来消遣的顾客都住在宿务市周边的峡谷中。峡谷相对安全，所以约有70名美国平民放弃工作逃到了峡谷中，他们中大部分是商人，从岛的四周跑来，那里是西方企业的所在地。

"空气中能嗅到灾难一步步逼近的气息。"范·蓝丁汉写道。附近岛屿上

逃离科雷吉多尔岛途中,安娜莉把衣服改成了临时比基尼。摄影:梅尔威尔·J.雅各布

的战略要地已经遭到了空袭。据说在米沙耶群岛附近水域有两艘日军巡洋舰在不怀好意地来回航行。这样看来,日军迟早都要侵略宿务的。

在宿务的美国人放弃了高尔夫球场和沙滩俱乐部,住进了在小山坡上临时搭建的简陋棚屋。和从马尼拉逃到巴丹半岛的平民做法一样,一些美国人加入了驻守宿务的部队,剩下的人几乎从不离开小山坡。除了偶尔有几个人偷偷溜进城里找些吃的喝的以外,宿务市的街道几乎空无一人,死寂的感觉令人毛骨悚然。

"在离巴丹半岛和科雷吉多尔岛很近的地方,我们感觉日军随时会来,一些美国人在晚饭前却仍在优雅地喝着鸡尾酒,这让我们很吃惊。"梅尔写道。

宿务坐落在沙滩和山坡之间,整个城市弥漫着昏昏欲睡的气息,街道几乎空无一人,村里还有许多茅草屋。人们能看到屋顶覆盖着尼巴叶的小屋、竹子搭成的医院,还有扬尘和隧道。如果不是在战争时期,人们或许会认为它是一座沉睡的城市。但在克拉克看来，宿务"是像纽约一样的大都市，尽管城里只有一座五层的'摩天大楼'"。

克拉克提到的"摩天大楼"是梅尔和安娜莉在宿务暂时的住处。在"摩天大楼"的顶层豪华套房里住着美国陆军运输部队少校科尼利厄斯·伯德（Cornelius Byrd），就是他组织了穿越封锁线行动，派遣"宿务公主"号到科雷吉多尔岛的。"宿务公主"号返回宿务后的头几晚，伯德邀请梅尔和安娜莉住在自己的套间里。这种排场让两人看似又回到了度蜜月的时候，此前，由于战争的爆发，两人的蜜月被迫中断了。这次也算是一种补偿吧。

* * *

1月，在一个名为"十号军营"的基地，原本负责指挥岛上为数不多的美军的上校欧文·C.斯卡德（Colonel Irving C. Scudder）成为岛上的指挥官，继任前往棉兰老岛的将军威廉·F.夏普的职位。斯卡德开始负责指挥一支名为宿务旅的卫戍部队，这支部队主要由一些没有受过完整训练的菲律宾士兵组成。部队还有一些勉强凑来的过时防御工事，其中最重要的就是圣佩特罗堡，它是一座三角形岩石堡垒，200年前由西班牙人建造，用以抵御荷兰海盗和其他袭击者。

除了堡垒里生锈的枪之外，岛上就再没有拿得出手的防御武器了。宿务的防御工事在50年前可能有震慑敌人的威力，但如今用来对付从天边驶过来的日军现代船舰，就显得招架不住了。不管是士兵还是平民，大家都清楚这一点，所以任何靠近岛的船只都会让宿务的居民绷紧神经，他们"焦躁不安，像是赛马比赛中的小马驹"。

"宿务公主"号返回宿务的两天后，梅尔发现，宿务居民如此焦虑是有原因的。3月1日的大清早，有人目击到两个巨大的深色物体毫无预兆地出现在了宿务湾附近。没过多久，人们就意识到了，那是两艘日军的轮船在巡逻菲律宾诸岛间的水域，一艘是长532英尺的轻型巡洋舰"球磨"号，另一艘是长290英尺的鸿级鱼雷艇。两艘船向南行驶，要到棉兰老岛附近执行任务，途中在宿务相遇,就暂时停泊宿务湾,冲着码头连续开炮。突然的袭击摧毁了停泊在宿务的三艘往返诸岛间的船只,分别是"古卢斯""莱弗斯""黎牙实比"。根据各种史料记载,有300多人死于这场袭击。因为审查机构的介入,梅尔、安娜莉和克拉克关于这场袭击的报道都没能出版。卡尔森则是后来在一封私人信件中简短地提了几句。范·蓝丁汉讲述自己穿过菲律宾的旅程时也提到了这次袭击,只不过他弱化了袭击带来的损失。

"一颗炮弹击中了西班牙人建造的老旧堡垒。"范·蓝丁汉写道,"其他炮弹落入了海湾里,没有造成任何损失。"

* * *

同马尼拉湾一样,宿务湾附近的海底散落着被击沉的船只,码头北部四散着被毁坏的老旧设备,一些设备的残骸在一大片沼泽地平原上默默燃烧着。所有通往宿务市的桥梁都被摧毁了,如此一来,里洛安岛和省会宿务市之间几条略微起伏的公路,就成了去往省会宿务市仅存的通道。在宿务岛唯一的飞机场上,美国人为避免使任何资源落入日军手中,将剩下的几架飞机付之一炬。

宿务是"宿务公主"号航行的最后一站,到达这一站后,"宿务公主"号会继续执行新的任务——偷偷向科雷古多尔岛和巴丹半岛运送补给。因此,梅尔一行人要离开宿务,只能另想办法。于是,大家又一次群策群力商量怎么安全逃离。梅尔夫妇在宿务市中心住进他们的"蜜月套房",安顿了下来。将军伯德为克拉克、范·蓝丁汉和卢·卡尔森安排了司机和轿车,车子经过一连串的濒海湖,又往前开了十几千米,到达了坐落于宿务市东北的里洛安沙滩俱乐部。三人在那里住下,等着别的船来到宿务岛。几天后,梅尔和安娜莉也来到了这个俱乐部,与他们的同伴会合。

沙滩俱乐部前,珠贝河带来的泥沙沉积形成了6米深的大陆架,使得海水呈现出暗灰色和略带青绿的棕色。离岸500米的水域,水深600米,那里的海水颜色变暗而呈现出宝蓝色。俱乐部一带有一小片银色的沙滩,旁边是一排随风摇曳的棕榈树,离棕榈树不远的地方能看到一片月牙状的海湾。

俱乐部差不多处在月牙状海湾的中央,石膏砌出的墙在三月阳光的照耀下,显得异常的白,甚至白得有点刺眼,因此,它在一片热带水域上格外引人注目。带有西班牙殖民风格的栏杆,在战时的艰苦环境中,显得格格不入。拱形的窗户让人想起这片地方曾经的模样。延伸出来的天台和两层的甲板呈现出闲适恬静的幻象,这里是俯瞰里洛安湾的有利位置。这个沙滩俱乐部仿佛坐落于世界的尽头,然而从这里看到的景象却并不让人轻松。泥沙形成的大陆架在海面下静静地延展,这使得海湾成了入侵者绝佳的登陆点,他们完全可以把船停靠在附近的大陆架上。

岛上面临着巨大的危险,所以小岛的防御工作也需要梅尔一行人时刻保持警惕。每个待在俱乐部的人都自愿两小时一换班,在外面监视海湾的情况。这样,一旦有船舰靠近,他们不仅能通知附近的菲律宾侦察队,还能立马准备逃跑,而不用等着传言告诉他们宿务的太平日子已经到头。

* * *

一行人轮流值班能为梅尔和安娜莉创造不少的"蜜月"独处时间,所以一到俱乐部,两人就考虑把值班时间安排在一起。克拉克、范·蓝丁汉和卡尔森睡在会所的门廊,梅尔和安娜莉则睡在主楼里。轮到梅尔和安娜莉值班时,他们能待在一起几个小时。经历了6个星期住在狭窄隧道的日子,又搭乘"宿务公主"号度过了一段令人担惊受怕的旅程,如今两人终于有机会好好享受二人时光。温暖的海风让梅尔回想起了他的母亲在南加利福尼亚的家,想起了母亲获奖的几个花园。科雷吉多尔岛遭受空袭最严重的时候,梅尔就和安娜莉讲过母亲艾尔莎的花园。如今,他又绘声绘色地讲了起来,一个细节也不落下。安娜莉听得很入迷,有一种身临其境之感,仿佛她就在那些花园里漫步,身旁是边说边走的梅尔。

白天,梅尔和安娜莉就与同伴们一起,在海里游泳,在附近空闲的高尔夫球场打高尔夫,还和当地人聊天。一天下午,里洛安沙滩俱乐部的晚

菲律宾宿务的居民在里洛安沙滩俱乐部与安娜莉·雅克布和其他"宿务公主"号上的乘客共进盛宴。摄影：梅尔威尔·J.雅各布

宴大厅办了一场宴会，梅尔、安娜莉、克拉克·李、卢·卡尔森和查尔斯·范·蓝丁汉5人作为贵宾参加了宴会。饭后，几十个菲律宾当地人簇拥在餐桌周围，大声笑着，给他们5位记者、给彼此讲着故事。每每遇到这样喧闹的时刻，梅尔总会从菲律宾当地人那里感受到一种友情与亲切感，这使他想起，在重庆时那里的人也给过他同样的感觉。

仿西班牙风格的沙滩俱乐部有着拱形的百叶窗，窗前的沙滩被夜色笼罩着。这样的夜色既招人喜欢，又叫人害怕。

因为这夜，梅尔和安娜莉可以厮守在一起。这夜，这沙滩，这不停拍打海岸的海水的低吟，应和着两人胸中的低语。让梅尔和安娜莉觉得天地间只有他们两人。几个月来他们在让人预感不祥的天空下奔命，终于，他们可以享受宁静，享受彼此的存在，终于，他们可以只和彼此对话，周围再没有别人。

可是，这夜又危机四伏。月亮太过明亮，让人无法放松。两人的眼睛总是不断地扫视海面，看看入侵者是不是逼近了。

"升起的月亮、影子、灯光，这一切都令人神经紧张。"梅尔写道。

* * *

自从梅尔到达宿务，关于他的消息，纽约的编辑就比不上他的家人知道得多了。安娜莉代表梅尔给大卫·哈尔伯德发过一条简短的消息，说他们在"以尽可能快的速度行进"，还问编辑是否希望梅尔为《生活》写一篇关于这次旅行的报道（编辑确实想要梅尔写一篇）。两天后，梅尔又发了一条简短的消息，之后就杳无音信了。即便梅尔他们在科雷吉多尔岛时，哈尔伯德和他的员工还能大概知道一些关于梅尔和安娜莉情况。但如今，两人毫无消息。

与此同时，在宿务岛上，梅尔、安娜莉和朋友们试图修好一艘从日本人那里缴获的渔船，想着万一没有船过来载他们走，他们就乘坐这艘渔船逃跑。要是修不好渔船，情况就糟糕了。留给他们的选择只有两个——一个是藏身宿务，这似乎不太现实；另一个是开着借来的车去岛的另一边，说服一个当地人划着摇摇晃晃的小螃蟹船带他们走，这就意味着拿自己的性命做赌注，进入浩瀚的太平洋，而太平洋如今是面积巨大的交战区。

梅尔和安娜莉继续为报道收集信息，但是无法从宿务发出任何电报（岛上的无线电站只能发送短消息）。他们有成百上千的文字还未写下来，有几十卷胶卷还未冲洗出来，有数不清的信件和电报还未发出去。要说的太多，却无法刊登到报纸上。当然，还有很多已被焚毁于马尼拉海景湾的熊熊火焰中。

梅尔在宿务时，买了一台二手打字机，型号是1930年生产的科鲁纳-4，机身为黑色金属框架，框架涂了一层金色硝基亮光漆。这台"新"打字机，他和安娜莉两人一起用。除了等待时机逃离和监视有没有日本人逼近以外，这些天，梅尔几乎没什么事可做，于是在安娜莉的帮助与合作下，梅尔开始写一本书。最初，他写了一个长长的电报，先述说了他在离开麦克阿瑟指挥部之后的将近两周时间里经历了什么。接着，他又讲述了珍珠港事件和克拉克机场事件爆发时马尼拉的情况，写了袭击发生前发生过什么事件，以及这些事件是怎么在菲律宾发生的。之后，他又继续往前追溯，把如今的战事放在整个战争局势中观察，5年前，他在岭南时就目睹了冲突的一步步激化。他想要呈现出事态是怎么从卢沟桥事变①发展成太平洋战争的。可惜的是3年的笔记都成了海景湾火炉里的灰烬，梅尔只能凭着安娜莉的回忆写下去。因此，他非常感激安娜莉有过目不忘的能力，帮他回忆起了很多发生过的事件。

梅尔一边写书，一边给《时代》和《生活》写了一封封的电报。电报中，他写了自己在科雷吉多尔岛和巴丹半岛看到的情形，还叙了许多从村民那收集来的对相关情形的描述，这些村民是他在从科雷吉多尔岛逃至宿务途中停靠时碰到的。他希望用自己的描述来说服美国民众，坚决支持对菲律宾的支援，同时他在电报中说明了菲律宾人渴望抗击日本人的迫切心情。

梅尔和安娜莉还不知道，卢斯在纽约的助手已经把他们从科雷吉多尔岛发过去的一些报道发布了出来。其中一篇记叙了巴丹战役的场景——"我们的摩托艇缓缓驶入马里韦莱斯码头，大家立马争先恐后地登陆。"文中如是写道。另一篇则是用第一人称写的，是上尉约翰·惠勒向安娜莉口述的。这位上尉指挥着一个由菲律宾侦察兵和美国士兵组成的骑兵团，这个骑兵团在麦克阿瑟撤退到战乱的巴丹半岛时采取了拖延战术。还有就是那篇极具传奇性的《科雷吉多尔岛海底电报第70号》，这篇报道通过时代集团的特殊安排，在《野战炮兵日报》上发表。报道描述了许多在科雷吉多尔岛上战斗的人物，讲述了他们的故事，其中就记述了3名来自加利福尼亚州萨利纳斯的"男孩"，圣诞节的第2天，3人的坦克遭到埋伏，于是他们徒步穿过敌人控制范围回到了马尼拉，其中一个人喉咙里卡了一颗从他们被毁的坦克掉下的铆钉。

有些记忆不需要笔记或者安娜莉的回忆，梅尔也记得清清楚楚。他们留在马尼拉的朋友，有两个人让梅尔和安娜莉时时挂心，不能安眠，这两个人就是卡尔和雪莉·麦当斯。关于这两位被囚禁的朋友的消息，梅尔和安娜莉只在科雷吉多尔岛时听到了一些。他们知道麦当斯夫妇还安全活着，但从麦克阿瑟手下收到的谍报里，他们也了解到马尼拉的许多囚犯都吃不饱饭。

"我们现在常常想起他们。"安娜莉写道："他们要是和我们一起来了

---

① 卢沟桥的大名远播西方是七百年前的事，在《马可·波罗游记》中它被形容为一座美丽的石桥，后来洋人都称它"马可·波罗桥"。

多好。"

* * *

3月过了一周,一艘5500吨级的货船在科雷吉多尔岛靠岸,这艘船有蓝色的桅杆和灰色的船体。它的到来让人们又惊又喜。这艘船舰"娜蒂小姐"从澳大利亚一路驶来,送来了食物、小型武器弹药和医疗补给。工作人员花了两天时间才从船上把货卸下来。"娜蒂小姐"由德拉拉玛航运公司建造,是成功从菲律宾外部偷偷突破日军封锁线的三艘船舰之一,这时候送来补给对于菲律宾诸岛来说,真是雪中送炭。

"这个时代最英勇无畏、最机敏睿智的就是突破封锁线的人。"海军少将坎普·托雷如是评价"娜蒂小姐"上的船员和其他突破封锁船只上的船员。

开始的时候,宿务是菲律宾货物运输的集散中心,常常有附近诸岛的资源途经此地。后来,日军加紧了封锁,美国战略家只好向菲律宾外部寻求补给。有能力提供各种供给同时又离菲律宾最近的盟军是澳大利亚。因此,宿务又成了处理澳大利亚货物的基地,所有从澳大利亚送来的货物都先要到宿务,然后才会前往科雷吉多尔岛、巴丹半岛或者维萨亚斯还未被日军占领的岛屿。但是,船只从澳大利亚抵达宿务,就需要穿越敌军水域。

于是,美国就需要说服有能力的公务船船长,驾驶他们的船舰穿过日军控制的岛屿、航线,避开日军巡逻船,完成这段漫长又危险的航行。1942年2月,两名军官拿出1000万美元的赏金抵达澳大利亚,称要奖给任何愿意跑这趟行程的商船水手。最后只有10艘船的船长愿意冒险。其中,7艘船的船员强烈反抗,在船进入危险水域之前就迫使船长返航了。最后,只有3艘船完成了任务,其中一艘就是由船长雷蒙·鲍斯(Ramon Pons)指挥的"娜蒂小姐"。

12月8日战争爆发那日,鲍斯就在马尼拉指挥"娜蒂小姐"了。1月份时,美国陆军上尉亚历山大·约翰逊(Alexander Johnson)征用了这艘船,并提出如果他们愿意开船前往宿务,就付给鲍斯和他的手下4个月的工资;在此基础上，他们要是能够安全返航，还能再拿到9个月的工资。马尼拉一个西班牙社交俱乐部有佛朗哥的支持者，这个俱乐部把鲍斯列入了黑名单，作为这一俱乐部的对立方，对于约翰逊的提议鲍斯自然欣然接受。

* * *

"娜蒂小姐"到达宿务后的第3天，也就是1942年3月10日的凌晨4点，卢·卡尔森正在值班，他看到里洛安沙滩有一群士兵疾走而过，士兵们手里拿着口径点30的手枪，随时准备射击。再往远处望，卡尔森隐隐约约看到了一艘船，轮廓不是很清晰，它正向里洛安湾入口的海岸靠近。

卡尔森叫醒了其他人。仅仅过了几分钟，城里开来了一辆车。车里下来了一位陆军军官，他来告诉梅尔他们最好赶紧收拾行李，回到城里。15分钟后，他们一行人到达宿务市里，去了上校伯德的"阁楼"。

早饭时，伯德告诉梅尔、克拉克、安娜莉、卡尔森和范·蓝丁汉，传言称，有人看到一艘日军驱逐舰在朝宿务岛驶来的路上。几个看到的人估计这艘驱逐舰中午前就会到达码头附近。伯德告诉他们这件事时是10点15分。有人目击到驱逐舰时，"娜蒂小姐"的船员还在从船上卸货，但现在鲍斯已经在准备启程离开了。

这艘步步逼近的巡洋舰可能只是恰好路过宿务一带，在单独执行巡逻任务；但也有可能是有人报告了日本军官，说有一船美国人从科雷吉多尔岛向南逃跑，途中还曾在岛上四散的村落短暂停留，然后日本军官就专门派遣这艘巡洋舰来抓这群逃跑了的美国人；又或者是许多掠过菲律宾上空的日本侦察机发现了"娜蒂小姐"，并向其所属的基地报告了这个巨大的目标；最后还有一种令人恐惧的可能——日军也许打算入侵并攻陷宿务，而这艘船就是先驱部队。

不论这艘船来宿务抱有什么目的，搭乘"宿务公主"号过来的乘客们没有一个愿意留下来一探究竟。现在看来，在日军抵达宿务前，搭乘"娜蒂小姐"是这群美国人离开宿务唯一的选择，"娜蒂小姐"也是他们唯一能信任的船只。但搭乘"娜蒂小姐"要冒极大的危险。德拉拉玛船运公司最开始建造这艘船就是为了让其执行跨太平洋运货的任务。该船船长424英尺，是附近最大的一艘船，也因其之大而最容易成为敌军船舰和轰炸机攻击和轰炸的目标。

* * *

又有人来报告说，日军的那艘巡洋舰还有1小时就到了。时间十分紧迫。同新年前夜从马尼拉逃跑的经历一样，梅尔、安娜莉和克拉克从伯德的公寓跑出来，穿过公园到达宿务滨海地区，"娜蒂小姐"正在那里准备启程离开。船的发动机已经在搅动海水，即将把船推离码头。鉴于船只停泊了很短一段时间，卸了货后，船员还没来得及用压舱水灌满腾空的货船。没有压舱水，船就不能平稳行驶，尤其不可能在高速行驶时保持平稳。

梅尔、安娜莉和克拉克十分清楚留在宿务会很危险，所以都跑向"娜蒂小姐"，可他们也听到码头上的一些军官冲着他们喊，"娜蒂小姐"前甲板上有细长的吊货高杆，船楼有三层舱位楼层那么高，顶部还有一根巨大的烟囱，这样一艘船目标太大了，不可能带他们安全逃离的。这艘船不仅要快速熟练地驶出港口，还要穿过连接宿务岛和马丹岛的狭窄海峡，以及海峡附近漂浮在海面下方的沼泽。

"不要做傻事！"一名军官喊道。他坚持说梅尔他们不会活着逃出海湾的。卡尔森和范·蓝丁汉跑着登上了"娜蒂小姐"，而梅尔、克拉克和安娜莉则有些犹豫不决。

"来啊，梅尔，"克拉克恳求道，"这可能是我们最后的机会。"

此时，日军巡洋舰还有不到1小时就要抵达宿务了。

船长鲍斯正就军事命令与一名码头上的军官理论。"娜蒂小姐"返回澳大利亚前需要向科雷吉多尔岛的总部先发出通知，如果未发通知，就掉头开回澳大利亚，那在途中遇到的美国船舰很可能因为不知道"娜蒂小姐"是友军船只而将其击沉。但现在发通知已经来不及了，而"娜蒂小姐"如果停靠在宿务则会成为敌人最大的目标。船上唯一的防御武器就是两架50毫米的大炮和一架甲板炮，这架甲板炮由陆军安置，需要6名士兵操作。相比敌军的坚船利炮，"娜蒂小姐"根本不是对手。

由于鲍斯在与陆上的军官争执，梅尔、克拉克和安娜莉得到了更多的时间。伯德告诉他们，会配给"娜蒂小姐"一艘摩托艇。若日军巡洋舰到时，"娜蒂小姐"还没有离开宿务到达安全地带，梅尔他们可以跳上摩托艇，驾船离开。现在，梅尔一行人再不能犹豫不决了。是时候该走了！立刻！马上！他们跑向"娜蒂小姐"。与此同时，鲍斯命令手下解开锚索并收起踏板。

"娜蒂小姐"的船员还没有来得及收起吊货网。船渐渐驶离码头，梅尔、克拉克和安娜莉抓住吊货网，顺着绳子往船上爬。因为货舱是空的，船体就一直摇摇晃晃。船员驾驶着船开始全速前进。船驶离宿务，挺进海浪中。梅尔他们紧紧抓住吊货网，顺着剧烈摇晃的绳子，最终爬到了船上。

"娜蒂小姐"一边剧烈晃动着，一边向前行驶。在没有货物和压舱水的情况下，轮机手操纵船舵，给船加速。日本巡洋舰步步逼近，情况万分紧急。日本船舰从南方驶来，"娜蒂小姐"只有向北航行才能争取到时间，不过这样也不能保证能安全逃脱。即便这艘日本巡洋舰不轰炸"娜蒂小姐"，还有日军轰炸机可以对其进行轰炸。唯一能掩护"娜蒂小姐"这艘巨船的只有天上的云，可梅尔抬头望天，却心碎地发现头顶这片充满硝烟味的天空万里无云，一碧如洗。

梅尔三人累得上气不接下气，身上满是爬船时剐蹭出来的伤口。他们扣上安全带，一整天都没有解下来。克拉克坐着，"再次双腿交叉，手指交叉[①]，双臂也交叉"。这几个月来，他、梅尔和安娜莉一路疲于奔命，此时三人又踏上航船，驶向未知的海域。

* * *

船长鲍斯和船上的乘客所不知道的是，"娜蒂小姐"离开港口时，宿务岛上一个沉默寡言的海军军官非常机敏地给科雷吉多尔岛的总部发了一份无线

---
① 在西方国家，手指交叉有祈求好运的意思。

电报。电报说明了"娜蒂小姐"、船上的乘客和船的航行情况。海军少将弗兰克·洛克威尔负责指挥菲律宾剩下的海军部队。运气好的话,这位少将会提醒其他太平洋舰队的船只,特别是在南海上巡逻的美军船舰,不要对前往布里斯班的"娜蒂小姐"发动攻击。

驻守宿务的美国军官都逃离了码头,以防逼近的日本巡洋舰轰炸宿务岛。而船长鲍斯指挥着"娜蒂小姐"径直穿过海峡,然后又转变方向,往北驶向马丹岛附近。鲍斯先是指挥他的船穿过宿务和马丹岛间宽不足 0.5 千米的空隙,又绕过马丹岛北岸的礁石群和红树林。

梅尔看了看表,11 点 30 分。之前,目击者估计日军船舰中午会到达宿务。

离开宿务码头之后,"娜蒂小姐"就再没收到有关日本巡洋舰的消息。船向东驶去,准备绕过薄荷岛。梅尔几人在船上吃了午饭。下午 3 点,船上的收音机收到来自宿务的广播,称宿务市被一艘船轰炸了,击中了港口停泊的几艘小船,然后那艘船又启程向东北方向驶去,"娜蒂小姐"若要逃离菲律宾,刚好要走那个方向。船上众人多希望巡洋舰和"娜蒂小姐"走的不是一样的方向,这样,他们就可以把心放进肚子里去了。

"娜蒂小姐"每途经一艘小渔船,船上的人都会觉得小渔船"像是高耸的烟囱,让人一阵胆战心惊"。那天下午,"娜蒂小姐"经过薄荷岛北部时,有人看到卡尼高海峡附近有一艘伪装起来的船。"娜蒂小姐"需要经过那艘船,才能绕过莱特岛,离开菲律宾海域。那艘船准备抛锚,但是鲍斯不想再去靠近它以辨认其来路。接着,天色变暗,日军轰炸机在头顶盘旋了一阵,又迅速飞走。

大家心里又开始担心日军的轰炸机和巡洋舰会不会出现。虽然还没有飞机飞来,但日军巡洋舰很可能在等着"娜蒂小姐"自投罗网,只要"娜蒂小姐"有胆驶过苏里高海峡,日军巡洋舰就立马将其拦截。苏里高海峡就在莱特岛的另一边。基于此,鲍斯又指挥船向更北的地方驶去,藏匿在了莱特岛沿岸的一处小水湾中,靠近伊诺帕坎村。

鲍斯一边寻找着避难之所,一边派他的军官乘摩托艇去调查刚刚看到的船。大约1小时后,那名军官回来,说不是日本人的船,而是另一艘要突破封锁的船"安徽"号。后来,这艘"安徽"号在夜里触礁沉没了,船上有一群中国船员和从澳大利亚运过来的枪炮、火药、迫击炮,以及给腐烂的肉调味用的辣椒。

早上,另一架侦察机从"娜蒂小姐"上空掠过,迅速飞走了。鲍斯后来说,这些侦察机像是盘旋的秃鹰。鲍斯孤注一掷地认为,如果佯装向北航行,他就能将敌人的巡洋舰从苏里高引向莱特岛北部的另一个海峡,于是鲍斯就继续目前航行的方向,然后再掉头往南。当"娜蒂小姐"到"安徽"号所在位置时,一艘从"安徽"号过来的汽艇开过来,请求鲍斯帮忙把"安徽"号拖离暗礁。但是天色已晚,他们只能等到黎明时分,因为日出时潮水涨得最高。

第二天早上,一艘小船从宿务赶来,帮忙从"安徽"号上卸货,并给船长鲍斯报告"娜蒂小姐"一入太平洋要走的航线的最新情况。最后,他们终于又可以出发了,但是鲍斯却等到了太阳落山,才指挥"娜蒂小姐"驶过莱特岛和棉兰老岛,接着转向北方,继续穿过苏里高海峡。

"对我来说,那晚穿过海峡的经历是我们整个航程中最刺激的部分。"范·蓝丁汉写道。

由于担心日军巡洋舰的探照灯会突然照到"娜蒂小姐",船长凌晨3点才指挥"娜蒂小姐"从海峡出来。忽然之间,浩瀚的太平洋出现在眼前,向着地平线延展了上千千米。他们终于逃离了菲律宾,来到了开放海域。不过同时,在如此广阔的水面上再也没有了任何藏身之所。

* * *

"娜蒂小姐"摆脱了菲律宾群岛后,接下来的航程突然间就显得单调乏味。在过去几个月里,梅尔和安娜莉的每一天都充满了惊险刺激;而现在,两人大部分时间要么用来晒太阳,要么用来写作,要么用来看看四散在船的各个角落的旧版的《真正的忏悔》和《神奇冒险》杂志。有些船员在弹奏自己带来的尤克里里和其他的乐器。到达苏里高前,船在一座小岛旁稍作停留,那里的一只猴子不知怎么爬上了船。看看船员追着猴子满甲板乱窜，梅尔几个人算是暂时解了解闷。

伴随着船上引擎的嗡嗡声，"娜蒂小姐"的乘客们战战兢兢度过了一个又一个白天与黑夜。他们常常听到的声响是大海一阵阵低吟，那是"娜蒂小姐"的船尾驶过后留下的一串串海水咕咕的冒泡声。

此时的"娜蒂小姐"仿佛是整个地球上仅存的一片陆地，这片陆地似乎只延续到船体边缘，再往下便是船只搅动起来的旋涡。在这片热带海域，方圆百里全是汪洋大海，太阳变成一切的中心，而不再只是用作陪衬的背景，它灼烧你的身体，灼烧天空下的一切。它射出的光线太毒辣，照在皮肤上，却仿佛灼烤着灵魂和精神。高温难耐，容纳万物的天空下，一切都烤熟了，若想避开这毒辣辣的太阳，就只有到船上的钢铁甲板上去，那里有舱板提供的一点阴凉。

或许在其他时候走这条航线，头顶的天空会给人舒适惬意之感。一片澄澈的天空下，灿烂的夕阳渐渐消失在由地平线上迸发的最后一抹粉色、橙色与紫色交织的光辉中，然后，夜幕迅速降临。身处其中，会让人感觉不知身在何处。三月的夜色温暖轻柔，仿佛在人身上裹了一条羊毛毯子。

然而，"娜蒂小姐"在一成不变的大海上连续航行几个小时，再加上船上空间狭窄，让乘客们感到很不适。穿过苏里高海峡的那个惊险夜晚，梅尔和克拉克因为一件无关紧要的事发生了口角，两人的争论一直持续到第二天的晚饭时间。争吵的起因除了当事人外，大概没人会记得，因为太无关紧要了。但是克拉克后来写到，那是他和梅尔离开马尼拉后第一次意见不同。

克拉克提到那次争吵，说两个人从吵嘴发展成了大喊。没一会儿，两人开始挥着拳头互相威胁，但其实都不愿伤害彼此。但后来两人真的挥着拳头厮打了起来。

"来啊。"克拉克嘲讽道，"我就算一只手断了，也能吊打你。"

梅尔从大学开始就是名业余拳击手，他"啪"的一声向克拉克的下巴使出一记左勾拳。两个男人在甲板上厮打起来，冲对方挥出拳头。两人都挨了对方的拳头,但是都没受大伤。

厮打持续了 5 分钟。似乎只有打上一架,这种紧张的气氛才能得到缓解。打完了以后,两人站起来,握握手,再没提起这次小摩擦。

"娜蒂小姐"穿过苏里高海峡后,就失去了岛屿带来的莫名的安全感。"娜蒂小姐"或许是甩掉了那艘日军巡洋舰,但也保不准还有其他巡洋舰或者潜水艇在追赶它。唯有穿过日军控制的海域,"娜蒂小姐"才算安全。

船长鲍斯告诉克拉克·李,"娜蒂小姐"越往前行驶,可能遇到的危险就会越多,这种状况会持续到 3 月 18 号,预估日期误差至多 1 天。船长还说,3 月 18 号左右,他们会经过日军荷属东印度群岛、新几内亚和浅水环礁湖特鲁克之间的航线交会点。那里日军建有在南太平洋极其重要的海军基地。

"听了船长说能否平安度过 18 号是一关,我们所有人都开始盼着这一天的到来,"克拉克写道,"18 号那天终于到了,我们一整天都待在甲板上,望着大海和天空。周围无尽的海水都变得极其重要。只要没东西出现,我们就肯定能活下去。"

大家担心的不只是日本海军。就算"娜蒂小姐"没碰上一整个敌军船队,它在穿越封锁的途中也可能会遇到美军船舰,美国船舰也有可能把它错认成攻击的目标。

绕过新几内亚,鲍斯的手下驾驶"娜蒂小姐"在太平洋上沿着赤道向东航行,航行到几乎靠近斐济的水域后,接着,船只转弯继续朝着澳大利亚方向向南行驶。最终,他们"直直穿过马蜂窝"。其间他们离日军控制的岛屿非常近,日军的飞机最多用半小时就能飞到。走这段路时,大家只要醒着,就紧握安全带,以便随时弃船逃跑。晚上,大家和衣而睡,把救生设备放在伸手就能拿到的地方。口袋日记本和证件也被尽可能地放到了触手可及的位置,一旦快要被捕,就把它们扔进海里。

"娜蒂小姐"离开苏里高海峡 4 天后,放哨的人看到了一艘船。船长鲍斯担心是敌军巡洋舰,就命令手下全速调转方向,向西南腊包里所在的方向行驶。鲍斯想通过这种做法让"娜蒂小姐"看起来像是一艘日军船舰。"娜蒂小姐"最高航速是 15 节,但鲍斯的轮机员把速度提高到了 17.5 节,这个速度足够甩掉别的船只了。

第二天,众人看到地平线上出现一道光。鲍斯和手下等着光线靠近,但它似乎变换了位置。整晚,梅尔和克拉克在甲板上踱来踱去,安娜莉心烦意乱,不停地磨指甲,把指头肉都磨出来了。但那晚再没出现新的危险。事实上,那以后的第二天,船上的收音机接收到了报告,说盟军几天前在腊包里对日军舰队发起了一场猛烈的进攻。

* * *

与此同时,在世界的另一边,大卫·哈尔伯德和《时代》的员工开始担心梅尔和安娜莉。两个星期以前,他们收到了从宿务岛发来几条简短消息,打那之后,不管是纽约还是加利福尼亚,都没再收到关于梅尔和安娜莉两人的更多的消息。可以想象,梅尔的母亲埃尔莎有多么焦躁不安,她联系哈尔伯德,问他有没有新的消息。

答案是否定的。

"我真想给你新的消息,可关于梅尔和安娜莉的计划和目的地,我了解到的不比你多。"哈尔伯德在给埃尔莎的信中这样写道。埃尔莎把安娜莉最开始给她的信转寄给了哈尔伯德,哈尔伯德在回信中为她解释,女儿说的"爱出自二人"意思是"爱你的我们俩"。

"可以肯定,他们两人是在一起的,"哈尔伯德说道,"至于他们去向哪里了,没人知道,但我感觉在宿务会比在巴丹半岛安全许多。"

* * *

圣帕特里克节那天早上,美国军舰"莱克星顿"航母和其战斗舰艇群向东行驶穿过太平洋,从地图上看,它们的航线经过所罗门群岛的上面。这些船舰刚刚参与了攻击腊里包的战斗,正在返回珍珠港的途中,以便进行休整和补给。

按照海军准备程序，舰队行驶时要先关闭船上的灯光。清晨6点22分，海军少尉约瑟夫·韦伯（Joseph Weber）执勤时在航海日志上写下一篇报告，称空军日常巡逻队发现一艘身份不明的船舰，正在距离美军舰队40千米处行驶。半小时后，"莱克星顿"改变了航向，但还是密切监视着这艘来路不明的船只。

"娜蒂小姐"在太平洋上过了几天平静的日子。那天，梅尔在读《真正的忏悔》，正要读一个标题时，他被吓了一跳。一个由8艘船舰组成的舰队正向"娜蒂小姐"的航线靠拢。"娜蒂小姐"不敢冒险靠近去看看这个舰队是敌是友。不可能是美军舰队，因为他们所在的位置靠近日军航线和日军在南太平洋的基地。这8艘船中似乎有一艘是航母，目前，还没有一艘船离开舰队往"娜蒂小姐"的方向驶来。

梅尔他们猜想，遇到的可能是一队日军在腊里包袭击中遭到损坏的船舰，它们正准备返回日本进行修整。一路上，梅尔他们曾见到过日军返航的船舰，但是这一次他们看到的，实际上是"莱克星顿"航母及其战斗舰艇群。

"莱克星顿"继续自己的航行，"娜蒂小姐"上的乘客都舒了一口气，变得平静而又小心翼翼。"娜蒂小姐"也继续在一成不变的太平洋上航行。梅尔拿出在宿务买的打字机，开始给他的编辑大卫·哈尔伯德写信。"我无事可做，跷脚晃着网球鞋。"梅尔写了开头，又告诉了哈尔伯德自从12月8日袭击发生以来，他在菲律宾目睹的所有事件。

"这封信最后能不能发出去，只能听天由命，"他写道，"到目前为止，我们十分害怕，但又十分幸运——我一直在敲击木头祈求好运。"

梅尔的这封信越写越长，几乎长到不再是一封信了，它完全可以成为一本书的开头。到目前为止，他一直在详尽地叙述着战争的方方面面。他最终会把他所耳闻目睹的一切都分享出来，他说："我至少会把我所知道的全部展现出来。"

梅尔的书开篇就叙述了日军在中南半岛半岛的活动，接着又讲了日军在中国的"试验场"，之后又写了过去4年的外交摩擦。听别人回忆美军参战的事，他也写入了书中。梅尔给哈尔伯德的信是他到目前为止对太平洋战争逐日详尽的记录，有对部队人物的细节描写，也有对他自己、安娜莉、卡尔和雪莉的报道与活动叙述。

梅尔的文章中，有些来自他给《时代》的电报中出现的描写。他写这本书时，回想起了无数恐怖的瞬间；但在恐惧不安中，他还是看到了世界呈现出的美好一面。

* * *

当晚8点左右，黑暗再次笼罩了海水，少尉韦伯在"莱克星顿"上继续执勤，这艘航母又改变了航向。除了二级水手彼得·S.拉纳克斯（Peter S. Runacres）演习中从枪里取子弹时把左手无名指弄断了外，船上没发生什么不同寻常的事。

少尉韦伯开始值班没多久，天边一道耀眼的光束从狮子座方向疾速划下。之后的3小时里，闪耀的流星雨朝着东北方划过夜空，上演了一场天空之秀。任何碰巧驶过这片可怕海域的人都能看到。或许那天晚上，梅尔打完字，抬起头也看到了那场流星雨。或许他、安娜莉、克拉克还有"娜蒂小姐"上的所有人一同观赏了这一美丽景象。

早上，鲍斯的轮机员侦察到有两个黑点正朝着"娜蒂小姐"迅速移动，他们没有改变方向。突然，其中一个黑点消失了，另一个黑点则在地平线上变得越来越大。大家第一反应是，消失的点是潜水艇，它潜到水下准备从暗处继续追赶"娜蒂小姐"。梅尔抓起昨晚写的东西，准备把它丢进海里。

接着，几团黑压压的乌云笼罩了"娜蒂小姐"。暴风雨过后，远处的船舰还在地平线上，但这阵暴风雨给鲍斯争取了时间调转航向，使得"娜蒂小姐"能够绕到那艘正在靠近的船的后面。那艘船没再赶上来。

梅尔注意到船上的菲律宾水手没有一个惊慌失措，也没有一个去拿枪，而是驾驶船舰，远远地绕过那两艘船。傍晚时分，那两艘船便看不到了。就算两船中可能有一艘是潜水艇，它也没有出现在众人视线中。

第二天，它们没再出现。晚上，大家似乎都放松了下来。船员弹奏着吉他和尤克里里，"用自己的方式唱着美国爵士小调，唱着那20世纪30年代的复古之感"。

* * *

这边，"娜蒂小姐"上的乘客终于有了片刻的放松；那边，纽约《时代》的员工却越来越焦虑了。他们还是没有收到关于梅尔或安娜莉的任何消息。同样，哈尔伯德、卢斯、梅伯格家的人和惠特摩尔家的人也没收到消息。

"我很想知道他们现在在哪。"哈尔伯德最终在给他同事F.D.普拉特的信中如是说道。普拉特正在收集新一期《时代》的内容寄给读者，于是让哈尔伯德向他汇报杂志外派的记者最新的状况。

卡尔和雪莉·麦当斯还活着，仍然被关在马尼拉的圣托马斯大学，雪莉被指派成了她所在牢房的负责人，两人每天得到的食物起码可以支撑他们活下去，这些事哈尔伯德是知道的。但是，关于梅尔和安娜莉，哈尔伯德只知道两人搭乘"娜蒂小姐"逃离了宿务。

"梅尔和安娜莉这对夫妻的蜜月应该是这个世界上最忙碌、最惊险刺激的了。"哈尔伯德写道。

与此同时，埃尔莎接连收到通知，说梅尔11月申请的缓期兵役马上要过期了。显然，梅尔现在没法回复，所以埃尔莎让哈尔伯德以梅尔监护人的身份给征兵委员会回复。哈尔伯德回复时，向委员会解释说，梅尔到过宿务，但那之后的行踪，他就一无所知了。

"真希望我能告诉你，他正在穿过太平洋去澳大利亚的路上啊。"哈尔伯德写道。

* * *

"娜蒂小姐"上，梅尔一行人收听广播新闻，猜测日军援兵离他们的船有多远。广播里说巴丹半岛和科雷吉多尔岛又遭受了很多次空袭，这让三人回忆起了在两岛生活时的艰苦时光。后来，他们又了解到麦克阿瑟已经成功撤离到了澳大利亚。将来，梅尔他们三个会发现将军传奇的逃脱经历要归功于一个人——伯克利（Bulkeley），"宿务公主"号就是在他的带领下安全撤离科雷吉多尔岛的。伯克利现在已经晋升为海军上校了。

"为了逃脱，我们一路经历了无数波折，明白了其实实施援助是可以突破敌人的阻碍的，日本海军不可能占领整个太平洋。这使得我们略微觉得我们的旅程是有意义的，对巴丹半岛和科雷吉多尔岛的朋友们是有帮助的。"梅尔写道。

之前，大家共同约定，一路上都不谈论到了澳大利亚自己想做什么，但是因为将军成功撤离的消息给了大家不小的安慰，于是大家打破了约定——有人说自己到了澳大利亚要吃什么，开始还只是大概的想法，后来大家开始想象喝着一杯杯冰啤酒的画面，或者想象自己换上了干净的衣服。没多久，所有人都开始叽叽喳喳，像极了圣诞节前夜兴奋的孩子们。

不管他们想象中的画面有多美好，但是在这一切实现之前，他们得先完成自己的旅程。

克拉克打算通宵不睡，因为他想最先看到大陆，但他一不小心睡着了。3月27日，"娜蒂小姐"抵达澳大利亚。梅尔最先看到了陆地，赶忙大喊克拉克的名字。克拉克一激灵，从睡梦中醒来。他一边骂着脏话，一边跑向甲板栏杆，要看看陆地。千真万确，陆地就在眼前。澳大利亚到了，准确地说，是布里斯班到了。

"娜蒂小姐"向码头靠拢，头顶一架盟军轰炸机呼啸而过。几个月来，这是船上的人第一次看到从头顶飞过的飞机而没有感到惊恐。相反，船上的美国人内心都汹涌澎湃。"娜蒂小姐"沿着布里斯班河顺流而下，沿途经过无数美国船只和军队车辆，还有一艘船上的乘客纷纷冲他们微笑，这场景令船上的人欢呼雀跃。

"我们来到澳大利亚，最先看到的就是整条船上的男人女人十分友好，他们笑着向我们招手。我们还看到飘扬的美国国旗。后来，一个面带微笑的医生登上了船，待了片刻，同我们握手表示欢迎。"梅尔在到达澳大利亚几天后写道。

从"娜蒂小姐"下船之前，梅尔驻足向船员作别。船上的轮机手脸上露出富有深意的笑容。梅尔问他为什么如此开心。那位轮机手说，他把船停靠在布里斯班码头，刚关掉轮船引擎，一个活塞就爆裂了。一路上，"娜蒂小姐"超速行驶，机器因此承受了巨大的压力，在一段不寻常的旅程终点，终于彻底坏了。

第十二章 "好得令人难以置信"

在《时代》周刊总部洛克菲勒中心,大卫·哈尔伯德正准备给F.D.普拉特发备忘录,告知他《时代》周刊记者们的情况。突然,一台无线电报机发出了"嘀嘀"的鸣响,一名员工从电报机里拉出一条信息。看到信息后,这名员工兴奋地喊了起来:"天大的好消息——梅尔和安娜莉平安无事!"

"具体情况有待确认,但他们肯定是从巴丹半岛和宿务走的。"哈尔伯德在备忘录的底部歪歪斜斜地写下这样一行蓝字。电报机里刚刚传来的这条消息给《时代》周刊提供了一个报道的大好机会。

由此,《时代》周刊杂志受到了空前的追捧,并自称是报道战争最及时全面的杂志。梅尔和安娜莉平安无事的消息让哈尔伯德和他的同事长舒了一口气,可见大家私下对两人都很关心。不仅如此,时代集团对梅尔也很关注,最初请他做全职雇员时就给他投了两万五千美元的人寿保险——哈尔伯德在备忘录里提到的这一点很有市场营销价值。梅尔和安娜莉到达布里斯班的消息让《时代》周刊销售部门看到了提高业绩的机会。

准备发行新一期的《时代》周刊时,销售部做了一个很聪明的安排,在杂志内容里附上了哈尔伯德备忘录,还加上了那行他因兴奋而潦草写下的小字，这些都是复印版。两人非同寻常的经历，加上《时代》周刊极力宣扬，使得这对年轻的夫妇渐渐成了《时代》周刊的代表人物，代表了卢斯领导的新闻团队奋不顾身为美国人民带回战争消息的精神。

可想而知，这个好消息也让梅尔和安娜莉的家人放了心。两人一同给梅尔母亲和继父发了一封电报："我们都很好，人在伦诺斯酒店，之后的计划未定。"一天后，梅尔又发去了一封电报："希望母亲您不要太过担心。"

"娜蒂小姐"缓缓驶入布里斯班海港，澳大利亚负责移民事务的官员在外来人员登记表上填上了"梅尔威尔·J.雅各布"和"安娜莉·惠特摩尔·雅各布"这两个名字。接下来两个人要填表上的各栏内容。其中有一栏问"计划在澳大利亚逗留多久"，两人自己也不确定，就空着没填。还有一栏要求说明此行的目的，二人很简短地写下了"战争报道"几个字。

在澳大利亚有一大批报道太平洋战场战事的记者。道格拉斯·麦克阿瑟撤离科雷吉多尔岛后，把总部设在了距布里斯班西南约900千米的墨尔本。盟军在菲律宾、新加坡、马来亚及荷属东印度群岛连遭惨败，如今在澳大利亚重新进行部署。记者们也随盟军一起来到了澳大利亚。对于这一情况，梅尔和安娜莉有所了解。

表上有一栏要求填写在澳大利亚的朋友或家人的姓名和地址，两人起初不知道怎么填，后来想到麦克阿瑟将军，遂填上了"将军道格拉斯·麦克阿瑟，伦诺斯酒店"。他们还在表上写明自己携带有700美元，并声明两人精神状况和身体状况都十分正常。

填完表格后，梅尔、安娜莉、克拉克和卢·卡尔森走向码头去叫出租车，他们打算乘出租车找一家酒店入住。"布里斯班市内所有酒店的房间都被预订了，里面住的都是美军飞行员。"克拉克在报道中写道。最后，他们一行人在伦诺斯酒店找到了一个房间。这时，克拉克突然想起自己曾经说过，要是能平安到达澳大利亚就请大家喝一杯。

安娜莉和梅尔也想来一杯汤姆科林斯鸡尾酒放松一下，但在那杜松子酒、苏打水和柠檬汁混合而成的美酒下肚之前，两人还有更重要的事情要做——

为卡尔和雪莉·麦当斯奔走。梅尔和安娜莉上一次听到卡尔两人的消息还是在科雷吉多尔岛。他们给哈尔伯德发的第一条消息就是,"卡尔两人状况良好,只是食物不够"。

* * *

两天后,梅尔、安娜莉和克拉克从布里斯班飞往墨尔本,打算去拜访麦克阿瑟将军所在的总部,然后继续他们的报道工作。从澳大利亚1万英尺的高空俯瞰到的景象稀松平常,却又引人注目:一排排亮着灯的房子,那光亮真真切切地存在着。房子的主人不必为可能发生的空袭而忧心忡忡,而这种忧虑是梅尔和安娜莉早就习以为常的。

"在巴丹半岛上,警卫晚上发现有带枪的士兵,总会冲着他们大喊,因为锃亮的枪管很可能会被隐匿于附近树林草丛中的敌军狙击手看到,"梅尔在飞机上一边回忆着当时的场景,一边写道,"在那里,晚上唯一的亮光就是月光。而月光一出来,大家都会祈求它赶快消失。今晚,在澳大利亚1万英尺的高空,能俯瞰到成排亮灯的房子,我们感到既惊异又难以置信。"

一到墨尔本,梅尔三人就径直去了孟席斯酒店。如同先前的马尼拉酒店,孟席斯酒店已经变成了麦克阿瑟将军的指挥总部。梅尔他们一露面,三人平安无事的消息就迅速传遍了整栋酒店大楼。麦克阿瑟将军亲自出来迎接,欢迎他们来到澳大利亚。"当时,将军脸上是热情开怀的笑容。"梅尔写道。

"我就知道你们会成功撤离的。"将军说道。

是的,梅尔他们成功撤离了,因此,他们必须兑现一个赌注。事情是这样的:六周前,就在梅尔三人准备启程撤离的前一天,皮克·迪勒和西德尼·胡夫(二人如今都是上校)和梅尔、安娜莉在科雷吉多尔岛拥挤的隧道里喝了杯酒,二人都觉得梅尔和安娜莉此行能够平安穿越太平洋。于是,几个人就打了个赌——如果能够平安到达,就要请迪勒和胡夫喝一杯香槟。梅尔和安娜莉"愿赌服输",非常乐意请大家喝一杯。在如今这种时期,再度相逢就像一场及时雨,每个人的内心都为之雀跃。当晚,迪勒和胡夫在孟席斯酒店大堂安排了一场聚会，众人一直庆祝到了深夜。

在此之前，梅尔在重庆认识所有的记者朋友几乎都陆陆续续从亚洲和太平洋地区各个角落来到了墨尔本，准备对菲律宾陷落后的战争局势继续报道。这些朋友都是与梅尔同住记者青旅的"那帮老伙计"。聚会上出现了几张熟悉的面孔，比如蒂尔（Till）、佩吉·德丁（Peggy Durdin）和比尔·邓恩（Bill Dunn）。他们都各自讲了自己的冒险故事。

在墨尔本，还有一张熟悉的面孔——西尔多·怀特·泰迪，他刚刚从纽约返回太平洋战场前线。见到在重庆认识的老朋友，梅尔十分激动。他把安娜莉介绍给了泰迪认识，一见到安娜莉，泰迪就为她的魅力所倾倒。来澳大利亚执行任务，就已经让泰迪很兴奋了，如今见到了安娜莉和梅尔，更是让他高兴得无以言表。

"1941年5月，我回到了家，发现几乎所有的老朋友对我来说不再有意义，"泰迪后来回忆自己在墨尔本工作的那段日子时如是写道，"之后在澳大利亚，我重新回到了新闻队伍，突然感觉记者朋友就是我的家人，我们之间有着亲密而奇妙的关系。还有，最重要的是，我所说的家人就是在重庆与我并肩作战的'那帮老伙计'。"

"佩吉·德丁和他的夫人逃到墨尔本前，经历了一系列不可思议的事情。而梅尔和安娜莉从科雷吉多尔岛逃到墨尔本的经历更是惊险非凡。昔日'那帮老伙计'又重新聚首墨尔本，彼此间还关系亲密，友谊深厚，他们讲述着前些日子发生在他们身上的故事。"

梅尔和安娜莉逃离菲律宾的故事让泰迪听得十分着迷。他估摸着两人肯定能很快写完手头正在写的书，就给兰登书屋的两位编辑发了电报，因为他觉得他们可能会对梅尔和安娜莉的故事感兴趣。

"《时代》周刊驻科雷吉多尔岛的记者梅尔威尔·J.雅各布刚刚抵达墨尔本，他逃离菲律宾的经历十分惊险刺激，听起来令人毛骨悚然，写出来肯定会是一本很不错的书。"泰迪在电报中对兰登书屋的班尼特·瑟夫和罗伯特·哈斯说道。

见到这么多昔日的老友，梅尔和安娜莉同泰迪一样激动不已。但在面对一张张熟悉的面孔时，大家都注意到了有两张面孔不在其中，而他们恰恰是大家最想见到的——卡尔和雪莉·麦当斯，可惜他们无法与众人共享这个欢聚时刻。

"我们这群人中有很多都没来，"梅尔写道，"有的被捕，有的死于战乱。想到留在科雷吉多尔岛的人们依然在咬牙坚持时，我们口中的饭菜一时间失去了味道。我们在马尼拉的朋友或许还饿着肚子。"

* * *

梅尔把他和卡尔在菲律宾拍摄的胶卷带到了澳大利亚，这对于《生活》杂志来说真是一场及时雨。由胶卷洗出的这组照片以前所未有的视角向读者们展示了菲律宾的战况。

"几个月间，中国香港、新加坡、印尼爪哇岛、缅甸仰光等国家和地区接连陷落，而与此同时，竟然还有一小部分美国人和菲律宾人一起坚守阵地，顽强抵抗看起来势不可当的强敌，真是让人难以置信。"《生活》杂志的编辑在《菲律宾史诗》的开头如是写道。《菲律宾史诗》这篇长达13页的摄影报道由卡尔和梅尔在菲律宾拍摄的照片组成。"《生活》杂志的编辑没有想到，在战争结束前竟能看到士兵们和他们参加的战役情况的照片。"

《菲律宾史诗》开篇就是梅尔拍摄的一张照片。照片中，麦克阿瑟将军右手握着黑色手杖，从马林塔隧道出来，正和他的参谋长萨瑟兰（General Sutherland）将军专注地谈着什么。照片的一侧有一些菲律宾侦察兵和美国士兵，一脸震惊地注视着两位将军。

这组照片大致以时间顺序排列。第一张照片之后，是卡尔拍的几张照片，记录的是战争刚开始的几天菲律宾焦虑的氛围。有的照片上是防空洞中衣着讲究的平民，堆满沙袋的书店；有的照片上则是日本平民被拘捕时的情形。接下来的两页呈现的都是硝烟弥漫、战火连天的景象，有马尼拉附近被炸的甲米地船厂，着火的油罐车，还有一个消防员小心翼翼地将三具尸体并排放好,死的是他的妻子和两个孩子。

卡尔的照片呈现了马尼拉战争之初严酷的情形,之后的照片记录的则是梅尔手忙脚乱的撤离经历。照片上的巴丹半岛和科雷吉多尔岛让大部分美国人首次真实地接触到有关菲律宾战役的情况。通过这些照片,人们了解到:在科雷吉多尔岛地下的马林塔隧道里设有麦克阿瑟指挥总部,地上则进行着各种军事行动;而在像马里韦莱斯这样的小村里,菲律宾人的日常生活被废墟包围,战争摧毁了许多公共设施,也摧残着人们的心灵;在巴丹半岛的丛林中,战士们英勇抗争,但受困于丛林的不利地形,无法开展堑壕战,他们束手无策,对战事充满绝望。

"这与从前美洲印第安人的战斗方式有点相似,"图片上的说明文字如是写道,"那时西方军队习惯的仍然是游击战,敌我两方时常在自己的阵地发现大量敌军。如此一来,敌我战争就变成了一场无休无止的潜入与被潜入的游戏。"

还有的照片上是海军陆战队以及"菲律宾乔"(人们一般用此称呼泛指菲律宾士兵)。此外,梅尔还近距离拍摄了一些重要人物,比如麦克阿瑟将军、菲律宾总统奎松以及他的家眷撤离科雷吉多尔岛的情形。照片中还有一张拍摄的是一脸疲惫的安娜莉。

这组照片的最后一张是看起来充满希望的照片。这是麦克阿瑟将军4岁的儿子阿瑟·麦克阿瑟的一张特写,孩子的形象占满了照片的整个幅面。他站在科雷吉多尔岛上,身穿制服,一只手握着一把合上的中国扇子,另一只手抓着一个小小的毛茸玩具兔,脸上的笑容浅得几乎看不出来,一副小心谨慎的样子。

* * *

在战区,毫无舒适安逸可言;而在墨尔本这座大城市里,安娜莉享受到了各种便利,在给艾尔莎和梅伯格·曼弗雷德的信中,她写到,这种便利"好得令人难以置信"。事实上,能有机会写信,特别是能给她的公公婆婆写一封简短的信,对她来说都是一种不太真实的奢侈。

梅尔和安娜莉在墨尔本的澳大利亚酒店311号房间住了下来。大部分时间，梅尔都在应付出版社发来的邀请，出版社准备出版他的书——《这是我们的战斗》。自从登上"娜蒂小姐"号，他和安娜莉就开始写这本书的初稿了。来到澳大利亚后，梅尔很反常地给了这本书一个不太恰当的描述——"政治宣传类书籍"。他对哈尔伯德说，这会是一篇"很长的报道"，记录1941年12月8日在菲律宾爆发的战役。

梅尔和安娜莉在墨尔本安顿了下来，但与此同时，他们知道他们刚刚逃离的地方正在遭受新一轮的灾难。4月9日凌晨12点30分，少将爱德华·P.金极不情愿地放弃了巴丹半岛和岛上的守卫者，现在巴丹半岛已成了日军的地盘。令人遗憾，菲律宾数月的坚守就这样以失败告终。

"巴丹半岛最终陷落了。"1942年4月20日《生活》杂志的一篇报道开篇便是这样一句话。报道中还附上了梅尔和安娜莉拍摄的照片。从这些照片中读者可以看到，在由铁皮搭成房顶的医院里，士兵身上有好多生出坏疽的伤口，他们正由"英勇"的护士照料着。"巴丹半岛上的士兵们为美国人争取到了4个月的宝贵时间，他们用顽强的意志加强了整个国际战线的力量。不管是褐色皮肤还是白皮肤，作为太平洋战场上的抗敌力量，这些菲律宾士兵如同美国士兵一样，都做出了伟大的贡献。"

此后不久，可怕的巴丹死亡行军开始。这是美国军事史上最为沉重的时刻之一，7000名美国人和1万名菲律宾人因此丧生，还有上万人最后被关进恐怖的日军战俘集中营，或是被困在用于转移战俘到其他集中营的"地狱船"[①]中。早在此次行军的具体细节曝光之前，墨尔本就已经因巴丹半岛的陷落而满是悲伤的气息了。

巴丹半岛的景象令人毛骨悚然。撤退的部队放火烧毁了燃料库。船上的乘客从海峡撤退到科雷吉多尔岛，头顶不断爆炸的火力掩护让他们瑟瑟发抖。

---

① 日本人的诸多暴行令人难以遗忘，"地狱船"的残酷、凶暴及非人道和致死折磨的情况也是如此。战俘被投入这些船的内舱，运往中国台湾、上海或日本从事劳役。数百人挤进内舱，没有卫生设备，水米供应微乎其微（有时是完全断绝），诚然是朝不保夕，乃称为"人间地狱"。

就在巨大的创伤即将降临巴丹半岛的同时，大地开始剧烈地震动起来。

这震动并不是敌人又一次的袭击，而是整个菲律宾爆发了地震。毕竟，这个国家坐落在环太平洋火山带西边俯冲带的上方。菲律宾群岛许多引人入胜的自然景观都是火山，比如皮纳图博火山、阿波火山、塔尔湖，就连马里韦莱斯都是一座休眠火山。而有火山的地方往往会发生地震。

地质灾害不会因战争而停止发生，大自然从不偏袒任何人。

澳大利亚感受到了菲律宾那天的震动。

"假如有一瞬间，人们会因良心受到拷问而满腔义愤地想要为国冲锋陷阵，那此时此刻便是如此，"梅尔写道，"人们虽然知道自己以后还有更重要的事要做，但在此时大多数人内心深处都希望能与其他人并肩作战。"

在澳大利亚，与每一个去过科雷吉多尔岛和巴丹半岛的人几乎一样，梅尔和安娜莉感到悲愤交加，为菲律宾遭灾受难深感悲痛，同时他们发出了一连串的质问——为什么在日军进攻最猛烈的时候，要置岛上的军事基地于不顾，任其日渐衰弱？很久之前就许诺派去的援军在哪里？救援部队又在哪里？

"在澳大利亚，我们又一次看到坐潜水艇撤离科雷吉多尔岛的飞行员。"在那一年下半年发表的文章中，安娜莉如是写道，"他们满脸苦涩。他们逃出来是为了寻求支援，然后再回去帮助他们的战友。然而，如今他们找不到回去的办法。他们的战友还在用骡肉充饥，还在等救援的飞机，而他们最终的命运很可能是被日军残暴地抓捕。"

* * *

梅尔开始写《这是我们的战斗》时，主要是想传达救援菲律宾刻不容缓，其间也提到了中国的情况。不过，《时代》周刊的员工一收到梅尔和安娜莉平安抵达澳大利亚的消息，这本书就被宣传成了这对夫妻的冒险经历。

此时，在澳大利亚，梅尔和安娜莉两人还在努力适应没有战争的生活，也逐渐开始享受婚后生活。

"结了婚的感觉很好,"安娜莉写道,"在科雷吉多尔岛的时候,可能只有我们两个过得还算快乐。"

两人逃过了死亡,逃过了负伤,逃过了被抓捕,但这并不意味着两人逃离菲律宾时心灵没有受到任何创伤。澳大利亚不是他们真正的家。梅尔的心一直悬着。在刚刚到达布里斯班的两周里,他甚至没有往家里写信。直到巴丹半岛陷落,梅尔焦虑不安地意识到战争形势进一步恶化了,这才往家里写了一封信报了平安。在墨尔本,他和很多朋友团聚了,但还有很多朋友没有见到,所以也不完全算是团聚。

"这暂时的安逸让人一下子有点适应不来,"梅尔在最终给艾尔莎和曼弗雷德写的信中如是说,"我们现在享受到的舒适与安全都显得很不真实。"

梅尔渴望真实的安全感。一想到家,他的脑海中就会浮现出贝尔艾市,浮现出父母居住的房子的模样。在那时以及之后的几十年里,精致的花卉布置一直是梅尔父母家里最大的特色。

"在电报里,读到你们提起家中花园里的鲜花,我很想告诉卢斯先生我想回去了,但是现在还不是时候。"

* * *

梅尔和安娜莉到达墨尔本后,《时代》周刊让梅尔把两人逃跑的经历写出来。于是,梅尔写了一篇约4000字的文章,很快发了出去。发之前,负责审查的人删掉了文中较敏感的信息,比如他们从哪个路线撤离的、谁帮助过他们,以及他们穿越封锁线时搭乘的船只长什么样子。

梅尔和安娜莉撤离科雷吉多尔岛已经有好几周了,新年前夜从马尼拉逃跑也已经过去几个月了,现在两人除了身上剩下的700美元外一无所有,但重要的是他们平安无事地逃出来了。对于未来该怎么办,他们还十分不确定。梅尔就职的《时代》周刊杂志社的老板已经为他申请了两次缓服兵役,如今征兵委员会又要征召梅尔入伍了。与此同时,出版社仍然不断地向梅尔伸出橄榄枝。在这种情况下,他们夫妻两人不得不做出选择。他们可以放弃前线报道的工作，回到美国写完手头的书，但这就意味着梅尔可能会被征召入伍（虽然他并不是完全排斥入伍当兵）。另外，尽管安娜莉有记者资格证，但她回美国后，政府很可能不会再让她离开美国去别的国家工作。

他们两人的另一个选择是直接返回情况不断恶化的重庆。他们对重庆的城市节奏比较熟悉。或许在那里，他们夫妻可以对中国战争的状况继续进行报道，这和麦当斯夫妇在菲律宾出事前的做法一样。

但是目前日本和美国正在太平洋上打得不可开交，两人要回中国会很困难。即便真的回到了重庆，他们一起待在那里仍然面临生命危险。在他们的周围会有炸弹不断投下来，而且日本很有可能夺得重庆，重庆如今也笼罩在战争的乌云中。

* * *

不可否认，梅尔和安娜莉逃离菲律宾的经历是极富戏剧性的。这无疑会是一个精彩绝伦的故事，可以用来振奋美国军队因为珍珠港事件和菲律宾陷落而低迷的士气。雅各布夫妇前脚刚在布里斯班往美国发去报道，后脚《时代在前进》系列广播的制作人就准备着手制作一期关于这对夫妻传奇逃跑经历的节目，同时让听众们了解一下太平洋战场抗击日军的情况。

节目的最后 5 分钟，哥伦比亚广播公司原本计划和梅尔进行无线电直播连线。但是梅尔不想成为节目的焦点，于是建议连线在巴丹半岛参战过的人。他找来了准将哈罗德·H. 乔治（也就是"追求哈尔"，曾指挥过巴丹半岛的防空部队）。《时代》周刊的工作人员把录制节目这件事告诉了梅尔和乔治的家人。两人的家人（包括安娜莉的家人）都欣喜若狂，分离了如此长的时日，他们的家人终于有机会听到他们的声音了。节目中梅尔和安娜莉的逃跑经历被描述得过分夸张，又极度煽情。在节目最后，广播员插进来进行直播连线时，却联系不上墨尔本那边，让梅尔、乔治和安娜莉的家人大失所望。

作为弥补，广播员朗读了梅尔发给《时代》周刊编辑的一封关于准将乔治的电报。梅尔采访乔治时，乔治夸奖了在菲律宾的美国战斗部队。

* * *

当梅尔在为《时代在前进》广播节目做准备时,乔治将军也在为自己接下来的任务做准备。4月22日,新上任的西南太平洋盟军空军指挥准将乔治·布雷特命令"追求哈尔"立即赶往达尔文市——一个位于澳大利亚北部的港口城市。2月19日,达尔文市曾遭受一场极其猛烈的袭击,之后又接连遭到轰炸——这很可能成为引爆新一轮战役的导火索。对此,乔治准将当时的助手兼情报官员艾立森·英德上校(Colonel Allison Ind)有这样的看法:达尔文市之所以重要,不只是因为它很可能成为日军在太平洋盟军地盘上的据点,还因为它距离日军占领的帝汶岛很近,相隔仅300千米;另外,在西里伯斯岛上(距达尔文市几百千米的印度尼西亚群岛),日军集结了大量兵力,许多人认为日军可能马上就要进攻澳大利亚了。

"这就好像大坝上出现了一条会继续扩大的裂缝,而我们的应对策略仅仅是用手指堵上,"英德写道,"一旦洪水继续上涨,决堤是迟早的事。"

乔治准将即将前往达尔文市走马上任,担任美国陆军航空部队的司令。部队希望乔治能够发挥他在巴丹半岛时应对困境的才能,让达尔文市的天空得到更好的防卫。这一任命令乔治兴奋不已,充满干劲;在其他人看来,这项明确的使命让乔治"整个人脱胎换骨"。

"准将的转变最开始表现为精力极度旺盛,他不知疲惫地做军事规划,"英德写道,"他很开心,终于需要他行动了。他是个'行动派',十分愿意握着真刀实枪上战场打仗。在总指挥部,他的军衔时升时降让他感到沮丧。在即将到来的日子里,他可以和士兵们并肩作战,报仇雪恨。不过他坚持说报巴丹半岛之仇,不只是以牙还牙,而应当三倍奉还,'非要如此,才算打赢了这场战争!'"

那天,梅尔和《时代在前进》节目没能成功连线,之后,他了解到乔治准将接到命令转移到达尔文市。据此推断,新的战役正在酝酿中,也就是说,又将有新闻可以报道。为守卫澳大利亚做准备,这可以写成一篇反映美国军队英勇顽强抗争的报道,这样的报道正是《时代》周刊编辑求之不得的。梅尔和乔治认识,亲眼见过他在巴丹半岛指挥飞行员,再加上他对航空一直怀着浓厚的兴趣,这些让梅尔意识到自己来报道这件事十分合适。事实上,他已经开始写一系列快报,报道澳大利亚北部陆军航空部队的动员活动。

乔治邀请梅尔到现场亲眼观看那里的军事准备活动。梅尔如果应邀前往也就意味着他刚刚完成穿越太平洋的撤离,又要再度启程穿越澳大利亚。但这对于梅尔来说似乎不是什么困扰,他告诉克拉克·李说,这顶多就是一次"短途旅行",去看看几个飞机场。不管梅尔是怎样轻松看待这次旅程的,实际情况是这次旅程单程要走2300千米,耗时两天。乔治一路上安排了好几个参观点,他一边巡视一边向梅尔展示一连串的空军基地,这些基地分布在澳大利亚全国各地,正由盟军争分夺秒地建造着。根据英德的记述,对梅尔的加入,准将表现得极其热情。

在离开墨尔本前,梅尔和卡洛斯·罗穆勒一起吃了一顿饭。卡洛斯刚从巴丹半岛抵达墨尔本,如今任麦克阿瑟将军的副官兼新闻助理。对梅尔来说,他首先是自己的记者同行,其次是他的祖国菲律宾的代表。就像对中国一样,梅尔对菲律宾也越来越理解。席间,他告诉卡洛斯自己和安娜莉一起穿过菲律宾时,十分仔细地记录下了沿途目睹的情况。

"当地人叫我们'大救星',似乎觉得我们是神,因为我们是美国人,"梅尔对卡洛斯如是说,"菲律宾人对美国忠心耿耿,又始终单纯地信任美国,而美国辜负了他们的信任,想到这里……"

梅尔说话的声音越来越小,卡洛斯感受到了梅尔是真心实意地想让美国人知道菲律宾悲惨的境况。梅尔对中国也怀有同样的情愫,当他深深地同情菲律宾人时,也想起了他在亚洲的第一个家——中国,以及生活在那片土地上的人们。不管他走多远,离中国有多远,他始终无法忘记中国人民。

梅尔将于4月27日和乔治一起启程出发。4月26日的晚上,迪勒和胡夫上校在澳大利亚酒店安排了晚宴,正式为雅各布夫妇接风洗尘,庆祝二人安全撤离。几乎所有在墨尔本的新闻记者都出席了庆祝晚宴。军人与记者之间身份的不同变得不再清晰，这份亲密是可以理解的。

"（梅尔和安娜莉）一直同我们风雨与共，我们彼此之间都很熟悉。"迪勒在后来写给梅尔母亲的信中如是写道。

在酒店大厅，记者们和他们患难与共的新闻官员们都兴高采烈。相机镜头记录下了大家开怀大笑的瞬间。当时团聚的喜悦是那么鲜活，以至于在近75年后，那欢声笑语依旧能透过照片响彻心扉。在一张照片中，泰迪·怀特在桌子对面比着手势，说着话，脸上绽放灿烂的笑容。他的身旁坐着安娜莉，她一脸忍俊不禁的表情，几个月来她的头发第一次卷了起来。泰迪的另一旁坐着迪勒上校，他也是满脸笑容。

在另一张照片中，一张摆着多肉盆栽的桌子对面坐着边吃边笑的梅尔，他身上仍然穿着卡其色记者制服和棕色的外套，但与他刚到布里斯班相比，如今这身衣服在他身上显得不再那么空荡了。梅尔旁边的佩吉·德丁坐在桌边看过来，嘴巴张着，仿佛要对席间讲的故事做补充。

这群在重庆和马尼拉待过的人都明白，在战争的炮火中，这样的相聚是多么珍贵。梅尔在报道中提到，几乎所有人"都是从新加坡、缅甸、印度群岛死里逃生"。如今，所有成功逃到澳大利亚的人都自觉地聚在了一起。

他们是彼此的旧友，不变的挚友。这个相聚的时刻，会被他们珍藏于心，直到永远。

晚宴还在大厅进行着，记者们则去了楼上继续狂欢。迪勒、胡夫、佩吉·德丁、雅各布夫妇和卡洛斯统统挤进了合众国际社记者弗兰克·休利特（Frank Hewlett）的房间。

梅尔和安娜莉不由得想到了5个月前新年前夜的那场聚会，当时聚会的地方是他们夫妻二人在马尼拉酒店的房间。与当时不同，如今只有喜悦，没有恐惧。梅尔四仰八叉地躺在休特利的床上，急切地催促卡洛斯讲讲他逃出菲律宾的惊险经历。

"给我们讲讲，卡洛斯，"梅尔再三请求，"讲讲你怎么做到的，一个细节也不要漏。说说防空炮火的事。"

很显然,梅尔早就听过了卡洛斯的故事,大家都听过了。卡洛斯是"最后离开巴丹半岛的人",他的经历早就在菲律宾以外的地方传开了。

"还有地震的事,都和我们讲讲。"梅尔说道。

梅尔想听卡洛斯讲他从巴丹半岛逃脱的每一个令人心惊肉跳的细节。虽然梅尔自己的经历也不乏戏剧性,但卡洛斯的故事他怎么听都听不腻。毕竟,卡洛斯几乎什么危险都见识过了。他坐的是轰隆作响的飞机,这飞机还是由水陆两用车改装成的。卡洛斯经历过敌人的炮火,甚至就在他的飞机离地起飞的那一刻,菲律宾的大地突然剧烈震荡,地震持续了1分钟之久。这一年见证了太多惊险的逃跑经历。房间里的所有人都希望故事不要结束,也希望今晚不要结束。

时间过得很快,士兵终归会返回战场,记者终归会继续报道战事,但此刻的温暖会深深印刻在卡洛斯和其他记者的脑海中。他们之间的友谊是战火造就的,一起住过岩石凿成的隧道、躲过炸弹的爆炸、穿过血流成河的丛林,他们之间的感情日渐深厚。只有这个夜晚,战争在遥远的千里之外;只有这个夜晚,房间里的所有记者都被安全感、家的温馨和满满的爱意包围着。众人的欢聚一直持续到深更半夜。

然而,黑暗仍旧在每个人的心头挥之不去。

"我们听说了日军很多令人发指的暴行,有些是大规模的屠杀虐待,有些是个人遭受的严刑拷打。"卡洛斯在日记中写道。他们都知道,每天有上百名菲律宾士兵死于被押送出巴丹半岛的途中;他们也知道,有虚弱不堪、衣衫褴褛的美国人穿过马尼拉,被押送到战俘集中营。几周后,科雷吉多尔岛最终也陷落了。卡洛斯不忍听到那里的消息,他不敢想70名留在堡垒里的护士们会遭受怎样的命运。

"在指挥部里,我们努力不去想那些护士们可能会怎样,"卡洛斯写道,"我注意到在谈到科雷吉多尔岛时,我们英勇的士兵个个变得脸色煞白。"

此外,让众人难过的还有卡尔和雪莉。

梅尔知道,在2000千米外的某个地方,卡尔和雪莉还活着,只是同其他俘房一样，两人在忍受饥饿。就在梅尔和朋友欢聚之时，麦当斯夫妇则在监狱中经历着恐怖的煎熬，那样的恐怖是他们这些逃出菲律宾的人难以想象的。

"我希望有人在就释放记者一事进行交涉，"梅尔写道，"我们总是能想到他们，常常寝食难安。"

早上，梅尔与乔治准将启程出发。安娜莉陪着梅尔去了飞机场。乔治的情报官英德上校一直对此次战争、他的上司，以及两人从美国到菲律宾执行特殊任务的这一年时光抱有别样的感慨。在飞机跑道上，他用16毫米的电影摄影机记录下了临行前的准备工作。接着，他又记录下了梅尔和安娜莉拥抱吻别的瞬间。

和安娜莉吻别后，梅尔立马走向附近的洛克希德C-47飞机，与乔治准将和英德上校一同登上了飞机。英德上校坐在梅尔对面，他发现"梅尔·雅各布英俊帅气，充满男子气概，浑身透露出时刻准备行动的劲头"。

1942年4月27日早上11点16分，C-47起飞离开了澳大利亚墨尔本。

* * *

1942年4月29日是裕仁天皇的生日，也是日本的国庆日。在距离达尔文市北部2000千米的马尼拉，圣托马斯战俘集中营的看守强迫战俘们参加令人羞耻的庆祝活动。卡尔·麦当斯在一本小小的笔记本上记录下了当天发生的事情。

在圣托马斯集中营的对面，隔着一道海湾，日本飞行员对科雷吉多尔岛进行了一次猛烈的攻击，以向他们的天皇致敬。科雷吉多尔岛那天"尤为黑暗"。第二中尉威廉·霍克和军队护士胡安妮塔·雷蒙德逃出巴丹半岛和科雷吉多尔岛后，把那天的情形告诉了安娜莉。

早上7点30分，科雷吉多尔岛遭受了第一波炸弹袭击。之后，炸弹"再没有停过"，霍克和雷蒙德对安娜莉如是说。一波接着一波的炸弹飞来，有些向下俯冲袭击马林塔山上的炮台，有些则是落向其他的目标。接二连三的狂轰滥炸中，躲在马林塔医院里的人能够感觉到山体都在摇晃。根据侦察员的计算，爆炸的频率一度达到了每分钟100次。

就在同一天,乔治准将、英德上校和梅尔已经从墨尔本出发走了两天,飞机正在靠近巴彻勒机场,这座规模不大的基地就位于达尔文市的南边。1天前,飞机上搭载了第4名乘客——一名要前往达尔文市的英国军官。

巴彻勒机场建造得十分匆忙,只有两个跑道,地面也比较干旱,长满了矮灌木丛。

飞行途中,乔治准将想自己开一会儿飞机,就与飞行员约瑟夫·摩尔(Joseph Moore)换了位置。接着,他把飞机降落在了本不在此次行程中的巴彻勒机场,英德上校问他为什么在此地降落。乔治准将提醒英德上校说,那名"搭便车"的英国军官要在这里下飞机。但那个英国军官插话道,自己要去的是达尔文市,不是巴彻勒。

"好吧,是我自己想在这里停一下,"乔治准将解释道,"来都来了,我们不如下来快速地看看,然后再继续赶路。"

梅尔已经习惯了行程中突然改道或是绕路,这次停在巴彻勒机场是这样,之前在科雷吉多尔岛和宿务也是如此。让梅尔感到不习惯的只是几个月来,他第一次孤身一人,始终陪伴他的安娜莉在2000千米外的墨尔本,等着他完成与乔治准将一起的旅程。

两人患难与共了那么久,又突然分开,感觉怪怪的。但梅尔不可能放弃这样一个大好机会,安娜莉同样也希望他抓住机会。毕竟,他已经经历了那么多——目睹了菲律宾的陷落,在重庆潮湿的防空洞里挨过了日本接二连三的狂轰滥炸,刚刚成年就离开家乡加利福尼亚,远渡重洋来到了这片战火不断的土地。

C-47着陆时,基地的两名军官驾驶一辆吉普车,穿过跑道来迎接梅尔他们。飞机徐徐滑向跑道边一个圆形的停机区域,接近傍晚的阳光灼烤着机身。飞机上的乘客们迫不及待地想要呼吸新鲜空气,伸展一下双腿,于是都纷纷走出飞机,走向那辆吉普车。

跑道对面是两名飞行员,一名是参加过菲律宾战役的老兵中尉杰克·代尔(Lieutenant Jack Dale),另一名是刚调来的飞行学校毕业学员中尉J.W.泰勒（Lieutenant J. W. Tyler）。两人在寇蒂斯 P-40E 战鹰式战斗机（Curtiss P-40E Kittyhawk fighters）上为黄昏时分的演习做准备。代尔和泰勒驾驶各自的飞机，滑行至跑道上，转弯，并排停好。这是双机起飞的标准步骤。代尔的飞机在左，泰勒的飞机在右，他们推动油门杆，随着引擎的轰响，两架 P-40 急速向西，朝着砾石跑道奔去。

梅尔在 C-47 旁停住了脚步，点了一支烟。乔治准将也停下点了支烟。乔治酷爱战鹰式战斗机，在菲律宾时，部队就有几架型号较老的战鹰式飞机，虽然破败不堪，但还是在他的飞行员手下发挥了巨大的作用。因此乔治对战鹰式战斗机可谓倍加推崇。在岭南那几年，梅尔在香港第一次学开飞机，还考虑过做一段自由职业者之后，就加入美国空军成为一名飞行员。于是他抓住这个机会，和乔治就飞机方面的事情大聊特聊。

一个月前，美国第 49 战斗机中队刚刚得到了几架战鹰式战斗机。尽管战鹰式战斗机很快就被创造了战时神话的 P-51 野马式战斗机超越，但在当时代表着美国最先进、尖端的作战武器。它身长 31 英尺 2 英寸，翼展为 37 英尺 4 英寸，时速可达 354 千米。这架实力超群的飞机因克莱尔·陈纳德指挥的"飞虎队"而扬名中国。

代尔和泰勒的飞机并驾齐驱，双双加速，准备腾空离地。两架飞机很快就到了跑道的尽头，代尔的飞机在前，泰勒的紧随其后。突然，后者撞上了前者机尾的气流，发生了猛烈颤动。泰勒忙拉紧操纵杆，但也无济于事。飞机失去了控制，先是一顿一顿的，接着猛地冲出了跑道，急速穿过机场，发疯似的驶向了梅尔和乔治刚刚停稳的飞机。

混乱突然爆发。

刚刚从 C-47 下来的众人立马躲开，给 P-40 让路。一眨眼的工夫，泰勒的飞机撞上了体形相对较大的 C-47，整个飞机扭曲变形。相撞产生的冲击力把 C-47 的两个引擎从机翼上撞了出来，驾驶舱也因此偏离了机身。碎片和飞机的各种零件先是被撞飞，接着又如雨点般散落到飞机跑道上。

一名目击者看到飞机里的人被甩出 20 码远，最后落在了停机坪附近的杂草丛中。

与此同时，冲击力将泰勒的战斗机上仍在高速旋转的螺旋桨从飞机前端甩了出去。螺旋桨盘旋着，径直朝梅尔飞去。他想跳开，但是已经来不及了，旋翼割穿了他的大腿，划伤了他的上半身，又向上削到了他大脑后部，切断了他的股动脉，弄折了他的脊椎骨。

梅尔倒地的同时，战斗机的一个机翼朝梅尔的同伴飞去。这其中就包括基地的一名军官中尉罗伯特·哈斯佩尔（Lieutenant Robert Jasper），他是来迎接乔治准将的。从机翼起落装置上不断飞落的金属碎片粉碎了哈斯佩尔的头颅。接着，英德上校看到了乔治准将，他蜷缩着趴在几英尺外的飞机跑道上，那时他气息尚存，还能说话，但是不到一天后，他就因伤势过重去世了。

哈斯佩尔最终活了下来，但是梅尔则毫无幸存的可能，转瞬间，他就死了。

英德上校后来讲述了这场事故：

> 人类的能力是如此有限，就连未来几秒钟内发生的事情，都无法预见。但这也算是一种不幸中的万幸，我们无从知晓在这个看似毫不重要的瞬间，所有人的命运都经历了剧变——因为冲击力，一个枢轴急速飞出，碎片四处飞散，然后我们自此生死相隔。

毫无疑问，因为那个枢轴，梅尔5个月接连不断的惊险刺激就这样戛然而止。虽然梅尔的一生很快成了不朽，但是他短短25年的生命就以这样毫无意义的方式结束了，实在令人惋惜。

《时代》周刊有史以来第一次失去了一位奋斗在一线的记者。斯坦福大学失去了一位珍贵的校友。中国人民和菲律宾人民失去了一个朋友。加利福尼亚州的一个家庭失去了他们挚爱的儿子。

在墨尔本的一家酒店里，一位年轻的女子正盼着新婚的丈夫归来，可她最终等来的却是他永远不会回来的噩耗。

第十三章　新闻界的战士

艾尔莎·梅伯格和曼弗雷德在旧金山参加奥克兰花展,住在弗朗西斯·德雷克爵士酒店。4 月 30 日一大早,艾尔莎突然收到一封加急信件,内容简短,包含 47 个单词,每个字母都是大写:

> 梅尔周一和乔治准将一起飞往了达尔文市。看到接下来的消息,请您千万要挺住。今天,另一架飞机失控,撞上了他们的飞机,梅尔和乔治准将两人都丧生了。希望之后的报告能否认这个消息,但是目前看来毫无可能性。有新的消息我会再发电报。深爱你们的安娜莉·雅各布

安娜莉的急信电顺着太平洋海底的电报线路从澳大利亚传到加利福尼亚,一并传送过去的还有悲痛的情绪。信中的话最终还是灼痛了艾尔莎的心,她成为安娜莉的婆婆才 5 个月。这封急信电送来的是艾尔莎 5 年来最害怕收到的消息。

当一位母亲收到自己唯一的儿子去世的消息,她所经受的打击是常人无法想象的,而对于艾尔莎来说,这种打击肯定更为沉重,因为就在不久前,

巴彻勒机场撞机事故中C-47和P-40飞机的残骸,梅尔威尔·J.雅各布在此次事故中丧生。澳大利亚战争纪念馆

她才收到消息说梅尔和安娜莉历尽千难万险终于成功逃脱。几周前,"娜蒂小姐"号到达布里斯班的消息让艾尔莎以为自己可以长舒一口气,再也不必担心会收到噩耗,可现在她的手上竟然捧着那张写有噩耗的棕色薄纸。

在不久之前,她唯一的儿子——梅尔,他曾在黑夜的掩护下长途跋涉2000千米,躲过了被抓捕的命运;他曾冒死坚守在危机重重的战争前线,只为让士兵们的母亲知道她们的儿子是多么英勇无畏;他曾躲过几十次轰炸,在极其狭窄的小岛上被困数周,只为让自己的国家不要像以往忽视其他战役一样忽视那里正在发生着的战役。然而如今,他伤痕累累,躺在澳大利亚内陆的某个医院,没有了呼吸与心跳。

一天后,梅尔的家人都得知了他的死讯。佩吉·斯特恩和她的妹妹杰姬(梅尔的表妹)放学后从她们的父亲那里知道了这个晴天霹雳。梅尔是她们的兄长,也是她们心中的英雄,他的死给了她们巨大的打击。她们也是生平第一次看到父亲在人前哭得那么悲痛。她们会永远铭记梅尔,铭记得知他死讯

287

的那一天。

* * *

又过了一天,一架军用飞机将梅尔的遗体运回墨尔本。在机场等待的安娜莉脑海中奇怪地闪现出五个月前梅尔站在甲米地海岸边的样子,那一天是那样美好,她记得,他一把将她从"飞剪"飞机上抱下来,带她直奔婚礼小教堂。

为了避免让亲属看到死者面目全非的样子,巴彻勒机场的基地工作人员对梅尔严重损伤的遗体作了一些处理。但是,当安娜莉看到死去的丈夫穿着别人的衣服,头部狰狞的伤口被网眼布遮挡了起来,这种被处理过的痕迹,让她感到无比愤怒。她无法容忍丈夫身体上任何的改变,任何被人动过的痕迹都让她怒不可遏。她想见的是他临终前原原本本的样子,不管那副景象有多么可怕。

"她只想见到原本的他。"她女儿安妮·法迪曼后来说道。安娜莉不希望任何人给梅尔的身体做任何修饰,在她看来,他们这样做仿佛是觉得她是个女人,所以肯定脆弱不堪,不敢看丈夫累累的伤痕。但其实她已经经历了无数的危险,目睹了无尽的恐怖,在再大的风浪面前,她也从没退缩过。

梅尔去世后的第二天早上,阿德里安花店的生意出奇地红火。一整天,美国军官(包括麦克阿瑟将军的全体参谋人员)、外国记者和外交官们纷纷拥入澳大利亚大街三号的这家花店。他们买来一束束鲜花,都送给了在澳大利亚酒店附近哀悼亡夫的安娜莉。

5月1日,梅尔的葬礼在B.马修斯殡仪馆举行,这看起来像一场军人葬礼。棺材上覆盖着一面国旗,所有出席葬礼的军官均身着军队制服。葬礼过后,梅尔的遗体被送往斯普林韦尔火葬场火化。火化后,梅尔的骨灰由泰迪带走了。泰迪搭乘一架由约瑟夫·摩尔中尉驾驶的飞机前往墨尔本。约瑟夫·摩尔中尉是梅尔在巴丹半岛结识的好友,也是载梅尔与乔治准将前往巴彻勒机场的飞行员。到了墨尔本,泰迪将梅尔的骨灰抛洒到了墨尔本海港的海水中。

"梅尔的一生虽然短暂，但却充满了光辉与荣耀，"泰迪·怀特写道，"他虽死犹荣，他是美国最伟大的战地记者之一。不，伟大已经不足以形容他，他是我见过的最高尚可靠的朋友。"

随着时间的流逝，安娜莉的丧夫之痛不再那么强烈，当她回忆起两人之间的爱情时，她会感到温暖，同时更深刻地体会到两人曾经共度的时光是那样弥足珍贵。在安娜莉的记忆里，他们永远是一对 25 岁的热爱冒险的青年。她心里的梅尔将永远停留在 25 岁，永远是和她风雨与共的丈夫。

安娜莉的女儿安妮后来回忆道："我觉得，父亲人生的最后几周可能是他此生最幸福的一段时光。"

* * *

"听到梅尔去世的消息，整个墨尔本都被哀伤的情绪笼罩了，"泰迪·怀特后来给梅尔的母亲写信说道，此前他悲伤得连提笔写信都做不到。"这噩耗真如晴天霹雳一般。"

最近几年，泰迪与梅尔交往甚密，因此梅尔的突然离世让泰迪一时难以接受，他甚至一度陷入抑郁。因为害怕自己悲伤的情绪会随着信件"传染"给远在休斯敦的家人，数周过后，他才鼓起勇气往家里寄信。后来，《时代》周刊派泰迪去印度执行任务，可能还要去中国。6 月中旬的一个下午，泰迪登上了一艘行驶在印度洋上的船，开始执行任务。

如今，泰迪是美国武装部队的随军记者，为《时代》周刊进行战地报道。他正在进行报道一个关于盟军如何被日军进攻打得措手不及的报道。其实，自从日本在中南半岛半岛（现在的中南半岛）采取行动那一刻起，很多人（比如泰迪等大部分记者，特别是梅尔）都意识到了日本的野心所在。

梅尔的去世已经让泰迪深陷抑郁了，让他感到他在重庆的另一位朋友离世的消息更是雪上加霜，而麦当斯夫妇还处于被拘留的状态。终于，6 月中旬的那一天，看到海面上风平浪静，仰望天空，万里无云，也不见敌机的踪影，这片景象让泰迪的抑郁情绪开始慢慢减轻了。他在给母亲的信里讲了他的感受。

"我知道,听到梅尔的死讯,你们肯定和我们这边的所有人一样万分悲痛,"泰迪对母亲说,"5个星期过去了,我现在仍然没有走出这份悲痛。妈妈,梅尔真的是个很好的孩子。"

在信中,泰迪强调说,在墨尔本工作的记者朋友们那里,特别是重庆"那帮老伙计"以及梅尔让他感受到了强大的团结与友谊的强大力量。泰迪告诉母亲,相对于梅尔去世给他带来的震撼和伤痛来说,梅尔离世时的具体细节似乎显得微不足道。"他的死让我意识到,在死亡面前我们多么无能为力,这让我陷入了深深的沮丧——多少令人绝望的日子,蒂尔、梅尔和我都熬过来了(蒂尔和梅尔一起吃苦的日子比我长得多),渐渐地,我们开始觉得自己已经完全摆脱了死神的摆布,结果却是,死神带走了我们中的一个,而且他还不是死于敌人之手,这个事实让我们骤然清醒。"

泰迪从不曾认真想过婚姻这件事,但他的内心却被梅尔和安娜莉的爱情及二人的结局深深触动:

10天在马尼拉度蜜月10天,3周在那里遭遇3周的狂轰滥炸,在科雷吉多尔岛和巴丹半岛度过了一个半月噩梦般的日子,一个月在逃跑,一个月待在墨尔本一家豪华酒店,再到后来的生死相隔,俩人的爱情随后戛然而止。这段经历将会成为安娜莉的一段记忆,然后渐渐化成一场梦,最后成为她余生的回响。

泰迪讶异于安娜莉的坚强和勇敢。
"她不哭不闹,没有一蹶不振,"他告诉母亲,"她看上去过得很好。"
在墨尔本,泰迪、佩吉·德丁还有其他人都尽力帮助安娜莉料理各种事务。安娜莉给艾尔莎写信说,自己想要做些事情来悼念梅尔。在两人互通往来的信件中,她们附带了她们想要分享的照片、她们各自从收到的信,以及她们想给对方彼此看的消息,另外还提到了梅尔的遗产处理问题。

最重要的是,安娜莉和艾尔莎通过信件和电报消解了内心共同的悲痛之情。

"我不知道该说些什么,只想说我很想见您,也谢谢您给了我这世间最深沉的爱,"安娜莉从澳大利亚给艾尔莎的信中如是说道,"还有,感谢您将梅尔给我带到这个世界上——过去5个月的美好记忆足以陪伴我度过余下的人生。"

接下来的几个月,安娜莉与艾尔莎越来越亲近,对于安娜莉来说,艾尔莎就是她的"第二个母亲"。她们之间维持了长达数十年的友谊,两个女人在彼此的安慰和鼓励下,心中的伤痛逐渐淡去。安娜莉返回美国后,努力让自己的生活回归正轨,在这个过程中,艾尔莎给予了她极大的支持。

对于梅尔的去世,安娜莉尽管表现得很坦然,但她的情绪也不是完全不受影响。一开始和婆婆联系时,她的信字里行间都透露出一个丧夫之人的悲痛。那年6月,安娜莉搭乘美国军舰"西点"号抵达纽约,在圣莫里茨酒店安顿下来。她随身带着很多照片胶卷,其中有婚礼上拍的,有逃出菲律宾穿过太平洋时拍的…………她把它们一路带到美国,最后冲洗了出来。里面甚至还有梅尔葬礼上的照片,是《时代》周刊摄影师华莱士·柯克兰主动给她的,不过安娜莉更希望它们尽快消失掉。

"梅尔有很多事是想等回到纽约后去做的。要替他做的事情太多了,现在对我来说,纽约几乎像是噩梦一样。"安娜莉在纽约给艾尔莎的信中说道。信中她说自己和很多作家代理人、编辑、出版社、援助组织见面约谈,还和政府机构交涉,把中国和菲律宾的形势仔仔细细地告诉了他们。这些都是梅尔生前想告诉美国民众的。

她还和《时代》周刊的工作人员见面聊了数个小时,"和他们一次次共进午餐和晚餐时,我把梅尔想说的一切转告了他们。有时候回答对方的问题会一直持续到深夜——我本来只打算在纽约待2天,但最后却待了10天"。

在安娜莉抵达纽约之前,《时代》周刊的领导层始终认为太平洋方面的报道不是头等大事,但安娜莉极力说服,改变了领导层的想法。

"了解到太平洋形势真的很严峻,他们都惊讶万分。我知道,听了我的话之后,他们会改变想法。"安娜莉在一封信中说道。她提到亨利和克莱尔·布思·卢斯此前认为《时代》周刊和《生活》应该工作的、重点关注的是俄国的情况,觉得那里的报道更有新闻价值。

尽管在纽约的忙前忙后让安娜莉有些晕头转向,但有一件事她始终目标明确、坚定不移:她曾告诉联合报的记者"自己想要在前线找一份 18 小时制的正式工作,地点最好是中国"。她去年秋天在美国援华联合会工作时就有了这个想法,现在到了纽约,她的这个想法依旧不变。

想要在前线找一份 18 小时制的正式工作,与此同时,安娜莉当前的首要任务是完成《这是我们的战斗》的撰写,这本书原本是由梅尔写的,现在安娜莉计划代替梅尔写完。在纽约,她见了梅尔的经纪人南希·帕克,她就一些问题,与他进行了交流。《时代》周刊的大卫·哈尔伯德把梅尔发给杂志社的所有急件、研究简报和信息都给了安娜莉。这些信息加上安娜莉极好的记忆力,还有她跟艾尔莎亲密的关系,让她在完成这本书时有了大量的资料可供参考借鉴。她很想尽快完成这本书,越快越好。

"这本书对于梅尔来说意义重大,"安娜莉在纽约给艾尔莎的信中如是说道,"除了回家和您团聚以外,这是他觉得最重要的事。"

安娜莉迫切地想要见到艾尔莎,忙完在纽约的事情后,她想的不是回贝萨斯达看望自己的家人,而是先去洛杉矶。米高梅给她的假期快要接近尾声了,她和米高梅签订的合同上规定,为米高梅工作期间,她任何作品的知识产权都归米高梅所有。在 8 月 15 日之前如果她不能完成这本书,那么这本书的版权可能会归米高梅。

"赶在 8 月 15 日之前写完几乎不可能。"安娜莉坦白地说。

安娜莉一回到加利福尼亚,艾尔莎就兴高采烈地邀请她来贝尔艾市,与她同住。安娜莉欣然接受,和梅伯格一家一起住了两个月。与此同时,安娜莉在米高梅工作室处理自己的事情。与梅伯格一家在一起,她感觉自己就是这个家中的一分子。这个家里的一切都让安娜莉觉得似曾相识,因为在里洛安和菲律宾的其他地方,梅尔常常和她聊起自己的家,一聊就聊很久。

"每次情况变得十分糟糕时,我们就会聊你们的花园、阳台、冰镇饮料,觉得这些是世界上最美好的事物。"安娜莉告诉艾尔莎。

艾尔莎和曼弗雷德甚至带着安娜莉去了箭头湖旅行，这个湖在洛杉矶外的圣贝纳迪诺山上。和梅尔的母亲待在一起时，安娜莉感觉自己的情绪慢慢恢复了正常，这是自从失去梅尔以来她一直没有找到过的感觉。

"和您在一起，我终于又感觉自己是个正常的人了。"安娜莉对艾尔莎说。

安娜莉不写书的时候，会帮艾尔莎整理记载梅尔事迹的报纸、新闻简报和其他资料。她也会给梅尔的狗艾尔默梳理毛发，做这些事情对她来说有治愈效果。渐渐地，她觉得自己不想再回米高梅了。一方面，她还处在失去梅尔的悲伤情绪中；另一方面，中国那边还有没完成的工作。

《道格拉斯鸟瞰》是一本由道格拉斯飞机制造公司公关部发行的月刊杂志。在洛杉矶时，安娜莉从这份杂志接了一个新任务，就是写一篇讲述她在菲律宾的所见所闻的文章。这篇文章的题目是《我们的生活千疮百孔》，文中插入了很多记者们逃跑途中的照片，都是梅尔拍摄的。或许是不用再担心军事审查，或是《时代》周刊的内部编辑对她的稿子过度编辑，也不用再为了迎合麦克阿瑟将军而选择他所倾向的内容（即太平洋急需飞机），安娜莉这篇文章比梅尔发表的大部分关于菲律宾的报道中的观点都要尖刻、犀利。

* * *

夏天快要结束时，安娜莉离开了艾尔莎的家。在开往华盛顿的火车上，她一连哭了好几个小时。火车一路横穿整个美国。在火车上，安娜莉每天睡到下午4点才醒，然后起来吃东西、读报纸，然后又吃东西，写会儿书，再哭一阵，最后又躺回去睡觉。到芝加哥时，火车晚点两小时，因此她在芝加哥停留的时间少了两小时。她想，她的运气真差。在火车站存放好行李后，她去看了一场电影。她在电影院待了一小时，影片内容恰好是战地记者克拉克·盖博（Clark Gable）① 在巴丹半岛的故事。

---

①这部电影是盖博的《我会找到你》（*Somewhere I'll Find You*），由安娜莉所在的米高梅公司出品。电影的主题十分悲伤，而关于这部电影还有一个悲剧的转折。一九四二年一月十六日，盖博的妻子，演员卡罗尔·隆巴德（Carole Lombard）死于空难，而《我会找到你》也因此停止放映了。

一回到贝塞斯达,安娜莉就继续写梅尔没写完的书,她准备特别用心地写梅尔在中南半岛的那段经历。她明白,这段经历对于梅尔来说是最重要的一部分,但同时也是她写起来最困难的一部分,因为有太多事情需要讲出来。梅尔留下了难以计数的打印出来的杂记,里面包含大量信息,字印得密密麻麻,描写得形象生动。有时候面对杂记所包含的稠密信息,安娜莉会感到不知所措,为繁多的细节头痛不已。

"我从没读过这样的文字。"安娜莉说道。

她本以为可以很快写完这一部分内容,但实际情况是,她为此花了整整几个白天,却一点进展也没有。与此同时,她陷入了更为严重的抑郁情绪中,严重到几乎影响了她的创作。

"我写书的时候仿佛整个人都处于麻醉状态,第二天再去读前一天写的东西,也觉得像是在不清醒的状态下写的。"她告诉艾尔莎。

安娜莉每天都会睡上很久很久,因为她醒着的时候很少,所以感觉日子一天天过得飞快。她提笔写了很多封信的开头,但是没有一封是写完的。时间渐渐流逝,后来,安娜莉像是宣泄感情似的,用几周时间给艾尔莎写了一封信,然后她感觉自己的状态开始慢慢恢复正常了,就像一开始在艾尔莎家时一样。

"我希望你不要觉得我没有那么爱你了,或者没有那么想你了,或者不再对你为我所做的一切心存感激了,"安娜莉在那封信中向艾尔莎强调道,"你根本想象不到你给了我多大的帮助,和你待在一起,我再次感到自己是个正常的人了。"

1942年对于安娜莉来说已经是非常不幸的一年了,然而令人意想不到的是,这年秋天又传来了更坏的消息。在10月的一个周五的早上,安娜莉刚刚从洛杉矶回来,她的父亲兰德·惠特摩尔开车去上班的路上突感身体不适,把车停到了路边昏倒了。这之后没多久,他就过世了。在短短6个月的时间里,安娜莉深爱的两个男人相继离她而去。

兰德的去世击垮了安娜莉,她停笔不再写《这是我们的战斗》了。有段时间,她连笔都不碰。一个月后,安娜莉在米高梅的写作搭档汤姆·塞勒(Tom Seller)去探望她,尽力说服她继续创作。塞勒希望安娜莉能忙于创作或是别的什么事情,以便从悲痛中分散些注意力,但是他没能说服她。

"表面上看,她一切正常,但我担心她内心的创伤会比我们所有人想象的要深得多,"塞勒回忆道,"梅尔走了,她好像再没有动力做任何事了。"

不过,安娜莉依旧关注着亚洲方面的许多事情。她在刚回到美国的那个夏天就又开始为美国援华联合会奔走呼告。后来,她与太平洋关系研究所的罗伯特·巴奈特(Robert Barnett)携手一同寻求募捐,以便支持对中国孤立无援惨状的报道。安娜莉还整理了有关巴丹半岛和科雷吉多尔岛的稿子和照片,为1942年维罗妮卡·莱克(Veronica Lake)参演的电影《骄傲欢呼》的剧本提供了原始资料。

* * *

一年后,美方和日方同意在红十字会的监督下交换战俘。日军释放了一批美国战俘,其中就有卡尔和雪莉·麦当斯。两人最终于1943年12月搭乘格丽斯泊斯赫姆邮轮回到了美国。

1941年的年末,卡尔和雪莉在马尼拉的湾景酒店度过了一个热闹的新年前夜,虽然身处一片混乱之中,不过周围都是朋友,因此感觉并不糟糕;两年后,也就是1943年年末,两人虽然最终回到了美国,但这个新年前夜却是分开过的。雪莉回了加利福尼亚,看望自己的母亲。卡尔孤身一人,过得甚是清冷。他在城里做了几份工作后,发现熟悉的时代—生活大楼竟是最像家的地方。

1943年12月31日的下午,卡尔窝在存放了许多杂志的过旧刊和原始资料的大楼图书馆查找资料。卡尔最后一次见到梅尔还是两年前,如今却再也见不到梅尔了,为此,他要在这些文字和照片里追溯梅尔在过去两年里的生活。他把马尼拉陷落后忙乱的几个月中所有出自梅尔之手的东西——未出版的急稿、电报、文章、照片,等等,统统找了出来。尤其是有梅尔的照片,他会特别关注。整整一个下午,卡尔翻阅了这些记录梅尔人生最后几个月的资料。

暂别卡尔的雪莉回到了帕洛阿尔托市的阿尔瓦拉多街,踏上了母亲家门前的几级台阶。这座房子里曾经住着害了单相思的斯坦福大学学生、房东的女儿雪莉,以及还是本科生的梅尔。雪莉记得,那时自己常常放声高歌,而梅尔则在忙他关于中国战争报道的论文。

就是在这里,卡尔和雪莉第一次见到梅尔——那个来自洛杉矶的孩子。他很乐观,总是一脸会心的笑容。他热爱摄影,渴求一切关于摄影的知识。自梅尔去世后,这是雪莉第一次回到这里。此时,她的丈夫则身处3000千米远的地方独自跨年,静默地为他们的冒险画上句号。他们几个人曾经因为时代—生活大楼会聚在一起,现在,梅尔永远地离开了他们,卡尔在这座大楼里静静地读着梅尔的文字,看着他的照片,沉浸在他的记忆中。

* * *

兰德·惠特摩尔去世后没过多久,安娜莉和她的母亲安妮搬离了贝塞斯达,在拉奇蒙特买了一套房子。房子坐落于纽约市北郊的一个住宅区。尽管在雪莉·麦当斯看来,这套房子"规划杂乱",但这并不会影响母女两人有条不紊的生活。安妮在赛珍珠(Pearl Buck)的东西方协会工作,从母亲这里,安娜莉得到了一些中国的消息。

安娜莉在美国东海岸重新整理有关自己这段时间的经历的一些文章,与此同时,珍珠港袭击带来的恐慌使得一篇对一个加利福尼亚家庭的经历的报道四散开来。1942年2月初,战争爆发后,美国政府逮捕关押了超过10万名祖籍在日本的美国人,这些人被称为日裔美国人。被关押的人中有22岁的医学生路易·神野(Luie Shinno),他的妻子卢斯(Ruth),他的父母和他的几位兄弟姐妹。路易原本在伯克利的加利福尼亚大学读书,再有几个月就会成为一名医生。他的妻子卢斯当时有孕在身。神野一家在加利福尼亚的圣塔安尼塔的跑马场上被逮捕,随后被转移到了阿肯色州杰罗姆的拘禁营地。1943

年1月，神野夫妇的女儿诺尔玛（Norma）出生。

那年秋天，处于战争时期的美国需要大批的医护人员，路易因学过医从杰罗姆拘禁营获释，之后去了纽约西奈山医院当勤务兵。4个月后，卢斯·神野追随丈夫来到纽约，不过她把孩子留在了杰罗姆拘禁营，由路易的父母照顾。在纽约，卢斯遇到了赛珍珠，并被赛珍珠雇用做了图书管理员。通过赛珍珠，卢斯和路易也见到了安娜莉。

安娜莉说服了她的母亲，让路易和卢斯住在了他们在拉奇蒙特的公寓里。最终，路易的父母也过来了，带来了诺尔玛、路易的妹妹和其他亲戚。接下来的4年里，神野一家8口人都挤进了安娜莉母女在拉奇蒙特的小公寓里。（经历了苦难后，路易·神野没有继续从医，而是成了一名工程师）

安娜莉没有任何理由和日本人扯上关系。与美国本土的大部分人不同，安娜莉亲眼目睹了战争给美国、中国、菲律宾同胞造成了怎样的伤害。她也十分清楚日本人如何对丈夫梅尔穷追不舍。她知道梅尔在中南半岛被逮捕以后，他被迫拿起武器，加入反抗日本人的战斗。她知道当梅尔还是个年轻小伙儿时，他在亚洲旅行忍受了日本人多少猜忌和怀疑。日本对美国的袭击使得他们夫妇的蜜月被迫中断，再后来丈夫梅尔在这场战争中献出了自己年轻的生命。

日本帝国的所作所为破坏了她的生活，可她也知道这些行为和日裔美国人没有任何关系，他们的生活同样因为这场战争和美国的拘禁政策被彻底改变了。"她完全有理由憎恨日本人。"安妮·法迪曼说道。尽管安娜莉目睹了日本在战争中的恶贯满盈，但她还是觉得美国的拘禁政策对这些日裔美国人是不公正的。她在日本人那里受到了那么多伤害，却还能这样想，这是极其了不起的。神野一家一辈子都会对她心存感激。

* * *

在梅尔去世的两年前，他曾经写过这样一句话——"离开重庆的外国人早晚会再回到那里去"。到了1943年，安娜莉终于走出抑郁，回到了时代公司，与她那帮志同道合的朋友会合。她负责为一档名为《时代看新闻》的栏目撰写亚太地区的战争报道。同时，她也代表东西方协会发声，从而以另一种方式不断与亚洲方面进行联系。

泰迪·怀特说服了亨利·卢斯让安娜莉重回重庆做记者。1944年，他与安娜莉以《时代》周刊记者身份前往重庆。但是他们很快就发现这座城市正在一步步走向崩溃。

"物价飞涨，逼得人们之间再无信任可言。1941年，我们在那里的老朋友还满怀理想主义，如今却不得不做些违背道义的事，这样才能不让自己的孩子饿肚子，才能保住性命。"安娜莉1982年回忆道。安娜莉和泰迪注意到了这些"违背道义"的事，同时也目睹了重庆以惊人的速度走向腐朽，中国国民党内部贪污腐败之风盛行。

然而，安娜莉和泰迪撰写的报道最终都没能刊登在《时代》周刊上。编辑惠塔克·钱伯斯（Whittaker Chambers）在《时代》周刊是出了名的反共产主义者，并且他在杂志编辑室拥有巩固的地位。虽然他曾经是一名共产党员，但对于安娜莉和泰迪从中国发来的每一篇报道，他都毫不犹豫地做了篡改、扭曲和删减。安娜莉和泰迪据理力争，但亨利·卢斯还是站在钱伯斯那一边。1945年年末，卢斯来到中国，在那里他见到了安娜莉，那次会面双方都怀有敌意。之后，安娜莉辞职了。

"审查制度在那里放着，"安妮·法迪曼谈起她母亲时说，"她的报道无法通过审查，因此她对卢斯有一肚子的火。"

* * *

安娜莉尽管被卢斯逐出了时代公司的新闻团队，但过去所做的工作让她和泰迪手上积攒了足够的资料来撰写一本反映当时中国状况的书。于是，两人开始合力写作《中国的惊雷》，并于1946年将其出版。这是一本非虚构性的畅销书，此书问世之时，"二战"刚刚结束，世界还没有从战争的创伤中恢复过来。战后的世界还没来得及喘息，就进入了长达半个世纪的冷战时期。

当时的当权派竭尽全力想要理解这个战后世界,而这本书的出现给了他们巨大的震动。

《中国的惊雷》不是一本政治类书籍,它是根据3名记者对中国的深入了解(其中包括梅尔的笔记)而完成的一本书。然而,这本书产生了辐射效应。亨利·卢斯由于长期支持国民党,他将所有批评蒋介石的文章不分青红皂白地都理解为一种背叛行为。卢斯认为泰迪在写有关蒋介石的报道时带有过多偏见,但是泰迪十分清楚重庆方面究竟是怎样的情况。泰迪在《时代》周刊的影响力本来就已经极其微弱了,《中国的惊雷》出版后,卢斯逼迫泰迪做出选择,要么接受给他的任何职位,要么辞职。那年6月,泰迪选择了后者。

1949年12月,也就是在《中国的惊雷》出版3年后,中国国民党败退台湾。1950年,美国参议员约瑟夫·麦卡锡(Senator Joseph McCarthy)在美国国会发起了政治迫害,他们一党人都反对共产主义,认为中国的"陷落"是由美国国务院、好莱坞和知识分子当中的共产党人造成的,因而发起了一场大搜捕。在这场"红色恐慌"之后,美国上下一片寂静,了解中国的那一代知识分子就此销声匿迹。克林顿·布什和同僚想要培养的正是这样一批知识分子,比如梅尔威尔·J.雅各布,还有像他一样的学生。

梅尔生前早就察觉到《时代》周刊编辑扭曲他的报道。1941年夏天,他很幸运,有泰迪在《时代》周刊内部帮他,保护他的电报免遭歪曲。有一段时间,梅尔甚至视泰迪为自己的后援。然而,情况还是不可避免地急转而下,尤其是在美国参战后,泰迪离开了纽约,前往亚洲报道印度和太平洋战场的战事,梅尔的电报便处于失去了保护的日子里。

只要比较梅尔的电报与《时代》周刊《生活》上的梅尔的文章,就会发现梅尔的担忧合情合理。比如图片报道《菲律宾史诗》的序言里就充满了专属那个年代激昂的爱国主义和种族泛化色彩,而这种风格与梅尔很不相符,与梅尔的风格截然不同。

"远东战场的白人军队都遭遇了惨烈的失败,而美国与远东的利害关系是最近才建立起来的。美军虽然分量还很小,却是唯一没有被打败过的力量,不能不说这是一种天意。"这是梅尔被歪曲的文段之一。

能在著名出版刊物上发表文章,梅尔自然倍感骄傲,但他也完全有理由对报道的准确性表示关心。此外,他的许多电报都未能发表,而从纽约方面发给他的一封封信件中,人们大概也能看出杂志编辑会怎么篡改他的报道。

* * *

1947年,泰迪成为《新共和》杂志的编辑。甫一上任,他就给艾尔莎去信,感谢她送的礼物。那时,《中国的惊雷》已经出版了1年,这本书的大获成功出乎了泰迪的预料。面对此书的成功,他表现得十分谦逊。他和安娜莉之前已经把这本书最初的版本送给了艾尔莎;不过现在,他还想再送她一本皮面装订的版本。

"不知道为什么,我觉得您和您的部分家人编织了整本书的精神。"泰迪告诉艾尔莎。

《中国的惊雷》问世后,八卦专栏作家沃尔特·温切尔(Walter Winchell)误传泰迪向安娜莉求婚了。安娜莉和泰迪之间曾经擦出过非常微弱的火花,但是没有进一步发展。他们更多时候是由于梅尔联系起来的,感情的火花虽然很快就熄灭了,但是两人仍然是亲密的挚友。1947年,回到美国没多久,泰迪就和《时代》周刊前图书管理员南希·比恩(Nancy Bean)结婚了。

之后,安娜莉也很快再婚了。她的新任丈夫克利夫顿·法迪曼(Clifton Fadiman)是一名公共知识分子兼问答节目《请回答》的主持人,同时还管理着在美国极具影响力的每月读书会。1947年,《中国的惊雷》就被此读书会选为推荐好书。法迪曼老成练达,又碰巧与《时代》周刊那位偏执的编辑钱伯尔是大学同学。这位成熟的男人倾倒于安娜莉的才智。很快安娜莉与他坠入爱河,并于1950年结为夫妻,生下一男一女,儿子叫金姆(Kim),女儿叫安妮。

* * *

1982年11月,在亚利桑那州立大学学术会议上,安娜莉、卡尔和雪莉·麦当斯,以及其他一些在重庆记者旅社生活工作过的记者再次欢聚一堂。出席会议的还有其他去过中国的战时记者和新闻官。会上,众人详细讨论了战时在中国进行报道的记者所扮演的角色(泰迪·怀特未能到会,但他向大会提交了一篇论文。这篇论文在大会上被朗读了出来,并收录在了由大会公报编辑整理成的书中)。

"此次会议非同凡响,会上聚集了一群重要的人,这些不同背景的人从完全不同的角度目睹过中国革命的历程。"《纽约时报》的瓦尔特·莎莉文(Walter Sullivan)在为《尼曼报告》写的文章中如是描述此次学术会议。莎莉文在解放战争时期到过中国。"到会的人像这样欢聚一堂,共同讨论问题已经是很久以前的事了,在那次会议上,我们(至少是我们中的一些人)仿佛身处宁静平和的天堂,去回首一段逝去的岁月。就如泰迪·怀特所描述的一样,在那段岁月里,我们年少无知,全身心地投入人类历史上最剧烈的动荡中。"

1985年,安娜莉重访重庆(那时重庆的音译已经不再是Chungking,而是如今仍在使用的Chongqing)。和她同行的还有重庆记者团中幸存的记者,包括蒂尔、佩吉·德丁、休·迪恩(Hugh Deane),以及其他安娜莉和梅尔两人的朋友。应中国政府的邀请,到访的记者还去了延安、上海及其他城市。兴奋不已的记者们甚至去了记者旅社旧址,即现今重庆的两路口附近。

20世纪90年代,安娜莉和克利夫顿在佛罗里达的科帕奇岛上度假多年后,最终把家搬到了那里。当地的人都很欢迎这对夫妻来到这小镇上。令人悲伤的是,克利夫顿·法迪曼于1999年去世,而安娜莉的哥哥夏普·惠特摩尔(Sharp Whitmore)也于2001年夏因心脏衰竭离开了人世。

2002年的冬天,也就是结束与梅尔的冒险之旅的60年后,安娜莉身体状况开始恶化,很可能丧失生活自理能力。她被查出患有乳腺癌和帕金森症。

2002年2月5日,安娜莉·惠特摩尔·雅各布·法迪曼(Annalee Whitmore Jacoby Fadiman)用她坚守了一辈子的使命感和自决精神结束了自己的生命。

她的自杀不是毫无预兆的,也不是一种不告而别。尽管她的孩子受到了沉痛的打击,但这却是她面对糟糕境遇所做出的一种理性选择,也是她作为一个组织成员做出的选择。这个组织如今更名为"同情与选择",主张人有选择死亡的权利。

不过,安娜莉是学术作风严谨的人,只有确定了涉及她的历史记录准确无误,她才会安然走向死亡。2001年年末,她与女儿在科帕奇岛的家里促膝长谈,讨论她即将到来的安乐死。除了讨论私事外,对一些谈到她生活经历和参与过的活动的文章,安娜莉也以口述的形式提出了一系列更正意见。

"尽管文章很多部分没有错误,但是她向我抱怨还是有不少文章段落写到她、梅尔以及他们的冒险经历时错误百出。"法迪曼说道。

安娜莉有记笔记的嗜好,她的笔记总是十分翔实,几乎她每本书的空白处都被她记上了密密麻麻的边注及其他笔记。离开人世前,她答应女儿的请求,到书房一页一页地讨论书上关于她的故事,向女儿指出书中的错误。

"我们有一个精彩绝伦的故事,希望未来的某一天它完完整整地呈现在世人面前。"1942年年初,梅尔在给亨利·卢斯的信中说道,那时他和安娜莉还在科雷吉多尔岛上,"到目前为止,每一天都吉凶难测,所以,如果我的故事不够生动完整,或是有些不真实,希望你能够理解。"

世间的事总是会随着时间的逝去而逐渐淡出人们的记忆,梅尔和安娜莉之间的故事亦是如此。然而,人们还是会情不自禁去假设,如果梅尔没有死,他们的故事会是什么样子。这个假设法迪曼也会时常思索。不过,假如梅尔还健在,她也就不会降生到这个世界上了。

"我时常会想梅尔和安娜莉如果没有阴阳两隔会是什么样子。"法迪曼在2013年回忆道。"安娜莉觉得她和梅尔是完美的组合。"她解释说。显而易见,安娜莉很爱她的丈夫克利夫顿·法迪曼,但她内心深处还深爱着梅尔,那是她埋藏在心底的一生挚爱。

法迪曼知道,尽管安娜莉一直不轻易谈起梅尔,但母亲对梅尔的爱与她对克利夫顿的爱是不同的。他们两人的婚姻虽然短暂,但是在安娜莉的心中的某个角落一直都住着梅尔——她曾经的丈夫……

"她的内心一直停留在25岁,"法迪曼说道,"他们两人从不曾老去。"

后　记

1944年1月，也就是梅尔去世将近两年后，"梅尔威尔·雅各布"号由沃尔什·凯泽公司建造完成。这艘船是美国25艘自由轮之一，以"二战"中为美国报道战事而牺牲的战地记者命名，以纪念他们为美国做出的贡献。"梅尔威尔·雅各布"号主要用于运送补给。1944年6月，它还因在诺曼底登陆时立下战功而获得了"荣誉星"的殊荣。

1947年"梅尔威尔·雅各布"号退役之后，政府将这艘重达7176吨的轮船向公众出售。之后的数十年间，它都以一艘私有货船在海上航行，最终更名为"统治者"号，变成了一艘西班牙船只。

1961年3月13日，海上疾风骤雨，"统治者"号在一片浓雾中驶向目的地洛杉矶港。船上满载从不列颠哥伦比亚省温哥华市运来的牛肉和谷物，在帕洛斯弗迪斯半岛附近航行。由于天气十分恶劣，"统治者"号的船员对船只的航行路线判断错误，导致船只在附近的礁石上搁浅。巨大的冲击力使船体四分五裂，尽管船员无一伤亡，但是轮船最终未能得到修复。就这样，"统治者"号和一艘前去搭救的船只一同沉入了海底。

这艘曾经名为"梅尔威尔·雅各布"号的船只的残骸被海水冲到了岸边，

也因为这个缘故，距离残骸几千米的地方被人们称作"梅尔威尔·雅各布"。直到今天，当年船只的残骸仍旧静静地躺在帕洛斯弗迪斯半岛的岩石沙滩上。时常有拾荒者到碎片堆里捡拾垃圾，还有小青年爬下来抽烟，躲在生锈的船舱隔板后面和他们的伴侣亲热。对于这些人来说，船只的残骸一直都是一个未揭开的谜。

这艘以艾尔莎儿子命名的轮船沉没了 20 年后，艾尔莎·梅伯格离开了人世。她去世后，艾尔莎的侄女佩吉·科尔和艾尔莎的遗嘱执行人杰基·马克斯（Jackee Marks）到她贝尔市的家中整理财物，发现了一个一直未引起任何注意的橱柜。两人探头向里面看，发现了一排排架子上堆满了成箱的书信和相册，还有许多装满照片、胶卷的信封，以及一张张别国的邮票、一捆捆泛黄的报纸和杂志简报、一堆直径 16 毫米的被划开的罐子，还有几卷印有中国风格图案的丝绸卷轴，出自亚洲的佩剑、玉石珠宝及其他工艺品。这些珍品收藏几乎都制造于 20 世纪三四十年代，那时，杰基和佩吉还只是两个住在洛杉矶的小孩子。

架子上的很多照片上都印着一对年轻男女，男子面色黝黑，笑容灿烂，女子身材娇小，一头波浪发，她一脸笑意地和某个太平洋小岛的当地居民待在一起。有一组照片佩吉非常喜欢，照片上的两个人穿着临时做成的泳衣，在阳光普照的沙滩上喝着椰汁。还有一些照片记录了蒋介石、道格拉斯·麦克阿瑟、曼努埃尔·奎松等人，让人们得以一窥这些赫赫有名的历史人物。

最后，佩吉和杰基还看了家庭录影带。其中一个录影带中，一个迷人的澳门年轻女子在澳门（前葡萄牙殖民地）的友谊大马路上翩翩起舞。另一个录影带中记录了一个风和日丽的圣诞节，一群美国学生在中国南部的一个大学校园中开心地吃玉米，和广东的孩子在田径运动场上比赛跑步，还乘船游过一条挤满了人的河，撑船的是一位满脸微笑的中国宿管阿姨。

还有很多录像上出现的那名男子和他的许多朋友搭乘小船前往广西深处草木茂盛的乡间，探访一个广西军阀腹地，他们还走到了西安厚厚的城墙外，举目四望尘土漫天的景象。另有一个极短的录像里记录了梅尔穿梭在重庆

（中国战时的陪都）的混乱动荡中的景象。

橱柜的架子上还有一些黑胶唱片，是用极其易碎的玻璃制成的。根据唱片上的标签可以判断这些是"二战"时期无线电广播的录音。这些收藏中大部分出版物都印着梅尔·杰克或者梅尔·杰克斯的署名，当然，出现次数最多的还是梅尔威尔·雅各布。橱柜里还有一些别的东西——一封措辞严谨的邀请信，内容是邀请收信人出席以梅尔命名的船只的洗礼仪式，还有一堆报纸和造船公司与梅尔家人之间往来的书信。

橱柜里还有许多装着悼文的文件夹、社会组织和其他机构缅怀梅尔的声明，以及数十个从报纸和杂志上剪下来的讣告。

这些悼念文章的作者来自各行各业，有记者、政治家、出版商及梅尔的朋友，还有"二战"时期赫赫有名的人物，比如将军麦克阿瑟、战争部部长亨利·斯廷斯。亨利敬重梅尔，把他当作为国捐躯的美国士兵看待。就连蒋夫人和菲律宾总统曼努埃尔·奎松也表达了他们个人及他们国家的人民对梅尔的缅怀。来信表达他们的悲痛之情的还有梅尔大学时的女友、曾经的同事、老师、斯坦福和岭南的同学。

橱柜中的每一样物件都让杰基和佩吉回想起那个她们敬重的表兄。除了家人之间的纪念物以外，她们找到的大部分东西都是安娜莉为完成《这是我们的战斗》一书和艾尔莎一同收集的文件和电报，只是父亲死后，安娜莉就把这些材料搁置一旁了。久而久之，这些材料被人遗忘了，原封不动地躺在了橱柜中。

佩吉回忆到，关于梅尔的每一条消息，凡是他们洛杉矶的家里知道的，她、杰基和她们的父母都牢记于心——梅尔和安娜莉·惠特摩尔令人兴奋的婚礼、两人一起照看熊猫的趣闻、马尼洛陷落后他们经历的暗无天日与前途未卜、几个月断断续续从太平洋战场发回来的报道、众人对梅尔工作的骄傲自豪、得知梅尔和安娜莉安全抵达布里斯班时的欢呼雀跃，还有她们父亲收听《时代在前进》播报的两人逃脱经历时广播传出的噼啪声。她们一家人——特别是两姐妹的父亲尤金（Eugene）——都因梅尔而感到无限荣耀。

他们牢记于心的还有1942年4月末那个可怕的日子。70年过去了，斯德恩姐妹（佩吉和杰基）仍旧清晰地记得听到噩耗时的心情。那个噩耗对于他们这样一个血浓于水的家庭来说是一场天大的灾难。

"现在回想起来仿佛是昨天刚刚发生的事，"2012年的时候佩吉说道，"当时，我的妈妈、爸爸、妹妹都一直在落泪。他是我们的英雄，我们从小就以他为榜样。"

佩吉和杰基发现了有关梅尔的这些收藏后，一时间不知道该如何处理。家里的人都有各自的事情要忙，有的要上学，有的要忙事业，有的要成家，因此佩吉就把这些收藏带回了自己家。她细细阅读艾尔莎留下的各种文件，发现了许多有关梅尔生活的细节，这些是她小的时候不知道或者不理解的。她读得越多，就越觉得应该将她表兄的经历讲给世人听。

1935年，梅尔去拜访佩吉父母时，曾经带她逛了斯坦福大学的校园，佩吉说自那以后，她就决定常去斯坦福的新闻部走动。因为这个缘故，斯坦福的新闻部帮忙把收藏中的录音和家庭录影带转换成了符合现代规格的形式，但之后也没再进一步做什么。后来，大家都专心忙自己的事情了，对梅尔的事也就逐渐淡忘了。

2004年，佩吉准备搬到贝克尔斯菲市，她在整理东西时又翻到了有关梅尔的收藏。那年，她把那台特别的打字机给了我，正是这一举动让我开始了追寻梅尔的事迹。接下来的几年，她给我看了成盒的有关梅尔的文件，都是她从艾尔莎家找到的。她给我梅尔的打字机时，就清楚我心里是怎么想的——要是有人把梅尔的经历写成小说，人们肯定会觉得他是个虚构的人物。

"他帅气多金，品德高尚，"她说，"他太完美了，反而不像是真实存在的人。要是有作家创造出了他这样的一个人物，读者肯定会说：'这个作家的作品不怎么样。'"

我翻遍祖母一直保存着的所有资料，我们常常一起讨论这些发现，一起惊叹于当时的无数照片，有时候甚至会因为哪些细节可以放在关于梅尔的书里这个问题而争吵（佩吉确信，有一天我肯定会根据梅尔的经历写一本书）。每次我去看祖母，都会习惯性地和她讨论梅尔的故事。和她交谈的过程中，我们之间的关系也变得越来越亲密。

在研究梅尔时,我发现了祖母性格的许多不同面,这是我小时候不了解的。

* * *

烈日炙烤着长长的海岸线,沙滩上的鹅卵石随着起起落落的潮水滚来滚去,发出哗啦哗啦的声响。两个留着胡子、三十出头的男人和一个二十几岁的女子攀过松松垒起的岩石,跨过一条条黄貂鱼的尸体和被人丢弃的啤酒罐。天空中没有一丝云彩,阵阵海风抽打着女人身上绿色的防风夹克,使她趔趔了几下,几缕棕色的头发从马尾上散了下来,从她黑色的鸭舌帽上露了出来,帽子上用白色的字印着洛杉矶港。

其中一个男子身穿褪色的牛仔裤和白色的T恤衫,头戴一顶棒球帽。他伸手把那个女子从废弃的混凝土块中拉上来。他们小心翼翼地走过一片通往沙滩的砾石滩,三人一步步离海洋越来越近。再往前走一段,他们就得结束此次长达6千米的远足往回走,或者爬上岩壁,闯进某个有钱人家海边豪宅的后院。

没一会儿,三人看到了一根六七英尺的管子,浸泡在海水里,看上去锈迹斑斑。他们中的另一个男子下巴上有胡茬,身穿一件灰夹克、一条短裤,脚上蹬着一双匡威鞋。他走得比同伴快一些,离他们一百多码远,还回过头来喊后面的两个人跟上,只是哗啦的海浪声盖过了他的喊声。后来,落后的两个人赶上了他。三人一齐走向海滩深处更远的一根金属管,那里堆着一根根棕色和橙色的钢管,混在风化了的岩石中。他们来了兴致,兴冲冲地跑向了一处拐角。潮水起起落落,在海滩上划出一条宝蓝色的弧线,从那条弧线上竖起了一个个黑色的物体,但只有模糊的轮廓。最先映入眼帘的是一架精密的机器躺在一片砾石滩上,周围是几个坦克式轮胎,轮胎上堆着不少生锈的零件。

这架机器躺在海边,看上去像是经历了几十年的海水侵蚀,显得硬邦邦的。几码开外有一片略微弯曲的金属板,板子的一边破旧不堪、参差不齐,向空中翘起。这块弯曲的板子正中凹陷了进去,被海水来来回回地冲刷着。

船体舷窗上布满了锈点,也翘向了天空。再远一些的地方躺着一块面积巨大的金属板,同样锈迹斑斑,通体红色。板子碎成了一条一条的碎片,由头顶的蓝天映衬着。眼前棕榈树随风摇曳,浪花翻卷,峭壁远远矗立,还有修剪得十分平整的草坪与之交相辉映,宛若印在明信片上的洛杉矶远景照。

穿牛仔裤、戴棒球帽的男子趁着潮水退去的间隙爬上了那片巨大废墟的顶部。他在仔细端详沙石堆时,同伴给他拍了一张照片。接着,他静静地坐了一会儿,远眺着面前的茫茫大海。三人吃着早前准备的午餐,在沙滩上又多逗留了一会儿。走之前,第一个男子从船体残骸堆里捡起了一个方形的碎片。这片碎石堆就是昔日"梅尔威尔·雅各布"号的残骸,船上落下的锈粉落在了男子的手上,弄脏了他的T恤,还把他的手指染成了看上去有些血腥的橘红色,他脚下的海滩也布满同样的颜色。

* * *

三人发现了排水涵沟旁的一条近路,并顺着那条路走到了两座房子的中间。他们走到了峭壁上的一个公园,那里聚集了一群懒洋洋的人,正在享受周日下午的闲暇时光。到了公园里,他们听到了一连串嗡嗡声。

从岩石峭壁边往上看,有几架小型飞机在空中盘旋。只见它们在海面上俯冲、旋转、加速飞翔。飞机漂亮的机身印有图案,由深绿色和银灰色装点着。机上有黄色的字、白色的星星图案、蓝色的条纹和红色的圆圈,无一不闪着亮光,更凸显出了飞机流畅的线条,这些飞机划过天空,不断飞舞、猛冲。它们是根据将近70年前参与"二战"的战斗机重制的。只见它们小心翼翼而娴熟老练地飞过头顶,向着海洋俯冲而去,又向着太阳优雅地划出一条弧线。这几架飞机向它们的观众展现了一场华丽的表演,在周日午后湛蓝天空的映衬下,营造出一幅岁月静好的田园画卷。蓝色天空下是8000千米的太平洋,70年前这些飞机的原型曾在这片海面上艰苦卓绝地战斗,70年后的这个下午,这片海面却是这样的宁静怡人。正是这片土地把他们三人聚在了一起,共享那一刻的和平宁静,而不受任何危险的打扰。

致　谢

此书能够问世离不开我的家人、朋友以及一些陌生人的鼓励、支持与帮助。感谢陈嘉易的女儿艾米·马（Emmy Ma）给我提供了如此多的帮助。艾米、她的丈夫多米尼克（Dominic）、她的姐妹伊娃·张（Eva Cheug）和苏西·潘（Susie Poon）、苏西的丈夫雷蒙德（Raymond）还引荐了许多资助人为此书的创作提供了经济支持。2012年，我到苏西、雷蒙德的家与他们见面并且共进午餐，那次拜访是一次非常愉快的经历。席间，我还偶然遇到了黛博拉·钦（Deborah Ching）。经黛博拉的介绍，我有幸见到了她的父亲乔治·T. M. 钦（George T. M. Ching），他是梅尔在岭南大学和斯坦福大学念书时的朋友。

同时，梅尔和安娜莉的许多记者朋友的子女也为我提供了私人信件、文件、个人收藏等资料，还为我加油打气。这其中包括安娜莉的女儿安妮·法迪曼、西奥多·怀特的子女大卫·怀特（David White）和海登·怀特·罗斯托（Heyden White Rostow）、雪莉·麦当斯、塞思·麦当斯（Shelleyand Seth Mydans）和休·迪恩的儿子迈克尔（Michael）。感谢雪莉和塞思允许我引用他们父亲的日记，也感谢雪莉和约翰·格里芬（John Griffing）对我的热情款待。我还要感谢克里斯（Chris）和迈克尔·胡根迪（Michael Hoogendyk）为我提供了有关熊猫的信息，还要感谢卢·卡尔森的孙子达罗·卡尔森（Darrow Carson）、保罗·弗兰奇（Paul French）、史蒂文·麦金农（Steven Mac Kinnon），还要特别鸣谢彼得·兰德（Peter Rand），他耐心地告诉了我很多关于梅尔的事情。

迪斯特尔·戈德里奇文学管理公司（Dystel & Goderich Literary Management）的杰西卡·帕潘（Jessica Papin）也为本书提供了宝贵的指导，她不厌其烦地为我答疑，还为我消除了不少顾虑。与她沟通的整个过程，她都没有表现出任何的抱怨或是倦怠。同时，威廉·莫洛出版社（William Morrow）的亨利·费里斯（Henry Ferris）和尼克·安弗利特（Nick Amphlett）也在我创作这本书的过程中给了我专业的指导。非常感谢你们所有人！

我还要鸣谢重庆、北京、广州、金田（Jintian）、上海、香港、澳门、马尼拉、科雷吉多尔岛、帕拉和宿务及其周边公路、铁路和航运线上的人们，来到你们的国家、你们的城市、你们的家，我感受到了你们热情的欢迎。特别要感谢张荣[杰基，（Jackie）]。我在中国期间，你的热情款待让我很好地适应了在中国的生活。另外，感谢曼努埃尔·L."马诺洛"·奎松三世（Manuel L."Manolo" Quezon III）和罗伯特·罗米洛（Roberto Romulo）使我对菲律宾及其历史还有奎松家族有了了解。感谢香港外国记者俱乐部（Foreign Correspondents Clubof Hong Kong）的施雅惇（Carsten Schael），即便我耽误了行程，他也还是让我在记者旅馆的继承人中感觉到宾至如归。还有必要要感谢的是"唯"新闻社（Oui Presse）的萧娜（Shawna）和玛格丽特（Margaret），感谢她们送的曲奇以及她们无比的热情。从与她们交谈中，我得到了无限的创作灵感。

开始写这本书时，我和林赛·米勒（Lindsey Miller）重新取得了联系。她为人热情开朗，给我的这个创作项目提供了很多帮助，她还教我在雨中跳舞，教我品尝集市上农民从地里运来的番茄，我很想念她。她和我一起去了"梅尔威尔·雅各布"号的残骸堆，同去的还有杰克·坎宁安（Jake

Cunningham)、利比·布坎南（Libby Buchanan）、贾斯丁·莫西拿（Justin Messina）、亚伦·何霍力克（Aaron Hoholik）、莫妮卡·加西亚（Monica Garcia）和诺亚·罗尔夫（Noah Rolff），都是我时常联系的好友。还要感谢前《斯坦福日报》(Stanford Daily)编辑梅根·克尼兹（Megan Knize）来信告诉我她的太平洋冒险经历，鼓励我创作梅尔和安娜莉的故事。

艾米丽·肯珀（Emily Kemper）一直坚持劝我不能只靠热情支撑自己创作，而是要制订一个写书计划，她的建议让我在创作时保持了专注高效，最后顺利完成了此书。除了她，我还想感谢阿曼达·皮彻（Amanda）和托马斯·施密特（Thomas Schimidt），他们给了我专业的支持，也让我收获了深厚的友谊。感谢自由职业者兼非虚构作品作家克莉丝汀·库克（Christina Cooke）长久以来给予我的关爱和她文笔优美的散文。感谢赛卡特·查克拉巴蒂（Saikat Chakrabarti）给我拍了那么好看的头部正面照。感谢苏西·斯特芬（Suzi Steffen）为我的创作提供了热情的支持。感谢道格·肯克·克里斯平（Doug Kenck-Crispin）在深圳给了我及时的帮助，帮我制订旅行计划，甚至还远程给我的出租车司机指路。感谢卡拉（Carla）和乔·麦加维（Joe Mc Garvey）［还有穆斯（Moose）！］陪我在国家档案馆（National Archives）和国会图书馆（Library of the Congress）找资料，使得整个过程不再那么枯燥。同样也感谢威尔（Will）和佩蒂·卡林顿（Patti Carrington）。感谢我随叫随到的密友兼参谋凯特琳·派特罗卡（Katelyn Petroka）在塔尔赞（Tarzan）和纳格特（Nugget）的协助下款待我，还有我的老友劳拉·尤乌（Laura Veuve）、彼特·帕劳斯（Peter Prows）和康斯坦斯·布里奇弗德（Constance Brichford）［包括比夫（Biff）！］。感谢安德烈·格尔森（Andrea Gerson）自与我认识开始就一直在我身边帮我。这篇致谢文没能突出你在我生活中所扮演的角色，但是安德烈（Andrea），我还是要说我非常感谢你，感谢你送的墨西哥美食和甜甜圈，也感谢你把诺亚拉来帮忙。

此外，我家族的每一位成员都为促成这本书的诞生做出了贡献。感谢苏珊（Susan）和马特·瓜斯科（Matt Guasco）、托马斯·拉斯彻（Thomas

Lascher)、特德·拉斯彻（Ted Lascher）、丽兹·波斯纳（Liz Posner）。感谢威尔纳·纽金特（Wilner-Nugent）和JJ·威尔纳（JJ Wilner）、戴迪·威尔纳·纽金特（Dedee Wilner-Nugent）和总是乐观向上的温都林（Wendolin）和雷切尔（Rachel）一直支持着我。在一次调研旅行的安息日（Shabbat）晚宴中，格雷琴（Gretchen）和斯图·勃兰特（Stew Brandt）对我表示了欢迎。另外，我在斯坦福大学做调研的时候，苏珊·科尔（Susan Cole）和迈克·福斯特（Mike Forster）[还有奈斯奥（Nestle）、佐伊（Zoe）和莉莉（Lily）]招待了我，为我的工作提供了很多点子和想法。我在圣迭哥（San Diego）时，罗杰·科尔（Roger Cole）和米歇尔·柯蒂斯（Michelle Kurtis）也给了我真诚的款待。另外，比尔·科尔（Bill Cole）和卡罗尔·隆巴尔迪尼（Carol Lombardini）也自始至终给予了我热情的支持。还要感谢大卫·科尔（Dave Cole）负责了许多的后勤工作，也给我带来了许多欢乐。

可以说，如果没有温迪·兰斯彻（Wendy Lascher），我也不会做出这么多的成绩。她是我见过最严格并且也是最好的编辑。更重要的是，在我创作的瓶颈期，她对我的关爱与支持给了我莫大的支持。她的专业精神和对我的鼓励值得我学习。同时，我还要感谢佩吉·科尔和杰基·马克斯，是她们使得关于梅尔的记忆依旧存在于这个世界。上面提到的这三名伟大的女性是我始终敬佩且引以为傲的人。"谢谢你们"四个字太简短，无法充分地传达出我心底深深的谢意。但是我仍旧要对你们说一声"谢谢你们"。

* * *

我还要感谢下面提到的这些朋友、感谢他们给予了我经济以及其他方面的支持：迈克尔·安德生（Michael Andersen）、E.V.阿米蒂奇（E.V. Armitage）、詹姆斯·阿姆斯特朗（James Armstrong）、史蒂芬·巴博伊（Stephen Baboi）、凯思琳和布莱恩·拜克（Kathleen and Brian Back）、艾米·贝尔德（Amy Baird）、冷伟和查尔斯·贝克（Wei Leng and Charles Baker）、罗杰·巴特利特（Roger Bartlett）、吉姆·鲍默（Jim Baumer）、朱丽叶·比尔(Juliette Beale)、提姆·贝格和帕特·马丁(Tim Berg and Pat Martin)、玛格丽特·伯杰(Margaret Berger)、梅丽莎贝茨和贾里德·赫奇斯(Mellissa Betts and Jared Hedges)、凯瑟琳·布劳维尔特(Katherine Blauvelt)、玛德琳·博丹(Madeline Bodin)、埃德·博拉斯基(Ed Borasky)、丹妮丝和托尼·布罗尼亚(Denise and Tony Brogna)、瓦莱丽·布朗(Valerie Brown)、莫里兹·布特沙伊德(Dr. Moritz Butscheid)、哈罗德和卡罗拉·布特沙伊德(Harold and Carola Butscheid)、比利·卡尔萨达(Billy Calzada)、瑞秋·卡博内尔(Rachel Carbonell)、亚当·卡尔森(Adam Carlson)、温迪·卡里略(Wendy Carrillo)、保罗和贝茜·卡林顿(Paul and Bessie Carrington)、陈凯欣(Helen Chan)、常铖(Cheng Chang)、埃塞尔·常(Ethel Chang)、亚瑟·张(Arthur Cheung)、邱平国(Kwok Ping Chiu)、戴维·卓特(David Chott)、帕特·乔(Pat Chow)、凯蒂·克卢恩(Katie Clunen)、莎拉·科比特(Sarah Corbitt)、史蒂夫·科斯塔和马库斯·戈尔曼(Stevi Costa and Marcus Gorman)、艾米丽·格拉迪克(Emily Craddick)、凯拉·沙皇(Kyra Czar)、皮特·丹科(Pete Danko)、莫·戴维奥(Mo Daviau)、艾弗·戴维斯(Ivor Davis)、芮贝卡·大卫斯(Rebecca Davis)、詹·迪安(Jen Dean)、维姬·迪高夫和理查德·谢尔曼(Vicki De Goff and Richard Sherman)、梅丽莎·戴尔齐奥和瑞安·谢尔(Melissa Delzio and Ryan Scheel)、里克和凯西·德莱万(Rick and Kathy Derevan)、加里·迪克逊(Gary Dickson)、艾德·艾尔罗德(Ed Elrod)、欧内斯廷·埃尔斯特(Ernestine Elster)、戴维·埃廷格(David Ettinger)、皮特·费尔利(Peter Fairley)、莎拉·法玛(Sarah Fama)、苏珊娜·菲舍尔(Suzanne Fischer)、惠特尼·福克斯(Whitney Fox)、安德烈·盖拉塞提(Andrew Galasetti)、伊丽莎白·格尔纳(Elizabeth Gelner)、埃莉卡·吉斯(Erica Gies)、马修·吉切尔(Matthew Gitchell)、罗斯·格勒维斯(Ross Golowicz)、罗伯特·格林(Robert Greene)、莎伦·格林菲尔德(Sharon Greenfield)、莎拉·瓜尔(Sarah Guare)、汉娜·古齐克(Hannah Guzik)、凯伦·汉贝格(Karen Hamberg)、伊丽莎白·哈西特(Elizabeth

Hassett)、克莉丝汀·海因里希（Christine Heinreichs）、诺亚海勒（Noah Heller）、约翰·赫利巴（John Hribar）、奥德拉·伊巴拉（Audra Ibarra）、巴里·约翰逊（Barry Johnson）、艾林·凯利（Erin Kelley）、瑞亚·亚布隆·甘乃迪（Rhea Yablon Kennedy）、卡丽·基尔曼（Carrie Kilman）、艾里·克雷斯（Eli Kress）、丹尼斯和乔·安·拉罗谢尔（Dennis and Jo Ann La Rochelle）、加布里埃尔和詹姆斯·拉什（Gabriele and James Lashly）、杰姆斯·劳特（James Lauter）、迪恩·勒（Dien Le）、珍妮佛·劳伦·李（Jennifer Lauren Lee）、伊丹·莱布克意（Edan Lepucki）、贝基·勒纳（Becky Lerner）、安妮·梁（Anne Leung）、提普·林（Tip Lin）、多蒂·勒布尔（Dottie Loebl）、戴夫·龙（Dave Long）、珍妮·劳尔（Jenny Lower）、阿尔文·吕（Alvin Lui）、艾米·乔·卢娜（Amy Jo Luna）、克利夫顿·马（Clifton Ma）、康妮和埃里克·马（Connie and Eric Ma）、苏和特里·马（Sue and Terry Ma）、杰森·麦克唐纳德（Jason MacDonald）、埃文·曼韦尔和莉莉·琼斯·曼韦尔（Evan Manvel and Lillie Jones Manvel）、丽莎·马克斯（Lisa Marks）、科尔姆·麦克休（Colm McHugh）、凯特·麦克林（Kate McLean）、凯文·迈克费里（Kevin McVerry）、克劳蒂亚·梅伦德斯（Claudia Melendez）、蒂娜·默卡多（Tina Mercado）、罗斯·墨西拿（Rose Messina）、劳拉·米勒（Laura Miller）、安迪·莫兰（Andy Moran）、凯伦·亚当斯·莫兰（Karen Adams Moran）、亚伦·穆奇洛（Aaron Mucciolo）、帕特里克·穆利根（Patrick Mulligan）、史葛·尼克尔斯（Scott Nichols）、帕特里克·诺克（Patrick Nork）、珍妮佛·诺瓦克（Jennifer Novak）、加布·奥布赖恩（Gabe O'Brien）、玛丽·凯瑟琳·奥康纳（Mary Catherine O'Connor）、托妮·帕拉西奥斯（Toni Palacios）、迈克尔·帕克斯（Michael Parks）、乔纳森·帕特里奇（Jonathan Partridge）、比尔·帕特森（Bill Paterson）、珍妮佛·皮布尔斯（Jennifer Peebles）、艾琳·皮多（Erin Pidot）、T. 彼得·皮尔斯（T. Peter Pierce）、哈德利和马克斯·波特（Hadley and Max Porter）、卡桑德拉·普罗菲塔（Cassandra Profita）、拉里普赖尔（Larry Pryor）、苏西·雷切（Suzie Racho）、米歇

尔·拉夫特尔（Michelle Rafter）、艾米丽·兰德尔（Emily Render）、凯西·伦茨（Casey Rentz）、柯林·雷曼（Colin Reyman）、惠特·理查德森（Whit Richardson）、丽贝卡·鲁滨孙（Rebecca Robinson）、哈丽特·罗克林（Harriet Rochlin）、凯伦和安得烈·罗德尼（Karenand Andrew Rodney）、路易丝·桑切斯（Louise Sanchez）、凯伦·舍费尔（Karen Schaefer）、巴巴拉·舒尔茨（Barbara Schultz）、埃里克·施瓦兹（Erik Schwartz）、布鲁克·谢泼德（Brooke Shepherd）、考特尼·舍伍德（Courtney Sherwood）、凯瑟琳·史密斯（Catherine Smith）、杰奎琳·史密斯（Jaclyn Smith）、以斯拉·斯皮尔（Ezra Spier）、戴维·斯特恩（David Stern）、底波拉·斯特恩（Deborah Stern）、塔菲·斯特恩（Taffy Stern）、乔·斯埃克特（Joe Streckert）、布兰登·斯特罗曼（Brandon Stroman）、克里斯汀·沙利文（Kristen Sullivan）、梅里·麦考伊·汤普森（Meri McCoy Thompson）、瑟夫·托德（Solvej Todd）、珍妮佛·特洛莱恩斯（Jennifer Troolines）、玛瑞恩·特斯英（Maren Tusing）、李·安·德尔·伏（Lee Van Der Voo）、阿尔·巴尔加斯（Al Vargas）、卢·戈里塔（Lou Vigorita）、乔尔·维拉塞诺尔（Joel Villaseñor）、艾米丽·威尔达（Emily Vizzo）、杰夫和希拉亚·沃特斯（Jeff and Shelia Waters）、山姆·韦斯伯格（Sam Weisberg）、艾米·韦斯特维尔特（Amy Westervelt）、苏珊·怀特（Susan White）、珍妮佛·威利斯（Jennifer Willis）、爱德华·沃尔夫（Edward Wolf）、伊莱恩和黄嘉莉（Elaine and Kelly Wong）、罗伊·沙维尔（Roy Xavier）、南希·杨（Nancy Young），还有琳达·辛（Linda Zin）。

* * *

最后，我要感谢与我合作过的图书馆管理员和档案管理员，还有很多默默无闻为我准备参考资料并做出编目和索引的人。在此，特别感谢以下机构及其工作人员：澳大利亚战争纪念馆、西部遗迹博物馆；耶鲁大学贝尼克珍本与手稿图书馆、菲律宾遗产图书馆、哈佛大学档案馆、胡佛研究所图书馆、路易和克拉克·瓦策克图书馆、国会图书馆、香港岭南大学档案馆、玛格丽特·赫里克图书馆、国家档案馆和记录管理局、斯坦福大学图书馆、马尼拉联合会图书馆、美国空军历史研究局、加州大学伯克利分校民族研究图书馆、加州大学圣迭哥分校曼德维尔图书馆、俄勒冈大学骑士图书馆的特色馆藏和大学档案馆。

EVE OF A HUNDRED MIDNIGHTS: The Star-crossed Love Story of Two WWII Correspondents and Their Epic Escape Across The Pacific.
Copyright © 2016 by William C.Lascher
Publisher by arrangement with William Morrow, an imprint of Harper Collins Publishers.

著作权合同登记号：01-2019-0226

图书在版编目（CIP）数据

二战梦魇：美国记者亚洲战场逃亡录 /（美）比尔·赖瑟著；帖馨雨译.
-- 北京：新星出版社，2019.1
ISBN 978-7-5133-3414-3

Ⅰ.①二… Ⅱ.①比… ②帖… Ⅲ.①纪实文学-美国-现代 Ⅳ.①I712.55

中国版本图书馆 CIP 数据核字（2018）第 268715 号

二战梦魇：美国记者亚洲战场逃亡录

[美]比尔·赖瑟　著；帖馨雨　译

策划编辑：杨英瑜
责任编辑：杨英瑜
责任校对：刘　义
责任印制：李珊珊
装帧设计：冷暖儿

出版发行	新星出版社
出 版 人	马汝军
社　　址	北京市西城区车公庄大街丙3号楼　100044
网　　址	www.newstarpress.com
电　　话	010-88310888
传　　真	010-65270449
法律顾问	北京市岳成律师事务所

读者服务：010-88310811　　service@newstarpress.com
邮购地址：北京市西城区车公庄大街丙3号楼　100044

印　　刷：大厂回族自治县彩虹印刷有限公司
开　　本：660mm×970mm　1/16
印　　张：20.125
字　　数：300千字
版　　次：2019年1月第一版　2019年1月第一次印刷
书　　号：ISBN 978-7-5133-3414-3
定　　价：66.00元

版权专有，侵权必究；如有质量问题，请与印刷厂联系调换。